Elogios para

DÉJATE LLEVAR

"Dessen reinterpreta un tema ya explorado para crear una historia original con diálogos adolescentes realistas, auténticos lazos de amistad femenina y una compleja pregunta clave: ¿Puede la gente cambiar?... La chispa entre los dos adolescentes protagonistas y los divertidos ejemplos de conexión entre chicas le dan más profundidad a esta aparentemente ligera historia de verano que trata temas complejos".
—*Kirkus Reviews*

"¿Alguna vez te has preguntado qué pasa en tu vecindario cuando todos duermen?... Las llamativas metáforas sobre saltar y aterrizar en *Déjate llevar* reflejan la habilidad de Auden, la protagonista, de dejarse ir, de ser libre y de encontrar su propio camino... Su historia tocará tanto a madres como a hijas, y a cualquiera que alguna vez haya necesitado una segunda, o incluso una tercera oportunidad para hacer bien las cosas".
—Bookpage

"Las reflexiones de Auden aseguran una lectura agradable... Este nuevo libro de Dessen no solo es una obra sólida, sino también de gran calidad: otro verano de transformación en el que la heroína aprende que crecer significa impulsarse hacia adelante, a lo que venga, *Publishers Weekly*

Sarah Dessen

DÉJATE LLEVAR

Sarah Dessen es una de las escritoras más populares entre los lectores jóvenes. Es autora de varias novelas, las cuales han recibido numerosos premios y elogios de la crítica, además de haber vendido más de nueve millones de ejemplares. La autora vive en Chapel Hill, North Carolina, con su esposo, Jay, y su hija, Sasha Clementine. Visita su página web: www.sarahdessen.com.

DÉJATE LLEVAR

UNA NOVELA

Sarah Dessen

Traducción de Victoria Simó Perales

VINTAGE ESPAÑOL
UNA DIVISIÓN DE PENGUIN RANDOM HOUSE LLC
NUEVA YORK

PRIMERA EDICIÓN VINTAGE ESPAÑOL, SEPTIEMBRE 2020

Copyright de la traducción © 2020 por Victoria Simó Perales

Todos los derechos reservados. Publicado
en los Estados Unidos de América por Vintage Español,
una división de Penguin Random House LLC, Nueva York, y distribuido
en Canadá por Penguin Random House Canada Limited, Toronto. Originalmente publicado en inglés bajo el título *Along for the Ride* por Viking
Books for Young Readers, una división de Penguin Random House LLC,
Nueva York, en 2009. Copyright © 2009 por Sarah Dessen.
Esta traducción fue originalmente publicada en España
por Alfaguara, Barcelona, en 2020.

Vintage es una marca registrada y Vintage Español
y su colofón son marcas de Penguin Random House LLC.

Información de catalogación de publicaciones disponible
en la Biblioteca del Congreso de los Estados Unidos.

**Vintage Español ISBN en tapa blanda: 978-0-593-31076-2
eBook ISBN: 978-0-593-31077-9**

Para venta exclusiva en EE.UU., Canadá, Puerto Rico y Filipinas.

www.vintageespanol.com

Impreso en los Estados Unidos de América
10 9 8 7 6 5 4 3 2 1

DÉJATE LLEVAR

SILENCIOS INCÓMODOS

Hubo algunas interferencias y una breve conversación cuando el auricular cambió de manos. Acto seguido, Eli dijo:

—Te estás perdiendo un crocante de manzana de miedo ahora mismo.

—Me han arrastrado a una fiesta de perritos calientes —respondí.

Un silencio.

—No me digas.

—Sí. —Di media vuelta y cerré el listín—. Por lo visto son un rito de paso muy importante. Así que he decidido dejarme caer por aquí, por el bien de la misión y tal.

—Ya —fue su respuesta.

Durante un momento ninguno de los dos habló, y yo me di cuenta de que era la primera vez en mucho tiempo que estaba nerviosa o incómoda charlando con Eli. Tantas noches locas, tantos planes disparatados. Y, sin embargo, una sencilla conversación telefónica se me hacía cuesta arriba.

A mi madre, Cynthia Dessen, que me ha ayudado a aprender casi todo lo que sé sobre ser una chica, y a mi hija, Sasha Clementine, que me está enseñando lo demás.

ESCRIBIR UN LIBRO nunca es fácil y en ocasiones necesitas un poco de ayuda. Para esta novela y tantas otras, he tenido la increíble suerte de contar con la sabiduría y la orientación de Leigh Feldman y Regina Hayes. Barbara Sheldon, Janet Marks y mis padres, Alan y Cynthia Dessen, me han proporcionado el apoyo moral que cualquier escritor loco necesita, en especial posparto. Y, como siempre, doy gracias por contar con mi marido, Jay, que me hace reír, me ayuda a recordar y me enseña más de lo que nunca necesitaré saber sobre bicicletas.

Para terminar, me gustaría mencionar a mi propio mundo de chicas, las niñeras, sin las cuales jamás habría tenido tiempo para escribir este libro: Aleksandra Marcotte, Claudia Shapiro, Virginia Melvin, Ida Donner, Krysta Lindley y Lauren Caccese. Gracias por cuidar tan bien de nosotros.

DÉJATE LLEVAR

UNO

Los emails empezaban siempre del mismo modo.

¡¡Hola, Auden!!

Era el segundo signo de exclamación lo que me molestaba. Mi madre lo habría definido como superfluo, exagerado, eufórico. Yo lo consideraba irritante sin más, igual que todo lo que guardaba relación con mi madrastra, Heidi.

Espero que estés disfrutando de las últimas semanas de clase. ¡Aquí todos estamos bien! Terminando los últimos preparativos antes de la llegada de tu futura hermana. Últimamente me propina unas patadas de miedo. ¡Cualquiera diría que está haciendo kárate ahí dentro! Yo me dedico a atender el negocio (por así decirlo) y a añadir los últimos detalles al cuarto del bebé. Lo he decorado en tonos rosas y marrones; ha quedado precioso. Te adjunto una foto para que lo veas.

Tu padre está tan ocupado como de costumbre, trabajando en su libro. ¡Supongo que lo veré más a menudo cuando me toque quedarme despierta hasta las tantas atendiendo a la nena!

Espero de corazón que consideres la idea de venir a visitarnos cuando termines las clases. Sería muy divertido y tu presencia aquí haría estos meses de verano todavía más especiales. Puedes venir cuando quieras. ¡Nos encantaría verte!

Con cariño,
Heidi (¡y tu papá y el futuro bebé!)

El mero hecho de leer esas cartitas me dejaba agotada. En parte por esa gramática tan entusiasta —que era como tener a alguien gritándote al oído— pero también por la propia Heidi. Era tan… superflua, exagerada, eufórica. E irritante. Todas esas cosas había sido ella para mí, y más, desde que se lio con mi padre, se quedó embarazada y se casaron el año pasado.

Mi madre aseguró que no le sorprendía. Llevaba desde el divorcio anunciando que mi padre no tardaría nada, según ella lo expresaba, en «arrejuntarse con alguna alumna». A los veintiséis, Heidi tenía la misma edad que mi madre cuando nació mi hermano, Hollis, al que seguí yo dos años más tarde, si bien las dos mujeres no podrían ser más distintas. Si mi madre era una profesora universitaria famosa por su afilado ingenio y considerada una eminencia nacional en el estudio del rol femenino en la literatura del Renacimiento, Heidi era…, bueno, Heidi. La clase de mujer cuyas mejores cualidades guardan relación con su constante automantenimiento (pedicura, manicura, reflejos), que sabe todo lo que puedas imaginar y más sobre dobladillos y zapatos, y envía emails demasiado cariñosos a personas que no tienen ningún interés en leerlos.

El noviazgo fue rápido, por cuanto la implantación (como mi madre la bautizó) acaeció un par de meses más tarde. Así, sin más, mi padre pasó de ser la persona que llevaba años siendo —marido de la doctora Victoria West y autor de una elogiada novela, ahora más conocido por sus peleas interdepartamentales que por la secuela siempre en curso— a convertirse en flamante marido y futuro padre. Súmale a todo eso un cargo, también reciente, como director del Departamento de Escritura Creativa del Weymar College, una pequeña facultad de un pueblo costero, y podría decirse que mi padre acababa de estrenar una nueva vida. Y si bien siempre me estaban invitando a visitarlos, yo no estaba segura de querer averiguar si en su casa todavía había un sitio para mí.

Ahora, procedente de la sala, oí un súbito coro de carcajadas seguido de un tintinear de copas. Mi madre había organizado otra de sus tertulias para alumnos de posgrado, que siempre daban comienzo con una cena formal («¡Hace tanta falta un poco de cultura en nuestra cultura!», decía) antes de degenerar, en todas las ocasiones, en debates ebrios sobre literatura y teoría. Miré el reloj —las diez y media— y empujé con la punta del pie la puerta de mi habitación para echar un vistazo por el largo pasillo en dirección a la cocina. Tal como esperaba, vi a mi madre sentada en la cabecera de la mesa de madera de la cocina con una copa de vino tinto en la mano. A su alrededor, como era habitual, se apiñaba un grupo de alumnos varones que la contemplaba con adoración mientras ella peroraba, por lo poco que pude oír, sobre Marlowe y la cultura femenina.

Esa era otra muestra más de las numerosas y fascinantes contradicciones que caracterizaban a mi madre. Si bien estaba especializada en el papel de las mujeres en la literatura, las representantes de su propio sexo, a la hora de la verdad, no le gustaban demasiado. En parte porque solían envidiarla: por su inteligencia (prácticamente de nivel Mensa), por sus méritos académicos (cuatro libros, incontables artículos, una cátedra de patrocinio) o por su aspecto (alta y exuberante, con una melena de un tono negro azabache que acostumbraba a llevar suelta y salvaje, el único gesto de descontrol que se permitía). Por esas razones, y por otras, las alumnas rara vez acudían a aquellas reuniones y, si lo hacían, casi nunca repetían.

—Doctora West —estaba diciendo uno de los estudiantes con el grado de desaliño habitual, americana baratilla, cabello lacio y las clásicas gafas negras de empollón hípster—, deberías desarrollar esa idea en un artículo. Es fascinante.

Vi a mi madre tomar un sorbo de vino y, de un solo ademán fluido, echarse la melena hacia atrás con una mano.

—Ay, por Dios, no —respondió con su voz profunda y ronca (tenía el timbre de una fumadora, aunque jamás había probado un cigarrillo)—. Ni siquiera tengo tiempo para trabajar en mi libro ahora mismo, y eso por lo menos está retribuido. Si es que a lo que me pagan se le puede llamar una retribución, claro.

Más risas halagadoras. A mi madre le encantaba quejarse de lo poco que le pagaban por sus libros —todos académicos, publicados en editoriales universitarias— mientras otras ganaban dinero a espuertas por escribir eso que ella denominaba «noveluchas para amas de casa». Si fuera por ella, todo el mundo cargaría con las obras completas de Shakespeare a la playa, además de un par de poemas épicos, quizás.

—De todos modos —insistió Empollón Gafas de Pasta— es una idea brillante. Yo podría, ejem, ayudarte a escribirlo si quisieras.

Alzando la cabeza y la copa, mi madre entornó los párpados para mirarlo. Se hizo un silencio.

—Ah, vaya —dijo—, qué amable por tu parte. Pero yo no escribo a medias con nadie, por la misma razón que no tengo compañeros de despacho ni parejas. Soy demasiado egoísta.

A pesar de la distancia, vi como Empollón Gafas de Pasta tragaba saliva y se sonrojaba. Para disimular, alargó la mano hacia la botella de vino. «Idiota», pensé yo antes de cerrar la puerta con un golpe de pie. Como si fuera tan fácil encandilar a mi madre, crear con ella un vínculo rápido e intenso que perdurase en el tiempo. De ser así, yo lo sabría.

Pasados diez minutos me estaba escabullendo por la puerta trasera con los zapatos debajo del brazo para escapar en mi coche. Circulé por las calles prácticamente desiertas, entre casas silenciosas y fachadas oscuras, hasta que las luces de la cafetería Ray brillaron a lo lejos. Exiguo, atestado de neón y con mesas un pelín pringosas, Ray era el único local de la zona que abría veinticuatro horas, trescientos sesenta y cinco días al año. Como apenas pegaba ojo últimamente, pasaba más noches allí —leyendo o estudiando, y dando un dólar de propina hora tras hora por lo que sea que pidiese hasta la salida del sol— que en mi casa.

Mis problemas de insomnio comenzaron cuando el matrimonio de mis padres empezó a hacerse añicos, tres años atrás. Debería haberlo visto venir: fue una relación turbulenta desde que yo podía recordar, aunque acostumbraban a discutir más por trabajo que por temas personales.

Entraron a trabajar en la Uni recién salidos de la escuela de posgrado, cuando a mi padre le ofrecieron una plaza como profesor adjunto. En aquella época acababa de encontrar editor para su primera novela, *El cuerno del narval*, a diferencia de mi madre, que estaba embarazada de mi hermano y trataba de terminar su tesis doctoral. Demos un salto de cuatro años, hasta mi nacimiento, cuando él, en la cresta de la ola crítica y comercial —clasificado en la lista de superventas del *New York Times*, nominado al National Book Award— estaba al frente del programa de escritura creativa, mientras que ella se hallaba, como le gustaba decir, «perdida en un mar de pañales y baja autoestima». Sin embargo, en cuanto yo empecé a asistir a la guardería, mi madre regresó al mundo académico con sed de venganza, obtuvo una plaza como profesora visitante y encontró editor para su tesis. Con el tiempo se convirtió en uno de los profesores más solicitados del departamento, le ofrecieron una plaza fija y publicó un segundo y luego un tercer libro. A todas estas, mi padre se limitaba a observar. Afirmaba estar orgulloso y bromeaba diciendo que mi madre era el bono restaurante, el sostén familiar. Pero entonces a mi madre le ofrecieron la cátedra de patrocinio, que se considera un gran honor, a mi padre lo abandonó su editor, que no se considera tal cosa, y las cosas empezaron a ponerse feas.

Las peleas casi siempre arrancaban durante la cena, cuando uno de los dos soltaba una pulla y el otro se ofendía. Había una pequeña bronca —palabras mordaces, un golpe de tapa contra la olla—, pero las aguas volvían a su cauce…, por lo menos hasta las diez o las once, cuando de súbito los oía volver a la carga. Al cabo de un tiempo deduje que aquel lapso temporal se producía porque esperaban a que estuviera dormida para reanudar la pelea. De modo que, una noche, decidí no dormir. Dejaba la puerta abierta, la luz encendida, hacía notorios viajes al baño para lavarme las manos armando tanto escándalo como podía. Durante un tiempo funcionó. Hasta que dejó de hacerlo y las disputas volvieron a empezar. Para entonces mi cuerpo se había acostumbrado a permanecer en vela hasta las tantas, de modo que estaba despierta para escuchar todas y cada una de las palabras que se dedicaban.

Conocía a mucha gente cuyos padres se habían separado y, por lo visto, cada cual reaccionaba a su manera: sorpresa absoluta, decepción demoledora, alivio total. El denominador común, sin embargo, era la abundancia de conversaciones acerca de esos sentimientos, bien con el padre y la madre a la vez, bien con cada uno por separado o, en algunos casos, con un comecocos en terapia de grupo o individual. Mi familia, como es natural, fue la excepción a la regla. Por desgracia, no me libré del momento «siéntate, tenemos que decirte una cosa». Mi madre me dio la noticia, sentada al otro lado de la mesa de la cocina, mientras mi padre, recostado contra una encimera y con aspecto cansado, jugueteaba con las manos.

—Tu padre y yo nos separamos —me soltó ella con el mismo tono monocorde y profesional que tantas veces le había oído usar para hacer críticas a sus alumnos sobre su trabajo—. Seguro que estarás de acuerdo en que es lo mejor para todos.

Mientras escuchaba aquello, no supe muy bien cómo me sentía. No fue alivio ni una decepción demoledora, pero tampoco sorpresa. Lo que me chocó, cuando estábamos allí los tres en la cocina, fue que me sentí una cría. Pequeña, como una niña. Y fue rarísimo. Como si esa situación tan tremenda hubiera sido necesaria para que una ola de infancia tanto tiempo postergada me inundara.

Fui una niña en su día, obviamente. Sin embargo, para cuando yo nací, mi hermano —el más llorón de los bebés, un lactante hiperactivo, un niño movido (por no decir imposible) donde los hubiera— había agotado las energías de mis padres. Todavía las agotaba, si bien ahora desde otro continente, mientras recorría Europa y enviaba de vez en cuando un email relatando su última epifanía existencial antes de pedir dinero para ponerla en práctica. Cuando menos, el hecho de que estuviera en el extranjero le daba a la situación un aire más bohemio y artístico: mis padres les podían contar a sus amigos que Hollis fumaba cigarrillos en la torre Eiffel y no en un garito cualquiera. Quedaba mejor.

Si Hollis siempre fue un niño grande, yo siempre fui la típica adulta de corta edad, la clase de niña que, a los tres años, se sienta a la mesa sin chistar para pintar sus cuadernos de colorear mientras los mayores discuten de literatura. Una cría que se entretenía sola a muy temprana edad, que estaba obsesionada con el colegio y las notas desde preescolar, porque únicamente los estudios me granjeaban la atención de mis padres. «Ah, no te preocupes —decía mi madre cuando a uno de sus invitados se le escapaba un taco delante de mí o decía algo poco adecuado para una niña—. Auden es muy madura para su edad». Y lo era, tanto a los dos años como a los cuatro o a los diecisiete. Mientras que Hollis requería supervisión constante, era conmigo con la que cargaban a todas partes, siempre flotando tras la estela de mi padre o mi madre. Me llevaban a conciertos de música clásica, a exposiciones de arte, a conferencias en la universidad, a reuniones de comisiones, donde se suponía que me podían ver pero no oír. No tuve mucho tiempo para distraerme con juguetes, pero nunca me faltaron libros, cuya provisión jamás se agotaba en mi casa.

A causa de esta educación, me resultaba difícil relacionarme con otros niños de mi edad. No entendía sus locuras, su energía, su manía de lanzar cojines sin ton ni son, pongamos por caso, o de montar en bici a toda velocidad por calles cortadas. Parecía divertido, pero, al mismo tiempo, era tan distinto de lo que yo solía hacer que ni siquiera imaginaba cómo habría podido participar de haber tenido ocasión. Y no la tenía, pues los lanza-cojines y los ciclistas salvajes no solían asistir a los colegios privados de alto rendimiento y aprendizaje acelerado que mis padres escogían.

En los últimos cuatro años, de hecho, había cambiado tres veces de colegio. Estuve en el Instituto Jackson apenas un par de semanas antes de que mi madre, al reparar en una falta de ortografía y un error gramatical en el programa de Lengua y Literatura, me matriculara en el Perkins Day, un colegio privado cercano. Era más pequeño y más exigente, aunque no tanto como Kiffney-Brown, el centro concertado al que me cambié el penúltimo año de secundaria. Fundado por varios profesores de la zona, era un centro de élite —cien estudiantes como máximo— cuyo proyecto se basaba en grupos muy reducidos y fuertes vínculos con la universidad de la ciudad, donde podías cursar asignaturas de nivel universitario para ir acumulando créditos. Si bien yo tenía unos cuantos amigos en Kiffney-Brown, el ambiente ultracompetitivo unido al hecho de que buena parte del currículum fuera autogestionado no facilitaba las relaciones estrechas, que digamos.

Tampoco me importaba demasiado. El colegio era mi consuelo, mi válvula de escape, y me permitía vivir mil vidas ajenas. Cuanto más se quejaban mis padres de la falta de iniciativa y de las pésimas notas de Hollis, con más ahínco trabajaba yo. Y, aunque estaban orgullosos de mí, mis logros nunca me servían para conseguir lo que yo quería. Siendo una niña tan lista, debería haber adivinado que el único modo de obtener la atención de mis padres era decepcionándolos o fracasando. Pero, cuando por fin lo comprendí, el éxito se había tornado un hábito demasiado arraigado en mí como para romperlo.

Mi padre se marchó cuando yo estaba empezando cuarto de secundaria. Alquiló un piso amueblado cerca del campus, en un complejo habitado principalmente por estudiantes. En teoría, yo debía pasar allí los fines de semana, pero él estaba tan deprimido, todavía inmerso en la redacción de su segundo libro, cuya publicación (o no) estaba pendiente de un hilo mientras mi madre disfrutaba de tanta atención, que su compañía no era la más divertida del mundo. Por otro lado, en casa de mi madre tampoco me sentía mucho mejor, pues ella estaba tan ocupada disfrutando de su nueva vida de soltera y de su reciente éxito académico que invitaba a gente todo el tiempo, estudiantes que entraban y salían y cenas cada fin de semana. Por lo que parecía, ningún lugar ofrecía un territorio neutral, salvo la cafetería Ray.

Había pasado por delante un millón de veces, pero jamás se me había ocurrido entrar a tomar algo hasta una noche en la que estaba regresando a casa de mi madre a las dos de la madrugada. Ni mi padre ni mi madre me controlaban demasiado.

A causa de mi horario escolar —una clase nocturna, seminarios flexibles durante el día y muchas horas de estudio independiente— entraba y salía a mi antojo, sin que nadie me preguntara casi nunca adónde iba, así que ninguno de los dos sabía que no estaba durmiendo. Esa noche, al echar un vistazo en dirección al Ray, el local captó mi atención. Parecía calentito, casi seguro, ocupado por gente con la cual, como poco, tenía una cosa en común. Así que aparqué, entré y pedí una taza de café y una porción de pastel de manzana. Me quedé allí dentro hasta el amanecer.

Lo más agradable de aquel lugar era el hecho de que, aun cuando me convertí en una clienta habitual, todo el mundo me dejaba en paz. Nadie me pedía más de lo que quisiera dar y las interacciones eran mínimas. Ojalá todas las relaciones fueran tan sencillas y yo tuviera siempre tan claro mi papel exacto.

En otoño, una de las camareras, una anciana fornida cuyo identificador decía Julie, echó una ojeada a la solicitud en la que yo estaba trabajando mientras me rellenaba el café.

—Universidad Defriese —leyó en voz alta. A continuación me miró—. Es una escuela muy buena.

—Una de las mejores —asentí.

—¿Crees que entrarás?

Yo asentí.

—Sí. Seguro.

Ella sonrió como si yo fuera una chiquilla muy mona por pensar así y me propinó unas palmaditas en el hombro.

—Ay, tan joven y ya tan segura de ti misma —me dijo antes de alejarse arrastrando los pies.

Yo quise decirle que no era cuestión de seguridad, solo de trabajo duro. Pero ella ya se había desplazado hasta el siguiente reservado y ahora charlaba con el chico sentado a la mesa, y yo comprendí que en realidad le daba igual. Hay mundos en los que todas esas cosas —calificaciones, colegio, exámenes, rango, admisión temprana, nota media— importan y otros en los que no. Yo había pasado toda mi vida inmersa en el primero y ni siquiera en Ray, que pertenecía al segundo, podía zafarme de él.

Ser una estudiante tan motivada y asistir a un centro tan poco ortodoxo significaba que me había perdido todos esos acontecimientos del último año de los que mis amigos del Perkins Day llevaban hablando todo el curso. Lo único que me planteé fue asistir al baile de graduación y solo porque mi gran rival académico, Jason Talbot, me pidió que lo acompañara como una especie de ofrenda de paz. Al final, sin embargo, ni siquiera aquello sucedió, porque canceló la cita en el último minuto, después de que lo invitaran a participar en un congreso sobre ecología. Me dije a mí misma que no importaba, que solo era el equivalente a los cojines del sofá y a los paseos en bici por calles cortadas de tantos años atrás, algo frívolo e innecesario. Y aun así me preguntaba a medias, esa noche y tantas otras, qué me estaría perdiendo.

A veces, estaba sentada en el Ray a las dos o las tres de la madrugada y se me encogía súbitamente el corazón. Cuando levantaba la vista de los libros para mirar a la gente de mi alrededor —camioneros, conductores que habían dejado la autopista para tomar un café antes de seguir avanzando, el clásico pirado— tenía una sensación parecida a cuando mi madre anunció la separación. Sentía que yo no debía estar allí, sino en mi casa, durmiendo en mi cama, igual que estaban haciendo todos los chicos y chicas que vería en el colegio dentro de un rato. Sin embargo, tan repentinamente como aparecía, el sentimiento se esfumaba y todo volvía a su lugar en torno a mí. Y cuando Julie regresaba con su cafetera, empujaba mi taza al borde de la mesa para decirle sin palabras algo que las dos sabíamos muy bien: todavía me quedaría un rato.

***

Mi hermanastra, Tisbe Caroline West, nació el día antes de mi graduación con un peso de tres kilos y cien gramos. Mi padre llamó a la mañana siguiente, agotado.

—Lo siento mucho, Auden —dijo—. Me sabe fatal perderme tu discurso.

—No te preocupes —lo tranquilicé. En ese momento, mi madre entró en la cocina enfundada en su bata para enfilar directa a la cafetera—. ¿Cómo está Heidi?

—Bien —fue su respuesta—. Cansada. La cosa se alargó y al final tuvieron que hacerle una cesárea. No lo lleva demasiado bien. Pero seguro que se encontrará mejor cuando haya descansado un poco.

—Felicítala de mi parte —le dije.

—Lo haré. Y tú sal ahí y machácalos a todos, nena. —Era típico. Para mi padre, famoso por su espíritu competitivo, cualquier cosa relacionada con los estudios se consideraba una batalla—. Estaré pensando en ti.

Sonreí, le di las gracias y colgué el teléfono al mismo tiempo que mi madre vertía leche en su café. Durante un rato, se escuchó el tintineo de la cuchara contra la taza, mientras ella removía el contenido. Por fin dijo:

—A ver si lo adivino. No viene.

—La niña de Heidi ha nacido —la informé—. Se llama Tisbe.

Mi madre resopló una carcajada.

—Ay, por Dios —exclamó—. De todos los nombres que hay para escoger en la obra de Shakespeare, ¿y tu padre tenía que elegir ese? Pobrecita. Se va a pasar la vida dando explicaciones.

En realidad, mi madre no tenía derecho a criticar, si tenemos en cuenta que permitió que mi padre escogiera mi nombre y el de mi hermano: Detram Hollis era un profesor que él admiraba profundamente, mientras que W. H. Auden era su poeta favorito. De niña pasé mucho tiempo deseando llamarme Ashley o Katherine, aunque solo fuera para tener una vida más fácil, pero mi madre siempre me decía que mi nombre podía considerarse una especie de prueba de fuego. «Auden no es Frost —decía—, ni Whitman». No lo conocía tanta gente y, si alguien sabía quién era, podría estar segura, hasta cierto punto, de que esa persona daba la talla intelectual y, por tanto, merecía mi tiempo y energía. Supuse que lo mismo se podría decir de Tisbe, pero en lugar de señalarlo me senté con las notas de mi discurso para volver a repasarlas. Al cabo de un momento arrastró una silla para sentarse a mi lado.

—¿Así que Heidi ha sobrevivido al parto, deduzco? —preguntó a la vez que tomaba un sorbo de café.

—Le han hecho la cesárea.

—Ha tenido suerte —replicó mi madre—. Hollis pesó cinco kilos y la epidural no me hizo efecto. Por poco acaba conmigo.

Hojeé otro par de tarjetas, resignada a escuchar alguna de las historias que inevitablemente sucedían a aquella. Estaba esa de que Hollis era un niño insaciable, que mamaba hasta sacarle la última gota de leche a mi madre. El horror que supusieron sus cólicos del lactante y cómo tenía que pasearlo de un lado a otro sin cesar e incluso entonces lloraba durante horas. O estaba la de mi padre, que nunca...

—Confío en que no espere demasiada ayuda de tu padre —empezó a la vez que alargaba la mano hacia un par de mis tarjetas para revisarlas con desconfianza—. Con mucha suerte, cambiaba un pañal de vez en cuando. Y de levantarse por la noche para dar el biberón, nada de nada. Decía que le costaba conciliar el sueño y tenía que dormir nueve horas seguidas para estar despejado en las clases. Qué casualidad.

Todavía estaba leyendo mis tarjetas cuando lo decía y yo noté ese nudo en el estómago que siempre aparecía cuando de improviso mi madre revisaba algo de lo que yo hacía. Un instante después, sin embargo, las dejó sin hacer ningún comentario.

—Bueno —dije mientras ella tomaba otro sorbo de café—, eso fue hace mucho tiempo. Puede que haya cambiado.

—La gente no cambia. Si acaso, te instalas aún más en tus costumbres con la edad, no menos. —Negó con la cabeza—. Recuerdo cómo solía sentarme en el dormitorio, intentando consolar a Hollis, deseando que por una vez la puerta se abriese, tu padre entrase y dijera: «Eh, déjamelo. Descansa un poco». Al final ya ni siquiera deseaba que fuera tu padre, solo alguien. Cualquiera.

Miraba por la ventana mientras lo decía, con los dedos en torno a la taza, que no estaba en la mesa ni en sus labios, sino suspendida a medio camino. Recogí mis tarjetas y las dispuse en orden con cuidado.

—Voy a prepararme —dije, empujando la silla hacia atrás.

Mi madre no se movió cuando me levanté y la rodeé para salir. Cualquiera pensaría que se había quedado congelada en el tiempo, todavía en aquel viejo dormitorio, esperando. Al menos hasta que llegué al pasillo. Entonces habló de improviso.

—Deberías replantearte la cita de Faulkner —dijo—. Es excesiva para empezar. Parecerás pretenciosa.

Miré la primera tarjeta, donde aparecían escritas, con mi pulcra caligrafía de molde, las palabras: «El pasado no ha muerto. Ni siquiera es pasado».

—Vale —fue mi respuesta. Tenía razón, claro. Siempre la tenía—. Gracias.

***

Había estado tan concentrada en el último año de instituto y en el comienzo de la universidad que no me había parado a pensar en el tiempo intermedio. De repente, sin embargo, había llegado el verano y no tenía nada que hacer salvo esperar que mi auténtica vida volviera a empezar.

Pasé un par de semanas preparando las cosas que necesitaría para Defriese e intenté conseguir algunas clases extra en Huntsinger Test Prep, donde trabajaba como profesora particular, aunque las cosas estaban muy paradas. Por lo visto, era la única que seguía pensando en los estudios, un hecho que hacían todavía más patente las numerosas invitaciones que recibía de mis antiguas amigas del Perkins para asistir a cenas o excursiones al lago. Me apetecía verlas, pero, cada vez que nos reuníamos, me sentía desplazada. Aunque yo solo llevaba dos años en Kiffney-Brown, era un centro tan distinto, tan centrado en el rendimiento académico, que no me acababa de identificar con sus charlas sobre trabajillos veraniegos y novios. Tras unos cuantos encuentros incómodos, empecé a poner la excusa de que estaba ocupada y, al cabo de un tiempo, captaron el mensaje.

El ambiente en mi hogar también era raro. A mi madre le habían concedido no sé qué beca de investigación y estaba siempre trabajando, y cuando se encontraba en casa, sus alumnos aparecían cada dos por tres para cenas y tertulias improvisadas. Si armaban demasiado escándalo y la casa estaba excesivamente atestada, me salía al porche con un libro y leía hasta que había anochecido lo suficiente como para ir al Ray.

Una noche estaba absorta en un libro sobre budismo cuando vi un Mercedes verde bajar por nuestra calle. Redujo la marcha a la altura de nuestro buzón y por fin se detuvo junto a la acera. Al cabo de un momento, una rubia muy guapa ataviada con unos vaqueros de cadera baja, un top rojo sin tirantes y sandalias de cuña bajó del vehículo con un paquete en una mano. Observó la casa con atención, bajó la vista al paquete y volvió a mirar hacia la vivienda antes de echar a andar por el camino de entrada. Cuando estaba llegando a los peldaños de la puerta principal, me vio.

—¡Hola! —gritó en un tono absolutamente cordial que me resultó alarmante. Apenas tuve tiempo de responder antes de que enfilara directa hacia mí con una gran sonrisa en el rostro—. Tú debes de ser Auden.

—Sí… —respondí despacio.

—¡Soy Tara! —Obviamente, se suponía que yo debía estar familiarizada con el nombre. Cuando tuvo claro que no era así, añadió—: ¿La novia de Hollis?

«Ay, Señor», pensé. En voz alta, dije:

—Ah, sí. Claro, claro.

—¡Cuánto me alegro de conocerte! —exclamó al mismo tiempo que se acercaba para rodearme con los brazos. Olía a gardenias y a toallitas para la secadora—. Como tenía que pasar por aquí de camino a casa, Hollis me pidió que te trajera esto. ¡Recién llegado de Grecia!

Me tendió el paquete, que estaba envuelto en papel marrón de embalar, con mi nombre y la dirección escritas en la letra inclinada y descuidada de mi hermano. Hubo un instante incómodo, durante el cual comprendí que Tara estaba esperando a que abriera el paquete, así que lo hice. Era un pequeño marco de cristal, decorado con piedras de colores. En la parte inferior llevaba grabadas las palabras: «el mejor de los tiempos». El marco mostraba una foto de Hollis delante del Taj Mahal. Vestido con pantalones cortos tipo militar y camiseta, la mochila colgada al hombro, esbozaba una de sus sonrisas lánguidas.

—Es genial, ¿verdad? —sonrió Tara—. Lo compramos en un mercadillo de Atenas.

Como no podía decirle lo que pensaba de verdad, que hace falta ser un enfermo narcisista para regalar una foto tuya, le dije:

—Es preciosa.

—¡Ya sabía yo que te gustaría! —aplaudió—. Se lo dije, un marco siempre viene bien. Convierte un recuerdo en algo todavía más especial, ¿verdad?

Devolví la vista al marco, a las bonitas piedras, a la expresión relajada de mi hermano. El mejor de los tiempos, ya lo creo que sí.

—Sí —convine—. Desde luego.

Tara me regaló otra sonrisa de un millón de vatios y se asomó por la ventana que había a mi espalda.

—Bueno, ¿y tu madre está en casa? Me encantaría conocerla. Hollis la adora, siempre está hablando de ella.

—Es mutuo —fue mi respuesta. Ella me miró brevemente y yo sonreí—. Está en la cocina. Melena negra, vestido verde. Es inconfundible.

—¡Genial! —Demasiado rápido como para que pudiera apartarme, me abrazó de nuevo—. Muchas gracias.

Asentí. Aquella exhibición de confianza era el sello característico de todas las novias de mi hermano, al menos mientras todavía creían serlo. Únicamente más tarde, en el instante en que los emails y las llamadas cesaban, cuando él parecía esfumarse de la faz de la tierra, presenciábamos su otra faceta: los ojos enrojecidos, los mensajes llorosos en el contestador, alguna que otra llanta quemada delante de mi casa. Tara no parecía de las que lanzan sapos y culebras desde el coche. Pero nunca se sabe.

Cuando dieron las once, los admiradores de mi madre seguían por allí, hablando en un tono tan alto como de costumbre. Yo estaba sentada en mi habitación, mirando mi página Ume.com por matar el tiempo más que nada (ningún mensaje, y conste que no los esperaba) y el email (solo uno, de mi padre, preguntándome cómo iba todo). Pensé en llamar a alguna de mis amigas para ver qué hacían, pero, recordando hasta qué punto me había sentido incómoda en mis últimas incursiones sociales, decidí quedarme sentada en la cama. El marco de Hollis descansaba en la mesilla de noche. Lo cogí y me quedé mirando esas piedras azules tan horteras: el mejor de los tiempos. Algo en aquellas palabras, en su aire tranquilo, en su rostro sonriente, me recordó la charla de mis antiguas amigas cuando intercambiaban anécdotas del curso escolar. No sobre clases ni sobre notas promedio, sino sobre otros temas, cosas que me resultaban tan ajenas como el propio Taj Mahal, cotilleos, chicos y corazones rotos. Seguramente ellas tenían un millón de fotos que poner en ese marco, pero yo no tenía ni una.

Miré a mi hermano de nuevo, con su mochila al hombro. Los viajes sin duda brindaban algún tipo de oportunidad, así como un cambio de escenario. Puede que yo no pudiera marcharme a Grecia o a la India. Pero tenía un sitio adonde ir.

Regresé al portátil, entré en mi cuenta de correo y abrí el mensaje de mi padre. Sin concederme tiempo para pensarlo demasiado, escribí una rápida respuesta, junto con una pregunta. Media hora más tarde, me había respondido.

¡Pues claro que puedes venir! Quédate todo el tiempo que quieras. ¡Nos encantará *disfrutar de tu compañía*!

Y así, sin más, mi verano cambió.

***

Al día siguiente preparé una bolsa de deporte con la ropa, el portátil y una gran maleta de libros. A principios de verano había encontrado el programa de un par de asignaturas que pensaba cursar en Defriese durante el otoño y me agencié unos cuantos de los textos recomendados en la librería universitaria, pensando que no me vendría mal ir familiarizándome con el material. No era precisamente el tipo de equipaje que Hollis habría llevado consigo, pero al fin y al cabo no tendría gran cosa que hacer allí, aparte de ir a la playa y pasar el rato con Heidi, y ninguna de las dos opciones me apetecía demasiado.

Me había despedido de mi madre la noche anterior, pensando que estaría durmiendo cuando me marchara. Sin embargo, cuando entré en la cocina, la encontré despejando la mesa de un sinfín de copas y servilletas de papel arrugadas, con una expresión fatigada en el rostro.

—¿Te acostaste muy tarde? —le pregunté, aunque ya sabía, a causa mis propios hábitos nocturnos, que sí. El último coche abandonó la entrada alrededor de la una y media.

—No mucho —fue su respuesta mientras abría el grifo. Miró por encima del hombro mi equipaje amontonado junto a la puerta del garaje—. Te marchas muy pronto. ¿Tantas ganas tienes de alejarte de mí?

—No —dije—. Es que quiero evitar el tráfico.

A decir verdad, no esperaba que a mi madre le importase si pasaba el verano con ella o no. Y tal vez habría sido el caso de haber escogido cualquier otro destino. Introduce a mi padre en la ecuación, y todo cambia. Así eran las cosas.

—No quiero ni pensar la situación que te vas a encontrar allí —comentó con una sonrisa—. ¡Tu padre con un recién nacido! ¡A su edad! Es para partirse.

—Ya te contaré —le prometí.

—Sí, no te olvides. Te pediré informes regulares.

Bajo mi atenta mirada, hundió las manos en el agua para enjabonar un vaso.

—¿Y qué? —pregunté—. ¿Qué te pareció la novia de Hollis?

Mi madre exhaló un largo suspiro.

—¿Me puedes recordar para qué vino?

—Hollis le pidió que me trajera un regalo.

—Ya... —dijo, dejando un par de copas en el escurridor—. ¿Y qué era?

—Un marco de fotos. De Grecia. Con una fotografía de Hollis.

—Ah. —Cerró el grifo y se apartó el pelo de la cara con el dorso de la muñeca—. ¿Y no le dijiste que mejor se la guardara de recuerdo, si quería volver a verle la cara?

Aunque yo había albergado ese mismo pensamiento exacto, cuando mi madre lo expresó en voz alta me supo mal por Tara, con su rostro franco y cordial, la seguridad con la que había entrado en la casa, tan convencida de su irremplazable posición en el corazón de mi hermano.

—Nunca se sabe —repliqué—. Puede que Hollis haya cambiado. Tal vez se prometan al fin y al cabo.

Mi madre dio media vuelta para mirarme con los ojos entornados.

—Venga, Auden —resopló—. ¿Qué te he dicho sobre la posibilidad de que la gente cambie?

—¿Que no lo hacen?

—Exacto.

Devolvió la atención al fregadero, remojó un plato y, mientras lo hacía, me fijé en las gafas negras de empollón hípster que reposaban en la encimera, junto a la puerta. De súbito, todo cobró sentido: las voces que había oído hasta las tantas, su actividad a esa hora temprana, inusitadamente ansiosa por limpiar el desorden de la noche anterior. Me planteé recoger las gafas, asegurándome de que me viera, aunque solo fuera para demostrar que me había dado cuenta. Pero al final opté por dejarlas donde estaban y me despedí de mi madre. Ella me abrazó con fuerza —siempre te aferraba como si no quisiera dejarte marchar— antes de que yo me pusiera en camino, como llevándole la contraria a su gesto.

DOS

La casa que mi padre compartía con Heidi era tal como esperaba.
Bonita, pintada de blanco con las persianas verdes, un amplio
porche delantero salpicado de mecedoras y macetas con flores,
y una simpática piña de cerámica amarilla colgada de la puerta
que anunciaba: ¡BIENVENIDOS! Únicamente faltaba la valla blanca.

Mientras aparcaba, avisté el machacado Volvo de mi padre
en el garaje abierto, al lado de un Prius de aspecto más nuevo.
Tan pronto como apagué el motor oí el rugido del mar, tan intenso que lo adiviné muy cerca. Tal como esperaba, cuando me asomé por el lateral de la casa apareció ante mis ojos un paisaje de
zostera y una inmensidad azul que se perdía en el horizonte.

Dejando las vistas aparte, tenía mis dudas. Los gestos espontáneos nunca han sido mi fuerte y cuanto más me alejaba de
casa de mi madre, más insegura me sentía respecto a lo que im-
plicaría en la realidad pasar todo un verano con Heidi. ¿Querría
que nos hiciéramos la manicura juntas el bebé, ella y yo? ¿O tal
vez insistiría en que tomara el sol con ella, las dos enfundadas en

camisetas retro a juego con la inscripción «I love unicorns»? Sin embargo, no podía librarme de la imagen de Hollis delante del Taj Mahal mientras yo me moría de aburrimiento a solas en casa. Además, había visto poquísimo a mi padre desde que se había casado con Heidi, y esto —pasar ocho semanas juntos, sin que él tuviera que dar clase ni yo asistir al instituto— me parecía la última oportunidad de disfrutar de su compañía antes de que la universidad y la vida real empezaran.

Inspiré hondo y bajé del coche. Mientras me acercaba al porche delantero, me prometí sonreír y apechugar con lo que fuera que Heidi dijera o hiciese. Cuando menos hasta que pudiera escapar al cuarto que me hubieran asignado y cerrar la puerta.

Llamé al timbre, retrocedí un paso y adopté una expresión amistosa adecuada. Nadie respondió desde el interior, así que volví a llamar antes de acercarme a la puerta, esperando oír el característico taconeo y la alegre voz de Heidi gritando: «¡Voy enseguida!». Sin embargo, de nuevo, nada.

Probé el pomo, que giró con facilidad. Abrí la puerta y asomé la cabeza al interior.

—¿Hola? —grité. Mi voz resonó en un recibidor prácticamente vacío, pintado de amarillo y decorado con grabados enmarcados—. ¿Hay alguien ahí?

Silencio. Entré y cerré la puerta a mi espalda. Solo entonces lo oí: de nuevo el fragor del mar, aunque ahora se escuchaba distinto y mucho más cerca, como a la vuelta de la esquina. Seguí el sonido por el pasillo según se tornaba más y más alto, convencida de que pronto vería una ventana abierta o una puerta trasera. En vez de eso, fui a parar al salón, donde el rugido resultaba ensordecedor. Heidi estaba sentada en el sofá, con el bebé en brazos.

Cuando menos, supuse que se trataba de Heidi. No habría podido afirmarlo con seguridad, ya que no se parecía en nada a la persona que yo había visto en nuestro último encuentro. Llevaba el pelo recogido en una coleta torcida y desaliñada, con algunos mechones pegados a la cara, y vestía un pantalón de chándal raído combinado con una enorme camiseta universitaria manchada de alguna sustancia húmeda a la altura del hombro. Tenía los ojos cerrados, la cabeza levemente recostada hacia atrás. De hecho, pensé que estaba dormida hasta que, sin mover los labios siquiera, susurró con rabia:

—Si la despiertas, te mato.

Yo me quedé de piedra y luego retrocedí un paso, asustada.

—Perdona —dije—. Es que…

Abrió los ojos de sopetón y volvió la cabeza a toda prisa, los ojos como dos rendijas. Cuando me vio, sin embargo, su expresión se transformó en una de sorpresa. Y de repente, sin venir a cuento, rompió a llorar.

—Ay, Dios mío, Auden —dijo con voz estrangulada—. Cuánto lo siento. Había olvidado que tú… Y entonces he pensado que… Pero no tengo excusa…

Su voz se fue apagando y sus hombros se estremecieron mientras, en sus brazos, la niña —que era minúscula, tan pequeña que parecía demasiado frágil para existir siquiera— seguía durmiendo sin enterarse de nada.

Eché un vistazo aterrado a mi alrededor, preguntándome dónde se habría metido mi padre. En ese momento me percaté de que el fragor del mar no procedía del exterior, sino de la pequeña máquina de ruido blanco que descansaba sobre la mesa baja. ¿A quién se le ocurre escuchar un océano falso teniendo uno de verdad al alcance del oído? Fue una de las muchas cosas que, en aquel momento, no pude entender.

—Hum —empecé, al ver que Heidi seguía llorando, los sollozos interrumpidos por algún que otro sorbido y acompañados por el restallido de las olas falsas—. ¿Puedo…? ¿Necesitas ayuda o algo?

Ella aspiró una temblorosa bocanada de aire y alzó la vista para mirarme. Unas grandes ojeras cercaban sus ojos; tenía un sarpullido rojo en la barbilla.

—No —respondió mientras nuevas lágrimas inundaban sus ojos—. Estoy bien. Es que… Estoy bien.

Su afirmación no se sostenía por ningún lado, ni siquiera ante mis ojos inexpertos. Tampoco tuve tiempo de discutírselo, por cuanto en ese momento entró mi padre cargado con una bandeja de cafés y una pequeña bolsa de papel marrón. Vestía su atuendo más típico, que consistía en un pantalón chino arrugado y una camisa por fuera, las gafas algo torcidas. Para impartir clase añadía una corbata y una americana de *tweed*. Eso sí, nunca se quitaba las zapatillas deportivas, fuera cual fuese el resto de su indumentaria.

—¡Aquí está! —exclamó cuando me vio, y al momento se acercó para abrazarme. Mientras me estrechaba entre sus brazos, miré a Heidi por encima de su hombro, que ahora se mordía el labio con la vista clavada en la ventana que daba al océano—. ¿Qué tal el viaje?

—Bien —respondí despacio al tiempo que él retrocedía para extraer un vaso de la bandeja portacafés y ofrecérmelo. Lo acepté y observé cómo se servía el suyo antes de dejar el último sobre la mesa, delante de Heidi, que se limitó a mirarlo como si no supiera qué era aquello.

—¿Ya has conocido a tu hermana?

—Eh…, no —reconocí—. Todavía no.

—¡Ah, bien! —Dejó la bolsa de papel en la mesa y alargó los brazos hacia Heidi (que se crispó, sin que él diera muestras de percatarse) para coger a la recién nacida—. Aquí la tienes. Esta es Tisbe.

Miré la carita del bebé, tan pequeña y delicada que ni siquiera parecía real. Tenía los ojos cerrados, unas minúsculas pestañas de punta. Una de sus manitas asomaba por debajo de la manta y me fijé en los diminutos dedos, acaracolados.

—Es preciosa —observé, porque es lo que dice la gente.

—¿Verdad? —Mi padre sonrió al tiempo que la acunaba con suavidad. En ese momento la niña abrió los ojos. Nos miró, parpadeó y luego, igual que su madre instantes atrás, se echó a llorar—. Ups —dijo él, meneándola una pizca. El llanto de Tisbe cobró fuerza—. ¿Cielo? —Se volvió a mirar a Heidi, que seguía sentada en el mismo lugar y posición exactos, con los brazos exangües a los costados—. Me parece que tiene hambre.

Ella tragó saliva y se giró hacia él sin pronunciar palabra. Cuando mi padre le tendió a Tisbe, Heidi viró el cuerpo de nuevo hacia la ventana, casi como si fuera un robot, mientras el llanto cobraba más y más intensidad.

—Salgamos —propuso él a la vez que recogía el paquete que había dejado sobre la mesa y me indicaba por gestos que lo siguiera de camino hacia unas puertas correderas. Abrió una y me cedió el paso a la terraza trasera. Por lo general, las vistas me habrían quitado el aliento un instante —la casa estaba en la mismísima playa y un camino conducía directamente a la arena—, pero me volví a mirar a Heidi en lugar de admirarlas, solo para descubrir que había desaparecido sin llevarse el café siquiera, que seguía intacto sobre la mesa.

—¿Se encuentra bien? —le pregunté a mi padre.

Él abrió la bolsa de papel, extrajo una magdalena y me la ofreció. Negué con la cabeza.

—Está cansada —explicó. Mordió un bocado y unas cuantas migas rociaron su camisa. Se las sacudió con una mano antes de seguir comiendo—. La pequeña no duerme bien por las noches, ya sabes, y yo no puedo ayudarla demasiado porque tengo problemas de sueño y necesito dormir nueve horas seguidas, o de lo contrario me pongo fatal. Intento convencerla de que busque una niñera, pero no quiere.

—¿Por qué no?

—Ah, ya conoces a Heidi —dijo, como si en verdad yo la conociera—. Se empeña en hacerlo todo ella misma y a la perfección. Pero no te preocupes, se le pasará. Los dos primeros meses son duros. Todavía recuerdo lo mal que lo pasamos con Hollis; tu madre estuvo a punto de perder la cabeza. Claro que él sufría unos cólicos horribles. Teníamos que pasearlo durante toda la noche y seguía gritando. ¡Y qué apetito! Santo Dios. Dejaba a tu madre sin una gota de leche y seguía hambriento…

Continuó hablando en ese plan, pero yo había oído tantas veces la canción que me sabía las palabras de memoria, así que me limité a tomar sorbos de café. Miré a la izquierda y vi unas cuantas casas más y luego lo que parecía ser una especie de paseo marítimo flanqueado de negocios, así como una playa pública ya repleta de sombrillas y gente tomando el sol.

—En fin —decía ahora mi padre, que arrugó el papel de la magdalena antes de devolverlo a la bolsa—. Tengo que volver al trabajo. Te enseñaré tu habitación. Podemos charlar más tarde durante la cena. ¿Te parece bien?

—Claro —asentí mientras regresábamos al interior de la casa, donde el sonido de la máquina seguía atronando. Mi padre negó con la cabeza y, alargando la mano, la apagó. El súbito silencio se me antojó chirriante—. ¿Estás escribiendo?

—Oh, sí. Estoy en racha, terminaré el libro dentro de nada —fue su respuesta—. Solo es cuestión de pulirlo un poco, añadir algún detalle aquí y allá.

Regresamos al recibidor y subimos las escaleras. Mientras recorríamos el pasillo, pasamos junto a una puerta abierta, a través de la cual vi una pared rosa con una cenefa de lunares marrones. En el interior reinaba el silencio. Nadie lloraba, al menos que yo alcanzara a oír.

Mi padre empujó la puerta de la siguiente habitación y, por gestos, me indicó que pasara.

—Siento que tu dormitorio sea tan pequeño —me dijo cuando crucé el umbral—. Pero tienes las mejores vistas.

No mentía. Si bien era un cuarto minúsculo, con una cama individual, un escritorio y apenas espacio para nada más, la solitaria ventana daba a una zona despejada, tan solo se veía zostera, arena y agua.

—Es fantástico —observé.

—¿Verdad? Antes era mi despacho. Pero tuvimos que poner al bebé en la habitación contigua, así que me trasladé a la otra punta de la casa. No quería despertarla con…, ya sabes, el ruidito de mi proceso creativo. —Rio entre dientes, como si yo tuviera que pillar el chiste—. Y hablando de eso, será mejor que me ponga a trabajar. Tengo unas mañanas muy productivas últimamente. Nos vemos para la cena, ¿te parece bien?

—Oh —dije, mirando el reloj. Eran las once y cinco—. Claro.

—Genial. —Me propinó un apretón cariñoso en el brazo y echó a andar por el pasillo, tarareando para sí, mientras yo lo veía alejarse. Tan pronto como dejó atrás la habitación rosa y marrón, oí que la puerta se cerraba.

***

Me despertó el llanto de un bebé a las seis y media de la tarde.

La palabra «llanto», en realidad, no basta para describir aquel escándalo. Tisbe estaba aullando, obviamente ejercitando a tope los pulmones. Y si bien los gritos eran audibles en mi habitación, donde un delgado tabique me separaba de ella, cuando salí al pasillo en busca de un cuarto de baño para lavarme los dientes, el ruido se tornó ensordecedor.

Me quedé un instante en la penumbra, junto a la puerta de la habitación rosa, escuchando los gritos que aumentaban de volumen por momentos antes de detenerse en seco para volver a empezar con fuerzas renovadas. Yo me estaba preguntando si nadie más lo estaría oyendo cuando escuché a alguien que decía «chiss, chiss», antes de que los berridos ahogaran la voz de nuevo.

Me asaltó una sensación de familiaridad, como si algo se agitara en mi inconsciente. Cuando mis padres empezaron a pelearse por las noches, ese ruidito era parte de lo que me repetía a mí misma —«chiss, chiss, todo va bien»— una y otra vez, mientras intentaba hacer oídos sordos a los gritos y quedarme dormida. Ahora, al escucharlo, se me antojó extraño, por cuanto estaba habituada a que fuera privado, únicamente en mi cabeza y rodeada de oscuridad. Así que decidí seguir andando.

—¿Papá?

Mi padre, sentado ante su portátil a un escritorio colocado contra la pared, no se movió cuando dijo:

—¿Mm?

Volví la vista hacia el pasillo, pendiente de la habitación rosa, y luego lo miré a él otra vez. No estaba escribiendo, tan solo observaba la pantalla y tenía un bloc de notas con algunas frases sueltas a un lado de la mesa. Me pregunté si habría estado allí encerrado todo el tiempo que yo había pasado durmiendo, más de siete horas.

—¿Quieres que... —empecé—, esto, vaya preparando la cena o algo?

—¿No está Heidi en ello? —preguntó, todavía de cara a la pantalla.

—Creo que está con el bebé —fue mi respuesta.

—Ah. —Volvió la cabeza para mirarme—. Bueno, si tienes hambre hay una hamburguesería fantástica a una manzana de distancia. Los aros de cebolla son legendarios.

Sonreí.

—Suena bien —asentí—. ¿Le pregunto a Heidi si quiere algo?

—Claro. Y tráeme una hamburguesa con queso y unos aros de cebolla. —Hundió la mano en el bolsillo trasero, extrajo un par de billetes y me los tendió—. Muchas gracias, Auden. Te lo agradezco.

Tomé los billetes sintiéndome como una idiota. Pues claro que no me acompañaba: tenía un bebé en casa, una esposa a la que cuidar.

—Encantada —respondí, aunque él ya había devuelto la atención al ordenador y en realidad no me estaba escuchando—. No tardo nada.

Una vez más me acerqué a la habitación rosa, donde Tisbe seguía llorando a todo pulmón. Como no tenía que preocuparme por si la despertaba, llamé dos veces con los nudillos. Al cabo de un instante se abrió una rendija y Heidi me miró.

Estaba aún más demacrada que antes, si cabe: la coleta había desaparecido y ahora el cabello le caía lacio sobre la cara.

—Hola —dije, o más bien grité por encima de los aullidos—. Voy a comprar algo para cenar. ¿Qué te apetece?

—¿Cenar? —repitió, también alzando la voz. Asentí—. ¿Ya es la hora de cenar?

Miré mi reloj, como si tuviera que asegurarme.

—Son las siete menos cuarto.

—Ay, Dios mío. —Cerró los ojos—. Pensaba prepararte una gran cena de bienvenida. Lo tenía todo planeado, con pollo, verduras y un montón de cosas. Pero la peque no ha parado de protestar y…

—No te preocupes —le aseguré—. Voy a comprar hamburguesas. Papá dice que hay un sitio muy bueno cerca de aquí.

—¿Tu padre está en casa? —preguntó, cambiándose a Tisbe de lado y mirando por encima de mi hombro, hacia el pasillo—. Pensaba que había ido a la facultad.

—Está trabajando en su despacho —le aclaré. Ella se acercó un poco más, como si no pudiera oírme—. Está escribiendo —repetí en un tono más alto—. Así que iré a comprar algo. ¿Qué te apetece?

Heidi se quedó allí plantada, la niña llorando entre las dos, mirando el pasillo y la luz que se filtraba por la puerta entreabierta del despacho. Abrió la boca para hablar, pero se mordió la lengua e inspiró hondo.

—Lo que vayas a comer tú estará bien —dijo al cabo de un momento—. Gracias.

Asentí y a continuación retrocedí mientras ella volvía a cerrar la puerta entre las dos. Lo último que vi fue la cara enrojecida del bebé, que seguía vociferando.

Gracias a Dios, en el exterior reinaba la calma. Tan solo se dejaban oír el fragor del mar y los clásicos sonidos de cualquier vecindario —los niños jugando, la música de algún coche, un televisor con el volumen tan alto que se escapaba por una puerta trasera— según recorría la calle hacia el lugar donde terminaban las viviendas y empezaba la zona comercial.

Había un estrecho paseo de madera custodiado por establecimientos diversos: un local de batidos, una de esas tienduchas para turistas donde venden toallas baratas y relojes de conchas, una pizzería. A medio camino, pasé por una pequeña tienda de ropa llamada Clementine, con un toldo de color naranja. Una hoja pegada a la puerta anunciaba: ¡ES UNA NIÑA! TISBE CAROLINE WEST, NACIDA EL 1 DE JUNIO, 3 KILOS, 100 GRAMOS. «Así que este es el local de Heidi», pensé. Atisbé percheros cargados de camisetas y vaqueros, una sección de maquillaje y lociones corporales y a una chica morena enfundada en un vestidito rosa que se miraba las uñas detrás del mostrador con el teléfono pegado al oído.

Un poco más adelante avisté la que debía de ser la hamburguesería que mi padre había mencionado: «Last Chance Café, los mejores aros de cebolla de la playa», proclamaba el cartel. Más allá había un último negocio, un taller de bicicletas. Un grupo de chicos de mi edad estaba reunido en el deteriorado banco de madera del exterior, hablando y mirando a los transeúntes.

—Lo principal —decía uno, un chaval corpulento que llevaba pantalón corto deportivo y cartera con cadena— es que el nombre tenga garra. Energía, ¿entendéis?

—Es más importante que sea inteligente —opinó otro, más alto y más delgado, con el cabello rizado y aspecto de pardillo—. Por eso deberíamos optar por mi propuesta, «El Cigüeñal». Es perfecto.

—Parece el nombre de una tienda de coches, no de bicicletas —replicó el más bajito.

—Las bicicletas tienen cigüeñal —señaló su amigo.

—Y los coches.

—Y los pozos —añadió el más delgado.

—¿Ahora la quieres llamar «El Cigüeñal del Pozo»?

—No —replicó su amigo mientras los otros dos reían con ganas—. Solo digo que el contexto no tiene por qué ser exclusivo.

—¿Y a quién le importa el contexto? —suspiró el chico bajito—. Necesitamos un nombre que llame la atención y venda el producto. Algo como «Bicis Zoom». O «Bicis Supersónicas».

—¿Cómo va a ser supersónica una bici? —preguntó otro, de espaldas a mí—. Eso es una tontería.

—No lo es —le dijo el chico de la cartera—. Además, tú no estás proponiendo nada.

Dejando atrás Clementine, eché a andar otra vez. En ese preciso instante, el tercer chico se dio la vuelta de sopetón y nuestros ojos se encontraron. Era moreno, con el pelo corto, la piel increíblemente bronceada y una sonrisa franca y segura, ahora dirigida a mí.

—Vaya —dijo despacio, sin despegar los ojos de los míos—. ¿Acaba de pasar por delante de mí la chica más guapa de Colby?

—Ay, por Dios —resopló el pardillo, que negaba con la cabeza mientras el otro reía—. Eres patético.

Noté las mejillas encendidas, aunque no le hice ni caso y continué mi camino. Podía sentir cómo me seguía mirando, todavía sonriendo, mientras yo alargaba más y más la distancia entre los dos.

—Solo he constatado la realidad —gritó, cuando ya apenas si le oía—. Podrías darme las gracias, ¿sabes?

No lo hice. No dije nada, aunque solo fuera porque no tenía ni idea de cómo responder a una insinuación como aquella. Si tenía poca práctica en cuestión de amigas, mi experiencia con chicos —aparte de competir con ellos por las notas o por el primer puesto de la clase— era nula.

No digo que nunca me hubiera fijado en nadie. Cuando estudiaba en el Jackson había un chico en mi clase de Ciencias, un desastre para las ecuaciones, que siempre me provocaba sudores en las palmas de las manos cuando me emparejaban con él en el laboratorio. Y en Perkins Day coqueteé torpemente con Nate Cross, que se sentaba a mi lado en Cálculo, pero toda la clase estaba enamorada de Nate, de manera que apenas si cuenta. No fue hasta entrar en el colegio Kiffney-Brown, donde conocí a Jason Talbot, que me planteé en serio la posibilidad de tener que contar una de esas historias de chicos la próxima vez que quedase con mis viejas amigas. Jason era listo, guapo y tenía el corazón roto después de que su novia de Jackson lo dejara, según sus propias palabras, «por un delincuente juvenil tatuado que trabajaba de soldador». A causa del tamaño de las clases en Kiffney-Brown, estilo seminario, pasábamos mucho tiempo juntos, luchando por el primer puesto de la clase, y cuando me invitó al baile de graduación, me hizo más ilusión de lo que jamás habría reconocido. Hasta que se echó a atrás, alegando la «gran oportunidad» que le brindaba el congreso de ecología. «Ya sabía que te lo tomarías bien —me dijo cuando yo asentí sin rebotarme al conocer la noticia—. Tú sí que entiendes lo que es importante».

Vale, no elogió mi belleza. Pero fue un cumplido, a su manera.

El Last Chance Café estaba atestado. Había una cola de gente esperando para sentarse y se podía ver a dos cocineros a través de la ventanita de la cocina, corriendo de acá para allá conforme los pedidos se amontonaban en el pinchapapeles. Encargué mi pedido a una chica morena y guapa con un piercing en el labio y luego me senté junto a la ventana a esperarlo. Echando un vistazo al paseo, vi a los chicos todavía reunidos delante del banco. El que me había dirigido la palabra estaba ahora sentado, con la nuca apoyada en las manos, riendo, mientras el chaval más fornido paseaba de un lado a otro sobre una bici, salpicando su avance con algún que otro salto.

Tardaron un rato en preparar la comida, pero pronto me di cuenta de que mi padre tenía razón. La espera había valido la pena. Hundí los dedos entre los aros de cebolla antes de llegar siquiera a la puerta que daba al paseo, a esas alturas repleto de familias comiendo helados, parejas dando un paseo y montones de niños que correteaban por la arena. A lo lejos se dibujaba un precioso ocaso, en tonos rosados y anaranjados, y yo clavé la vista en él según avanzaba, sin mirar siquiera a la tienda de bicis hasta que casi la había sobrepasado. El chico seguía allí, aunque ahora estaba hablando con una pelirroja alta que llevaba unas enormes gafas de sol.

—Eh —me gritó él—, si no sabes qué hacer esta noche, hay una hoguera en la Punta. Te guardaré un sitio.

Lo miré de reojo. La pelirroja me estaba mirando con cara de pocos amigos, así que no respondí.

—¡Oh, es una rompecorazones! —continuó él, y se echó a reír. Yo seguí caminando, sintiendo las dagas que la chica me lanzaba clavadas en alguna parte entre los omóplatos—. Piénsatelo. Te estaré esperando.

De nuevo en casa, busqué tres platos y algunos cubiertos. Puse la mesa y coloqué la comida encima. Estaba rescatando los paquetes de kétchup de la bolsa cuando mi padre bajó.

—Me ha parecido oler los aros de cebolla —dijo a la vez que se frotaba las manos—. Esto tiene una pinta de muerte.

—¿Va a bajar Heidi? —pregunté al tiempo que depositaba la hamburguesa de mi padre en un plato.

—No estoy seguro —fue su respuesta. Engulló un aro de cebolla. Con la boca llena, añadió—: La nena no tiene un buen día. Es posible que quiera dormirla antes de cenar.

Volví la vista hacia las escaleras y me pregunté si sería posible que Tisbe siguiera llorando, teniendo en cuenta que yo llevaba fuera una hora como poco.

—Podría…, esto…, preguntarle si quiere que le suba la cena.

—Claro, genial —asintió mi padre, que separó una silla de la mesa y se sentó. Yo me quedé un instante allí plantada, observando cómo se zampaba otro aro de cebolla y echaba mano de un periódico que había por allí encima. Tenía ganas de compartir la cena con mi padre, claro, pero me sabía mal hacerlo en esas circunstancias.

Efectivamente, Tisbe seguía llorando: la oí en cuanto llegué al final de las escaleras con la cena de Heidi en un plato. La puerta de la habitación rosa estaba entornada y la vi, a través de la rendija, sentada en una mecedora con los ojos cerrados, balanceándose adelante y atrás, adelante y atrás. Dudé si molestarla, pero debió de oler la comida, porque abrió los ojos una milésima de segundo más tarde.

—He pensado que tendrías hambre —le dije a voz en cuello—. ¿Quieres que…? ¿Te acerco el plato?

Ella parpadeó y luego miró a Tisbe, que seguía aullando.

—Déjalo ahí —me pidió, señalando con la barbilla una cómoda blanca—. Lo cogeré en cuanto pueda.

Me aproximé esquivando una jirafa de peluche y un libro titulado *Todo lo que debe saber sobre su bebé*, que estaba abierto por una página cuyo encabezamiento rezaba: «Irritabilidad: qué la provoca y cómo evitarla». O bien no había tenido tiempo de leerlo, o bien ese libro no servía para nada, pensé mientras dejaba el plato.

—Gracias —dijo Heidi. Todavía se estaba meciendo con un movimiento casi hipnótico, aunque obviamente no era hipnótico para Tisbe, que aún gritaba a voz en cuello—. Es que… no sé qué estoy haciendo mal. Ha comido, la he cambiado.

La estoy acunando y tengo la sensación... de que me odia o algo así.

—Deben de ser gases —sugerí.

—Pero ¿eso qué significa, exactamente? —Tragó saliva con dificultad y devolvió la vista a la carita de su hija—. No tiene sentido y yo estoy haciendo todo lo que puedo...

Dejó la frase en suspenso, de nuevo con la voz estrangulada, y yo pensé en mi padre, sentado tranquilamente en la planta baja, comiendo aros de cebolla y leyendo el periódico. ¿Por qué no estaba aquí arriba con ella? Yo tampoco sabía absolutamente nada sobre bebés. Según formulaba aquel pensamiento, Heidi alzó la vista hacia mí.

—Dios mío, Auden, cuánto lo siento. —Negó con la cabeza—. Seguro que no te apetece nada aguantar mis rollos. Eres joven, deberías estar divirtiéndote. —Se sorbió y se frotó los ojos con una mano—. ¿Sabes? Hay un sitio que llaman la Punta, un poco más abajo. Las dependientas de mi tienda van allí a divertirse por las noches. Deberías pasarte. Será mejor que esto, ¿no?

«Ya lo creo», pensé, pero me pareció de mala educación decirlo en voz alta.

—Puede que vaya —respondí.

Ella asintió, como si hubiéramos cerrado un trato, antes de volver a posar los ojos en Tisbe.

—Gracias por la comida —dijo—. De verdad... Te lo agradezco mucho.

—De nada —fue mi respuesta. Pero ella seguía mirando al bebé con expresión fatigada, así que consideré el gesto un adiós y, cerrando la puerta al salir, me largué.

En la planta baja mi padre apuraba los últimos bocados de la cena al tiempo que leía con atención las páginas de deportes. Cuando me senté en la silla de enfrente, alzó la vista y sonrió.

—¿Cómo le va? ¿Ya se ha dormido la peque?

—La verdad es que no —le dije, y desenvolví mi hamburguesa—. Sigue gritando.

—Porras. —Echó la silla hacia atrás para levantarse—. Será mejor que vaya a echar un vistazo.

«Por fin», pensé mientras él desaparecía escaleras arriba. Eché mano de mi hamburguesa y le asesté un bocado; estaba fría, pero todavía rica. No me había zampado ni la mitad cuando mi padre reapareció. Se encaminó a la nevera y sacó una cerveza. Yo me quedé sentada, masticando, mientras él le quitaba el tapón, bebía un sorbo y miraba por la ventana en dirección al agua.

—¿Va todo bien ahí arriba?

—Sí, claro —me aseguró con desenfado, al tiempo que se cambiaba la botella de mano—. Tiene gases, nada más. No se puede hacer gran cosa salvo esperar.

El caso es que yo quería a mi padre. Puede que fuera algo neurótico y sin duda un egoísta de cuidado, pero conmigo siempre se había portado bien y yo le admiraba. Ahora mismo, sin embargo, entendía por qué algunas personas no le tenían demasiada simpatía.

—¿Heidi…? ¿Va a venir su madre a ayudarla y eso?

—Su madre murió hace un par de años —me reveló mientras tomaba otro trago de cerveza—. Tiene un hermano, pero es mayor. Vive en Cincinnati con sus propios hijos.

—¿Y si contratarais a una niñera o algo así?

Me miró.

—No quiere que nadie la ayude —replicó—. Como ya te he dicho, quiere hacerlo todo ella misma.

Una imagen cruzó por mi mente: la de Heidi mirando hacia el despacho de mi padre, su expresión agradecida cuando le había subido la cena.

—Tal vez —empecé— deberías, ya sabes, insistir. Parece muy cansada.

Se limitó a mirarme un momento, con una expresión hierática.

—Auden —dijo por fin—, esto no es algo que deba preocuparte, ¿de acuerdo? Heidi y yo nos apañaremos.

En otras palabras, no es asunto tuyo. Y tenía razón. Aquella era su casa y yo era una invitada. Constituía una insolencia por mi parte presentarme allí y suponer que podía ir dando lecciones solo con la experiencia de unas pocas horas.

—Vale —dije, haciendo una bola con la servilleta—. Claro.

—Muy bien —respondió mi padre, de nuevo con la voz relajada—. Pues… voy a subir un rato, a darle otro empujón al libro. Me gustaría terminar el capítulo esta noche. ¿Te las arreglarás sola?

En realidad, no se trataba de una pregunta, solo estaba formulada como tal. Es raro cómo una entonación puede marcar tanta diferencia, cambiar incluso el verdadero sentido de una frase.

—Claro —dije—. Ve. Todo irá bien.

TRES

Sin embargo, no iba todo bien. Estaba aburrida y Tisbe seguía aullando. Deshice el equipaje, intenté extraerle algún sentido a mi futuro manual de *Introducción a la Economía* e hice limpieza de los mensajes del móvil. Lo cual me ocupó unos cuarenta minutos en total. Llegado ese momento, mientras la pequeña seguía llorando —¡seguía llorando!—, eché mano de una chaqueta, me recogí la melena y salí a dar un paseo.

Al principio no tenía pensado acercarme a la Punta, fuera lo que fuera o dondequiera que estuviese. Únicamente planeaba tomar un poco de aire, descansar del ruido y disponer de un momento para procesar lo que había sucedido entre mi padre y yo hacía un rato. Sin embargo, tras recorrer un trecho en sentido contrario al paseo, la acera desembocó en una calle sin salida con un montón de coches aparcados a ambos lados. Desde allí partía un camino y vi luces a lo lejos. «No sé si es buena idea», pensé, pero entonces me acordé de Hollis en ese marco de fotos, y eché a andar de todos modos.

Serpenteé entre las zosteras y remonté un par de dunas hasta llegar a una ancha franja de arena. A juzgar por su aspecto debía de haber formado parte de la playa en algún momento, hasta que la erosión, una tormenta o ambas cosas habían creado una especie de península donde ahora se reunía un grupo de gente, algunos sentados en los maderos traídos por la corriente, que habían amontonado para crear bancos improvisados, otros de pie alrededor de un foso en el que ardía una hoguera de buen tamaño. Había una furgoneta grande aparcada a un lado, detrás de un dispensador de cerveza, y reconocí al chico alto y delgado de la tienda de bicicletas, que estaba sentado junto a ella. Al verme me miró con sorpresa y volvió la vista hacia la hoguera. Pues sí, allí estaba el chico que se había dirigido a mí hacía un rato, con un anorak rojo y un vaso de plástico en la mano. Hablaba con dos chicas —la pelirroja de antes y otra más bajita de cabello oscuro, con dos coletas— haciendo ostentosos gestos con la mano libre.

—¡Por la derecha! —gritó alguien a mi espalda, y a continuación oí un zumbido. Cuando di media vuelta, solamente pude ver al chico bajo y recio de antes acercándose en bici a toda mecha. Salté a un lado en el mismo instante en que pasaba zumbando, rodeaba la duna y se internaba disparado en la arena más llana de la playa. Todavía estaba intentando recuperar el aliento cuando oí un traqueteo de pedales y dos bicis más surgieron de la oscuridad del camino. Los ciclistas —un chico rubio y una chica con la cabeza rapada— reían y charlaban según avanzaban como flechas. «Por Dios», pensé mientras volvía a apartarme, solo para estamparme de bruces contra algo. O alguien.

Cuando me volví a mirar, encontré delante de mí a un chico alto vestido con una raída sudadera azul de capucha y unos vaqueros. Llevaba el pelo casi por los hombros, recogido a la altura de la nuca. Me lanzó una ojeada rápida —tenía los ojos verdes, algo hundidos— y apenas se fijó en mi cara.

—Perdona —dije, aunque yo no tenía la culpa: era él quien había aparecido de la nada. Pero se limitó a asentir, como si le debiera una disculpa, y prosiguió su camino hacia la playa, deslizando las manos en los bolsillos.

No necesitaba más señales para comprender que había llegado el momento de dar media vuelta. Cuando me disponía a hacerlo, oí una voz a mi espalda.

—¿Lo ves? ¡Ya sabía yo que no podrías resistirte a mis encantos!

Me volví a mirar y descubrí que el chico del paseo se había acercado, todavía con el vaso en la mano. La pelirroja y la chica de las coletas estaban ahora de pie junto al barril de cerveza, observando enfurruñadas cómo él avanzaba hacia mí. De pronto me invadió el nerviosismo, sin saber qué responder, pero entonces me vino a la mente una imagen de mi madre en la mesa de la cocina, rodeada de alumnos de posgrado. Puede que yo no supiera qué decir. Pero me sabía de memoria las técnicas de mi madre.

—Pues claro que me puedo resistir —repliqué.

—Bueno, es normal que pienses eso. Mi verdadera ofensiva todavía no ha empezado.

—¿Tu ofensiva? —pregunté.

Sonrió. Su sonrisa —luminosa, amplia, casi bobalicona— era su mejor rasgo y lo sabía.

—Me llamo Jake. Iré a buscarte una cerveza.

«Bah», pensé. «Esto no parece tan difícil, al fin y al cabo».

—Puedo hacerlo sola —le solté—. Tú señálame el camino.

***

«¿Tú de qué vas?».

No supe qué responder a aquello. No la primera vez que Jake me lo preguntó, cuando lo aparté de un empujón al tiempo que me ceñía la camisa al cuerpo y me tambaleaba sobre las dunas de regreso al camino. Y tampoco cuando remonté la calle de mi padre mientras trataba de sacudirme la arena del pelo. Notaba los labios hinchados y doloridos; el cierre del sujetador, abrochado deprisa y corriendo, se me clavaba en la espalda según entraba por la puerta trasera y la cerraba detrás de mí.

Subí las escaleras en silencio y recorrí a hurtadillas el oscuro pasillo, contenta de que no oír nada salvo mis propios pasos. Tisbe se había dormido, por fin. Después de darme una larga ducha caliente, me enfundé un pantalón de estar por casa y una camiseta de tirantes y me instalé en mi cuarto a leer el manual de Economía. Pero, por más que intentaba concentrarme en las palabras, los sucesos de la noche invadían mi mente una y otra vez: el tono cortante de mi padre, la desenfadada sonrisa de Jake, nuestra conexión desgarbada y apresurada entre las dunas y cómo de repente todo me había parecido raro y mal, nada propio de mí. Puede que mi madre supiera jugar a ser la zorra egoísta y sin sentimientos. Pero yo no estaba haciendo nada más que eso: jugar. Hasta que llegó la hora de la verdad. Era una chica lista. ¿Por qué acababa de cometer semejante tontería?

Se me saltaron las lágrimas, las palabras se emborronaron en la página y me presioné la cara con las palmas para contenerlas. No hubo suerte. En vez de eso, ejercieron un efecto contagioso: pasado un instante, oí el aullido de Tisbe seguido de los pasos de alguien —Heidi, cómo no— que se acercaba por el pasillo, abría una puerta y volvía a cerrarla.

La pequeña estuvo llorando una hora, mucho más tiempo del que tardaron mis lágrimas en dejar de fluir y secarse. Tal vez fuera el sentimiento de culpa por lo que había hecho esa noche. O quizás necesitaba una distracción de mis propios problemas. Fuera cual fuese el motivo, me sorprendí a mí misma saliendo al pasillo y entrando en la habitación de Tisbe. Esta vez no llamé. Me limité a abrir la puerta y el agotado rostro de Heidi, surcado de sus propias lágrimas, alzó la vista hacia mí desde la mecedora.

—Déjamela —le dije, extendiendo los brazos—. Descansa un poco.

Estaba convencida de que *Todo lo que debe saber sobre su bebé* no incluía nada sobre paseos al alba a la orilla del mar como remedio contra los gases. Pero nunca se sabe.

Al principio no tenía nada claro que Heidi me fuera a ceder a la niña. Aun después de tantas horas de llanto y su evidente agotamiento, titubeó. Avancé un paso más y añadí:

—Venga. —Solo entonces se rindió con un suspiro y, antes de que me diera cuenta, tenía a mi hermana entre los brazos.

Era tan tan pequeña… Y no paraba de moverse, lo cual la hacía parecer todavía más frágil si cabe, aunque a juzgar por los gritos no le faltaban energías. Noté su piel cálida contra la mía y la humedad de su nuca, el cabello mojado de calor y cansancio. «Pobrecita», pensé, sorprendida por mi propia reacción.

—No sé qué quiere —se lamentó Heidi antes de desplomarse de nuevo en la mecedora, cuyo respaldo golpeó la pared—. Yo... no puedo... Ya no soporto su llanto.

—Ve a dormir —le sugerí.

—No sé —musitó ella—. Tal vez debería...

—Ve —insistí, y, si bien no pretendía decirlo en un tono tan brusco, funcionó. Se levantó de la mecedora y, sollozando al pasar junto a mí, salió al pasillo camino de su dormitorio.

Así que yo me quedé con Tisbe, que seguía berreando. La estuve paseando un ratito: por su habitación, por la planta baja, por la cocina, alrededor de la isla, de nuevo por la sala, y eso sirvió para tranquilizarla un poco, pero no demasiado. Entonces reparé en el cochecito de paseo, aparcado junto a la puerta. Serían alrededor de las cinco cuando le até el arnés, todavía aullando, y empecé a empujarla por el camino de entrada. Cuando llegamos al buzón, seis metros más adelante, se había callado.

«No me lo puedo creer», pensé, al tiempo que me detenía para mirarla. Transcurrió una milésima de segundo antes de que inspirara hondo para volver a empezar. A toda prisa, procedí a empujarla de nuevo y, pasados unos cuantos giros de las ruedas..., silencio. Aceleré el paso y salí a la calle.

Para cuando llegamos a la zona comercial, estaba durmiendo bajo la manta, los ojos cerrados, la expresión relajada. El paseo se abría ante nosotras, desierto y azotado por una brisa fresca. Solamente se dejaban oír el fragor del océano y el traqueteo del cochecito a mis pies.

Habíamos recorrido todo el camino hasta el Last Chance Café antes de que viera señales de presencia humana y, aun así, quienquiera que fuese estaba tan lejos que yo únicamente podía atisbar una mancha de color y movimiento. Cuando dimos media vuelta y regresamos al toldo anaranjado de Clementine comprendí que estaba viendo a una persona montada en bici. Se encontraba en la zona donde el paseo se abría a la playa y yo observé, forzando la vista, cómo levantaba la rueda delantera, saltaba y volvía a bajar girando el manillar al mismo tiempo. A continuación pedaleaba hacia atrás, en zigzag, antes de tomar velocidad hacia delante, saltar a un banco cercano y descender nuevamente. Los movimientos eran fluidos, casi hipnóticos: pensé en Heidi en la mecedora, en Tisbe dormida en el cochecito, en la energía sutil y tranquila del movimiento. Estaba tan distraída observando los equilibrios de la bicicleta que solamente cuando llegué a su altura reconocí la capucha azul, el cabello oscuro recogido a la altura de la nuca. Era el mismo chico contra el que había me había estampado en el camino unas horas atrás.

Esta vez, sin embargo, fue él quien se sobresaltó, algo evidente a juzgar por el bote que pegó y su manera de derrapar torpemente cuando nos avistó a menos de tres metros de distancia. Supe, por su manera de mirarme, que él también me había reconocido, aunque su recibimiento no fue cordial, en absoluto; no me saludó. También es cierto que yo no le dije nada. De hecho, los dos nos quedamos allí plantados, mirándonos. La situación habría resultado horriblemente incómoda de no ser porque Tisbe escogió ese preciso momento para romper a llorar.

—Ah —exclamé, y me apresuré a empujar el cochecito hacia delante y de nuevo hacia atrás. Ella enmudeció al instante, pero mantuvo los ojos abiertos para ver el firmamento que se extendía en lo alto. El chico la estaba observando y yo, no sé por qué, me sentí obligada a añadir:

—Está… Ha sido una noche muy larga.

El desconocido me miró de nuevo, su rostro emanaba gravedad. Parecía casi atormentado, si bien no sabría decir por qué justo esa palabra acudió a mi pensamiento. Volvió la mirada hacia Tisbe y respondió:

—Todas lo son, ¿no?

Abrí la boca para decir algo —para asentir, cuando menos—, pero no tuve ocasión; él ya estaba pedaleando hacia atrás. Sin despedirse, sin decir ni una palabra, tan solo un giro de manillar y ya se estaba alejando, de pie sobre los pedales. En lugar de avanzar en línea recta recorrió el paseo en zigzag, de lado a lado y sin apresurarse, todo el camino hasta el final.

CUATRO

—Para ti.

Bajé la vista. Delante de mí, en un platito amarillo, había una magdalena de arándanos azules, esponjosa y perfecta. A su lado descansaba una porción de mantequilla, como un adorno.

—Tu padre me ha dicho que son tus favoritas —dijo Heidi—. He comprado los arándanos esta mañana en el mercado de los granjeros y las he preparado.

Aunque saltaba a la vista que todavía estaba cansada, ahora se parecía más a la Heidi que yo conocía: se había recogido el pelo con esmero, vestía vaqueros con una camiseta limpia a juego y se había aplicado brillo de labios.

—No tenías por qué hacerlo, de verdad —protesté.

—Sí —fue su respuesta. Habló en un tono neutro, serio—. Tenía que hacerlo.

Eran las dos de la tarde y yo acababa de bajar después de siete horas largas de sueño. Ella estaba en la cocina, enjuagando un cuenco de mezclar, con el bebé dormido en el hueco del otro brazo. Yo iba de camino a la cafetera, sin muchas ganas de conversación y, antes de que supiera lo que estaba pasando, ella me había acorralado con un abrazo y magdalenas.

—Gracias a ti —empezaba a explicar ahora, mientras se acomodaba en una silla al otro lado de la mesa y se recolocaba al bebé— he podido dormir cuatro horas seguidas desde que nació la nena. Ha sido como un milagro.

—No es para tanto, en serio —repliqué. Quería que se callara de una vez. Hacer tantos aspavientos por un favor de nada apestaba a desesperación.

—Lo digo en serio —insistió, sin captar la indirecta—. Ahora mismo eres mi persona favorita del mundo.

«Genial», pensé. Retiré el papel de la magdalena y le asesté un mordisco en lugar de responder. Todavía estaba caliente, y deliciosa, y me hizo sentir horriblemente desagradecida por todos los sentimientos que me había inspirado Heidi desde que posé los ojos en ella por primera vez.

—Está deliciosa —observé.

—¡Cuánto me alegro! —exclamó por encima del timbre del teléfono, que había empezado a sonar—. Como ya te he dicho, era lo mínimo que podía hacer.

Tomé otro bocado mientras ella se incorporaba, pasaba a la niña al otro brazo y levantaba el auricular de la encimera.

—¿Sí? Ah, Maggie, bien, me estaba preguntando si habría llegado el envío... Oye, ¿te pasa algo? —Entornó los ojos—. Tienes la voz tomada. ¿Estás llorando?

«Señor», pensé a la vez que echaba mano del periódico para ojear los titulares. ¿Qué les pasaba a las mujeres de aquel pueblo? ¿Todo el mundo tenía las emociones a flor de piel o qué?

—Vale —dijo Heidi despacio—. Es que me ha parecido que… No, no, claro. ¿Qué? Bueno, debería estar en el despacho, en el cajón de la izquierda. ¿No está? Mm. A ver, déjame pensar… —Miró a su alrededor y se llevó una mano a la boca. Alzó la voz para explicar—: Ay, mierda. Está aquí, junto a la puerta. Por Dios, ¿cómo ha podido pasar? No, te lo llevo ahora mismo. No pasa nada, acostaré a Tisbe en el cochecito…

La persona con la que hablaba respondió algo en un tono igualmente alto y chillón. Tomé un trago de café y luego otro. En ese momento, la niña empezó también a protestar. Me pregunté si las emociones se comportarían igual que el ciclo menstrual, cuando había varias mujeres reunidas. Antes o después, todas acababan llorando.

—Oh, vaya —exclamaba Heidi ahora, mirando el reloj—. Mira, tendré que darle de comer antes de ir a ninguna parte. Dile al repartidor que… ¿Hay dinero suficiente en el cajón? Ya, ¿lo puedes mirar? —Se hizo un silencio, durante el cual las protestas de Tisbe se desataron en llanto. Heidi suspiró—. De acuerdo. No, vamos enseguida. Tú… aguanta. Vale. Hasta ahora.

Colgó y recorrió la cocina hasta el hueco de las escaleras, meciendo a Tisbe con suavidad según avanzaba.

—Robert —gritó en dirección al piso superior—. ¿Cariño?

—¿Sí? —respondió mi padre al cabo de un instante, la voz amortiguada por la distancia.

—¿Podrías darle el biberón a Tisbe? Tengo que llevar el talonario a la tienda.

Oí pasos arriba y, a continuación, la voz alta y clara de mi padre, diciendo:

—¿Me hablas a mí?

La pequeña escogió ese momento para empezar a berrear. Heidi tuvo que vociferar por encima de los gritos para responder:

—¿Podrías darle el biberón a Tisbe? Tengo que ir a la tienda porque me traje el talonario y creía que habría dinero allí para pagar el pedido contra reembolso, pero no hay suficiente...

«Demasiada información», pensé mientras apuraba los restos del café. ¿Por qué siempre tenía que complicarlo todo?

—Cariño, ahora mismo no me va bien hacer un descanso —replicó mi padre—. ¿No puede esperar veinte minutos?

Tisbe lanzó un aullido que venía a resumir la respuesta.

—Hum —dijo Heidi, mirándola—. No sé...

—Muy bien —zanjó mi padre, y reconocí el tono al momento, irritado e impaciente. «Muy bien», le decía a mi madre, «serás tú la que nos mantenga con tu trabajo». «Muy bien, supongo que tú sabes mejor que yo lo que busca la industria editorial». «Muy bien, renunciaré a escribir; al fin y al cabo nunca me han nominado al National Book Award»—. Espera un minuto y...

—Yo llevaré el talonario —dije al tiempo que me levantaba de la silla. Heidi volvió la vista hacia mí, sorprendida, pero no tanto como yo ante mi propia reacción. Creía que había superado esa clase de conducta codependiente hacía años—. Pensaba ir a la playa de todos modos.

—¿Seguro? —preguntó Heidi—. Porque ya fuiste de gran ayuda ayer por la noche y no quiero pedirte que...

—Se está ofreciendo, Heidi —la interrumpió mi padre. Yo no lo veía, solamente oía su voz atronando desde las alturas, como Dios—. No te pongas en plan mártir.

«No es mal consejo», pensaba yo diez minutos más tarde, mientras recorría el paseo con el talonario —¡y unas magdalenas para las chicas!— en la mano. Veinticuatro horas en Colby y ya no me reconocía a mí misma. «Mi madre se sentiría asqueada», pensé. Yo ya lo estaba.

Cuando entré en Clementine, lo primero que vi fue a la morena de la noche anterior detrás del mostrador, hablando con el repartidor de UPS.

—El caso es —estaba diciendo ella— que no tiene sentido seguir llorando por él, ya lo sé. Pero estuvimos saliendo juntos cosa de dos años. No fue un rollo sin importancia. Íbamos en serio, tan en serio como se puede ir con un chico. Y algunos días, como hoy…, lo llevo fatal.

La cara del repartidor de UPS, cuya incomodidad era más que evidente, se iluminó al verme.

—Me parece que su talonario acaba de llegar —anunció.

—¡Ah! —La chica se volvió hacia mí y parpadeó, desconcertada—. ¿Heidi no…? ¿Tú eres…?

—Su hijastra —expliqué.

—¿En serio? Qué bien. ¿Has venido para ayudarla con la nena?

—No…

—¡Estoy deseando conocerla! —me interrumpió sin dejarme terminar—. ¡Y me encanta el nombre! Es tan original… Aunque pensaba que Heidi la llamaría Isabel o Caroline. Pero debí de entenderlo mal…

Le tendí el talonario y luego la bolsa. Cuando la miró con perplejidad, añadí:

—Magdalenas.

—¿De verdad? —exclamó ella emocionada, al tiempo que abría la bolsa—. Oh, huelen de maravilla. Toma, Ramón, ¿quieres una? —Le ofreció la bolsa al repartidor de UPS, que hundió la mano para coger una, y luego a mí. Yo negué con la cabeza y ella se sirvió a su vez—. Muchas gracias. Mira, haré el cheque a toda prisa y te devolveré el talonario, porque creo que Heidi lo necesitaba para pagar unas facturas y me sabría mal que tuviera que hacer otro viaje. Aunque me va bien tenerlo aquí, pero al mismo tiempo…

Asentí —de nuevo demasiada información— antes de encaminarme a un expositor de vaqueros mientras ella seguía parloteando. Detrás de los pantalones, encajados contra una pared trasera, había bañadores de rebajas y decidí echar un vistazo. Estaba mirando un bikini rojo con la parte inferior tipo bóxer que no era del todo horrible cuando oí la campanilla de la puerta.

—Traigo cafeína —gritó una voz de chica—. Doble moca, extra de nata. Tu favorito.

—Y yo —añadió otra— tengo el último número de *Hollyworld*. Acaban de dejarlo en el quiosco, hace como diez minutos.

—¡Chicas! —chilló Maggie. Lancé una ojeada, pero el perchero de bañadores me bloqueaba la vista. Solo veía a la vendedora, por cuanto Ramón ya había abandonado el local, por suerte para él—. ¿Qué celebramos?

Todas guardaron silencio, y yo reanudé mi inspección. A continuación, una de las chicas empezó:

—Bueno…, en realidad, tenemos que decirte una cosa.

—¿A mí? —repitió Maggie.

—Sí —prosiguió la otra. Hubo una pausa. A continuación—: A ver, antes de que digamos nada, quiero dejar claro que es por tu propio bien. ¿Vale?

—Vale —respondió Maggie despacio—. Pero me estás asustando con eso de…

—Jake se lio anoche con otra chica —le espetó la primera—. En la Punta.

«Ay, mierda», pensé.

—¿Qué? —susurró Maggie.

—¡Leah! —la regañó la otra—. Por Dios. ¿No habíamos quedado en que se lo diríamos con delicadeza?

—Tú se lo querías decir con delicadeza —replicó Leah—. Yo propuse hacerlo de sopetón, como la cera para las cejas.

—¿Va en serio? —Maggie las interrumpió en un tono estrangulado, chillón, y yo me encogí cuanto pude entre los bañadores mientras me preguntaba si no habría una salida trasera—. ¿Cómo lo sabéis? ¿Quién era? O sea, ¿cómo…?

—Estábamos allí —respondió Leah en tono derrotado—. La vimos llegar y luego los dos estuvieron hablando antes de marcharse juntos a las dunas.

—¿Y no hicisteis nada para impedirlo? —chilló Maggie.

—Eh —dijo la otra—. Tranquilízate, ¿vale?

—No me digas que me tranquilice, ¿vale, Esther? ¿Quién era?

Otro silencio. «Maldita Heidi y su maldito talonario», pensé, según intentaba volverme invisible entre los bañadores de una pieza.

—No lo sabemos —fue la respuesta de Leah—. Una veraneante, una turista.

—Ya, ¿y qué aspecto tenía? —siguió preguntando Maggie.

—¿Qué importa eso? —le espetó Esther.

—¡Pues claro que importa! Es fundamental.

—No es —replicó Leah con un suspiro— fundamental.

—¿Era más guapa que yo? —insistió la dependienta—. ¿Más alta? Seguro que era rubia. ¿Era rubia?

Silencio. Yo me asomé por detrás del perchero de los bañadores, resignada, a esas alturas de la conversación, a encontrar allí a la pelirroja y a la otra chica de las coletas que había visto en la hoguera. Intercambiaron una mirada antes de que la de las coletas —Esther— respondiera:

—Era morena, de tez clara. Más alta que tú, pero esquelética.

—Y su piel no era nada del otro mundo —añadió la pelirroja, que debía de ser Leah.

Al oírlas, me encogí con dolor. En primer lugar, yo no soy esquelética. Y vale, tenía alguna que otra marca de acné, pero eran temporales, no un problema de la piel. Y, de todos modos, quiénes eran ellas para decir…

De golpe y porrazo, el perchero de los bañadores se abrió por el centro, como el mar Rojo. Y así, sin más, entre un estrépito de perchas, me encontré cara a cara con Maggie.

—¿Por casualidad se parecía —empezó, mirándome con los ojos entornados— a esta chica?

—Ay, la leche —musitó Leah. A su lado, Esther se tapó la boca con una mano.

—No me lo puedo creer —dijo Maggie, mientras yo luchaba contra el impulso de protegerme con un top tipo *bandeau*—. ¿Te liaste con Jake ayer por la noche?

Tragué saliva y el sonido se me antojó más estrepitoso que un disparo.

—No fue… —intenté decir, pero entonces me percaté de que estaba balbuceando y me paré a respirar—. No fue nada.

Maggie contuvo un grito e hinchó los carrillos.

—Nada —repitió. Dejó caer las manos, que hasta ahora seguían en el perchero de los bañadores—. Te das el lote con el amor de mi vida, con el chico con el que pensaba casarme...

—Ay, por favor —intervino Leah—. Ya empezamos.

—¿Y no es «nada»? ¿En serio?

—Maggie —dijo Esther según se acercaba—, venga. Esto no tiene nada que ver con ella.

—¿Y entonces con quién tiene que ver, si se puede saber?

Esther suspiró.

—Ya sabías que esto iba a pasar antes o después.

—No —protestó Maggie—. No lo sabía. No tenía ni idea.

—Pues claro que lo sabías. —Esther le posó una mano en el hombro y se lo sujetó con cariño—. Afróntalo. Si no hubiera sido ella, habría sido alguna otra.

—Alguna boba —recalcó Leah, que cogió la revista y empezó a hojearla. Luego, como si acabara de caer en la cuenta, se volvió a mirarme y añadió—: Sin ánimo de ofender. El tío es un idiota.

—No lo es —protestó Maggie, con lágrimas en los ojos.

—Venga ya, Mag. Sabes muy bien que sí. —Esther me lanzó una ojeada y enlazó el brazo con el de su amiga para tomarle la mano—. Y ahora puedes empezar a olvidarte de él muy en serio. Si lo piensas, esto es lo mejor que podía pasar.

—Es verdad —asintió Leah, volviendo una hoja.

—¿Cómo lo sabes? —lloriqueó Maggie. Pero dejó que la llevaran al mostrador y tomó como hipnotizada el café moca que Leah le tendía.

—Porque —empezó Esther con suavidad— tú seguías esperándolo, te torturabas, pensabas que volvería. Ahora tendrás que olvidarlo. Esta chica te ha hecho un favor, si te paras a pensarlo.

Maggie se volvió a mirarme y yo me obligué a erguir la espalda. No me podía creer que me hubiera dejado impresionar por ella: era minúscula, rosa como un pompón. Según formulaba ese pensamiento, salí por detrás de los bañadores de camino a la puerta.

—Espera un momento —me pidió.

No tenía por qué detenerme. Lo sabía. Pese a todo, aminoré el paso y me giré para mirarla. Pero no dije nada.

—A ti te… —empezó, pero tuvo que pararse a respirar—. ¿A ti te gusta? Solo quiero que me lo digas. Ya sé que es patético, pero necesito saberlo.

La miré un instante. Notaba todos los ojos clavados en mí.

—No me importa lo más mínimo —respondí.

Ella me sostuvo la mirada unos segundos. A continuación echó mano del talonario, se acercó y me lo tendió.

—Gracias —dijo.

Puede que en el mundo de las chicas aquel gesto fuese un punto de inflexión. Una vez superadas las diferencias iniciales, comprendíamos que teníamos algo en común, al fin y al cabo, y nos hacíamos grandes amigas. Sin embargo, yo no conocía ese universo, jamás había habitado en él y no sentía ningún interés en explorarlo, ni siquiera como turista. Así que tomé el talonario, asentí y crucé la puerta. Como había hecho tantas veces con otros grupos, las dejé allí para que me pusieran verde por la espalda, si querían.

***

—Bueno —dijo mi madre—, cuéntamelo todo con pelos y señales.

La tarde llegaba a su fin y yo dormía como un tronco cuando sonó mi teléfono. Antes de mirar la pantalla ya sabía quién era. En primer lugar, porque es el momento del día que mi madre suele escoger para hacer llamadas, justo antes de la hora del cóctel. Y también porque no esperaba tener noticias de nadie más, salvo tal vez de mi hermano, Hollis, y él acostumbraba a telefonear en mitad de la noche, porque todavía no había entendido del todo el concepto de huso horario.

—Pues —empecé, conteniendo un bostezo— esto es muy bonito. Las vistas son increíbles.

—Seguro que sí —replicó—, pero no me aburras describiendo el escenario. Quiero detalles. ¿Cómo está tu padre?

Tragué saliva y eché un vistazo a la puerta como si pudiera traspasarla con la mirada y asomarme a su despacho. No me podía creer la facilidad que tenía mi madre para tocar el único tema del que no quería hablar. Siempre se daba cuenta.

Llevaba tres días en casa de mi padre, de los cuales no habíamos pasado juntos más de, uf, tres horas. O bien estaba trabajando en su despacho, o bien durmiendo en su habitación, o tal vez en la cocina tomando un bocado rápido de camino hacia un sitio o el otro. A la porra mis fantasías de pasar largos ratos juntos y conectar, compartiendo aros de cebolla y hablando de literatura y de mi futuro. En vez de eso, nuestras conversaciones solían desarrollarse en las escaleras y consistían en un rápido intercambio, cuando nos cruzábamos en sentidos opuestos, del tipo: «¿Cómo te va?, ¿hoy has ido a la playa?». Y, por tristes que fueran, incluso aquellas breves charlas superaban mis intentos por comunicarme con él cuando llamaba a la puerta de su despacho. En esos casos ni siquiera se molestaba en despegar la vista de la pantalla del ordenador y mis tentativas de diálogo le rebotaban en la nuca como disparos a un kilómetro del blanco.

Qué decepción. Por si no bastara con eso, si a mi padre no le veía el pelo, Heidi estaba en todas partes. Cuando iba a buscar un café, la encontraba en la cocina, dándole el pecho a la niña. Si intentaba esconderme en la terraza, aparecía con Tisbe embutida en la mochila para invitarme a dar un paseo por la playa. Ni siquiera me sentía segura en mi habitación, pues estaba tan cerca del cuarto del bebé que el menor ruido o movimiento la inducía a entrar, como si diera por supuesto que estaba tan desesperada como ella por tener compañía.

Saltaba a la vista que se sentía sola. Pero yo no. Yo estaba acostumbrada a la soledad: me gustaba. Por eso no acababa de entender que hubiera reparado en la falta de atención de mi padre y aún menos que me molestara. Pero así era, no sé por qué. Y tanta magdalena, charla e hipercordialidad únicamente servían para empeorar las cosas.

Podría haberle contado a mi madre todo aquello. Al fin y al cabo, ella estaba deseando oír exactamente eso. Pero hacerlo, por alguna razón, se me antojaba un fracaso. O sea, ¿de dónde había sacado yo la idea de que las cosas iban a ser distintas? Así que intenté despistarla.

—Bueno —empecé—, está escribiendo mucho. Pasa un montón de horas en su despacho cada día.

Un silencio mientras mi madre procesaba la información. Luego:

—No me digas.

—Sí —proseguí yo—. Dice que casi tiene el libro terminado, ya solo le falta ultimar unos cuantos detalles.

—Detalles que le ocupan muchas horas cada día —observó. Toma ya—. ¿Y qué me dices de la niña? ¿Ayuda a Heidi con el bebé?

—Hum —dije, y al momento me arrepentí, consciente de que esa única interjección hablaba por sí sola—. Sí. Pero ella está empeñada en hacerse cargo de todo...

—Oh, por favor —me interrumpió mi madre. Su voz rezumaba satisfacción—. Nadie quiere ser el único que se ocupa de un recién nacido. Y si te lo dicen, es porque no tienen elección. ¿Has visto a tu padre cambiar un pañal?

—Estoy segura de que lo hace.

—Sí, pero, Auden... —Me encogí con un gesto de dolor. Tenía la sensación de estar siendo arrinconada milímetro a milímetro—. ¿Tú lo has visto?

—Bueno —reconocí—. Verlo, no lo he visto.

—Ah. —Resopló una vez más y casi pude oír su sonrisa—. Bueno, es agradable saber que realmente algunas cosas no cambian.

Quise señalarle que, puesto que tan segura estaba, no tenía sentido preguntar tanto. En vez de eso, dije:

—¿Y tú qué tal?

—¿Yo? —Un suspiro—. Ah, lo mismo, lo mismo de siempre. Me han solicitado que dirija el comité encargado de reescribir las asignaturas centrales de Filología Inglesa del próximo año, con todo el melodrama que lleva aparejado. Varias revistas me han pedido artículos, el viaje a Stratford está a la vuelta de la esquina y, cómo no, tengo un montón de tesis que dirigir, que obviamente no se terminarán sin buenas dosis de terapia de por medio.

—Menudo verano —comenté, y abrí la ventana.

—A quién se lo vas a contar. Esos estudiantes de posgrado me agotan, te lo juro. Son todos tan dependientes... —Volvió a suspirar y yo recordé las gafas negras de pasta olvidadas en la encimera—. Me estoy planteando si salir por piernas, como tú, y pasar el verano en la playa sin una sola preocupación en el mundo.

Miré por la ventana en dirección al mar, a la arena blanca, a la Punta apenas visible a lo lejos. «Sí», quise decirle. «Así es mi vida ahora mismo, tú lo has dicho».

—¿Y qué? —seguí preguntando, mientras pensaba eso—. ¿Has tenido noticias de Hollis últimamente?

—Anteanoche —me respondió. A continuación soltó una carcajada—. Por lo visto ha conocido a unos noruegos que iban de camino a una convención en Ámsterdam. Tienen una *start-up* digital y al parecer sienten un gran interés por Hollis. Piensan que tiene un ojo especial para captar las tendencias del mercado estadounidense, así que los ha acompañado. Él dice que es posible que le ofrezcan algún puesto...

Puse los ojos en blanco. Qué curioso que mi madre me calase a mí a la primera de cambio, pero que Hollis viajara a Ámsterdam con una gente que apenas conoce, introdujera un giro profesional en la historia y ella se lo tragara todo de cabo a rabo. Por favor.

En ese momento llamaron a mi puerta. Cuando abrí, me sorprendió ver a mi padre al otro lado.

—Eh —me dijo sonriendo—. Vamos a salir a cenar y he pensado que te gustaría acompañarnos.

—Claro —articulé sin voz, con la esperanza de que mi madre, que seguía hablando de Hollis, no lo oyera.

—¿Auden? —No hubo suerte. Su voz se escuchaba con claridad a través del auricular, algo que la mueca de mi padre hizo todavía más patente si cabe—. ¿Sigues ahí?

—Sí —respondí—. Pero papá acaba de invitarme a cenar, así que tengo que dejarte.

—Ah —fue su reacción—, entonces ¿ha terminado de ultimar detalles por hoy?

—Luego te llamo —le prometí deprisa y corriendo. Corté la llamada y envolví el teléfono con la mano.

—Muy bien —dije—. Vamos.

En la planta baja, Heidi nos esperaba con su propio teléfono pegado al oído y Tisbe ya preparada en el cochecito. Mi padre abrió la puerta y ella empujó a la niña al exterior sin dejar de hablar.

—¡Pero eso no tiene sentido! Yo misma ordené el pago de las nóminas y había dinero de sobra en la cuenta… Bueno, claro. El banco lo sabría. Cuánto lo siento, Esther, qué vergüenza. Mira, ahora mismo vamos a pasar por allí. Sacaré dinero del cajero y lo aclaramos el lunes, ¿te parece?

Mi padre inspiró profundamente cuando salimos.

—¡Qué bien sienta la brisa marina! —me dijo, propinándose unas palmadas en el pecho—. Te renueva el alma.

—Estás de buen humor —observé mientras Heidi, todavía hablando por teléfono, bajaba el carrito por las escaleras frontales y enfilábamos juntos hacia la calle.

—Ah, bueno, es el efecto de hacer grandes progresos —respondió antes de acercarse a Heidi para reemplazarla con el cochecito. Ella le sonrió y se apartó mientras él procedía a empujar a Tisbe—. Estaba atascado en un capítulo central; no le pillaba el truco. Pero hoy, de improviso…, todo se ha puesto en su sitio. —Hizo chasquear los dedos—. ¡Así, sin más! A partir de ahora, los capítulos siguientes van a fluir como la seda.

Miré de reojo a Heidi, que ahora decía algo sobre recargos bancarios con una expresión preocupada.

—Pensaba que solo estabas retocando la novela —le comenté a mi padre.

—¿Qué? —dijo, al tiempo que saludaba con un gesto de la cabeza a un hombre que pasaba corriendo, conectado a su iPod—. Ah, sí. Bueno, todo es cuestión de encajar las piezas. Unos cuantos días más como hoy y tendré el borrador terminado hacia la mitad del verano. Como mucho.

—Hala —exclamé. En ese momento, Heidi cortó la llamada y se pasó una mano por el pelo. Mi padre se acercó a ella, le rodeó la cintura con el brazo y le plantó un beso en la mejilla.

—¿No es genial? —preguntó, sonriendo—. Los cuatro juntos en la primera salida de Tisbe al Last Chance.

—Es maravilloso —asintió Heidi—. Pero tengo que pasar un momento por la tienda. Por lo que parece, hay un problema con los pagos de las nóminas…

—¡Es viernes por la noche, cariño! —replicó él—. No pienses en eso ahora. El trabajo no se va a mover del sitio. Ya lo harás el lunes.

—Sí, pero… —empezó a responder Heidi cuando su teléfono volvió a sonar. Lo miró un momento y luego se lo llevó al oído—. ¿Sí? Leah, sí, ¿qué…? Ah. No, ya lo sé. Mira, ¿estás en el cruce, junto a la tienda? Pues acércate y nos vemos allí. Lo arreglaremos sobre la marcha.

—Esas chicas que contrata —rezongó mi padre, señalando a Heidi con la barbilla—. Son las típicas adolescentes. Siempre tienen algún problema.

Asentí, como si yo no fuera también una adolescente. Por otro lado, era cierto que él no me veía como tal.

—Les han devuelto los talones —le explicó Heidi—. Es una emergencia.

—Pues llama a tu contable y pídele que se ocupe él —le espetó mi padre antes de hacerle una mueca boba a Tisbe, que se estaba quedando frita—. Estamos pasando un rato en familia.

—Él no paga las nóminas, lo hago yo —objetó su esposa.

—Bueno, pues diles que esperen a que terminemos de cenar.

—No puedo hacer eso, Robert. Necesitan el dinero y…

—A ver —la interrumpió él, irritado—, ¿no eras tú la que se quejaba de que no paso suficiente tiempo contigo, con la niña y con Auden? ¿Quién ha insistido en que descansara un rato y saliéramos a cenar?

—Sí —reconoció Heidi, cuyo teléfono volvía a sonar—. Pero…

—Así que he terminado temprano. En mi día más inspirado hasta la fecha, disculpa que te lo diga —prosiguió, según recorríamos el paseo—, y ahora tú te niegas a hacer lo propio.

—Robert, es mi negocio.

—¿Y escribir no es el mío?

«Vaya», pensé. Solo tenía que cambiar unos cuantos detalles —las clases por el negocio, los comités por las empleadas— y estaba oyendo la misma discusión que solía mantener con mi madre tantos años atrás. Me volví a mirar a Heidi. El estrés inundaba su semblante cuando la tienda asomó a lo lejos y vimos a Esther y a Leah esperando junto a la puerta.

—Mira —le dijo a mi padre—, ¿por qué no os adelantáis tú y Auden con la niña y vais buscando mesa? Yo me reuniré allí con vosotros. Solo tardaré unos minutos. ¿Vale?

—Muy bien —respondió mi padre, aunque saltaba a la vista que no le parecía muy bien.

No era el único que estaba molesto. Veinte minutos más tarde, cuando estábamos a punto de tomar asiento en el Last Chance, Tisbe despertó y empezó a protestar. Al principio el llanto era más bien un murmullo, pero poco a poco fue subiendo de volumen. Para cuando llegó la camarera con los menús, la niña estaba prácticamente aullando.

—Uf —se agobió mi padre, que ahora empujaba el cochecito adelante y atrás. Tisbe seguía chillando—. Vaya. Auden, ¿podrías…?

No añadió un verbo a la frase, así que yo no tenía la menor idea de qué me estaba pidiendo. Sin embargo, como Tisbe no paraba de llorar y estaba atrayendo la atención de todas las mesas cercanas, me lanzó una mirada aterrada y capté el mensaje: quería que le sacara las castañas del fuego. Lo cual era una caradura impresionante por su parte. ¿Aún peor? Lo hice.

—Yo me ocupo —dije, a la vez que aferraba el cochecito para encaminarme a la puerta—. ¿Por qué no…?

—Me sentaré e iré pidiendo por todos —decidió—. Tú vuelve a entrar cuando se haya calmado, ¿de acuerdo?

Sí, claro. Como si fuera tan fácil.

Empujé a la niña en dirección al paseo, donde el ruido, cuando menos, resultaba más llevadero, y me senté en un banco, a su lado. Pasé un rato mirando su carita, arrugada y cada vez más congestionada, antes de devolver la vista al restaurante. Más allá del puesto de las camareras, al fondo de un pasillo estrecho, mi padre estaba sentado a una mesa para cuatro con el menú desplegado ante él. Tragué saliva y, pasándome la mano por la cara, cerré los ojos.

«La gente no cambia», había dicho mi madre y, como siempre, tenía razón. Mi padre seguía siendo egoísta y desconsiderado y yo aún me negaba a aceptarlo, aunque tenía la prueba delante de las narices. Puede que todos estuviéramos destinados a repetir las mismas tonterías una y otra vez, sin aprender nunca nada. A mi lado, Tisbe estaba chillando y yo quise unirme a ella, recostarme contra el respaldo del banco, abrir la boca y verter al mundo exterior años de frustración, tristeza y tantas otras cosas, de una vez y para siempre. En vez de eso me quedé allí sentada, en silencio, hasta que noté una mirada clavada en mí.

Abrí los ojos y allí, plantado junto al cochecito, vestido con unos vaqueros, unas zapatillas viejas y una camiseta desteñida con la inscripción *love shove* en la parte delantera, estaba el chico que había visto en la Punta y en el paseo. Tuve la sensación de que había aparecido de la nada. De sopetón, ahí estaba, observando a Tisbe. Mientras lo hacía, aproveché para inspeccionarlo a mi vez, fijándome en su piel bronceada, en los ojos verdes, en la melena oscura a la altura de los hombros que llevaba recogida en la nuca con descuido, la gruesa cicatriz que le recorría el antebrazo y se bifurcaba en el codo como un río en un mapa.

No tenía la menor idea de por qué se había parado, teniendo en cuenta que en nuestro último encuentro se había largado de ese mismo lugar sin despedirse. Pero ahora mismo no tenía fuerzas para pensar demasiado. Dije:

—Acaba de ponerse a llorar.

Él lo meditó, pero no respondió. Y su silencio, solo Dios sabe por qué, hizo que me sintiera obligada a seguir hablando.

—Siempre está llorando, en realidad —le confesé—. Son gases o... No sé qué hacer.

Él permaneció en silencio. Igual que aquella noche en la Punta, y en el paseo. Lo más retorcido es que yo ya sabía que no me iba a contestar, pero insistía en hablarle de todos modos. Un gesto que no era nada propio de mí, por cuanto era yo por lo general la que...

—Bueno —respondió de improviso, pillándome por sorpresa una vez más—. Siempre está el truco del ascensor.

Lo miré de hito en hito.

—¿El ascensor?

Por toda respuesta, se agachó y desabrochó el arnés de Tisbe. Antes de que pudiera detenerlo —y estaba segura de que debía detenerlo— la levantó del cochecito para tomarla en brazos. Mi primer pensamiento fue que aquello era lo último que me esperaba. El segundo, lo cómodo que parecía con ella en brazos, más que mi padre, yo e incluso Heidi juntos.

—Esto —anunció mientras la sostenía por debajo de los hombros y la giraba sobre sí misma para que mirase hacia fuera (todavía aullando, cómo no), las piernecitas colgando y pataleando con furia— es el ascensor.

Dobló las piernas hasta ponerse casi en cuclillas y luego volvió a estirarlas. A continuación repitió la maniobra, una, dos, tres veces. A la cuarta Tisbe dejó de protestar y una extraña expresión de paz se extendió por sus facciones.

Yo me quedé donde estaba, incapaz de dar crédito. ¿Quién era ese chico? ¿El desconocido taciturno? ¿El mago *biker*? ¿El susurrador de bebés? ¿O...?

—¡Eli! —exclamó Heidi, que de súbito apareció a su espalda—. Me ha parecido que eras tú.

El chico se volvió a mirarla y se ruborizó, apenas y solo un instante.

—Hola —la saludó, interrumpiendo el ascensor. Tisbe parpadeó antes de romper en llanto otra vez.

—Oh, vaya —dijo Heidi, que alargó los brazos para recuperar a su hija. Luego, volviéndose hacia mí—: ¿Dónde está tu padre?

—Guardando la mesa —le expliqué—. Estábamos a punto de sentarnos cuando ha empezado a gritar.

—Debe de tener hambre —adivinó Heidi, según echaba un vistazo a su reloj. Tisbe aulló con más intensidad por encima de su hombro, mientras yo miraba al chico (Eli) de reojo, todavía tratando de asimilar lo que acababa de presenciar—. ¡Menudo día! No sabéis el lío que he tenido en la tienda. Me han cancelado los talones, porque he olvidado hacer un depósito o no sé qué. Gracias a Dios que las chicas son tan comprensivas. O sea, no es que les pague un dineral, pero trabajan mucho y de todos modos...

Entre el soliloquio y el berrinche de la niña, por no mencionar el hecho de que Eli lo estuviera presenciando todo, me estaba poniendo de los nervios. ¿Por qué Heidi tenía que armar tanto jaleo por cualquier cosa?

—Será mejor que vuelva a la tienda —se disculpó él—. Felicidades, por cierto.

—Ay, Eli, qué amable eres, gracias —respondió ella, ahora meciendo al bebé—. ¡Y cuánto me alegro de que hayas coincidido con Auden! Acaba de llegar, apenas si conoce a nadie y tenía la esperanza de que encontrase a alguien que le fuera enseñando esto y presentándole a la gente.

Me sonrojé todavía más si cabe; tenía que hablar de mí como si estuviera desesperada por hacer amigos, cómo no. A causa de eso apenas si respondí a Eli cuando se despidió de mí con un gesto antes de cruzar el paseo y, empujando la puerta de la tienda de bicis, desaparecer en el interior.

—Tisbe, cielo, no pasa nada —decía Heidi, ajena a todo lo que estaba pasando a su alrededor mientras acomodaba a la niña en el cochecito. En mi dirección, añadió—: ¡Es genial que Eli y tú ya seáis amigos!

—No lo somos —repliqué—. Ni siquiera nos conocemos.

—Ah. —Miró hacia la tienda de bicicletas como para confirmarlo y luego de nuevo a mí—. Bueno, pues es un encanto. Su hermano, Jake, tiene más o menos tu edad, me parece. Estuvo saliendo con Maggie hasta hace poco. Una ruptura terrible, la de esos dos. Ella todavía no lo ha superado.

«¿Son hermanos?», pensé, de nuevo ruborizada. ¿Tan pequeño era ese maldito pueblo? Y Heidi no paraba de hablar.

—¿Te parece que volvamos al restaurante? —me preguntó—. O mejor llevo a Tisbe a casa. Está muy cansada. ¿Qué te parece? O sea, me encantaría cenar fuera pero no sé si...

—Yo tampoco —le espeté. Solté las palabras aun sabiendo que debía morderme la lengua—. No sé lo que deberías hacer. ¿Vale? Solo sé que tengo hambre y que quiero cenar con mi padre. Y eso es lo que yo voy a hacer, si te parece bien.

La vi tomar aliento. Luego, al instante, una expresión herida asomó a su rostro.

—Ah —dijo al cabo de un momento—. Bueno, claro. Por supuesto.

Ya sabía que me había comportado con crueldad. Lo sabía y pese a todo di media vuelta y me alejé. La dejé allí con el bebé, que no había parado de llorar. Pero podría jurar que el llanto me persiguió, persistente, y continuó sonando en mis oídos cuando me abrí paso entre el gentío del paseo y más allá, cuando avancé por el estrecho pasillo que llevaba a la mesa donde mi padre ya estaba comiendo. Echó un vistazo a mi semblante y empujó el menú en mi dirección mientras yo me sentaba en el banco de enfrente.

—Relájate —dijo—. Es viernes por la noche.

«Muy bien», pensé. «Pues claro que sí». Y cuando los aros de cebolla llegaron un minuto más tarde, eso fue lo que intenté hacer. Pero, por alguna razón, en esta ocasión no me supieron igual. Estaban buenos, es verdad. Pero no deliciosos como la última vez.

***

Sabía por experiencia cuándo una pelea ha terminado y cuándo acaba de empezar. Así que permanecí ausente después de cenar. Estuve paseando por la playa y luego di un largo rodeo para volver a casa. Pese a todo, no fue suficiente: cuando subí las escaleras del porche, dos horas más tarde, los oí.

—... entiendo qué quieres de mí. Me has pedido que dejara el trabajo para salir a cenar. Lo he hecho. Y eso tampoco te parece bien.

—¡Quería que cenáramos todos juntos!

—Y lo habríamos hecho si no te hubieras marchado para ir a la tienda. Tú lo has querido.

Despegué la mano del pomo y me aparté de la luz del porche. A juzgar por lo que oía, estaban discutiendo al otro lado de la puerta, y lo último que me apetecía era irrumpir en mitad del campo de batalla.

—Ojalá... —empezó Heidi, antes de que se le quebrara la voz.

Luego, nada. El silencio resultaba casi insoportable. Solo se rompió cuando mi padre dijo:

—¿Ojalá qué?

—No sé —fue la respuesta de ella—. Es que... pensaba que querrías pasar más tiempo con nosotras.

—Paso todo el día en casa, Heidi —replicó él en un tono monocorde.

—Sí, pero estás metido en el despacho. No estás con Tisbe, no interactúas con ella. No la acunas ni te levantas por la noche a atenderla...

—Lo hablamos en cuanto te quedaste embarazada. —Ahora mi padre alzaba la voz—. Te dije que si me interrumpen el sueño no funciono al día siguiente, que necesito dormir nueve horas seguidas. Ya lo sabías.

—Vale, pero podrías estar con ella durante el día, o por la mañana, para que yo pudiera atender los asuntos de la tienda. O al menos...

—¿Acaso no te he dicho ya —objetó él— hasta qué punto es importante que termine el libro este verano? ¿No te he explicado que no puedo dedicarle tiempo durante el curso académico y que esta es mi única oportunidad de trabajar en ello de manera ininterrumpida?

—Sí, claro que sí, pero…

—Y por esa razón —prosiguió, hablando por encima de ella— te propuse que contratáramos a una niñera. O a una canguro. Pero tú no has querido.

—No necesito una niñera. Solo necesito una hora de vez en cuando.

—¡Pues pídeselo a Auden! ¿No querías que viniera para eso?

Tuve la misma sensación exacta que si me hubieran abofeteado: la sangre me encendió las mejillas.

—Yo no invité a Auden para que hiciera de canguro —replicó ella.

—¿Y entonces por qué está aquí?

Otro silencio. Este lo agradecí, sin embargo, porque en ocasiones una pregunta duele más que una respuesta. Por fin, Heidi dijo:

—Por la misma razón por la que te pido que pases más tiempo con la niña. Porque es tu hija y deberías tener ganas de estar con ella.

—Por ahí no paso —exclamó mi padre—. ¿De verdad piensas que…?

La pregunta no terminaba ahí, claro que no. Mi padre jamás pronunciaba una frase si tenía ocasión de soltar una parrafada. Esta vez, sin embargo, yo no podía soportar la idea de escucharlo. Así que eché mano de las llaves que llevaba en el bolsillo y me monté en el coche.

Estuve fuera tres horas, recorriendo arriba y abajo las calles de Colby, dando un rodeo hasta la universidad, bajando hasta el embarcadero y vuelta a empezar. Era una localidad demasiado pequeña como para perderte, pero hice cuanto pude. Y cuando volví a aparcar el coche en casa, me aseguré de que las luces estuvieran apagadas antes de plantearme siquiera la idea de abrir la puerta principal.

Reinaba el silencio cuando me interné en el vestíbulo y cerré la puerta tras de mí. Cuando menos, no advertí señales de disputas importantes: el cochecito de la niña estaba aparcado junto a las escaleras, había una toallita de lactancia doblada sobre la barandilla y las llaves de mi padre estaban sobre la mesa auxiliar, junto a la puerta. El único detalle discordante se hallaba en la mesa de la cocina, sobre la cual ahora se esparcían el talonario de la tienda de Heidi, montones de documentos y un par de libretas de notas. En una de ellas, los garabatos de Heidi revelaban que había dedicado un buen rato a averiguar qué había pasado con las cuentas. «¿RETENCIONES?», había escrito, como también: «¿DEPÓSITO 11-6?» y «COMPROBAR TODOS LOS PAGOS DESDE ABRIL, ¿ERRORES?». A juzgar por el aspecto de todo aquello —desordenado, casi desesperado— no había sacado demasiado en claro.

Mirando el lío de papeles, recordé la expresión herida de su semblante cuando le había contestado mal, así como el comentario que le había hecho más tarde a mi padre sobre mí. No me esperaba que Heidi se pusiera de mi lado y me defendiera, para nada. Y menos aún hasta qué punto me había sentido agradecida, aunque fuera brevemente, de su reacción.

Miré la hora: eran las doce y cuarto, temprano para mi reloj interno, con toda una noche por delante de mí. Y la cafetera estaba allí mismo, sobre la encimera, a punto para ponerse en marcha a la mañana siguiente. No era el Ray, pero serviría. Así que pulsé el botón y, mientras el café empezaba a borbotear, me senté con el talonario de Heidi y lo empecé a revisar, dispuesta a encontrar lo que se le había perdido.

CINCO

—Eh, Aud. ¡Soy yo! ¿Qué cuentas?

La voz de mi hermano, alta y alegre, atronaba desde mi teléfono móvil por encima del latido de unas potentes notas graves. Seguro que Hollis frecuentaba otros sitios que no fueran bares, pero nunca me llamaba desde ninguno de ellos.

—No mucho —respondí, echando un vistazo a la hora. Eran las ocho y media de la noche para nosotros y eso implicaba que pasaba de la medianoche para él—. Estaba a punto de irme al trabajo.

—¿Trabajo? —preguntó, repitiendo la palabra como si perteneciera a otra lengua, lo cual no andaba tan lejos de la realidad, desde su punto de vista—. Pensaba que ibas a dedicar el verano a darte la buena vida y tirarte en la playa.

No era ninguna coincidencia que lo hubiera expresado así, deduje, usando casi las mismas palabras exactas que había utilizado mi madre en nuestra última conversación: si Hollis tenía una habilidad especial para enredar a mi madre, ella ejercía una influencia parecida sobre mi hermano. Su conexión resultaba casi sobrenatural, en realidad, un vínculo tan intenso que casi podías percibirlo, como la corriente de resaca, cuando estaban juntos. Mi madre lo achacaba a todas las noches que habían pasado juntos cuando Hollis era un bebé, pero yo lo atribuía más bien al gancho que mi hermano tenía con las mujeres, empezando por la que lo trajo al mundo.

—Bueno —contesté. Al otro lado, la música aumentó de volumen y luego volvió a descender—. No tenía pensado trabajar, en realidad. Ha surgido así.

—¡Qué faena! —fue su respuesta—. En cuanto te descuidas, te pillan por banda. No se puede bajar la guardia, ya sabes.

Lo sabía. Aunque, a decir verdad, esta nueva situación no me había pillado por sorpresa. En todo caso, me había metido en ella con los ojos bien abiertos. No podía culpar a nadie salvo a mí misma.

—¡No me lo puedo creer! —había exclamado Heidi cuando bajé al día siguiente, después de haber pasado la noche trabajando en sus libros. Como de costumbre, estaba al acecho en la cocina, el bebé sujeto a su cuerpo con la mochila—. Cuando me acosté ayer por la noche esto era un desastre y esta mañana está… está solucionado. ¡Eres un prodigio! ¿Cómo te las has arreglado para hacer todo eso?

—Estuve trabajando unos días de contable el verano pasado —expliqué a la vez que extraía el café de la nevera. Cuando yo me levantaba, hacía horas que habían enjuagado la cafetera, así que yo siempre preparaba una nueva, toda para mí—. No fue nada.

—Yo pasé dos horas anoche repasando los justificantes del talonario —prosiguió, al mismo tiempo que agitaba la matriz en mi dirección—. Y no fui capaz de encontrar el error. ¿Cómo se te ocurrió pensar que podía haber duplicado la retención?

Puse en marcha la cafetera, pensando que ojalá pudiera haberme tomado una taza de café, cuando menos, antes de tener que hablar con nadie. Ya sabía que no tenía la más mínima posibilidad.

—Los recibos indicaban que sucedió el pasado mes de mayo —le dije— y supuse que tal vez había vuelto a pasar. Y entonces, cuando miré la declaración de impuestos…

—Que también era un lío, no pude sacar nada en claro —me interrumpió—. Y ahora está todo organizado. Debes de haber pasado horas ordenando todo eso.

«Cuatro», pensé. En voz alta dije:

—No. La verdad es que no.

Ella se limitó a sacudir la cabeza, asombrada, mientras la cafetera por fin expulsaba suficiente café para llenar un cuarto de taza, que vertí a toda prisa en la mía.

—Mira —empezó—, llevo meses pensando en contratar a alguien para que me ayude con los libros, pero no me acababa de decidir, siendo una tarea tan delicada. No se la puedes encargar a cualquiera.

«Ay, Señor», pensé. «Por favor, deja que me tome el café».

—Pero si te interesa —continuó—, te pagaré bien. En serio.

Yo todavía estaba esperando notar el subidón de la cafeína cuando repliqué:

—Hum… No tenía pensado trabajar este verano. Y eso de levantarme temprano no es lo mío.

—¡No, si no tendrías que hacerlo! —fue su respuesta—. Las chicas ingresan la recaudación cada día y es lo único que requiere un horario concreto. El resto, como los libros, las nóminas y llevar al día los resguardos, lo puedes hacer más tarde. En realidad, es mejor dejarlo para última hora.

Pues claro. Y ahora yo estaba atrapada, pues obviamente ninguna buena obra se queda sin su castigo. La gran pregunta, sin embargo, era: ¿qué me había provocado esta súbita manía de comportarme como una buena samaritana? ¿Tan difícil era entender que un solo gesto no bastaría, que siempre iban a esperar otro y luego otro más?

—Muchas gracias por la oferta —le dije a Heidi—, pero…

El sonido de unos pasos a mi espalda interrumpió mi argumento. Un instante más tarde, mi padre dobló la esquina cargado con un plato vacío y una lata de Coca-Cola light en equilibrio sobre el mismo. Cuando vio a Heidi y ella le devolvió la mirada, adiviné al instante que la discusión de la noche anterior no se había resuelto. No fue tanto un súbito helor en el aire como un enfriamiento glacial.

—Bueno —me saludó, mientras llevaba el plato al fregadero—. Por fin te has levantado. ¿A qué hora te vas a dormir últimamente?

—Tarde —le confesé—. O pronto, según como lo mires.

Él asintió al mismo tiempo que enjuagaba el plato y lo depositaba en el escurridor.

—Ah, qué bien vivís los jóvenes. Despiertos toda la noche, sin una sola preocupación en el mundo. Os envidio.

«No deberías», le respondí para mis adentros. Heidi intervino:

—En realidad, Auden ha pasado toda la noche repasando mis libros. Ha encontrado el error que me descuadró las cuentas.

—No me digas —replicó mi padre, que ahora se había vuelto a mirarme.

—Estoy intentando convencerla de que trabaje para mí —añadió ella—. Podría hacer unas pocas horas cada día en el despacho de la tienda.

—Heidi —la reconvino él, según se enjuagaba las manos—. Auden no ha venido a trabajar. ¿Te acuerdas?

Era solo un comentario, pero diseñado para provocar el máximo impacto. Y dio en el blanco. Heidi hizo una mueca avergonzada.

—Pues claro que no —replicó—. Solo pensaba que tal vez...

—Debería estar disfrutando con su familia —le recordó él. Me sonrió—. ¿Qué dices, Auden? ¿Te apetece que vayamos a cenar esta noche, tú y yo?

Era un crac, mi padre. Eso tenía que reconocerlo. ¿Y qué, si lo hacía para vengarse de Heidi por lo sucedido la noche anterior? Eso era exactamente lo que yo quería, estar a solas con él, y lo único que importaba. ¿O no?

—Me parece muy buena idea —fue la reacción de Heidi. Cuando la miré, me sonrió, aunque noté que le costaba un esfuerzo—. Y, mira, no te preocupes por el asunto del trabajo. Tu padre tiene razón, deberías dedicarte a disfrutar del verano.

Él se estaba tomando el último trago de Coca-Cola, con la mirada pendiente de Heidi. Había transcurrido un tiempo desde la última vez que yo había presenciado las peleas de mis padres, pero daba igual. La misma tensión, idénticas pullas. La misma expresión en el rostro de mi padre cuando comprendía que había ganado la partida.

—En realidad —decidí antes de pensar siquiera lo que estaba haciendo—, no me vendría mal un poco de dinero para la universidad. Siempre y cuando no me ocupe muchas horas.

Heidi me miró sorprendida y volvió la vista hacia mi padre —cuya expresión solo podría describirse como rabiosa— antes de convenir:

—¡No, claro que no! Solo serían unas quince a la semana, como mucho.

—Auden —replicó mi padre—. No te sientas obligada. Estás aquí en calidad de invitada.

De no haber oído la discusión de la noche anterior, el desenlace de esta situación habría sido otro, ya lo sabía. Pero no es posible borrar algo que has oído, por más que quieras. Una sabe lo que sabe.

A última hora de la tarde, mi padre y yo recorrimos el paseo hasta un chiringuito cercano al muelle, donde pedimos medio kilo de gambas al vapor y nos sentamos de cara al agua. No tengo claro si fue porque yo aún estaba pensando en el comentario de mi padre o porque él seguía enfadado conmigo por aceptar la oferta de Heidi (y por ponerme, desde su punto de vista, de su parte), pero al principio la situación fue un poco tensa, incómoda. Sin embargo, después de que se tomara una cerveza y charláramos un rato de cosas sin importancia, el ambiente se aligeró y empezó a preguntarme por Defriese y en qué pensaba especializarme. Yo, a mi vez, le pedí que me hablara de su libro («un complejo estudio de un hombre que trata de escapar de su pasado familiar») y de los progresos que estaba haciendo (había tenido que descartar los capítulos centrales porque no funcionaban, pero el nuevo material era mucho mejor). Me costó un rato, pero en algún momento entre la segunda ración de gambas y su detallada explicación del conflicto interior del protagonista, me acordé de todo lo que me encantaba de mi padre: su pasión por su trabajo y su facilidad, cuando te hablaba de él, para hacerte sentir como si no hubiera nadie más presente en la sala, ni en todo el mundo siquiera.

—Estoy deseando leerlo —le dije mientras la camarera nos dejaba la cuenta. Había una montaña de cáscaras de gamba entre los dos, rosadas y translúcidas bajo los rayos del sol de poniente que se filtraban por las ventanas—. Tiene una pinta fantástica.

—¿Lo ves? Tú sí que entiendes hasta qué punto es importante —observó, al tiempo que se limpiaba los labios con la servilleta—. Estabas allí cuando se publicó el *Narval* y presenciaste cómo el éxito nos cambió la vida. Este libro podría significar algo parecido para mí, para Heidi y la niña. Ojalá se diera cuenta.

Observaba la botella de cerveza mientras hablaba, dándole vueltas con una mano.

—Bueno, es posible que ahora mismo ella tenga las emociones a flor de piel. Por la falta de sueño y todo eso.

—Puede. —Bebió otro trago—. Pero la verdad es que no piensa como nosotros, Auden. Ella es una mujer de negocios, piensa en términos de beneficios y resultados. Los escritores y los intelectuales somos distintos. Ya lo sabes.

Lo sabía. Pero también sabía que mi madre, quien encajaba en ambas categorías, había albergado los mismos sentimientos exactos hacia esa misma novela. Pese a todo, era agradable que mi padre me confiara sus pensamientos.

Después de cenar nos separamos. Yo me encaminé hacia Clementine, donde, según le había prometido a Heidi, echaría un vistazo al despacho y me iría instalando antes de empezar a trabajar oficialmente al día siguiente. No me hacía demasiada ilusión, por muchas y variadas razones, así que en realidad agradecí que mi hermano me entretuviera con su llamada.

—Bueno —le dije, mientras la música empezaba a atronar de nuevo—, Tara parece simpática.

—¿Quién?

—Tara —repetí—. Es tu novia, ¿no?

—Ah, sí. —Guardó un silencio revelador, que venía a contestar cualquier pregunta implícita que yo hubiera podido tener. A continuación—: Entonces te dio tu regalo, ¿eh?

Al momento visualicé el marco de fotos, ahora guardado en mi bolsa de deporte, con las famosas palabras bajo su rostro sonriente: el mejor de los tiempos.

—Sí —le dije a Hollis—. Es genial. Me encantó.

Rio entre dientes.

—Venga ya, Aud. No es verdad.

—Que sí.

—No, no te gustó. Es una horterada.

—Bueno —titubeé—. Es…

—Horrible —concluyó por mí—. Barato y absurdo. Seguramente el peor regalo de graduación del mundo, por eso te lo compré. —Lanzó una carcajada, una de esas risotadas explosivas de Hollis que, a mi pesar, siempre se me contagiaban—. Mira, pensé que no podría competir con todo el dinero, los bonos de ahorro y los coches nuevos que todo el mundo te regalaría. Y decidí que al menos mi obsequio debería ser memorable.

—Sí que lo es —convine.

—¡Deberías haber visto toda la colección! —Otra carcajada—. Los tenían con todo tipo de tópicos. En uno ponía: «¡HOLA, AMIGO!» en amarillo fosforito. Y en otro: REINA DE LA FIESTA, en rosa. Y luego había uno muy raro que decía, con letras verdes: CHIFLADO. ¿Quién querría poner su foto en ese marco?

—Solo tú —respondí.

—¡Y que lo digas! —resopló—. En fin, lo chulo de ese es que puedes ir cambiando la foto. Porque «el mejor de los tiempos» no debería ser siempre el mismo recuerdo. Hay que coleccionar un montón de momentos inolvidables y que cada nuevo recuerdo supere al anterior. ¿Sabes?

—Sí —respondí. Y así, sin más, Hollis lo había conseguido de nuevo: había pescado al vuelo una frase en cualquier parte y, de algún modo, la había transformado en algo lo bastante profundo como para que resonara en tu interior. Era un arte, eso que hacía mi hermano. No digo que lo hiciera adrede, pero sacaba partido de sus encantos.

—Te echo de menos —le dije.

—Yo también —respondió—. Oye, mira, te voy a enviar el marco ese que dice chiflado. Le pones mi retrato y lo colocas junto a tu foto en el mejor de los tiempos. Será casi como si estuviéramos juntos. ¿Qué te parece?

Sonreí.

—Trato hecho.

—¡Guay! —Se escuchó un ruido ahogado, seguido de voces altas—. Vale, Aud, tengo que marcharme, Ramona y yo vamos a una fiesta. Hablamos pronto, ¿vale?

—Claro —dije—. Podemos…

Sin embargo, ya se había marchado, sin despedirse ni nada. Antes de que pudiera preguntarle quién era Ramona exactamente o qué había pasado en Ámsterdam. Así era mi hermano, un «continuará» vivo y palpitante. Igual que el libro de mi padre, siempre estaba en proceso.

Dejé el teléfono en reposo y me lo guardé en el bolsillo. Hollis me había distraído un rato, pero si antes ya me estaba arrepintiendo de haber aceptado el trabajo de Heidi, la sensación se multiplicó en cuanto abrí la puerta de Clementine y vi a Maggie de pie delante de la caja registradora, escoltada por Leah y Esther. La verdad, nada intimida tanto como acercarte a un grupo de chicas que ya tienen una opinión formada sobre ti. Se parece a caminar por un trampolín; la única salida está abajo.

—Hola —me saludó Leah, la pelirroja, conforme me acercaba hacia ellas. Era una chica alta, de formas generosas y piel lechosa, y llevaba un vestidito de talle bajo con sandalias de tiras. Su voz no sonó ni amable ni brusca, tan solo indiferente, cuando me preguntó:

—¿En qué te puedo ayudar?

—Se va a encargar de la contabilidad —la informó Maggie, aunque sus ojos estaban puestos en mí. Cuando me volví a mirarla, sin embargo, se sonrojó y bajó la vista a los papeles que tenía en el mostrador al mismo tiempo que los revolvía a toda prisa—. Heidi lleva buscando a alguien desde que nació la nena. ¿Te acuerdas?

—Ah, sí —respondió Leah. Se apartó del mostrador, se sentó en el que tenía detrás y cruzó las largas piernas—. Bueno, a lo mejor ahora ya no nos devuelven los talones.

—Ya te digo —intervino Esther. Las coletas habían desaparecido. Ahora llevaba el pelo suelto, tocado con una gorra de estilo militar, que combinaba con un vestido de tirantes negro, una cazadora vaquera y chanclas—. O sea, quiero mucho a Heidi. Pero eso de que te paguen en el cajero da mal rollo.

—Pero te pagan. Heidi es una buena jefa; cometió un error sin pretenderlo —arguyó Maggie. Ahora evitaba descaradamente mis ojos según pulsaba una tecla de la caja registradora, sacaba un fajo de billetes y los ordenaba. Una vez más iba vestida de rosa —tanto la camiseta como las chanclas— y me pregunté si sería una especie de marca personal. Apostaba a que sí—. En fin, alguien tendrá que enseñarle todo esto.

—¿A quién? —preguntó Leah—. ¿A Heidi?

—No. —Maggie cerró el cajón y posó la vista en mí. Un instante después, Leah y Esther la imitaron. Obviamente había llegado al final del trampolín. No me quedaba otra que saltar.

—A Auden —dije.

Un silencio. A continuación Leah bajó del mostrador y cayó al suelo con un golpe sordo.

—Vamos —me ordenó, por encima del hombro—. El despacho está por aquí.

Noté los ojos de las otras chicas pendientes de mí mientras la seguía por delante de un par de percheros ocupados con vaqueros, un expositor de zapatos y una sección de gangas hasta un estrecho pasillo.

—Ahí está el cuarto de baño —dijo, señalando con la barbilla una puerta a la izquierda—. Los clientes no pueden usarlo, nunca, lo tenemos prohibido. Y aquí está el despacho. Aparta, la puerta se atasca.

Se acercó al pomo y se apoyó con todo su cuerpo para aplicar fuerza. Un segundo más tarde oí un pop y la puerta se abrió.

Lo primero que vieron mis ojos fue rosa por doquier. Las cuatro paredes estaban pintadas de ese tono casi chicle que tanto le gustaba a Maggie. Y todo lo que no era rosa (apenas nada, a primera vista) era de color naranja. Por si no bastara con el disparatado colorido, el exiguo espacio estaba atestado de todo tipo de detalles cursis: cubetas rosas, un portalápices de Hello Kitty, un cuenco rebosante de pintalabios y brillos de labios. Incluso los muebles archivadores —¡los muebles archivadores!— exhibían etiquetas rosas y naranjas y una boa de color fucsia se extendía por encima de ellos.

—¡Hala! —exclamé, incapaz de guardar silencio.

—Ya lo sé —asintió Leah—. Es igual que estar dentro de una caja de gominolas. Bueno, la caja fuerte está debajo del escritorio; el talonario, en el segundo cajón a la izquierda, cuando se queda aquí, y las facturas se dejan debajo del oso.

—¿Debajo del oso?

Entró en la estancia, se acercó al escritorio y levantó un osito de peluche rosa. Que llevaba un sombrero naranja.

—Aquí —aclaró, señalando el montón de papeles que había debajo—. A mí no me preguntes, ya estaba así cuando me contrataron. ¿Alguna duda?

Como es natural, tenía muchas, pero ninguna que ella pudiera contestar.

—No, gracias.

—Perfecto. Pega un grito si nos necesitas. —Pasó por mi lado de vuelta al pasillo, donde yo seguía paralizada, incapaz de reunir las fuerzas necesarias para entrar. Se alejó unos pocos pasos antes de decir—: Y…, ¿Auden?

Me volví a mirarla.

—¿Sí?

Avanzó un paso hacia mí, no sin antes mirar por encima del hombro.

—No te preocupes por Maggie. Está un tanto… emotiva. Se le pasará.

—Ah —fue mi respuesta, sin saber cómo se suponía que debía responder a aquello exactamente. Incluso yo sabía que no es buena idea hablar mal de una chica con otra, en particular si las dos son amigas—. Vale.

Asintió y se alejó camino de la caja registradora, donde Esther y Maggie, inclinadas sobre un recipiente, pegaban etiquetas con el precio a una colección de gafas de sol. Alzaron la vista cuando Leah se acercó y luego se desplazaron para hacerle un hueco.

Yo volví la mirada hacia el despacho rosa y, por alguna razón, pensé en mi madre, quizás por ser la única persona que conocía a quien le habría resultado aún más difícil que a mí meterse allí dentro. Me imaginaba su expresión, los ojos entornados con horror, el intenso soplido por la nariz, todavía más elocuente si cabe que su inevitable comentario: «Esto parece el interior de un útero —gemiría—. Un entorno gobernado por estereotipos y expectativas de género, tan patético como la persona que lo ocupa».

«Exacto», pensé. Y a continuación entré.

***

Puede que el despacho de Heidi fuera un tanto desmesurado, pero sus libros no tenían mal aspecto. Cuando trabajaba para el contable de mi madre el verano anterior, me había tocado lidiar con unos cuantos métodos absurdos. Algunas personas llegaban con talonarios a los que les faltaban resguardos de meses enteros, otros parecían escribir los recibos en cajas de cerillas o en servilletas. El material de Heidi estaba organizado, sus archivos tenían sentido y apenas si había algunas discrepancias, y todas ellas se habían producido en los últimos diez meses, más o menos. Puede que no hubiera debido sorprenderme, teniendo en cuenta el comentario de mi padre sobre su mentalidad comercial. Pero lo hizo.

No me extrañó, en cambio, que la decoración del despacho me impidiera concentrarme. Incluso estaba un poco mareada, allí sentada, un problema que empeoró cuando encendí la lamparilla del escritorio, cuya pantalla era de color naranja y otorgaba a todo un color aún más radiactivo. Sin embargo, cuando llevaba unos minutos trabajando con la calculadora y el talonario, el resto más o menos se esfumó. No me había percatado de cuánto echaba de menos la simplicidad de los números, hasta qué punto las cosas adquirían sentido en las sumas y divisiones. Sin emociones, sin complicaciones. Tan solo dígitos en una pantalla, alineados en una secuencia perfecta.

Estaba tan absorta, de hecho, que al principio ni siquiera oí la música procedente de la tienda. Solo cuando se tornó escandalosa, como si alguien hubiera subido el volumen al máximo, se coló entre los formularios de impuestos que estaba revisando y captó mi atención.

Miré el reloj —eran las nueve y un minuto—, empujé la silla hacia atrás y abrí la puerta. En el pasillo, la música sonaba con una intensidad ensordecedora, un tema disco con un ritmo rápido cantado por una chica que hablaba de un ligue de verano. Me estaba preguntando si se les habría estropeado el sistema de sonido cuando vi a Esther bailoteando y agitando los brazos en alto junto al expositor de los vaqueros. Leah se unió a ella instantes después, con una lenta rotación de caderas, y luego apareció Maggie saltando sobre la punta de los pies. Parecía una conga de tres, que desfiló un instante ante mis ojos y luego desapareció.

Avancé otro paso y me incliné hacia la tienda para asomarme. No vi ningún cliente, aunque el paseo marítimo estaba a rebosar de gente que pasaba por delante. Estaba a punto de volver al despacho a esperar el regreso del silencio cuando Esther se asomó por detrás del perchero de bañadores, esta vez con un movimiento que consistía en paso-desliz, paso-desliz, al tiempo que agitaba la melena a un lado. Alargando una mano hacia Leah, la atrajo hacia sí para hacerla girar adelante y atrás mientras las dos se reían. Se separaron y Maggie, sacudiendo las caderas, se abrió paso entre ambas, que dieron vueltas a su alrededor sin dejar de bailar.

No me di cuenta de que estaba allí plantada, mirándolas, hasta que Esther me vio.

—Eh —gritó. Tenía las mejillas congestionadas—. Son las nueve, hora del baile. Venga.

Negué con la cabeza automáticamente.

—No, gracias.

—No puedes negarte —vociferó Leah, que ahora tomaba la mano de Maggie para hacer nuevos giros—. Las empleadas están obligadas a participar.

«Pues entonces dimito», pensé, pero ya estaban avanzando, de vuelta a la conga, en esta ocasión con Maggie en cabeza, que saltaba adelante y atrás mientras Esther hacía chasquear los dedos tras ella. Leah, que cerraba la fila, volvió la vista hacia mí una última vez. Como no hice ni dije nada, se encogió de hombros y siguió a las demás, que ahora serpenteaban entre los expositores de camino a la puerta.

Volví al despacho y me senté a la mesa. Seguro que me consideraban un muermo total, y conste que no me importaba. Aquello se parecía a las típicas actividades que solían organizar en mis antiguos institutos a la hora de la comida, en las que yo no participaba —las falsas luchas de sumo, los concursos de comer pasteles, las partidas multitudinarias de Twister en el patio—, si bien siempre me preguntaba qué gracia tendría. Tal vez si lo habías hecho de niño fuera cuestión de nostalgia y ese era su atractivo. Pero no era mi caso. Para mí todo aquello era nuevo y, en consecuencia, me resultaba más intimidante que otra cosa.

Recogí el boli y devolví la atención al formulario 1099s. Al cabo de un momento la música cesó, tan súbitamente como había empezado. Pasé otra hora sumida en el silencio de los números y entonces alguien llamó a la puerta.

—Es hora de cerrar —dijo Esther mientras entraba a mi espalda, con un sobre en una mano—. ¿Puedo guardar esto en la caja fuerte?

Aparté mi silla para dejarle sitio mientras ella se arrodillaba e introducía una llave en la cerradura. Bajo mi atenta mirada, guardó el sobre y se levantó, no sin antes cerrar la portezuela.

—Saldremos dentro de diez minutos —me informó al tiempo que se sacudía las rodillas—. ¿Vienes con nosotras o te vas a quedar hasta más tarde?

Quise decirle que yo no consideraba «tarde» quedarme pasadas las diez, pero sabía que ella no pretendía entablar conversación, de modo que respondí:

—Ya casi he terminado.

—Guay. Sal por delante y cerraremos cuando estemos todas fuera.

Asentí. Dejó la puerta abierta a su espalda, de modo que mientras terminaba las cuatro cosas que me quedaban por hacer pude escuchar la charla de las tres amigas junto a la caja registradora.

—¿De dónde han salido esos Skittles? —preguntó Esther.

—¿Tú qué crees? —replicó Leah.

—No me digas. —Noté por su tono de voz, tirando a burlón, que Esther estaba sonriendo—. Vaya, Mags. Así que Adam te ha traído caramelos otra vez, ¿eh?

Maggie suspiró.

—Ya os he dicho que eso no significa nada. Es un friki de las tiendas, como todos los chicos.

—Puede que tengas razón —le concedió Leah—, pero el hecho de que sea un friki de las tiendas no significa que te tenga que traer algo cada vez.

—No lo hace cada vez —protestó Maggie.

—Pues yo diría que sí —intervino Esther—. Y en el caso de los frikis de las tiendas se considera la primera señal. Es así como se sabe.

—Tiene razón —asintió Leah.

—No es verdad —insistió Maggie—. Solo son golosinas. Dejad de sacar conclusiones. Sois tontas.

En eso le daba la razón. Me parecía alucinante que llevaran juntas toda la tarde y, por lo que parecía, todavía tuvieran temas de conversación. Aunque solo fueran, como cabía esperar, caramelos y chicos.

Cuando salí, las tres me estaban esperando junto a la puerta.

—Entiendo que no te quieras liar con él —estaba diciendo Leah—. O sea, todavía va al instituto.

—Se ha graduado al mismo tiempo que nosotras, Leah —le recordó Esther.

—Ya. Pero todavía no va a la universidad. Ese único verano marca una gran diferencia.

—¿Y tú cómo lo sabes? Te niegas a salir con nadie que no estudie en la universidad.

—¿Por qué te molesta tanto? O sea, el curso que viene saldremos con universitarios de todos modos. ¿Qué tiene de malo empezar un poco antes?

—Yo no digo que sea malo —replicó Esther mientras salíamos de la tienda en fila. Maggie cerró la puerta y buscó las llaves—. Solo pienso que a lo mejor te has perdido algo al negarte a salir con gente de tu edad, nada más.

—¿Y qué me iba a perder?

—No sé. —Esther se encogió de hombros—. Es agradable charlar con alguien que tiene los mismos años que tú y eso.

—Dice la chica que lleva un año sin salir con nadie… —señaló Leah.

—Soy selectiva —arguyó Esther.

—Quisquillosa —la corrigió Maggie—. Nadie te parece lo bastante bueno.

—Pongo el listón muy alto. Es mejor que salir con cualquiera.

Se hizo un súbito silencio, incómodo, tan palpable que incluso yo lo noté. Maggie, que estaba cerrando la tienda, se crispó. Esther dijo:

—Ay, Mags. Ya sabes que no me refería a Jake.

—Vale, vale —replicó esta, desdeñando el comentario con un gesto de la mano—. No hablemos más de eso.

Aquello no iba a ser tan fácil, comprendí al volver la vista a mi derecha, hacia la tienda de bicicletas, donde, sentado en el sillín de su bici, el chico del pelo rizado hablaba con otros dos que no reconocí. A su lado, echándose una cazadora sobre los hombros, estaba Jake. Se dio la vuelta un momento y me miró a los ojos.

«Genial», pensé yo, al tiempo que le daba la espalda deprisa y corriendo, de tal modo que acabé mirando a Esther y a Leah, que ahora discutían sobre su próximo destino.

—Siempre podemos pasar por la Punta —sugería Esther—. He oído algo de que esta noche habrá un barril de cerveza.

—Estoy tan harta de la arena y la cerveza a palo seco… —gimió Leah—. Podríamos ir a un club o algo así.

—Eres la única que tiene la edad para entrar, ¿te acuerdas?

—Puedo decir que vais conmigo.

—Siempre lo dices —le recordó Esther— y luego no nos dejan pasar. Mags, ¿a ti qué te apetece?

Maggie se encogió de hombros al mismo tiempo que dejaba caer las llaves en el bolso que llevaba en bandolera.

—Me da igual —dijo—. Puede que me vaya a casa.

Leah miró de reojo a Jake, luego a mí.

—Tonterías. Al menos podríamos…

La propuesta fue interrumpida por la llegada del chico de pelo rizado, que apareció súbitamente en su bici y frenó con un chirrido.

—Señoras —dijo. Leah puso los ojos en blanco—. ¿Alguna quiere que la lleve al circuito de saltos?

—Ay, por el amor de Dios —se desesperó Leah—. Por favor, no más noches entre bicis. ¿Qué tenemos, doce años?

—No son «bicis» sin más —protestó el chico, ofendido—. ¿Cómo te atreves a decirlo siquiera?

—Muy fácil —replicó ella—. Y, además, Adam…

—Yo voy —la interrumpió Maggie. Adam sonrió antes de desplazarse hacia atrás para que ella se acomodara en el manillar, con el bolso en el regazo—. ¿Qué pasa? —le preguntó a Leah, que lanzó un suspiro—. Es mejor que ir a un club.

—No —contestó esta en tono hastiado—. Ni mucho menos.

—Venga, anímate—sugirió Adam a la vez que se separaba de la acera para empezar a pedalear. Maggie se echó hacia atrás, cerró los ojos y al momento se habían puesto en camino junto con los demás chicos de la tienda, que ahora pedaleaban tras ellos. Leah negó con la cabeza, irritada, pero dejó que Esther entrelazara el brazo con el suyo para seguirlos a pie. De repente, tan solo Jake y yo seguíamos allí.

Intenté dar media vuelta y poner rumbo a casa, pero no hubo suerte. Apenas había dado dos pasos cuando apareció a mi lado.

—Y qué —dijo—, ¿a qué vino eso de la otra noche? Saliste disparada.

Era excesivo en todos los aspectos: demasiado seguro de sí mismo, demasiado invasivo, demasiado exigente. Repliqué:

—No vino a nada.

—Ah —prosiguió él, en tono grave—. Pues yo creo que sí. Y podríamos repetirlo. ¿Te apetece dar un paseo o algo así?

Tuve que hacer esfuerzos para no encogerme horrorizada. Ya me había arrepentido de lo sucedido antes incluso de saber que era el ex de Maggie y el hermano de Eli. Y cómo era posible que yo, la persona que menos interés sentía por los asuntos de aquel pueblo, me hubiera enterado ya de todo eso.

—Mira —empecé—. Lo de la otra noche fue un error, ¿vale?

—¿Me estás diciendo que soy un error?

—Tengo que irme —repliqué, antes de alejarme a toda prisa.

—Estás pirada, ¿lo sabías? —me espetó mientras yo agachaba la cabeza, concentrada en el final del paseo—. ¡Calientabraguetas!

Más pasos, más espacio. Acababa de dejar atrás los tablones del paseo para internarme en la calle y por fin empezaba a relajarme cuando vi a Eli a lo lejos, avanzando en mi dirección. Caminaba despacio detrás de un grupo de mujeres mayores ataviadas para una noche de fiesta, todas demasiado bronceadas y vestidas con colores brillantes. Procuré encogerme sobre mí misma para pasar desapercibida pero, justo cuando se cruzaba conmigo, Eli alzó la vista. «Por favor, sigue andando», pensé, al tiempo que clavaba la mirada en la camisa del tipo que caminaba delante de mí.

Eli, sin embargo, no se parecía en nada a su hermano y cumplió mis deseos al pie de la letra. No me gritó, no me dijo nada. De hecho ni siquiera me miró dos veces; se limitó a proseguir su camino.

SEIS

—Auden, ¿has visto…?

Me quedé inmóvil. Escuché. Aguardé. Pero, como de costumbre, la frase se quedó a medias, solo seguida por un silencio.

Suspirando, dejé el manual de Economía, me levanté y abrí la puerta de mi cuarto. Allí estaba Heidi, tal como esperaba, sosteniendo a Tisbe en brazos y mirándome con una expresión de perplejidad.

—Oh, por el amor de Dios —dijo—. ¡Sé que he subido por una razón! Y ahora no consigo recordar qué era. ¿Te lo puedes creer?

Podía. De hecho, la desmemoria de Heidi se había convertido en un elemento tan habitual de mi rutina como el café de las mañanas o como las noches levantada hasta las tantas. Había hecho lo posible por aislarme y llevar una vida tan ajena a la suya y a la de mi padre como me fuera posible, teniendo en cuenta que vivíamos bajo el mismo techo. Pero era inútil. Dos semanas allí y ya me encontraba irremediablemente integrada, me gustara o no.

A causa de ello, ahora era muy consciente de que el humor de mi padre dependía por entero de cómo hubiera avanzado su libro aquel día: una mañana productiva y estaba contento el resto de la jornada; una mala y pululaba por ahí enfurruñado y taciturno. Conocía al detalle los más y los menos de los problemas de Heidi derivados del posparto, como los olvidos, los demenciales cambios de humor y cómo se preocupaba en grados múltiples y complejos por cada maldita cosa que hacía la niña, desde dormir a comer o hacer caca. Incluso me había convertido en una experta en el día a día de Tisbe, empezando por el llanto (que era constante, por lo que parecía) y acabando por su tendencia a sufrir un ataque de hipo cuando por fin empezaba a quedarse dormida. Puede que ellos fueran tan conscientes de mis manías como yo de las suyas, pero lo dudaba.

A causa de ello, casi empezaba a disfrutar —en ocasiones incluso a ansiar— las pocas horas que pasaba en Clementine cada día. Me ofrecían la oportunidad de hacer algo concreto, con un principio, un desarrollo y un final. Nada de brutales cambios de humor ni preguntas en voz alta sobre los hábitos intestinales de otra persona, nada de hipo. Lo único que alejaba de la perfección a aquellos momentos era la proximidad de Esther, Leah y Maggie y sus diversos melodramas. Pero al menos me dejaban en paz cuando la puerta estaba cerrada.

Ahora miraba a Heidi, que seguía allí de pie con el entrecejo fruncido, tratando de recordar a qué había subido. Tisbe, en sus brazos, estaba despierta y mirando al techo, seguramente decidiendo si había llegado el momento de ponerse a berrear otra vez.

—¿Tenía algo que ver con el trabajo? —inquirí, por cuanto había descubierto que unas cuantas preguntas bien dirigidas le devolvían la memoria, en ocasiones.

—No —respondió, cambiándose a Tisbe de brazo—. Estaba abajo, pensando que pronto tendría que ponerla a dormir, pero que sería difícil porque tiene el horario tan cambiado que haga lo que haga le cuesta conciliar el sueño.

Desconecté y empecé a recitar mentalmente la tabla periódica, algo que me ayudaba a mantener la mente ocupada durante aquellos soliloquios.

—… así que quería dejarla en la cuna, pero no lo he hecho porque… —Hizo chasquear los dedos—. ¡La máquina de olas! Eso es. No la encuentro por ninguna parte. ¿Tú la has visto?

Estuve a punto de decirle que no. Dos semanas atrás, recién llegada, lo habría hecho sin sentimiento de culpa y sin pensármelo dos veces. Pero, gracias a mi integración en la familia, dije:

—Me parece que está en esa mesa que hay junto a la puerta principal.

—¡Ah! Maravilloso. —Bajando la vista hacia Tisbe, que empezaba a bostezar, suspiró—. Bueno, iré a buscarla y cruzaré los dedos. O sea, ayer intenté acostarla a la misma hora y saltaba a la vista que estaba cansadísima, pero en cuanto lo hice se puso a chillar. Te lo juro, es como…

Empecé a cerrar la puerta, despacio, muy despacio, hasta que por fin captó la indirecta, retrocedió y se encaminó a las escaleras.

—¡… así que deséanos suerte! —estaba diciendo cuando por fin oí el chasquido del pomo.

Me senté en mi cama y miré por la ventana a la playa. Había un montón de costumbres de aquella casa que no entendía.

Y no me importaba. Pero ¿la máquina de olas? Me sacaba de quicio.

Ahí estábamos, a pocos metros del océano real y auténtico, y, sin embargo, Heidi estaba convencida de que Tisbe únicamente podía dormir arrullada por las olas artificiales —al máximo volumen— de esa máquina de sonidos. A causa de lo cual yo tenía que escucharlas durante toda la noche también. No habría sido tan horrible si no me hubiera impedido oír el verdadero mar. De modo que allí estaba yo, en una casa en primera línea de playa, escuchando un océano falso, y eso parecía resumir todo lo que carecía de sentido en aquella situación, de principio a fin.

Oí de nuevo unos pasos en el pasillo, luego el chasquido de una puerta al abrirse y cerrarse. Instantes después, cómo no, las olas empezaron a sonar. Falsas, potentes e interminables.

Me levanté, eché mano del bolso y, saliendo al pasillo, pasé junto a la puerta entreabierta de Tisbe haciendo el menor ruido posible. Al llegar a las escaleras me detuve para echar un vistazo al despacho de mi padre, cuya puerta siempre dejaba entornada. Estaba sentado a su escritorio de cara a la pared, como de costumbre, con una Coca-Cola light y una manzana intacta a su lado. Al parecer, había tenido un buen día.

Como decía antes, me había convertido en una experta en los hábitos de mi padre. Y usando mis dotes de observación, me había percatado de que cada día se llevaba una manzana al despacho después de almorzar. Si tenía un buen día, estaba demasiado absorto en la redacción y no se la comía. Cuando se atascaba, por el contrario, el corazón de la manzana quedaba reducido a nada, mordisqueado hasta lo imposible, en ocasiones partido en dos.

En las jornadas de la manzana intacta, bajaba a cenar contento y parlanchín. En cambio, las noches del corazón de manzana —en especial si este estaba dividido en dos— era mejor mantenerse alejada, si acaso asomaba siquiera la cabeza.

De todos modos yo casi nunca estaba en casa para la cena, porque me marchaba hacia las cinco a Clementine, donde comía un bocadillo mientras trabajaba hasta la hora del cierre. Después de eso solía caminar cosa de una hora por el paseo antes de volver a casa para coger el coche y largarme por ahí otras tres o cuatro horas más.

Descubrí un local que permanecía abierto toda la noche, la cafetería La Timonera, a unos cincuenta kilómetros de distancia, pero no se parecía al Ray. Los reservados eran muy estrechos, apestaban a lejía y servían café aguado. Además, la camarera te miraba mal si te quedabas más tiempo del que tardabas en dar cuenta de lo que sea que pidieras, aunque el antro casi siempre estaba desierto. Así que, la mayoría de las veces, acababa pasando por el Súper/Gas, el autoservicio abierto veinticuatro horas más próximo, donde me compraba una taza de café grande para llevar en el coche y me la tomaba mientras daba vueltas por ahí. Al cabo de dos semanas, conocía al dedillo todo Colby y alrededores, un saber inútil donde los haya.

Para cuando llegué a Clementine eran casi las seis y el turno estaba a punto de cambiar. En teoría, eso significaba que Esther había terminado y le tocaba entrar a Maggie, si bien con bastante frecuencia —y por razones que yo no comprendía— quienquiera que terminase el turno se quedaba por allí matando el tiempo, por gusto y sin retribución. Por otro lado, matar el tiempo parecía ser lo único que hacían los habitantes de Colby.

Las chicas se reunían en Clementine a cotillear y hojear revistas, apiñadas junto a la caja registradora, mientras que los chicos cotilleaban y leían revistas de bicis en los bancos que había junto al taller. Era absurdo. Y, sin embargo, sucedía a diario, a lo largo de toda la jornada.

—Hola —me gritó Esther, la más amistosa de las tres, cuando entré—. ¿Cómo te va?

—Bien —contesté, mi respuesta habitual. Había decidido hace tiempo mostrarme cordial pero sin excederme, y menos aún dejarme arrastrar a alguna conversación sobre si tal celebridad se estaba desintoxicando o sobre las bondades de los vestidos con tirantes versus palabra de honor—. ¿Alguna entrega hoy?

—Solo esto. —Rescató un par de hojas de papel y me las tendió cuando pasé—. Ah, y hoy nos han dado en el banco un paquete de monedas de veinticinco de más, no sé por qué. He dejado el comprobante debajo del oso.

—Genial. Gracias.

—De nada.

Pasado un minuto estaba en el despacho con la puerta cerrada, a solas. Tal como yo prefería. Si las paredes hubieran tenido un agradable tono blanco, me habría sentido de maravilla.

Por lo general, me concentraba tanto en la faena que desconectaba con facilidad de lo que sucedía en la tienda. De vez en cuando, sin embargo, mientras estaba cambiando de tarea, oía algún que otro retazo de conversación. Leah se pasaba los turnos hablando por teléfono. Esther tenía la costumbre de tararear o cantar para sí. Y Maggie…, bueno, Maggie siempre estaba cotorreando con las clientas.

—Oh, esos te quedan de maravilla —oí que decía sobre las siete y media, cuando me disponía a ingresar las nóminas semanales—. Los Petunia son los mejores vaqueros del mundo, lo juro. Yo no me quito los míos en todo el verano.

—No sé —respondió una voz de chica—. Me gustan los bolsillos, pero el tono no me termina de convencer.

—Es un poco oscuro. —Un silencio—. Por otro lado, siempre está bien tener unos vaqueros que vistan un poco más, ¿sabes? Y para eso un tono oscuro es ideal. No todos quedan bien con tacones. Pero estos sí.

—¿Sí?

—¡Ya lo creo! Pero si no te convence el tono, podemos probar otras marcas. Los bolsillos de los Pink Slingback son geniales. Y siempre tienes los Courtney Amanda. Hacen, bueno, magia con el culo.

La chica rio con ganas.

—Pues tendré que probármelos.

—Hecho. Deja que busque tu talla.

Puse los ojos en blanco con paciencia infinita y tecleé unos cuantos números en la calculadora. Cada vez que la escuchaba entrar en detalles sobre ese tipo de cosas, los matices de las distintas marcas de chanclas o los pros y los contras de los shorts tipo bóxer frente a las braguitas del bikini, me costaba entender cómo alguien podía perder el tiempo con semejantes trivialidades. Hay tanto que aprender acerca de tantos temas y ella había escogido zapatos y ropa. Leah, cuando menos, parecía lista, mientras que Esther, que claramente iba a su aire, desprendía cierta originalidad. Pero Maggie era…, bueno, igual que Heidi. Un estereotipo de la cabeza a los pies, toda color rosa, pompones y frivolidad. Y lo que es peor, estaba encantada con ello.

—¡Aquí los tienes! —la oí decir ahora—. Ah, y te he traído estas Dapper de cuña tan bonitas, para que veas cómo quedan si le quieres dar al vaquero un aire más formal.

—Gracias —dijo la clienta—. Son preciosas. Me encantan los zapatos.

—¡Cómo no! —fue la respuesta de Maggie—. Eres humana, ¿no?

«Por el amor de Dios», exclamé para mis adentros. ¿Dónde estaba esa máquina de olas cuando la necesitabas de verdad?

Al cabo de un rato, la campanilla de la puerta se oyó en la tienda. No pasó ni un instante antes de que la música empezara a atronar, en esta ocasión el retumbante ritmo sordo de música dance. Ni siquiera tuve que mirar el reloj. A esas alturas, conocía el baileteo de las nueve cuando lo oía.

Sucedía cada noche, una hora antes del cierre, tanto si había una sola empleada como si las tres estaban presentes, y siempre duraba lo que una canción, ni un instante más. Ignoraba cómo solían reaccionar las clientas, pero sabía muy bien cómo reaccionaba yo, de modo que me aseguraba de encerrarme en el despacho.

Desde las nueve y tres minutos hasta las diez, aproximadamente, casi siempre entraba más gente y abundaba la charla ociosa, por lo general en torno a los planes para esa noche o la falta de ellos. De nuevo, hacía cuanto podía por no escuchar, pero no siempre lo conseguía. De ahí que ahora supiese que Leah siempre proponía ir a un club (allí había más posibilidades de alternar con chicos mayores que no conocieran de toda la vida), mientras que Esther prefería ir a alguna parte a escuchar música (por lo visto, tenía veleidades de cantante-compositora). Maggie, por lo que yo sabía, no aspiraba a mucho más que a salir con los chicos de la tienda de bicis, seguramente para seguir suspirando por Jake, si bien juraba y perjuraba que tenía el asunto más que superado.

Aquella noche no iba a ser distinta, según quedó claro cuando oí a Leah decir:

—Bueno, hoy es noche de chicas en el Tallyho. Entrada gratis para nosotras.

—¿Qué juramos —señaló Esther— la última vez que fuimos?

—No juramos…

—No, no, nunca más al Tallyho —citó Maggie, interrumpiendo a su amiga.

Alguna de las tres soltó una risita. Y Leah añadió:

—No entiendo por qué le tenéis tanta manía a ese sitio.

—¿Por todo? —replicó Esther.

—Es mejor que ir a la noche de micros abiertos en Ossify y aguantar la actuación de un chico que recita la lista de la compra sobre un ritmo de batería.

—Pues yo no lo tengo tan claro —dijo Maggie—. ¿Seguro que es mejor?

Más risitas.

—Mira —arguyó Esther—. Yo no digo que vayamos al Ossify. Es que esta noche no me apetece aguantar la brasa de cualquier turista borracho otra vez.

—También podríamos ir al circuito de bicis —propuso Maggie. Sonoros gemidos—. ¿Qué pasa? Es gratis, hay chicos…

—Los chicos que conocemos de toda la maldita vida —se exasperó Leah.

—… y es divertido —concluyó Maggie—. Además, dicen que es posible que Eli se pase por allí este fin de semana.

Estaba sumando una larga lista de números y, en ese preciso instante, se me olvidó cuál era el último que había introducido. Borré la suma y volví a empezar.

—Corre el mismo rumor cada semana —observó Leah.

—Sí, pero esta vez me lo ha dicho Adam.

—¿Y a él se lo ha dicho el propio Eli? —Maggie no respondió—. A eso voy. A estas alturas, esa historia se parece a un avistamiento del Bigfoot. Es una leyenda urbana.

El silencio se prolongó un buen rato. Por fin, Esther dijo:

—Ya ha pasado un año. Antes o después…

—Abe era su mejor amigo —señaló Leah—. Ya sabes hasta qué punto estaban unidos.

—Lo sé, pero de todos modos. Alguna vez tendrá que volver a saltar.

—¿Quién lo dice?

—Se refiere —aclaró Maggie— a que en aquel entonces la bici era toda su vida. Y ahora ahí está, trabajando de encargado en la tienda. Es como si el mundo se hubiera detenido.

Otro silencio. Lo rompió Leah.

—Bueno, seguramente fue así para él, ¿sabes?

Alguien llamó a la puerta a mi espalda y di un brinco. En algún momento, Esther se había separado de sus amigas para acercarse al despacho con el dinero de la caja registradora.

—Estamos a punto de marcharnos —me informó al entrar. Me aparté a un lado, como hacía cada noche, mientras ella se agachaba debajo del escritorio para abrir la caja fuerte—. ¿Te falta poco?

—Sí —respondí. Esther cerró la puerta y extrajo la llave de seguridad—. Yo… Esto… Termino en un minuto.

—Muy bien.

Cuando se marchó devolví la atención a la calculadora y empecé la suma de nuevo. A mitad de la fila de números, sin embargo, me detuve y me quedé tan quieta como pude, aguzando el oído por si la conversación volvía a empezar donde la habían dejado. Como no fue así, regresé a mi suma, ahora tecleando las cifras despacio, una a una, para no volver a cometer el mismo error.

***

Hacia la medianoche ya había recorrido el paseo y había completado mi ronda circular por dentro de Colby, pero todavía tenía unas cuantas horas por delante antes de pensar siquiera en regresar a casa. Obviamente, necesitaba un café. De modo que puse rumbo al Súper/Gas.

Acababa de aparcar y estaba buscando monedas en el cenicero cuando oí entrar un vehículo a toda pastilla a mi espalda. Me volví a mirar y avisté una camioneta muy machacada aparcando a unas cuantas plazas de la mía. Antes de ver siquiera las bicicletas apiladas en la parte trasera, reconocí al chico bajito y recio que la conducía y a Adam, el amigo de Maggie, a su lado. Apagaron el motor y saltaron del vehículo para encaminarse a la tienda. Pasado un momento, los seguí.

El establecimiento era pequeño pero estaba limpio, con pasillos ordenados y una iluminación no demasiado estridente.

Fui directa al SuperTostado extrafuerte, como tenía por costumbre, escogí el vaso más grande y lo llené. Adam y su amigo se encontraban en la otra punta del establecimiento, delante de las neveras, donde eligieron bebidas antes de encaminarse al pasillo de las golosinas.

—Bombones de cacahuete —decía Adam mientras yo añadía un poco de crema a mi café—. Regalices. Y... a ver. ¿Pastillas de menta con chocolate?

—Oye —protestó su amigo—, no hace falta que nombres cada cosa en voz alta.

—Es mi proceso, ¿vale? Tomo mejores decisiones cuando verbalizo los pensamientos.

—Bueno, pues es muy molesto. Al menos hazlo en voz baja.

Tapé mi taza, me aseguré de que estuviera bien cerrada y me dirigí a la caja, donde una mujer corpulenta estaba comprando billetes de lotería. Un ratito más tarde, los chicos se plantaron detrás de mí. Los veía en el reflejo del anuncio de cigarrillos que pendía en lo alto.

—Un dólar con catorce —dijo el cajero cuando marcó mi café.

Le tendí el importe exacto y recogí el vaso. Cuando me di media vuelta, Adam exclamó:

—¡Eh, ya decía yo que me sonabas de algo! Tú..., ejem..., trabajas en Clementine, ¿verdad?

Entendí perfectamente ese «ejem». Saltaba a la vista que el error de una noche me había valido la etiqueta de «la chica que se lo montó con Jake», si bien Adam fue lo bastante amable como para no expresarlo en voz alta, al menos no conmigo delante.

—Sí —dije—. Trabajo allí.

—Adam —se presentó, al tiempo que se señalaba el pecho—. Y este es Wallace.

—Auden —respondí.

—Mira, tío —prosiguió Adam, propinándole un codazo a su amigo—. Solo ha comprado una taza de café. ¡Qué comedida!

—Y que lo digas —respondió Wallace según descargaban su compra colectiva en el mostrador—. ¿Cómo es posible entrar en el Súper/Gas y comprar una sola cosa?

—Bueno —comentó Adam mientras el cajero marcaba los artículos—, no es de aquí.

—Eso es verdad. —Wallace se volvió a mirarme—. No te ofendas. Es que nosotros somos…

—Frikis de las tiendas —terminé la frase por él, sin pensarlo siquiera.

Él me miró sorprendido y, a continuación, intercambió una sonrisa con Adam.

—Exacto.

—Serán quince dólares con ochenta y cinco —informó el cajero. Ellos se hurgaron los bolsillos antes de sacar unos cuantos billetes arrugados. Yo aproveché la distracción para largarme al coche. Instantes después, salieron cargados con sendas bolsas y montaron en la camioneta. Los vi dar media vuelta, los haces de los faros moviéndose ante mí mientras emprendían la retirada.

Me quedé sentada un rato, tomando el café y meditando las alternativas que tenía. Siempre podía ir a la cafetería que permanecía abierta toda la noche, claro. O repetir mi paseo circular por Colby. Miré el reloj: las doce y cuarto, nada más. Tantas horas que llenar y tan poco que hacer. Tal vez por esa razón me sorprendí a mí misma abandonando el aparcamiento y siguiendo

125

el rumbo que habían tomado ellos. No buscaba al Bigfoot, necesariamente. Solo algo.

***

No me costó demasiado dar con el circuito de saltos. Bastaba con seguir a las bicis.

Estaban por todas partes. Atestando las estrechas aceras, enganchadas a la parte trasera de los coches o prendidas a portabicicletas en el techo. Me pegué a una vieja furgoneta Volkswagen que llevaba una bici naranja colgada en el portón y la seguí según se internaba en un gran aparcamiento situado a dos o tres calles de la playa. Mientras aparcaba, vi unas cuantas gradas flanqueadas por dos enormes focos que iluminaban una sucesión de saltos y rampas hechos de troncos y arena. De vez en cuando, una bici se elevaba sobre la línea de visión y se quedaba suspendida en el aire un instante, antes de desaparecer nuevamente.

Había asimismo una pista ovalada con distintos tipos de terraplenes que algunos ciclistas recorrían y, más allá, dos largas rampas curvadas, una enfrente de la otra. Me quedé sentada en el coche un momento y observé hechizada, igual que si un hipnotizador balanceara un reloj de cadena ante mis ojos, cómo alguien protegido con un casco negro bajaba por un lado y subía por el otro, una y otra vez. En ese momento cerraron el portón de la furgoneta y salí del trance.

No estaba muy segura de qué hacía allí. No era mi ambiente ni mi tipo de gente. Las gradas estaban repletas de chicas, seguramente ocupadas comparando brillos de labios y suspirando por los chavales que hacían trucos allí abajo. Una prueba más:

cuando presté atención, divisé a Maggie sentada en un banco a media altura, de rosa, como es natural. No me había fijado en si Jake era uno de los chicos que pedaleaban entre los saltos, pero tampoco tenía sentido hacerlo.

Me recosté contra el asiento, recogí el vaso y bebí un sorbo de café. Los vehículos seguían entrando y saliendo y, de vez en cuando, un grupo de gente pasaba junto a mi coche, charlando a viva voz. En cada ocasión me sentía cohibida y alargaba la mano hacia las llaves para poner en marcha el motor y salir de allí. Sin embargo, cuando seguían avanzando, retiraba la mano. Al fin y al cabo, no tenía nada mejor que hacer. Y al menos estando allí no gastaba gasolina.

—¡Eh! —gritó alguien súbitamente desde algún lugar situado a mi derecha—. ¡Guapa! ¿Dónde está la fiesta?

Reconocí la voz de Jake al momento. Tal como esperaba, cuando me di la vuelta lo vi una fila más allá y dos coches por debajo, recostado contra un turismo plateado. Llevaba vaqueros y una camisa de manga larga, cuyos faldones revoloteaban con la brisa según él tomaba un trago de algo en el vaso de plástico azul que llevaba en la mano. Tardé casi un minuto en comprender que ni siquiera me hablaba a mí, sino a una rubia alta que cruzaba a unas cuantas filas de allí con las manos hundidas en los bolsillos de su cazadora. Ella lo miró de reojo, sonrió con timidez y siguió caminando. Un instante después, Jake la alcanzaba a solo un par de vehículos de donde yo estaba.

«Mierda», pensé mientras observaba cómo le dedicaba a la chica su gran sonrisa. Si me marchaba en ese mismo momento atraería demasiada atención, pero tampoco me apetecía ver en primer plano una representación del que había sido mi mayor error según mi memoria reciente. Me planteé las alternativas que tenía y luego, con cuidado, abrí la portezuela y apoyé los pies en la gravilla. Agachada, rodeé el coche siguiente y luego otro y otro más para dejarlos atrás.

A causa de mi huida en zigzag, terminé en una zona situada a la izquierda del circuito de saltos, donde solo había un par de aparcamientos de bicis y unos cuantos árboles pelados. El claro se encontraba al resguardo de los fuertes focos situados junto a las gradas, de modo que lo veía todo sin que me vieran. En otras palabras, estaba en la ubicación perfecta.

Me recosté contra el aparcabicis y contemplé a la gente desplazarse por el circuito de saltos. A primera vista todos los acróbatas parecían iguales, pero a medida que los observaba me daba cuenta de que cada cual avanzaba a una velocidad distinta y que algunos, los más cautos, permanecían pegados a la tierra, mientras que otros volaban más y más alto con cada salto. De vez en cuando sonaba un conato de aplauso o algún ululato procedente de las gradas, pero por lo demás reinaba la quietud más allá del sonido de los neumáticos sobre la grava, roto por instantes de silencio cuando se elevaban hacia las alturas.

Pasado un rato vi a Adam y a Wallace sentados en sus bicicletas, con el casco puesto, esperando en la zona donde la gente se preparaba para saltar. Wallace comía Pringles mientras que Adam, vuelto hacia las gradas, le pedía por gestos a alguien que se reuniera con ellos. Siguiendo su mirada, avisté a Maggie de nuevo, todavía sola, con la mirada clavada en las rampas. «Mira cuanto quieras», quise decirle, «pero lo más probable es que la persona que buscas esté debajo de las gradas, no delante de ellas». Qué boba era.

Mientras yo pensaba aquello, ella se levantó de improviso, igual que si me hubiera oído. La vi subir el brazo para sujetarse los rizos oscuros a la altura de la nuca y luego recogerlos con una banda elástica. Rebuscó en la mochila que descansaba a su lado y sacó un casco. Sosteniéndolo por la correa, bajó para reunirse con los chicos, que la esperaban abajo.

Reconozco que su gesto me pilló por sorpresa. Lo que vi a continuación, sin embargo, me dejó estupefacta: cuando llegó a la altura de Adam, el chico se apeó de la bici para ofrecérsela. Maggie montó al mismo tiempo que se ajustaba el casco a la cabeza. Él le dijo algo y ella asintió antes de recular despacio con los dedos aferrados a los extremos del manillar. Después de retroceder cosa de seis metros, se levantó sobre los pedales un instante, irguió la espalda y se encaminó hacia los obstáculos.

Alcanzó el primero a velocidad moderada, levantando un poco de polvo, y luego cogió impulso según se acercaba, y salvaba el segundo. Cuando llegó al tercero ya se estaba elevando a gran altura, los hombros encorvados, la bici casi flotando debajo de ella. Incluso desde mi experiencia limitada me di cuenta de que era buena: sus saltos eran fluidos, sus aterrizajes limpios, no torpes como los de otros acróbatas que había visto. Concluyó toda la serie sin apenas tiempo ni esfuerzo, o eso me pareció, y al cabo de nada estaba dando la vuelta hacia el lugar donde la esperaban los chicos. Wallace le ofreció una patata Pringle, ella la aceptó y, tras levantar la visera del casco, se la llevó a la boca.

Estaba tan concentrada contemplando todo aquello que, al principio, no reparé en la figura que se había aproximado por mi derecha, de modo que tardé un instante en darme cuenta de que se trataba de Eli. Tenía el cabello suelto sobre los hombros y vestía vaqueros con una camiseta verde de manga larga. Por desgracia, para cuando hube procesado todo eso, llevaba tanto rato observándolo que él ya había reparado en mi presencia. Dio media vuelta y me miró a los ojos, y yo lo saludé con un gesto de la cabeza que pretendía ser informal.

Él me saludó a su vez, hundiendo las manos en los bolsillos, y yo recordé la conversación que Esther, Leah y Maggie habían mantenido ese día sobre su reticencia a montar en bici y las razones, o la persona, que había motivado su decisión. En cualquier caso no era asunto mío. Y de todos modos ya me iba.

Eché a andar hacia el coche, para lo cual tenía que pasar por delante de él. Cuando me acerqué, volvió de nuevo la mirada hacia mí.

—¿Te vas? —me preguntó con ese tono monocorde que ya conocía—. ¿No es lo bastante emocionante para ti?

—No —dije—. Es que… me esperan en otro sitio.

—Estás muy liada —observó.

—Eso es.

No pretendía dármelas de conocer a Eli, pero me había dado cuenta de que no era una persona fácil de descifrar. Algo en su manera de hablar te impedía saber si bromeaba o iba en serio o qué. Eso me molestaba. O me intrigaba. O ambas cosas.

—Bueno —dije al cabo de un momento, pensando que no perdía nada por preguntar—, ¿tú saltas?

—No —fue su respuesta—. ¿Tú?

Estuve a punto de soltar una carcajada, pero entonces me acordé de Maggie y comprendí que tal vez no fuese una broma.

—No —reconocí—. Ni siquiera… O sea, hace siglos que no monto en bici.

Lo meditó y, a continuación, volvió la vista hacia los saltos.

—No me digas.

También lo dijo en tono inexpresivo, sin entonación, de modo que no supe muy bien cómo continuar. A pesar de todo, sentí la necesidad de justificarme.

—Es que… no era demasiado aficionada a las actividades al aire libre, de niña.

—Actividades al aire libre —repitió.

—O sea…, salía a tomar el aire —añadí—. No me pasaba el día encerrada ni nada. Pero no montaba mucho en bici. Y no he montado últimamente.

—Ya.

Tampoco esta vez lo dijo en tono de crítica, no necesariamente. Pero dejaba traslucir algo que me incomodaba.

—¿Qué pasa? —me impacienté—. ¿Se considera un crimen aquí o algo así? ¿Igual que comprar un solo artículo en el súper de la gasolinera?

Pretendía hacer el comentario en plan de broma, pero sonó chillón incluso a mis propios oídos. O quizás solamente absurdo. Eli dijo:

—¿Qué?

Noté las mejillas ardiendo.

—Nada. Olvídalo.

Di media vuelta para marcharme al tiempo que sacaba las llaves del bolsillo. Pero apenas había dado dos pasos cuando me espetó:

—Mira, si no sabes montar en bici, no tienes por qué avergonzarte.

—Sé montar en bici —objeté. Y era verdad. Aprendí unas Navidades de mi infancia, en la zona de la entrada de mi casa, con la vieja Schwinn de Hollis y unos ruedines de entrenamiento. Por lo que recuerdo, me gustaba, o por lo menos no me horrorizaba. Un hecho que no explicaba por qué había montado muy poco desde entonces, que yo recordara. Si es que había vuelto a montar alguna vez—. Es que... no tengo muchas ocasiones para practicar.

—Mm —fue toda su respuesta.

Nada más. Solamente «Mm». Por el amor de Dios.

—¿Qué pasa?

Enarcó las cejas. Seguramente porque, una vez más, había hablado en un tono demasiado alto, un tanto alterado. Y era muy raro, por cuanto yo solía quedarme callada en presencia de chicos. Pero Eli era distinto. Con él tenía tendencia a hablar de más, no de menos. Y puede que eso no fuera bueno.

—Yo solo digo —prosiguió, pasado un momento— que estamos en un circuito de saltos.

Me limité a mirarlo.

—No voy a montar en bici solo para demostrarte que sé hacerlo.

—Ni yo te lo estoy pidiendo —replicó—. Solo digo que, si quisieras practicar, estás en el sitio ideal.

Tenía toda la razón, desde luego. Yo había alegado mi falta de oportunidades; él estaba señalando que aquí las tenía. Así pues, ¿a qué se debía tanto nerviosismo?

Inspiré una vez, luego otra, así que mi voz sonó tranquila, uniforme, cuando dije:

—Mejor paso, la verdad.

—Muy bien —respondió él, casi con despreocupación.

A continuación me encaminé de regreso al coche. Fin del tema y de la conversación. Pero «¿muy bien?». ¿Qué significaba eso?

Una vez detrás del volante, con la portezuela cerrada, me volví a mirarlo, repasando mentalmente más de diez maneras distintas y mejores en las que podía haber abordado aquella conversación. Arranqué el motor y di marcha atrás para salir. Lo último que vi antes de girar fue a Eli allí donde lo había dejado, todavía mirando los saltos. Tenía la cabeza ligeramente ladeada, como si estuviera muy concentrado en sus pensamientos, mientras los acróbatas se elevaban ante él. A esa distancia no podías diferenciarlos, distinguir sus diversos estilos o actitudes. Todos eran uno mismo, una línea constante que se desplazaba arriba y abajo, apenas una imagen fugaz que al momento desaparecía.

SIETE

En lo concerniente a Tisbe, Heidi se preocupaba por todo. Las horas de sueño. Si comía suficiente. Si comía demasiado. Qué era la mancha roja que le había salido en la pierna. (¿Hongos? ¿Eccema? ¿La marca del anticristo?). Si podía perjudicarla llorar tanto/ se le caería el pelo/sus cacas tenían el color adecuado. Y ahora estaba a punto de provocarle a la niña una crisis de identidad.

—¡Santo Dios! —la oí decir un día cuando bajé a tomar el café alrededor de las cuatro de la tarde. Tisbe y ella estaban en el salón, cumpliendo con la recomendación de colocar al bebé en el suelo boca abajo un ratito cada día (un consejo que Heidi llevaba a rajatabla, por cuanto, en teoría, evitaría que a la niña se le deformase la cabeza)—. ¡Pero qué fuerte eres!

Al principio estaba demasiado concentrada en aumentar mis niveles de cafeína como para prestarles atención. Además, empezaba a dominar el arte de desconectar de Heidi, por pura necesidad. Sin embargo, cuando llevaba media taza, empecé a notar que algo iba mal.

—Caroline —le decía mi madrastra a la niña con voz cantarina, alargando cada sílaba—. ¿Quién es mi preciosa Caroline?

Volví a llenar la taza y entré en la sala de estar. Heidi estaba inclinada sobre su hija, mientras la niña, tumbada sobre la barriga, se esforzaba por mantener erguida esa cabeza tan grande y potencialmente deforme.

—Caroline —repetía la madre, a la vez que le hacía cosquillas en la espalda—. Señorita Caroline West, la niña más guapa del mundo.

—Pensaba que se llamaba Tisbe —observé.

Heidi dio un respingo, sobresaltada, antes de alzar la vista hacia mí.

—Auden —balbuceó—. No…, no te he oído entrar.

Miré a Heidi, a continuación a la niña y luego a ella otra vez.

—En realidad solo pasaba por aquí —aclaré, y di media vuelta para marcharme. Pensaba que me había librado, pero justo cuando llegué a las escaleras habló.

—¡No me gusta el nombre! —Cuando regresé, miró al techo ruborizada, como si otra persona hubiera pronunciado las palabras por ella. Acto seguido, suspiró y se sentó sobre los talones—. No me gusta —repitió, más despacio, en tono más quedo—. Yo quería llamarla Isabel. Es el nombre de mi mejor amiga aquí en Colby y siempre me ha encantado.

Al oír aquello, miré con nostalgia las escaleras que llevaban al despacho de mi padre, inspirada por el deseo, como siempre, de que fuera él quien estuviera allí para lidiar con esto, y no yo. Sin embargo, últimamente parecía más inmerso en su libro que nunca, conforme las manzanas se amontonaban intactas.

—Y bien —le dije a Heidi mientras me aproximaba—, ¿por qué no lo hiciste?

Se mordió el labio y pasó una mano por la espalda de la pequeña.

—Tu padre quería que tuviera un nombre literario —explicó—. Dijo que Isabel era demasiado vulgar, común, que si se llamaba así nunca tendría ocasión de hacer nada importante. Pero a mí me preocupa que Tisbe sea demasiado original, excesivamente exótico. Tiene que ser duro llevar un nombre que casi nadie conoce, ¿no crees?

—Bueno —respondí—. No tiene por qué.

Abrió la boca de par en par.

—¡Oh! ¡Auden! No pretendía decir que el tuyo…

—Ya lo sé, ya lo sé —repliqué, levantando la mano para frenar su disculpa, que en caso contrario se habría prolongado horas—. Yo solo digo que, a juzgar por mi propia experiencia, no representa un problema. Nada más.

Ella asintió antes de devolver la vista a Tisbe.

—Bueno —se resignó—. Es bueno saberlo.

—Pero si no te gusta —proseguí—, llámala Caroline. O sea…

—¿A quién vas a llamar Caroline?

Pegué un bote y, cuando me di la vuelta, vi a mi padre al fondo de las escaleras. Por lo visto yo no era la única que pululaba por la casa a hurtadillas.

—Ah —acudí al rescate—. Solo decía que es el segundo nombre de la niña…

—Segundo nombre, tú lo has dicho —repitió él—. Y solo porque su madre insistió. Yo quería llamarla Tisbe Andrómeda.

Avisté por el rabillo del ojo la mueca de dolor de Heidi.

—¿Va en serio? —pregunté.

—¡Es poderoso! —afirmó él, propinándose un golpe en el pecho para remarcarlo—. Memorable. Y no admite diminutivos ni apelativos cursis, tal como debería ser un nombre. ¿Crees que si te llamaras Ashley o Lisa, en lugar de Auden, serías tan especial?

No estaba segura de qué pretendía que respondiera a aquello. ¿De verdad esperaba oírme decir que, si había llegado tan lejos, se debía a su elección de mi nombre y no a mi trabajo duro?

Por fortuna, solo era una pregunta retórica, al parecer, pues ya iba de camino a la nevera para echar mano de una cerveza.

—Yo opino —intervino Heidi, mirándome de reojo— que si bien los nombres son importantes, es la persona la que se define a sí misma. Así que si Tisbe se llama Tisbe, genial. Pero si quiere llamarse Caroline, siempre tendrá esa opción.

—No se va a llamar Caroline —sentenció mi padre, a la vez que abría la cerveza.

Yo me limité a mirarlo, incapaz de adivinar en qué momento exacto se había convertido en una persona tan pomposa e insufrible. No podía haber sido así toda mi vida. Me acordaría. ¿Verdad?

—¿Sabes? —dijo Heidi a toda prisa según recogía al bebé y entraba en la cocina—. Ni siquiera sé cuál es tu segundo nombre, Auden.

Clavé los ojos en mi padre y los dejé ahí para responder:

—Penélope.

—¿Lo ves? —insistió él, dirigiéndose a Heidi, como si eso demostrara algo—. Fuerte. Literario. Único.

«Embarazoso», recité yo para mis adentros. «Demasiado largo». «Pretencioso».

—¡Es maravilloso! —exclamó Heidi con excesivo entusiasmo—. No tenía ni idea.

En lugar de expresar mi opinión, apuré el resto del café y dejé la taza en el fregadero. Notaba los ojos atentos de Heidi puestos en mí, pese a todo, mientras mi padre se encaminaba hacia la terraza con su cerveza. La oí inspirar, a punto de decir algo, pero, por suerte para mí, mi padre ya la estaba llamando para preguntarle qué pensaba hacer de cena.

—Ah, no sé —dijo. Me miró de reojo mientras acostaba a Tisbe en su hamaca, que estaba sobre la mesa de la cocina. Le abrochó el arnés, se disculpó con la mirada y salió a reunirse con él—. ¿Qué te apetece?

Yo me quedé quieta un momento, contemplándolos a los dos allí plantados, de cara al mar. Mi padre bebía su cerveza y, mientras Heidi hablaba, él le rodeó la cintura con el brazo para atraerla hacia sí, y ella recostó la cabeza sobre su hombro. Es imposible entender cómo funcionan algunas cosas, o eso estaba empezando a descubrir yo.

En la mesa de la cocina, el bebé emitió un gorjeo y agitó los brazos. Me acerqué y la observé. Ella todavía no sabía mirar a los ojos; en vez de eso, siempre posaba la vista en el centro de tu frente.

Puede que al final se quisiera llamar Tisbe y nunca llegara a contemplar la posibilidad de Caroline. Sin embargo, el recuerdo de la expresión de mi padre mientras afirmaba con tanta seguridad cómo serían las cosas me indujo a acercarme a su oído y bautizarla de nuevo. En parte su nombre de pila, en parte el que a Heidi le gustaba, pero todo mío.

—Eh, Isby —susurré—. ¿Verdad que Isby es la niña más guapa del mundo?

***

Vivir en la playa en verano ejerce un efecto extraño. Te acostumbras hasta tal punto al sol y a la arena que te cuesta recordar cómo es el resto del mundo, y del año. Cuando, dos días después, abrí la puerta principal ante una lluvia torrencial, me quedé allí parada un momento, consciente de que había olvidado la existencia del mal tiempo.

Como no tenía impermeable, tuve que pedirle a Heidi uno prestado. Me lo ofreció en tres colores: rosa fucsia, rosa pastel y, según sus propias palabras, «rosa palo», sea cual sea el significado de eso. Escogí el rosa pastel y aun así me sentí radiactiva a más no poder según recorría el paseo húmedo y gris, en descarado contraste con todo a mi alrededor.

En Clementine, Maggie estaba detrás del mostrador vestida con una minifalda, unas chanclas y una camiseta gastada con la inscripción Clyde's Rides, las D transformadas en ruedas de bicicleta. Estaba inclinada sobre una revista, seguramente su adorada *Hollyworld*, y me dedicó un saludo adormilado mientras me acercaba.

—Sigue lloviendo ahí fuera, ¿eh? —dijo a la vez que introducía la mano en la caja para entregarme los recibos del día.

—Sí —respondí—. ¿Alguna remesa?

—Todavía no.

Asentí, y al momento ella reanudó su lectura, volviendo una página. Mientras que Esther y Leah en ocasiones intentaban entablar conversación conmigo, Maggie siempre se limitaba a intercambios mínimos, algo que yo le agradecía. No hacía ninguna falta que fingiéramos ser amigas ni tener nada en común aparte de nuestra jefa. Y si bien yo seguía un tanto sorprendida por la habilidad que había demostrado en el circuito de saltos, por lo demás creía tenerla más o menos calada y sabía que ella sentía exactamente lo mismo hacia mí.

Entré en el despacho, que por alguna razón estaba helado, así que me dejé puesta la chaqueta de Heidi mientras me acomodaba con el talonario y la calculadora. Durante cosa de una hora apenas si entró nadie en la tienda, aparte de dos grupos de chicas que estuvieron revolviendo por la zona de los saldos y suspirando ante los zapatos. De vez en cuando oía la señal del teléfono de Maggie, cuando le entraba un mensaje, pero por lo demás reinaba el silencio. Y entonces, hacia las seis, la campanilla de la puerta repicó.

—Hola —saludó Maggie—. ¿Quiere que la ayude a buscar algo?

Se hizo un silencio y me pregunté si el recién llegado habría escuchado la pregunta. Acto seguido, sin embargo, llegó a mis oídos una voz que conocía mejor que ninguna otra en el mundo.

—Dios mío, no —se horrorizó mi madre. Incluso pude percibir el estremecimiento en su voz—. Estoy buscando a mi hija.

—¿Es usted la madre de Auden? —exclamó Maggie—. ¡Qué maravilla! Está detrás. Seguro que…

Me incorporé de golpe, arrastré la silla hacia atrás y salí disparada hacia la puerta. Aunque llegué a la zona de la tienda tan deprisa como pude, no fui lo bastante rápida. Encontré a mi madre, enfundada en su acostumbrado negro riguroso —vestido, jersey, un moño alto— delante del expositor de maquillaje. Sostenía un frasco a un brazo de distancia y observaba la etiqueta impresa con los ojos entornados.

—Booty Berry —leyó despacio, remarcando cada palabra. Miró a Maggie por encima de las gafas—. ¿Y esto es…?

—Perfume —le dijo Maggie, que a continuación se volvió hacia mí y me sonrió—. O más bien bruma corporal. Se parece al perfume, pero es más suave y dura más, para uso diario.

—Claro —respondió mi madre en tono inexpresivo. Devolvió el frasco a su sitio y echó un buen vistazo a la tienda con un desagrado más que palpable. Cuando por fin posó los ojos en mí, no dio muestras de mayor alegría—. Bueno. Aquí estás.

—Hola —le dije. Me observaba con tanta seriedad que me puse nerviosa al momento, y todavía más cuando recordé la chaqueta rosa que llevaba puesta—. Yo…, esto…, no sabía que venías. ¿Cuándo lo has decidido?

Mi madre suspiró, dio media vuelta y, pasando junto a Maggie —quien ahora le estaba sonriendo, no sé por qué—, se encaminó hacia los bañadores y los inspeccionó con la expresión que uno reservaría para observar algún tipo de tragedia.

—Esta mañana —contestó por fin. Sacudiendo la cabeza, alargó la mano para tocar una braguita de bikini naranja adornada con volantes—. Estaba loca por pasar unos días fuera, pero me parece que he traído conmigo el mal humor y el mal tiempo.

—Oh, no se preocupe por eso —intervino Maggie—. Han dicho que esta noche dejará de llover. ¡Mañana hará un día precioso! Un tiempo perfecto para ir a la playa. Todavía le dará tiempo a broncearse.

Mi madre se volvió a mirarla como si le estuviera hablando en un idioma extranjero.

—Vaya —dijo y, por el tono que empleó, supe que se estaba callando lo que pensaba en realidad—. Qué buena noticia.

—¿Has comido? —le pregunté con excesivo entusiasmo. Me detuve a respirar antes de añadir, ahora en tono más tranquilo—: Hay un restaurante muy bueno en el paseo, más abajo. Seguro que me puedo escapar una hora o un rato más.

—¡Pues claro que sí! —exclamó Maggie—. Deberías pasar un rato con tu madre. Los libros pueden esperar.

Mi madre le lanzó otra mirada elocuente, como si dudara que fuera capaz de reconocer un libro y mucho menos de leerlo.

—Me sentará bien tomar algo, en cualquier caso —asintió, y lanzó a la tienda una última mirada antes de encaminarse hacia la puerta. Incluso su paso rezumaba desaprobación—. Detrás de ti.

Volví la vista hacia Maggie, que observaba a mi madre fascinada.

—Vuelvo enseguida, ¿vale?

—¡No tengas prisa! —me aconsejó—. Estaré muy bien aquí sola.

Mi madre lanzó un ligero bufido al oír aquello y al momento, gracias a Dios, cruzamos la entrada por fin, de vuelta a la lluvia. En cuanto cerré la puerta a nuestra espalda, me dijo:

—Uf, Auden. Es todavía peor de lo que esperaba.

Noté que me ardía la cara, aunque su franqueza no me pillaba por sorpresa.

—Necesitaba un impermeable —le expliqué—. Yo normalmente no...

—Quiero decir —continuó—, ya sabía que un negocio regentado por Heidi no se ajustaría a mi sensibilidad. Pero ¿«Booty Berry»? ¿Y qué me dices de esas braguitas de bikini estilo Lolita? ¿Ahora empaquetamos a las mujeres para que parezcan niñas? ¿O a las niñas para que lo parezcan aún más y así explotar su inocencia? ¿Cómo puede ser una mujer, por no decir una madre, y consentir ese tipo de cosas?

Oyendo aquello, me relajé, por cuanto las peroratas de mi madre me resultaban tan familiares como una rima infantil.

—Bueno —repliqué—, el caso es que conoce el mercado. Esas cosas se venden de maravilla.

—¡Pues claro que sí! Pero eso no significa que esté bien. —Mi madre suspiró, abrió el paraguas y, levantándolo sobre su cabeza, me ofreció el brazo. Lo acepté y me resguardé a su lado—. Y todo ese rosa. Aquello parece una vagina gigante.

Contuve una carcajada, tapándome la boca con la mano.

—Pero supongo que esa es la idea —continuó, resignada—. Si resulta tan irritante es porque plasma la caracterización más básica y superficial de la experiencia femenina. Dulces, buenas y calladitas, un envoltorio llamativo y nada de sustancia.

Ya habíamos llegado al Last Chance, donde por una vez no había cola.

—Es aquí —informé a mi madre, al tiempo que señalaba el restaurante con la cabeza—. Los aros de cebolla están de muerte.

Ella se asomó a través del cristal de la puerta.

—Uf, no, gracias. Exijo como mínimo mantel y una carta de vinos. Sigamos buscando.

Al final acabamos en el hotel en el que se alojaba, un hospedaje tipo boutique llamado el Cóndor que se encontraba justo al salir del paseo. El restaurante era minúsculo, ocupado tan solo por unas cuantas mesas, las tupidas cortinas rojas que cubrían las ventanas y la moqueta a juego. Mi madre se acomodó en un reservado, dedicó un gesto de aprobación a la vela que parpadeaba en la mesa y pidió una copa de cabernet a la camarera al mismo tiempo que se despojaba del jersey. Tras una mirada elocuente, me quité la chaqueta de Heidi y la embutí debajo de mi bolso, donde no se viera.

—Bueno —empezó una vez que hubo llegado el vino, después de beber un largo trago—, háblame del libro de tu padre. Debe de tenerlo acabado a estas alturas, listo para enviárselo a su agente. ¿Te ha dejado leerlo?

Miré mi copa de agua y la hice girar sobre la mesa.

—Todavía no —admití con tiento, por cuanto sabía que mi madre buscaba algo más que una respuesta a la pregunta—. Pero está trabajando día y noche.

—Suena a que está escribiendo, más que revisando —observó. Echó mano del menú y lo leyó atentamente antes de dejarlo a un lado. Yo guardé silencio—. Por otro lado, también es verdad que tu padre siempre ha tenido hábitos raros de trabajo. Escribir no le resulta fácil, a diferencia de otros.

«Vale», me dije. «Ha llegado el momento de cambiar de tema».

—La nena es muy mona —comenté—. Aunque sigue protestando mucho. Heidi piensa que son gases.

—Si no lo tiene claro, seguramente se equivoca —sentenció mi madre. Tomó otro sorbo de vino—. Ya sabes. Con Hollis jamás tuve la menor duda. Empezó a desgañitarse la primera noche que pasó en casa y ya no paró. La cosa duró tres meses.

Asentí.

—Bueno, Tisbe está muy pesada…

—Tisbe. —Mi madre negó con la cabeza—. Todavía no me puedo creer que la haya llamado así. Tu padre y sus delirios de grandeza. ¿Cuál es su segundo nombre? ¿Perséfone? ¿Beatrice?

—Caroline.

—¿De verdad? —Asentí—. Qué romántico. Y nada propio de él.

—Heidi se empeñó, por lo visto.

—Debería haberse empeñado más —replicó mi madre—. Solo es un segundo nombre, al fin y al cabo.

El camarero llegó en ese momento para preguntarnos si tomaríamos entrantes. Cuando mi madre recogió el menú para pedir ceviche de vieiras y una tabla de quesos, bajé la vista hacia el impermeable de Heidi, el rosa de la tela ahora apenas visible contra el rojo oscuro del banco. Me asaltó la imagen de su rostro el día que hablamos del tema, cómo se apresuró a elogiar mi segundo nombre, tan rebuscado, tan solo porque supuso que me haría sentir mejor.

—Por otro lado —prosiguió mi madre, cuando el camarero se marchó—, dudo mucho que tu padre escogiera a Heidi por su carácter. Más bien todo lo contrario, de hecho. Pienso que en realidad buscaba a una persona maleable e inconsistente, para estar completamente seguro de que se amoldaría a sus deseos en todo.

Sabía que seguramente tenía razón. Al fin y al cabo, no podía decirse que Heidi hubiera demostrado demasiado carácter en las últimas semanas. Y, sin embargo, no sé por qué, me sorprendí a mí misma diciendo:

—Pues yo no creo que sea tan pava.

—¿No?

Negué con la cabeza.

—En realidad es un hacha para los negocios.

Se volvió a mirarme y clavó sus ojos oscuros en los míos.

—No me digas.

—Sí. O sea, lo sé porque le estoy llevando la contabilidad. —Había olvidado hasta qué punto la mirada de mi madre podía ser penetrante y aparté la vista a toda prisa para devolver la atención a mi vaso de agua—. Clementine podría ser un negocio de temporada, pero se las arregla para sacarle beneficio todos los meses del año. Y tiene mucho ojo para captar las tendencias. Muchas de las cosas que pidió el año pasado por estas fechas están de plena moda esta temporada.

—Ya —replicó despacio—. ¿Como el Booty Berry, por ejemplo?

Me sonrojé. ¿Por qué estaba defendiendo a Heidi, de todos modos?

—Yo solo digo —insistí— que no es lo que parece.

—Nadie lo es —fue su respuesta. Una vez más, se las arregló para decir la última palabra y hacerlo de un modo que le daba la razón en toda la discusión. Cómo lo conseguía siempre, yo no tenía ni idea—. Pero ya basta de hablar de Heidi. Hablemos de ti. ¿Qué tal van tus lecturas para el próximo curso? Debes de haber adelantado mucho.

—Sí —dije—, aunque avanzo despacio. Los manuales son muy áridos, en especial el de Economía. Pero me parece que…

—Auden, no puedes esperar que un tema se adapte a tus conocimientos —sentenció—. Ni deberías aspirar a ello. Cuanto más tengas que esforzarte, mejor retendrás la información.

—Ya lo sé —respondí—. Es que me cuesta mucho leer sin tener a un profesor que me oriente. Me parece que cuando empiecen las clases me resultará más fácil distinguir lo que es importante de lo que no.

Ella negó con la cabeza.

—No deberías precisar esa ayuda. Tengo demasiados alumnos que se limitan a esperar que les explique el significado de tal frase del diálogo o de tal acotación en el contexto de la obra. Ni siquiera intentan averiguarlo por sí mismos. Sin embargo, en los tiempos de Shakespeare solamente contaban con el texto. Es tarea tuya asignar significados. Así se aprende la teoría.

Mi madre estaba lanzada, saltaba a la vista. Por eso fue un error, seguramente, protestar:

—Pero esto es Economía, no Literatura. Es distinto.

Ahora me dedicó su atención plena, con los ojos entornados.

—No, Auden, no lo es. Eso intento decirte. ¿Cuándo te he enseñado yo a adoptar el punto de vista de otra persona acerca de nada?

Me limité a seguir sentada, ahora demasiado escarmentada como para responder. Por suerte en ese momento trajeron la comida y ella, una vez más, ganó el asalto.

Las cosas no fueron a mejor a partir de ahí. Mi madre renunció a mantener una conversación conmigo y optó por pedir otra copa de vino antes de hablarme largo y tendido de no sé qué pugna sobre el plan de estudios que, por lo visto, estaba acabando con su tiempo y sus energías. Yo escuchaba a medias, intercalando sonidos afirmativos cuando hacía falta y picoteando mi ensalada y mi pasta. Para cuando terminamos eran las ocho pasadas. Había dejado de llover, descubrimos al salir, y el cielo estaba surcado de franjas rosadas.

—Vaya, pero mira por dónde —exclamó mi madre al verlo—. Tu color favorito.

Recibí el comentario como una bofetada, exactamente la intención con la que había sido proferido.

—No me gusta el rosa —dije con una voz tan crispada como mis nervios.

Ella me sonrió y me revolvió el pelo.

—Protesta usted demasiado, me parece —me espetó—. Y la chaqueta que llevas dice lo contrario.

Bajé la vista hacia el impermeable de Heidi.

—No es mía. Ya te lo he dicho.

—Por Dios, Auden, tranquilízate. Solo estoy bromeando. —Inspiró hondo y luego suspiró con los ojos cerrados—. Además, tal vez era de esperar que cambiases un poco estando aquí con Heidi y estas personas. No ibas a ser mi *doppelgänger* por siempre, supongo. Tarde o temprano querrías probar el Booty Berry, por así decirlo.

—No es verdad —repliqué, y percibí la tensión que dejaba traslucir mi voz. Ella también la notó, y agrandó los ojos al oírme, pero no demasiado—. O sea, no lo haré. Yo solo trabajo allí. Nada más.

—Cielo, no pasa nada —me aseguró, y volvió a acariciarme el pelo, pero esta vez me aparté, furiosa ante su condescendencia, ante su sonrisa de indiferencia—. Todos tenemos secretos inconfesables, ¿verdad?

Fue la pura casualidad, y nada más, lo que me indujo a escoger ese momento exacto para asomarme por encima de la valla que se erguía a nuestra espalda y mirar hacia la piscina del hotel, que estaba desierta salvo por una única persona. Un individuo con gafas negras de pasta cuadradas y la piel casi translúcida de tan pálida, que llevaba un bañador rojo y leía un pequeño volumen de tapa dura, obviamente una obra de literatura. Miré de reojo a mi madre, capté su atención y volví la vista hacia él, despacio, para asegurarme de que la mirada de ella siguiera la mía. Cuando lo hizo, comenté.

—Supongo que sí.

Mi madre intentó adoptar una expresión relajada, pero advertí que se crispaba levemente en el instante en que mi observación daba en el blanco. Sin embargo, no me sentí mejor por ello. No sentí nada.

—Bueno —dijo, pasado un ratito—. Supongo que tendrás que volver a tu trabajo.

Pronunció esas dos últimas palabras con el mismo tono que usaba para referirse al libro de mi padre, como dejando muy claras sus dudas de que tuviera la menor trascendencia o que existiera siquiera.

Se inclinó hacia mí y me ofreció la mejilla para que le plantara un beso, pero yo no me moví. Ella volvió a sonreírme antes de decir:

—Venga, cariño, no te ofendas. Es la reacción por defecto de los débiles.

Yo me mordí el labio, di media vuelta y no le respondí. En vez de eso, hundí las manos con rabia en la chaqueta de Heidi, como para arrancarle el color rosa a golpe de furia, mientras me alejaba. Otra persona me habría gritado que volviera, pero yo sabía que mi madre no lo haría. Había dicho la última palabra y la había dado por buena. Para ella, no importaba nada más.

De regreso a Clementine, mantuve la cabeza gacha según intentaba tragarme el nudo que tenía en la garganta. Obviamente, era el hecho de que hubiera defendido a Heidi lo que le había molestado, aunque me hubiera limitado a señalar que no era «tan pava» antes de dedicarle dos insignificantes cumplidos. Pero, en opinión de mi madre, ese pequeño gesto bastaba para ubicarme de lleno en el equipo rosa. El hecho de no estar de acuerdo con ella en todo me colocaba a la altura de Heidi. No había matices ni tonos grises para ella.

Mientras lo pensaba, se me saltaron las lágrimas. En ese mismo momento estaba abriendo la puerta de Clementine y, por fortuna, Esther y Leah se apiñaban en el mostrador con Maggie, enfrascadas en discutir los planes de la noche, como siempre. Apenas si me prestaron atención cuando pasé de camino al despacho, donde me senté al escritorio con la intención de volver al trabajo. Llevaba cosa de veinte minutos enjugándome los ojos con la manga cada vez que los números se emborronaban cuando decidí dar la sesión por terminada.

Antes de salir del despacho me recogí la melena con una banda elástica y luego adopté la expresión más estoica y despreocupada que fui capaz de exhibir. Dos respiraciones profundas más tarde, estaba cruzando la puerta del despacho.

—La cuestión es —decía Leah cuando llegué a la zona entarimada— que nunca voy a conocer a un tío bueno en un bar.

—¿Quién lo dice? —preguntó Esther.

—La lógica. No los frecuentan.

—¿Y qué me dices de los tíos buenos sensibles con ínfulas artísticas? Esos viven en los bares.

—Ya, pero —objetó Leah— a mí no me van los artistas.

—Ah, claro. A ti solo te gustan los universitarios de fraternidad pringosos —replicó Esther.

—Los pringosos son tu especialidad, en realidad. Son los que van de artistas los que no se bañan.

Esperaba que la conversación fuera tan absorbente como para que apenas si repararan en mi presencia. Pero no tuve suerte. Cuando me vieron salir, todas se volvieron a mirarme.

—Bueno, tengo que irme —anuncié en un tono desenfadado—. Los recibos están introducidos y mañana llegaré más temprano para terminar las nóminas.

—Vale —dijo Maggie—. Oye, ¿te has divertido con tu…?

—¿Sabes? —le espetó Esther a Leah de sopetón—. Ese comentario sobraba. Yo nunca he salido con nadie tan pringoso como el tío de las Fuerzas Aéreas que conociste el verano pasado.

—Eso no era pringue —arguyó Leah, que echó mano del teléfono para mirar la pantalla—. Era gomina.

—Viene a ser lo mismo.

—No.

—¿Estás segura? Porque…

Gracias a Dios, la discusión me permitió fingir que no había escuchado la medio pregunta de Maggie y escabullirme sin dar más explicaciones. Tampoco pareció importarle: cuando me volví a mirar, reía con ganas de algo que decía Leah mientras Esther ponía los ojos en blanco, las tres seguras y protegidas en su pequeño mundo rosa, como siempre.

Pasé por Beach Beans, unos locales más abajo, para comprar un café. Luego busqué un sitio en la playa y me lo tomé mirando la puesta de sol. Tras apurar la última gota, saqué mi teléfono y pulsé la tecla uno para utilizar la marcación rápida.

—Doctora Victoria West.

—Hola, mamá. Soy yo.

Se hizo un breve silencio. A continuación:

—Auden. Esperaba saber algo de ti.

No era un buen comienzo, pero lo intenté de todos modos.

—Es que… —empecé—. Quería saber si te apetece que desayunemos juntas mañana.

Suspiró.

—Ay, cariño, me encantaría, pero me marcho temprano. Me temo que este viaje no ha sido buena idea, si te soy sincera. Había olvidado hasta qué punto me desagrada la playa. Todo es tan…

Aguardé el adjetivo que faltaba, consciente de que también lo utilizaría para describir a su hija. Sin embargo, dejó la frase en suspenso, ahorrándonos la humillación a la costa y a mí.

—En fin —dijo al cabo de un momento de palpable silencio—, me ha encantado verte. Ve contándome cómo evoluciona tu verano. Quiero saberlo todo, con pelos y señales.

Usó las mismas palabras exactas que pronunció el día que me marché, me di cuenta. En aquel entonces, sin embargo, ambas sabíamos que se refería a los detalles escabrosos e irrisibles de mi padre, Heidi y su ridícula vida en común. Una vida a la cual, de un plumazo en forma de impermeable rosa, ahora yo también pertenecía.

—Lo haré —me despedí—. Lleva cuidado al volver.

—Claro. Adiós, cariño.

Corté la llamada y me quedé allí sentada, mientras el nudo ascendía de nuevo por mi garganta. Siempre tenía que esforzarme al máximo para captar el interés de mi madre frente a la competencia que suponían sus colegas, sus alumnos, mi hermano. A menudo me preguntaba si no serían imaginaciones mías. Sin embargo, ahora tenía claro que la intuición no me engañaba: no solo me costaba atraer su atención, sino que tenía facilidad para perderla.

Permanecí sentada largo rato, observando a la gente que paseaba por la playa. Había familias, niños que se adelantaban corriendo y esquivaban las olas. Parejas que caminaban de la mano. Grupos de chicas, grupos de chicos, surfistas que surcaban las olas más allá de la rompiente, incluso cuando ya iba oscureciendo. Al final, sin embargo, a medida que las luces se fueron encendiendo en las casas que tenía detrás y en el muelle distante, la arena quedó desierta. La noche acababa de empezar y tenía por delante infinidad de horas que llenar hasta la mañana. La mera idea me hacía sentir tan cansada…

—¿Auden?

Di un respingo y giré la cabeza. Maggie estaba allí plantada, a mi lado, con la melena revoloteando al viento, la mochila al hombro. Tras ella, el paseo había mudado en una hilera de luces, una detrás de la otra.

—¿Va todo bien? —me preguntó. Como yo no contesté, añadió—: Parecías un poco triste cuando te has marchado.

El rostro de mi madre acudió a mi pensamiento, el desprecio con el que había tratado a Maggie, los bikinis, el Booty Berry y luego a mí, agrupándonos a todos en la categoría «no de su agrado». Pero era inmensa, aquella región que yo me había esforzado por evitar tanto tiempo, tan vasta como la playa en la que nos encontrábamos. Y, ahora que por fin me había internado en ella, comprendía que me alegraba de estar allí acompañada.

—No —reconocí—. No demasiado bien, la verdad.

No tenía claro qué clase de respuesta esperar por parte de Maggie. La situación era nueva para mí, desde el minuto cero. En cambio, saltaba a la vista que ella ya había pasado otras veces por lo mismo. Fue evidente por su manera de desprenderse de la mochila y dejarla caer en la arena, antes de sentarse a mi lado. No me rodeó los hombros con el brazo para abrazarme con afecto ni me soltó cuatro tópicos para consolarme, dos gestos que me habrían inducido a salir por piernas. No me ofreció nada salvo su compañía, consciente mucho antes que yo misma de que necesitaba eso y ninguna otra cosa.

OCHO

—A mí me parece —estaba diciendo Maggie— que si compras chicle tienes que llevarte algo más. Porque el chicle no es comida en realidad.

—Tienes toda la razón —asintió Esther.

—Si compro chicle, siempre pillo también unas patatas fritas o un paquete de galletas. Así puedes comer algo y tienes también alguna cosa fresca para después.

Leah negó con un movimiento de la cabeza.

—No sé —dudó—. ¿Qué me dices de los Tic Tac? Son como chicle, pero yo los he usado de comida más de una vez.

—Pero los Tic Tac te los tragas —señaló Esther—. Pasan a formar parte de ti. El chicle solo es un préstamo.

Maggie se volvió a mirarla, sonriendo.

—Impresionante.

—Gracias —dijo Esther—. Siempre me siento inspirada, aquí en el Súper/Gas.

Yo, en cambio, no me sentía nada inspirada. Ni impresionada. En todo caso me sentía totalmente desplazada, una forastera en un mundo extraño. De un minuto para otro había pasado de estar en la playa a solas conmigo misma a encontrarme allí, como una más de un grupo de chicas, quizás incluso como una verdadera friki de las tiendas.

Al principio, cuando Maggie se había sentado a mi lado, no las tenía todas conmigo. Había trabado amistades en algunos de los colegios a los que había asistido, pero si en algo se parecían todas esas relaciones era en que nunca compartíamos los típicos planes de chicas. Cuando nos reuníamos, solamente hablábamos de temas académicos, que era nuestro sólido territorio común. Así que, para orientarme, solo contaba con los fragmentos de películas adolescentes que pillaba de vez en cuando en la televisión por cable, donde las chicas, para estrechar vínculos, bebían demasiado, ponían música disco, bailaban juntas o todo lo anterior a la vez. Ahora bien, como ninguna de esas cosas iba a suceder si yo podía evitarlo, incluso en mi estado actual de depresión, me pregunté qué pasaría. Cuando Maggie habló por fin, consiguió sorprenderme. De nuevo.

—Tu madre es una pasada.

Me volví a mirarla. Tenía la vista puesta en el agua, el cabello azotado por la brisa, las rodillas pegadas al pecho. Dije:

—Es un buen modo de describirla.

Ella sonrió y, a continuación, echó mano de la mochila, la dejó caer entre las dos y rebuscó algo por el interior. Al cabo de un momento extrajo una revista y yo hice acopio de paciencia, dispuesta a escuchar cómo la comparaba con alguna celebridad. En vez de eso, para mi sorpresa, extrajo un catálogo universitario de la Uni, se lo apoyó en el regazo y pasó unas cuantas páginas hasta dar con una que tenía la esquina doblada. Me la tendió.

«La Facultad de Filología Inglesa y tú», rezaba. Me costaba leer las palabras, por cuanto no había más luz que el fulgor distante de la casa que teníamos detrás. En cambio, habría reconocido la fotografía de mi madre —presidiendo una mesa de seminario, con las gafas en una mano, obviamente en mitad de una clase— aun a oscuras y a cualquier distancia.

—¿De dónde lo has sacado? —le pregunté.

—Me lo enviaron con los impresos. Si solicité plaza allí fue principalmente por el Departamento de Literatura.

—¿Vas a ir a la Uni?

Negó con la cabeza y yo me sentí mal por haber preguntado, pues un rechazo siempre constituye un tema delicado.

—Pero estuve investigando mucho. Cuando he visto a tu madre en la tienda, me he dado cuenta al momento de que me sonaba su cara. Pero no sabía de qué hasta que he llegado a casa y he buscado la revista.

Volví a mirar la fotografía de mi madre antes de cerrar el catálogo, despacio.

—Es… complicada —dije—. No siempre resulta fácil ser su hija.

—Si te digo la verdad —respondió—, para todas es duro de vez en cuando, sea quien sea tu madre.

Lo medité mientras le devolvía el folleto y ella lo guardaba en la mochila. Nos quedamos allí sentadas un ratito, en silencio, mirando el mar. Yo solo podía pensar que, de todas las personas que había conocido en Colby, ella era la última con la que me habría imaginado compartiendo una situación como aquella. Y eso me recordó otra cosa.

—¿Sabes? —dije por fin—. Jake no significó nada para mí. Me da vergüenza haber tenido algo con él, siquiera.

Maggie asintió despacio.

—Suele provocar ese efecto en la gente.

—Pero te lo digo de verdad: si pudiera volver atrás en el tiempo —inspiré profundamente—, no lo repetiría.

—Y eso que tú solo estuviste con él una noche —replicó Maggie, estirando las piernas ante sí—. Imagínate si hubieras perdido con él dos años de tu vida, como yo.

No podía, claro. Nunca había tenido un novio de verdad, ni siquiera uno de mierda como Jake. Observé:

—Debías de quererle mucho.

—Sí. —Lo dijo con sencillez, con tranquilidad. Estaba constatando una verdad—. Supongo que todo el mundo tiene que pasar por eso, ¿no?

—¿Tiene que pasar por...?

—El primer amor. Y la primera vez que te rompen el corazón. En mi caso, fue la misma persona. Qué eficiencia, ¿verdad? —Alargó la mano hacia la mochila, volvió a rebuscar por el interior y por fin encontró un paquete de chicles. Cuando abrió el estuche para extraer uno, frunció el ceño—. Vacío. Es hora de ir al Súper/Gas.

La miré mientras se ponía de pie. Se sacudió la arena antes de recuperar la mochila.

—Bueno —le dije—. Gracias. Por venir a preguntar.

—¿No vienes? —se extrañó.

—¿Al Súper/Gas?

—Adonde sea. —Se colgó la mochila del hombro—. O sea, te puedes quedar aquí sentada, si quieres. Pero te vas a sentir muy sola. Sobre todo si ya estás de bajón.

Me limité a quedarme donde estaba, mirándola. Tenía ganas de ser sincera, decirle que la soledad me atraía en realidad, aunque tuviera la moral por los suelos, y que a veces hasta la prefería. Pero entonces me acordé de la tristeza que me había embargado estando allí sentada, mirando la puesta de sol, y me pregunté si eso seguía siendo verdad. Puede que sí. Puede que no. Era mucho que meditar en tan poco tiempo. Así que, en vez de eso, opté por otra verdad, una que nunca me fallaba.

—Bueno —dije—. Supongo que un café no me vendrá mal.

Y así, sin saber muy bien por qué, me levanté. Tiré la taza vacía a una papelera cercana. Y eché a andar al lado de Maggie, por la arena y hacia el paseo de madera, más allá de los turistas reunidos, hasta llegar al Súper/Gas, en cuya puerta nos estaban esperando Esther y Leah, sentadas en el parachoques de un viejo Jetta.

Ahora observaba cómo Maggie se agenciaba un paquete de galletas y otro de chicles, se detenía un momento delante de los regalices y por fin decidía no cogerlos. Esther, a su lado, observaba un paquete de pipas de girasol.

—Llevo toda la noche pensando en ellas —confesó—. Pero ahora que las tengo delante no estoy segura de que tengan suficiente «golpe de snack».

—¿Golpe de snack? —pregunté.

—Es la cantidad de sabor y nutrición que te ofrece un aperitivo determinado —explicó Maggie mientras Leah tomaba una caja de Tic Tac y la agitaba—. Por ejemplo, las pipas de girasol tienen muy poco golpe de snack, pero la cecina tiene un montón.

Suspiré.

—Mira, te voy a ser sincera. No lo pillo.

—¿No pillas qué?

—Esta obsesión con las tiendas, las chucherías y con analizar hasta el último detalle de cada elección y combinación —expliqué—. ¿De qué va todo eso?

Las tres intercambiaron miradas. A continuación, Esther dijo:

—No lo sé. Es algo en plan: vamos a alguna parte. Nunca sabes qué puede pasar. Así que compras provisiones.

—Primero pasas por la tienda —añadió Maggie— y luego viene la aventura.

Se encaminaron a la caja registradora. Yo eché mano de un café grande y lo llené de SuperTostado. Era muy sencillo: no necesitaba nada más. Sin embargo, de camino a la caja, me sorprendí a mí misma alargando la mano hacia una bolsa de magdalenas con dos tipos de chocolate. Ya sabía que eran superfluas, supercalóricas, un despilfarro. Y, sin embargo, me preguntaba si las chicas no tendrían razón. Cuando no sabes dónde acabarás, tal vez no sea mala idea llevar más de lo necesario.

***

—Ay, por Dios —gimió Esther—. Anda que no hemos estado veces aquí.

Nos encontrábamos en la entrada exterior de una gran casa situada a pie de playa. La gente abarrotaba los escalones, proyectaba sombras a través de las ventanas iluminadas, ocupaba las dos terrazas y se desperdigaba hasta la arena. Por si fuera poco, seguían llegando coches, que aparcaban detrás de los que ya atestaban la angosta calle y el callejón. En los dos minutos que llevábamos allí plantadas, un mínimo de quince personas nos habían adelantado y habían entrado.

—Y como ya hemos estado mil veces —prosiguió Esther mientras un coche pasaba por detrás de nosotras, con la música a todo volumen—, voto por que nos marchemos ahora que todavía conservamos nuestra dignidad intacta.

—Yo no pienso sacrificar mi dignidad —dijo Leah al tiempo que abría sus Tic Tac y se llevaba uno a la boca—. Solo quiero pasarlo bien.

—Una cosa equivale a la otra.

—Oh, por el amor de Dios, no es verdad —protestó Leah—. ¿Qué tal si te relajas por una vez? Podría ser divertido.

—Este tipo de fiestas nunca son divertidas —protestó Esther—. A menos que disfrutes cuando te tiran cerveza por encima o un chaval rollizo te mete mano en un pasillo atestado. Como es tu caso, por lo que parece.

Leah suspiró y un mechón de cabello revoloteó ante su cara.

—Mira. Ayer por la noche fui al Club Caramel y me quedé allí sentada mientras una chica tocaba el xilófono y cantaba diez canciones sobre comunismo. ¿Y me quejé?

—Sí —replicaron Maggie y Esther al unísono. Esther añadió—: A viva voz.

—Pero me lo tragué —siguió hablando Leah, haciendo caso omiso del último comentario—. Y, a cambio, me gané el derecho a elegir lo que hacíamos esta noche. Y he escogido esto. Así que vamos a entrar de una vez.

No esperó respuesta. Se guardó los Tic Tac en el bolsillo y echó a andar hacia la casa con pasos largos y decididos. Esther la siguió, con mucho menos entusiasmo, pero Maggie se volvió a mirarme.

—No estará tan mal —dijo—. O sea, es la típica fiesta de fin de semana en casa de alguien. Ya sabes.

Yo, sin embargo, no sabía. No tenía ni idea, aunque tampoco pensaba decirlo. Me limité a seguir a Maggie por el jardín delantero, esquivando las muchas latas que sembraban el camino y las escaleras.

En el interior de la casa, el vestíbulo estaba a reventar, con la gente apelotonada a ambos lados. Para recorrerlo tenías que atravesar un estrecho paso en fila india y aun así te sentías agobiada. Apestaba a colonia, sudor y cerveza, un tufo que se tornaba más intenso con cada paso que dábamos. Intenté mantener la vista al frente pero, de vez en cuando, sorprendía de reojo la mirada de algún chico sudoroso que me observaba u oía una voz que decía: «Eh, guapa, ¿cómo te va?», tal vez a mí, o a cualquier otra.

Por fin llegamos al salón, donde había un poco más de espacio y mucha más concurrencia. La música atronaba en un equipo oculto a la vista y un grupo de personas, casi todas chicas, bailaba bajo la atenta mirada de un montón de tíos. En la cocina, a mi derecha, vi un barril de cerveza, así como gran cantidad de licores varios, apretujados sobre la encimera que estaba junto al fregadero. También avisté, para mi sorpresa, dos bandejas de pastas: una de preciosos cupcakes, obviamente glaseados a mano y decorados con rosas, y otra de barritas diversas —de limón, de pepitas de chocolate, de frambuesa— dispuestas con esmero en blondas de papel.

Maggie, al advertir mi reacción, me atrajo hacia sí para decirme al oído:

—Los padres de Belissa son los dueños de la pastelería Sweet Petite. Esta es su casa.

Señaló con la barbilla a una chica vestida con un top de tirantes y vaqueros que bailaba con el grupo del salón. Lucía una larga melena oscura surcada de mechones rubios y reía con la cabeza inclinada hacia atrás. Me fijé en su pintalabios brillante, de un rojo intenso, el mismo color que las rosas de los cupcakes.

—Necesitamos cerveza —declaró Leah. Echó mano de un par de vasos rojos y me los tendió por delante de Maggie—. Toma. Tú estás más cerca.

Miré los vasos; a continuación el barril de cerveza que descansaba a mi lado. Leah y Maggie estaban charlando —Esther había desaparecido—, así que ninguna de las dos advirtió mi vacilación cuando me volví hacia el barril que en teoría debía proporcionarme la cerveza. El mecanismo parecía sencillo, de modo que sujeté la espita que llevaba prendida el recipiente e hice girar la llave de la parte superior. No sucedió nada.

Miré a mi alrededor. Leah y Maggie seguían hablando y las únicas personas cercanas —una pareja que se daba el lote contra la nevera— no me prestaban atención, ni a mí ni a nada a su alrededor. Volví a girar la llave —nada— y noté un cosquilleo en la cara, avergonzada. Nunca se me ha dado bien pedir ayuda, en especial para hacer algo que en teoría debería saber. Y yo sabía muchas cosas, pero manejar aquel estúpido objeto, tan sencillo, no era una de ellas.

Inspiré, a punto de volver a intentarlo, cuando de improviso una mano apareció sobre la mía y presionó la llave; la cerveza empezó a llenar el vaso que yo sujetaba.

—A ver si lo adivino —dijo Eli en el mismo tono grave, casi vibrante, de costumbre—. Tirar cerveza de barril también se considera una actividad al aire libre.

Me limité a mirarlo, impávida. Vestía unos vaqueros y la misma sudadera azul que llevaba la primera vez que lo vi. Puede que fuera la situación, ya bastante degradante de por sí antes incluso de tener público. El caso es que la rabia se apoderó de mí. Le espeté:

—¿Estamos al aire libre, acaso?

Él miró a su alrededor, como si quisiera asegurarse.

—No.

—Pues entonces, no.

Devolví mi atención al barril.

Eli retiró la mano de la válvula y permaneció en el mismo sitio, observando cómo llenaba otro vaso.

—¿Sabes? —dijo—. Me parece que eres muy susceptible.

—Y a mí —repliqué— me parece que te crees mejor que los demás.

—Ah —concluyó—. Sigues enfadada por lo de la bici.

—¡Sé montar en bici! —protesté.

—Pero no sabes tirar cerveza.

Suspiré.

—¿Y eso te molesta por…?

Se encogió de hombros.

—Aquí se considera medio obligatorio. Como comprar más de un artículo en el Súper/Gas.

Así que recordaba el comentario que yo había hecho cuando coincidimos en el circuito de saltos. Me sentí halagada —es agradable causar cierto impacto en los demás, aunque sea a costa del bochorno— pero decidí ignorarle. En vez de eso, me desplacé para llamar la atención de Maggie y Leah y tenderles sus cervezas. Cuando me volví hacia ellas, sin embargo, las dos me estaban observando con los ojos abiertos de par en par.

—¿Qué pasa? —pregunté, pero ellas se limitaron a tomar los recipientes y retroceder un paso antes de beber un trago al mismo tiempo que intercambiaban miradas.

Regresé al barril con el último vaso y alargué la mano para llenarlo. Cuando terminé, todavía me escrutaban con esa expresión tan rara, así que opté por tomar un sorbo. La cerveza me supo caliente e insípida. Obviamente, no me había perdido gran cosa todo ese tiempo.

A mi lado, Eli contemplaba las pastas, y me di cuenta de que quizás había sido demasiado brusca con él. Buscando reconciliación, dije:

—Por lo visto, los dueños de esta casa tienen una pastelería. O algo así.

Me miró brevemente.

—No me digas.

Tomé otro trago de cerveza, sin saber por qué, pues sabía fatal.

—La anfitriona es la chica de la camiseta blanca, esa de ahí. La del pintalabios rojo.

Él volvió la vista en la dirección que yo le indicaba y permaneció un momento mirando a la gente que bailaba.

—Ah, sí. Ya la veo.

La chica se movía ahora con ganas, agitando la melena de lado a lado y desplazando las caderas en círculo, mientras un tío cachas con, sí, gomina en el pelo, se pegaba a su trasero.

—Guau —observé—. Es… impresionante.

—¿A qué te refieres?

Me encogí de hombros. La chica volvió la vista hacia nosotros, se encontró con mis ojos, y yo tomé otro trago de cerveza.

—Es que… a veces menos es más. ¿Sabes?

Él esbozó un conato de sonrisa, como si le hubiera hecho gracia mi salida, un gesto que me irritó. Miré de reojo a Maggie y a Leah, que, por alguna razón, de nuevo me observaban con ojos desorbitados.

—Con eso no quiero decir —proseguí, dirigiéndome a Eli— que no debas probar sus cupcakes. Tienen una pinta fantástica.

—No —declinó él—. Paso.

—Oye —empecé—, si no sabes comer cupcakes, no deberías avergonzarte.

Ahora sí sonrió.

—Sé comer cupcakes.

—Ya, claro.

—Que sí —insistió—. Solo que esos no me apetecen.

—¿Ah, no? —Deposité el vaso en la mesa y busqué por mi bolso las magdalenas empaquetadas que había comprado en el Súper/Gas. Cuando las encontré, las planté sobre la mesa, entre los dos—. Demuéstralo.

—¿Lo dices en serio? —preguntó.

—Es medio obligatorio por estos lares —lo imité—. Igual que montar en bici.

Observó mi rostro un instante antes de echar mano del paquete de magdalenas y abrirlo para extraer una. Yo lo estaba mirando, a punto de tomar otro sorbo de cerveza, cuando noté una mano que me aferraba el hombro.

—Corta ya —me susurró Maggie al oído—. Corta, corta, ahora mismo.

—¿Qué pasa? —quise saber, pero apenas había formulado la pregunta cuando ella ya me estaba arrastrando para sacarme de allí. Pasando junto a Eli —que ahora nos observaba mientras masticaba—, me obligó a salir a la terraza trasera, donde Leah abría paso entre la gente congregada.

—Daos prisa —gritó por encima del hombro, y Maggie asintió, todavía tirando de mí—. Creo que si bajamos por estas escaleras podremos salir más rápido y, con un poco de suerte, nos libraremos.

—Sí —convino Maggie—, hay que evitarlo como sea.

—Pero ¿de qué estáis hablando? —pregunté mientras ella me arrastraba por un breve tramo de escaleras hasta otra terraza inferior, menos concurrida—. ¿Evitar qué?

Se volvió hacia mí con intención de responder, pero no le dio tiempo. Porque, en ese mismo instante, una puerta de cristal se abrió a la derecha y la chica que bailaba —la señorita Pintalabios Rojo, Cupcake, Menos no es Más en persona— apareció de repente para impedir nuestro avance. Dos de sus acompañantes en la pista, una pelirroja enfundada en un vestido negro y una rubia bajita y regordeta, se plantaron tras ella con idéntica intensidad.

—Vale —empezó. Levantó las manos, con las palmas hacia nosotras. Tenía una voz un tanto nasal, aguda—. ¿Qué acaba de pasar ahí dentro? ¿Y quién narices es esta?

Me miraba directamente a mí, al igual que sus dos amigas, y de repente me entró un sudor frío, instantáneo, una reacción sobre la que había leído pero que jamás en toda mi vida había experimentado antes de aquel momento. Maggie, soltando mi brazo, dijo:

—Belissa, no ha sido nada.

—¿Nada? —Belissa avanzó un paso hacia mí. De cerca, aprecié la textura irregular de su piel, una nariz algo más respingona de lo que seguramente le habría gustado—. ¿Cómo te llamas, zorra?

Al principio pensé que se trataba de una pregunta —«¿cómo te llamas?»— y una respuesta al mismo tiempo. Luego comprendí que aguardaba mi contestación.

—Auden —dije.

Entornó los ojos.

—Auden —repitió, igual que dirías «escroto» o «excremento»—. ¿Qué clase de nombre es ese?

—Pues… —empecé.

—Da igual —me cortó Leah—. Como ya te ha dicho Maggie, no ha pasado nada.

—¿Estaba o no estaba tirándole los tejos a Eli? —exigió saber Belissa.

—Claro que no —replicó Leah en tono tranquilo. Con seguridad. La rubia y la pelirroja intercambiaron miradas—. No es de por aquí, no conoce a nadie.

—Ni sabe nada —añadió Maggie, con menos firmeza. Belissa le lanzó una mirada breve —. Ya sabes a qué me refiero.

—He visto cómo hablaba con ella —insistió Belissa. Se me antojó curioso cómo se las ingeniaba para observarme con atención y, al mismo tiempo, ignorarme por completo—. Ha sonreído, por el amor de Dios.

—¿Tiene prohibido sonreír? —preguntó Leah. Cuando Maggie la asesinó con los ojos, rectificó—: Mira, Belissa, ha sido un error sin mala intención y ya nos vamos. ¿Vale?

Belissa lo meditó antes de avanzar otro paso hacia mí.

—No sé quién eres —dijo, remarcado sus palabras con el dedo, la yema en contacto con mi pecho—. Y en realidad me da igual. Pero será mejor que te mantengas alejada de mi novio, en particular cuando estés bajo mi techo. ¿Entendido?

Miré a Maggie, que asintió con la cabeza a toda prisa por detrás de Belissa. Respondí:

—Muy bien.

—Muy bien —repitió Belissa. Tras ella, Leah suspiró mirando al cielo—. Ahora, fuera de mi propiedad.

Y, después de ese último comentario, Maggie me agarró del brazo una vez más para arrastrarme escaleras abajo. Mantuvo su estrujón letal mientras seguíamos a Leah hasta la playa, rodeábamos una duna y, tras recorrer una pasarela pública, accedíamos a la calle por fin. No me soltó hasta que estuvimos en el asiento trasero del coche, donde Esther nos esperaba.

—¿Dónde narices te has metido? —le reprochó Leah—. Nos habría venido bien tu presencia ahí arriba.

—A ver si lo adivino —dijo Esther mientras Maggie y yo nos acomodábamos—. Habéis perdido la dignidad.

—Si te parece poco digno que por culpa de Auden hayan estado a punto de patearnos el trasero a todas, sí —explicó Leah. Cerró la portezuela de un golpe y se giró en el asiento para encararse conmigo—. ¿Estás loca o qué? ¿Coquetear con

Eli Stock delante de Belissa Norwood, en casa de Belissa Norwood, mientras te comes los cupcakes de Belissa Norwood?

Ahora todas me observaban. Aclaré:

—No nos hemos comido sus cupcakes.

Leah levantó las manos al cielo y se dio media vuelta mientras Esther arrancaba el motor. Maggie, a mi lado, dijo:

—Chicas, Auden no sabía nada.

—Tampoco sabía nada sobre lo tuyo con Jake —arguyó Leah—. Y eso no te impidió que quisieras aplastarle los sesos cuando se lio con tu ex.

—Es verdad —reconoció Maggie—. Pero, al igual que Belissa, estaba equivocada. Eli y ella han roto. Él puede hablar con quien le dé la gana.

—Acabas de dar en el clavo —señaló Leah, volviéndose hacia mí nuevamente—. Eli no habla. Con nadie. Nunca. ¿Qué hacía hablando con ella?

La pregunta flotó en el aire. Por fin, carraspeé y dije:

—Pues no lo sé. Siempre me habla, desde esa noche que lo vi paseando en bici.

Silencio. Todos los ojos estaban clavados en mí, incluso los de Esther, a través del espejo retrovisor. Maggie preguntó con voz queda:

—¿Viste a Eli montar en bici? ¿Qué hacía?

Me encogí de hombros.

—No lo sé. ¿Trucos? Estaba saltando por ahí, al final del paseo.

Maggie y Leah se miraron.

—¿Sabéis qué? —propuso Leah—. Quizás deberíamos…

—Estoy de acuerdo —dijo Esther, y puso el intermitente cuando el Súper/Gas asomó a lo lejos—. Para esto necesitamos un buen golpe de snack.

***

—El caso es —empezó Maggie— que, para contarte la historia de Eli, antes tenemos que hablarte de Abe.

Estábamos al final del muelle, compartiendo un mismo banco, de cara al mar. Para llegar hasta aquel lugar habíamos pasado junto a varios pescadores que sostenían sus cañas con el cuerpo echado hacia el agua, concentrados en el mar. Allí estábamos las cuatro solas salvo por el viento y las olas que rompían al fondo.

—Abe y Eli —explicó Maggie— eran inseparables. Amigos del alma desde…, no sé…, el jardín de infancia. Casi nunca los veías separados.

—Pero no se parecían en nada —añadió Esther—. Ya sabes, Eli desprende un aura de melancolía. Y Abe era…

Guardaron silencio un instante. Por fin, Leah dijo:

—Un payaso total.

—Total —asintió Maggie—. La persona más boba que has conocido en tu vida. Era capaz de hacer reír a cualquiera.

—Incluso a Eli.

—Sobre todo a Eli. —Leah sonrió—. Dios mío, ¿os acordáis de cómo era Eli antes de que Abe muriera? Era hasta… divertido.

—¿Abe murió? —pregunté.

Maggie asintió con solemnidad al tiempo que abría un paquete de chicles.

—Sucedió en mayo del año pasado. Eli y Abe estaban en Brockton, en un evento de la Jungla de Asfalto. Ambos acudían patrocinados; de hecho tenían mecenas desde hacía un par de años. Los dos empezaron con BMX clásico, pero luego Eli se pasó al *half-pipe* y Abe se decantó más por el *flatland*, al menos en competición. De todas formas los dos eran muy buenos en *street*, aunque no es de extrañar, teniendo en cuenta dónde vivimos.

La miré de hito en hito. Leah la regañó:

—Maggie, aquí nadie salvo tú entiende toda esa jerga de bicis. Habla en inglés.

—Ay, perdón. —Maggie sacó un chicle y se lo llevó a la boca—. Eli y Abe eran muy muy buenos sobre la bici. Tan buenos que les pagaban por competir en eventos, y por eso estaban en Brockton.

—Y, después de esa competición —continuó Esther—, volviendo de una fiesta, tuvieron un accidente.

—Un accidente —repetí.

Leah asintió.

—Eli conducía. Y Abe murió.

Tuve que contener un grito.

—Oh, Dios mío.

—Ya lo sé. —Maggie dobló el envoltorio del chicle, primero por la mitad, luego en cuartos, hasta convertirlo en un minúsculo cuadradito—. Yo estaba con Jake cuando su hermano llamó. Estábamos en su casa y escuché la voz de Eli. Llamó desde el hospital e intentaba hablar, pero no conseguía articular nada más que aquel ruido tan horrible…

No continuó. En vez de eso, se limitó a mirar el agua oscura que se extendía a ambos lados del muelle. Esther intervino:

—Él no tuvo la culpa. Estaban pasando por un cruce de detención obligatoria. Alguien se lo saltó y los arrolló.

—Un borracho —añadió Leah.

Esther asintió.

—Eli no levantó cabeza. Fue como si Abe se hubiera llevado una parte de él cuando se fue, ¿sabes? Nunca ha vuelto a ser el mismo.

—Dejó los patrocinios, el BMX, todo —prosiguió ahora Maggie—. Había conseguido plaza en la Uni y pensaba aplazar la competición por un tiempo, pero tampoco quiso estudiar. Se puso a trabajar de encargado en la tienda de bicicletas y abandonó los saltos por completo.

Leah me miró de reojo.

—O eso pensábamos.

—Yo simplemente lo vi haciendo trucos una noche en el paseo —expliqué—. Era muy tarde. O muy temprano, en realidad.

—Bueno —suspiró Maggie—. Supongo que eso significa algo. No sé qué. Pero algo.

Un súbito revuelo se escuchó a nuestra espalda. Cuando me di la vuelta para mirar, vi a uno de los pescadores sacar algo por encima de la barandilla del muelle. Su captura se sacudía y proyectaba reflejos aquí y allá, antes de que el hombre la depositara en el suelo con suavidad, detrás de una caja de aparejos, oculta a la vista. Los demás pescadores tomaron nota y luego regresaron a sus propias cañas.

—Y Belissa —pregunté, calentándome las manos con el vaso de café—. ¿Qué pinta en todo eso?

—Salían juntos desde el instituto —dijo Leah—. Ella estuvo con él en el funeral y un par de meses después, pero al final la relación se rompió. Dicen que ella lo dejó. Aunque, por lo que parece, Belissa no lo ve así.

—Por lo que parece —asentí.

Leah sonrió, sacudiendo la cabeza.

—Te lo juro, cuando te ha preguntado qué clase de nombre era ese y tú has estado a punto de responder…, por poco salgo corriendo y dejo que te las apañes sola.

—Me ha hecho una pregunta —alegué.

—Pero no esperaba respuesta.

—¿No? ¿Y entonces por qué ha preguntado?

—Porque —me explicó Leah— se estaba preparando para atizarte. ¡Por Dios! ¿No tienes ni idea de cómo lidiar con exnovias celosas?

—No —reconocí—. La verdad es que no.

Maggie sonrió.

—Bueno, pues acabas de hacer un cursillo intensivo.

—«Intensivo» es la palabra clave —añadió Leah—. O sea, ¿no te has dado cuenta de lo enfadada que estaba? Y cuando te dice que te largues o verás, tú vas y le respondes…

—«Muy bien» —apuntó Maggie.

Esther abrió unos ojos como platos.

—No.

—Ya lo creo que sí. Y se lo ha dicho tan tranquila, por si fuera poco. Como si le hiciera un favor por acceder a marcharse.

—No es verdad —protesté. Leah y Maggie se limitaron a mirarme—. ¿Sí?

—Sí. —Leah agitó su vaso y tomó otro sorbo por la pajita—. Y no sé si ha sonado como una vacilada total o como una idiotez integral. No termino de decidirme.

Esther rio a carcajadas y yo me quedé allí sentada, mirando mi café y recordando hasta qué punto me había sentido desplazada en esa fiesta, en ese momento. Jamás había tenido tan claro que, si bien me había pasado toda la vida aprendiendo, ignoraba muchísimas cosas. Tantas como para meterme en un buen lío, al parecer, de no haber estado ellas allí para echarme una mano.

—Ha sido una tontería —expresé en voz alta, mientras meditaba lo sucedido esa noche. Las chicas me interrogaron con los ojos—. O sea, reaccionar así. La verdad es que no socialicé demasiado en el instituto. O nada, a decir verdad.

Mi revelación provocó un prolongado silencio. O puede que me lo pareciese a mí.

—¿Sabes qué? —dijo Leah—, eso explica muchas cosas.

—Pues sí —convino Maggie.

—¿Por qué decís eso? —quise saber.

—Por nada —replicó esta última a toda prisa. A continuación, mirando a Leah, añadió—: O sea, llegas al pueblo, te lo montas con Jake a la primera de cambio y luego te quedas a cuadros cuando la gente, bueno, saca conclusiones sobre ti.

—Y con «gente» —aclaró Leah— se refiere a nosotras.

—Ya lo he pillado —refunfuñé—. Gracias.

—Además —añadió Esther—, parecía que no quisieras juntarte con nadie.

—Hasta esta noche —señaló Leah.

—Hasta esta noche —asintió Maggie—. Pensábamos que te creías mejor que nosotras. Pero puede que sencillamente no supieras relacionarte.

Quería creer que se trataba de la segunda opción. Pero era consciente, en el fondo de mi corazón y siendo sincera conmigo

175

misma, de que había dado por supuesta mi superioridad. En el caso de Maggie, nada más verla.

—Como ya he dicho —comentó Leah—, solo una chica que nunca ha tenido amigas de verdad se plantearía contestar a la pregunta: «¿Qué clase de nombre es ese?».

—Pensaba que quería saberlo —alegué.

—Dudo que Belissa Norwood sienta el menor interés en saber nada sobre la vida de un poeta moderno famoso por sus obras sobre política, naturaleza y amor no correspondido —señaló Maggie.

Me giré hacia ella a toda prisa.

—¿Conoces a Auden?

—Hice el proyecto de investigación sobre la función de la pérdida en sus poemas —me respondió—. Gracias a eso me admitieron en Defriese. Eh, Leah, ¿te queda algún Tic Tac?

Me quedé allí sentada, sumida en un silencio estupefacto, mientras Leah buscaba el envase de caramelos para pasárselo a Maggie. No ganaba para sorpresas ese día: la visita imprevista de mi madre, la patada en el culo de la que me había librado por los pelos y enterarme del pasado de Eli. Pero ninguna revelación me había sorprendido tanto como aquella última. Maggie iba a estudiar en Defriese. Igual que yo.

—¡Porras! —exclamó Esther, a la vez que echaba un vistazo a su reloj—. Es más de medianoche. Será mejor que vuelva a casa. ¿Alguna necesita que la lleve?

—Supongo que yo —dijo Leah, que se levantó y se sacudió los vaqueros con las manos—, teniendo en cuenta que no he conocido a ningún tío bueno en esa fiesta que pueda acompañarme a casa.

—Lo siento —me disculpé.

—Ah, sobrevivirá —afirmó Esther, que rodeó con el brazo los hombros de su amiga mientras emprendíamos el regreso por el muelle—. Mañana por la noche, iremos a la sesión de micros abiertos de Bentley, a ver si conoces a un tío simpático y pringoso con ínfulas de artista.

—Puede que lo haga —replicó Leah—, aunque solo sea para fastidiarte.

—¿Y tú, Auden? —preguntó Maggie, poniéndose a mi altura—. ¿Quieres que te llevemos a casa de Heidi?

Miré el trayecto del muelle hasta el paseo y la carretera de más allá, las farolas de la calle quebrando la oscuridad.

—No hace falta —respondí—. Me parece que me tomaré otro café de camino a casa.

—¿Más café? —se sorprendió Esther, mirando mi taza—. ¿No te quita el sueño?

Negué con un movimiento de la cabeza.

—No. No lo hace.

Nos despedimos al final del muelle y ellas echaron a andar hacia el coche. Todavía oía su charla, sus voces transportadas por el viento, cuando torcí en dirección contraria, de vuelta al Súper/Gas, donde era la única clienta cuando llené otra taza, le añadí leche, un agitador y, después de pensármelo un momento, una chocolatina. La cajera, una mujer mayor de cabello rubio —Wanda, según su identificador—, mataba el tiempo haciendo un crucigrama. Lo dejó para cobrarme, reprimiendo un bostezo.

—Una noche larga —me dijo mientras le dejaba el dinero.

—Todas lo son, ¿no? —respondí.

En el aparcamiento soplaba una brisa cálida e intensa. Cerré los ojos y me quedé allí un ratito, sintiendo el azote del viento en la cara. Esa misma noche, hacía un rato, me había marchado para estar sola y, finalmente, había descubierto —para mi sorpresa— que era compañía lo que necesitaba. A pesar de todo, comprendía que a Maggie le debía de haber resultado difícil ir a buscarme, sin saber cómo iba a reaccionar yo cuando la viera. Lo más fácil habría sido dejarme en paz. Sin embargo, ella no había optado por la solución sencilla.

A mí también me gustaban los desafíos. O, como mínimo, me agradaba pensar en mí misma en esos términos. De modo que salí en busca de Eli.

De camino al paseo me crucé con un coche de la policía que circulaba despacio entre las interferencias de su radio; y con dos chicas que caminaban del brazo, una a trompicones, la otra sosteniendo a su amiga. Los bares todavía tardarían cosa de una hora en cerrar y la gente y la música se desparramaban por las puertas abiertas. Más adelante, en la zona comercial, reinaba la oscuridad. Pero al fondo, en la tienda de bicicletas, atisbé una luz encendida.

Levanté la mano para llamar con los nudillos y luego la dejé caer con inseguridad. Había pasado una noche en el mundo de las chicas, qué hazaña. ¿Significaba eso que algo había cambiado?, ¿yo, en concreto? ¿De verdad? Mientras estaba allí de pie, manteniendo aquella conversación conmigo misma, vi movimiento al fondo iluminado de la tienda: cabello oscuro, camiseta azul. Antes de saber lo que estaba haciendo, mi mano golpeó el cristal, con fuerza.

Eli alzó la vista con expresión recelosa. Cuando se acercó y me vio, no dio muestras de alivio. Ni de sorpresa, en realidad. Hizo girar la llave y abrió la puerta.

—A ver si lo adivino —dijo—. Quieres aprender a montar en bici y no puedes esperar hasta mañanas.

—No —repliqué. Él despegó la mano de la puerta y se quedó en el mismo sitio, mirándome. Comprendí que aguardaba una explicación—. Estaba por aquí y he visto la luz encendida.

—Le mostré el café, como si eso explicara algo—. Ha sido una noche muy larga y todo eso.

Él observó mi rostro un momento.

—Ya —dijo por fin—. Bueno, entra.

Crucé la puerta y él volvió a cerrarla con llave a mi espalda. Lo seguí por el local a oscuras hasta la trastienda, que era una especie de taller. Había bicicletas desmontadas encima de soportes, ruedas apoyadas contra bancos de trabajo, un montón de engranajes sobre una mesa, herramientas por todas partes. En un rincón, junto a una bici desmontada, un cartel escrito a mano advertía: Zona de trabajo de Adam. ¡Al que toque algo, lo mato! Debajo, el autor había dibujado un cráneo y dos tibias cruzadas.

—Siéntate —me invitó Eli, a la vez que agitaba la mano hacia el taburete que descansaba delante.

—Parece peligroso.

Lanzó una ojeada al cartel y puso los ojos en blanco.

—No lo es.

Me senté, con la taza en una mano, mientras él se deslizaba tras un escritorio atestado de papeles, piezas de bicicleta y, como cabía esperar, varias latas de refresco vacías y un montón de paquetes de snacks y golosinas.

—Bueno —empezó. Extrajo un paquete de un cajón y le echó un vistazo—. Y dices que no has venido a buscar una bici.

—No —reconocí.

—¿Y entonces? ¿Has salido a dar un paseo en plena noche?

«Eli no habla», había dicho Leah. «Con nadie. Nunca». Pero me había hablado a mí, y puede que eso significara algo, aunque aún no estuviera claro qué implicaba exactamente.

—No sé —fue mi respuesta—. Es que… he pensado que a lo mejor te apetecía hablar y eso.

Eli cerró el cajón, despacio, y me miró. El chasquido sonó atronador.

—Hablar —repitió en tono inexpresivo.

—Sí. —Él seguía allí sentado, observándome con atención, sin dejar traslucir ninguna emoción a su semblante, y yo no me sentí muy distinta de cuando mi madre me sometía a su escrutinio. Tenía ganas de revolverme en el asiento—. Tú estás despierto y yo estoy despierta. He supuesto que…

—Ah, ya veo —dijo, asintiendo—. Claro. Te has enterado.

—Enterado… —titubeé.

Negó con la cabeza.

—Debería haberlo supuesto cuando te he visto en la puerta. Ya en la fiesta, de hecho. Maggie no es famosa por su discreción, precisamente.

Yo me quedé sentada, sin saber muy bien qué hacer. Le dije:

—Mira, lo siento. Es que he pensado…

—Ya sé lo que has pensado. —Tomó un fajo de papeles y los hojeó a toda prisa—. Y te agradezco que me quieras ayudar, o lo que sea. Pero no hace falta, ¿vale?

Asentí, embotada. De pronto, el espacio parecía demasiado iluminado, tanto que ponía de relieve cada uno de mis defectos. Me levanté del taburete.

—Será mejor que me vaya —decidí—. Es tarde.

Eli me lanzó una ojeada. Recordé que, la noche que lo vi por primera vez, me dio la sensación de ser un espíritu torturado, antes de conocer siquiera su historia. Dijo:

—¿Quieres saber por qué hablo contigo?

—Sí —respondí—. Me gustaría.

—Porque —prosiguió—, desde el primer momento que nos cruzamos en el paseo, pensé que eras diferente. No andabas con pies de plomo en mi presencia ni me tratabas de un modo distinto, como si me compadecieras, ni me mirabas con esa expresión.

—¿Qué expresión?

—Esa —dijo, y señaló mi rostro. Noté un cosquilleo en la cara—. Te comportabas… con normalidad. Hasta esta noche.

«Hasta esta noche», pensé, y las palabras resonaron en mis oídos, las mismas que Maggie y Esther habían pronunciado hacía un rato. Eli volvió a hurgar por el cajón, con la cabeza agachada, y yo me acordé de aquel día en el muelle con Tisbe, la naturalidad con la que había tomado a la niña en brazos. Había muchos modos de consolar a alguien. El ascensor tan solo era uno de los más imprevisibles.

—¿Sabes qué? —empecé, recostándome contra la jamba—, en realidad es un alivio que me digas eso. Porque no quiero compadecerte.

—¿Ah, no? —preguntó él, sin alzar la vista.

—No. La verdad es que estoy medio enfadada contigo.

—¿Enfadada? —Asentí. Levantó la cabeza. Ahora tenía toda su atención—. ¿Y eso por qué?

—Porque, por tu culpa, han estado a punto de patearme el culo esta noche.

—¿Por mi culpa?

Puse los ojos en blanco.

—Sabías perfectamente que estaba hablando de tu novia —lo acusé—. Y que ella estaba mirando mientras lo hacía.

—Un momento —me interrumpió—. Ella…

—Y has permitido que rajara de ella a mis anchas sin mover ni un dedo —proseguí, haciendo caso omiso de su protesta—. Y luego, cuando se ha abalanzado sobre mí…

—¿Se ha abalanzado sobre ti?

—Me ha clavado un dedo en el pecho y me ha llamado zorra —asentí. Él enarcó las cejas—. Y tú, mientras tanto, estabas en otra parte, comiendo magdalenas tan tranquilo.

—Perdona —dijo, a la vez que cerraba el cajón—, pero has sido tú la que se ha empeñado en que comiera magdalenas.

—¡Cuando no sabía que mi vida corría peligro! —Suspiré—. Yo solo digo que me has lanzado a los leones para que me defendiera sola. Y eso no está bien.

—Mira —objetó él—. Belissa no es mi novia.

—Pues será mejor que se lo digas —repliqué—. O sea, si tienes tiempo entre magdalena y magdalena.

Eli me contemplaba ahora con una expresión indescifrable y yo tuve ganas de revolverme inquieta otra vez. Pero no por las mismas razones que antes. En absoluto.

—¿Qué haces deambulando por ahí a estas horas, realmente? —preguntó.

—No duermo por las noches.

—¿Por qué?

—Empecé a quedarme despierta cuando mis padres se peleaban hasta las tantas —confesé—. Pero ahora… no sé.

Fue una respuesta automática, que surgió sin que me parase a pensar. Eli asintió y dijo:

—¿Y qué haces para pasar el rato? Aparte de no montar en bici.

Me encogí de hombros.

—Leer. Dar vueltas en coche. Cerca de casa de mi madre hay una cafetería abierta las veinticuatro horas que me gusta mucho, pero aquí solo puedo ir a La Timonera, que no es el mejor local del mundo.

—¿Has estado yendo a La Timonera? —Negó con la cabeza—. El café es horrible.

—Ya lo sé. Y las camareras son unas antipáticas.

—Y eso que tampoco es que haya una cola de gente esperando mesa, precisamente —suspiró—. Deberías ir al mismo sitio que yo. Abierto las veinticuatro horas, siete días a la semana, un café de muerte y pastel.

—¿En serio? —dije—. Eso es un triplete.

—Ya lo sé.

—Un momento —dudé—. He inspeccionado en Google todos y cada uno de los restaurantes en veinticinco kilómetros a la redonda y no aparece nada excepto La Timonera.

—Ya —replicó—, porque el mío es un secreto local.

—Ah, claro. —De nuevo me recosté contra la jamba—. Cómo no. Solo para gente de aquí.

—Sí —fue su respuesta. Echó mano de una bolsa de lona que tenía debajo del escritorio y se la colgó del hombro—. Pero no te preocupes. Si vas conmigo, te dejarán entrar.

***

—Esto —observé— no es un restaurante.

Saltaba a la vista, a juzgar por las lavadoras de pago que se alineaban a un lado del local y las secadoras de enfrente. Por no hablar de las mesas que se sucedían en el pasillo central para doblar la ropa, el puñado de sillas de plástico y una máquina expendedora de pequeñas cajas de detergente y suavizante con un cartel que advertía: «Fuera de servicio».

—Yo no he dicho que fuera un restaurante —arguyó Eli según se aproximaba a una lavadora y plantaba encima la bolsa de lona.

—Tampoco has dicho que fuera una lavandería —señalé.

—Es verdad. —Extrajo un envase de detergente de la bolsa y, a continuación, arrojó la ropa sucia al tambor. Tras introducir unas cuantas monedas, cuando el agua jabonosa empezó a empapar el otro lado del cristal, dijo—: Sígueme.

Lo hice, con cierta desconfianza, por entre las filas de lavadoras y secadoras hasta llegar a un estrecho pasillo que desembocaba en una puerta blanca y lisa. Llamó dos veces con los nudillos, la abrió y me cedió el paso por gestos. Al principio titubeé. Pero entonces, ahí estaba, el aroma del café. Y eso bastó para animarme a cruzar al otro lado.

Me sentí como si acabara de entrar en un mundo diferente, de verdad. El linóleo y la iluminación estridente habían desaparecido. Aquí reinaba la penumbra y las paredes estaban pintadas de un tono lila oscuro. Había una sola ventana, rodeada con una guirnalda de luces de colores, y unas cuantas mesas pequeñas. Una brisa cálida se colaba por la puerta abierta y, junto a esta, atisbé un pequeño mostrador. Detrás, un hombre mayor con el cabello oscuro veteado de blanco leía una revista. Cuando alzó la vista y vio a Eli, sonrió.

—Eh —gritó—. Imaginaba que te pasarías esta noche.

—Me estaba quedando sin camisas —respondió Eli.

—Muy bien. —El hombre dejó la revista a un lado y, frotándose las manos, se levantó—. ¿Qué os pongo?

—Depende —dijo Eli, que se acercó al mostrador y separó un taburete. Estaba a punto de imitarle cuando lo señaló y comprendí que era para mí—. ¿Qué hay en el menú?

—Bueno —dijo el hombre, que retrocedió un paso para mirar debajo del mostrador—, veamos... Queda algo de ruibarbo. Manzana. Y mezcla del bosque.

—¿Mezcla del bosque?

El hombre asintió.

—Frambuesas y arándanos azules. Entre ácido y meloso. Un poco fuerte. Pero merece la pena probarlo.

—Suena bien. —Eli me lanzó una ojeada—. ¿Qué quieres?

—¿Café? —dije.

—¿Solo café? —preguntó el hombre.

—No es de por aquí —explicó mi acompañante. Volviéndose hacia mí, añadió—: Pide el pastel. Confía en mí.

Ahora los dos me estaban mirando. Asentí.

—Hum, de manzana, entonces.

—Buena elección —aprobó Eli mientras el otro hombre se daba la vuelta, echaba mano de dos tazas en el anaquel que tenía detrás y las llenaba con el contenido de una cafetera cercana. Luego, bajo nuestra atenta mirada, extrajo dos platos de debajo del mostrador, seguidos de dos pasteles. Cortó porciones sustanciosas, las depositó con cuidado en los platos y, acompañadas de sendos tenedores, las empujó hacia nosotros.

Me decanté por la taza en primer lugar y tomé un minúsculo sorbo. Eli no me había engañado: el café estaba delicioso. Pero no tan rico como el pastel. Dios mío.

—Te lo he dicho —me dijo Eli—. Es mil veces mejor que el de La Timonera.

—¿La Timonera? ¿Quién come allí? —preguntó el hombre. Eli me señaló con un gesto—. Oh, vaya. Qué mal me sabe.

—Clyde —me reveló Eli— se toma sus pasteles muy en serio.

—Bueno —respondió este, halagado—. Hago lo que puedo. Pero solo soy un principiante en esto de la pastelería. Empecé tarde.

—Clyde es el dueño de la tienda de bicis —siguió explicando mi acompañante—. Y de esta lavandería. Y de otros cuatro negocios aquí, en Colby. Es un magnate.

—Prefiero que se refieran a mí como un hombre del Renacimiento —dijo Clyde a la vez que recogía la revista. Era un ejemplar de *Gourmet*, ahora lo veía—. Y solo porque tenga facilidad para los negocios no significa que no pueda preparar una pasta brisa perfecta. O eso estoy empezando a aprender.

Tomé otro bocado de la tarta —cuyo sabor se acercaba mucho a la perfección, en realidad— y volví a mirar a mi alrededor.

—Tienes que reconocerlo —comentó Eli mientras Clyde volvía una página y leía una receta de patatas gratinadas—, esto es mejor que leer o conducir.

—Ya lo creo —asentí.

—Ella tampoco duerme —informó Eli al dueño del local, que asintió. Volviéndose hacia mí, añadió—: Clyde compró este sitio para que tuviéramos algo que hacer por las noches.

—Sí —convino el otro—. La cafetería, sin embargo, fue idea de Eli.

—Qué va —replicó este, negando con la cabeza.

—Lo fue. —Clyde giró otra página—. Antes nos limitábamos a charlar durante el centrifugado. Compartíamos un termo y el pastel que yo estuviera aprendiendo a preparar en ese momento. Y él me convenció de que quizás no fuéramos los únicos necesitados de un garito abierto por las noches que no fuera un bar.

Eli clavó el tenedor en su tarta.

—«Centrifugados» —dijo—. No está mal.

—Mm. —Clyde lo meditó—. Tienes razón. Escríbelo.

El otro rescató su cartera y extrajo una hoja doblada de papel amarillo. A juzgar por su aspecto, se trataba de una lista, y larga. El hombre le tendió un boli y, mientras yo lo miraba, Eli escribió «centrifugados» al final.

—Necesitamos un nuevo nombre para la tienda de bicicletas —me explicó Clyde—. Llevamos siglos pensando ideas.

La imagen del primer día que pasé en Colby acudió a mi mente, la conversación que mantenían Jake, Wallace y Adam cuando me crucé con ellos en el paseo.

—¿Cómo se llama ahora?

—La Tienda de Bicis —respondió Eli, con poco entusiasmo. Enarqué las cejas—. Chulo, ¿verdad?

—En realidad se llama Clyde's Rides —aclaró el hombre, según recogía mi taza de café para rellenarla—. Pero el cartel salió volando durante el huracán Beatrice, el año pasado, y cuando fui a remplazarlo pensé que había llegado el momento de buscar otro nombre...

—... algo que llevamos tratando de hacer desde entonces —concluyó Eli—. Clyde no acaba de decidirse.

—Cuando lo encuentre, lo sabré —apostilló él, en absoluto preocupado—. Hasta entonces, me parece bien que todo el mundo la llame «La Tienda de Bicis». Porque eso es lo que es en realidad, ¿no?

Un teléfono sonó a su espalda en ese momento y se dio la vuelta para atenderlo. Mientras se alejaba con el dispositivo pegado al oído, Eli se volvió a mirarme.

—¿Qué te había dicho? —insistió—. No está mal, ¿eh?

—Nada mal —asentí—. Y tenías razón. Ni en un millón de años habría encontrado este sitio.

—No —convino.

Nos quedamos un rato sentados, comiendo en silencio. Al otro lado de la pared se dejaban oír los golpes del ciclo de secado, pum, pum, pum. Según mi reloj, eran las dos y cuarto.

—Bueno —dije—. ¿Qué más tienes para ofrecerme?

***

Pensaba que a mí se me daba bien pasar la noche despierta y ser productiva. Pero Eli era el amo.

Al salir de la lavandería, montamos en su coche —una vieja camioneta Toyota con cabina y un cajón trasero lleno de piezas de bicicleta que tintineaban y repicaban en cada curva— y nos desplazamos veinticinco kilómetros al oeste, a un Park Mart, abierto las veinticuatro horas. Allí, a las tres de la madrugada, no solo podías comprar alimentos, ropa de casa y pequeños electrodomésticos, sino también cambiar las ruedas del coche, si querías. Mientras recorríamos los pasillos, separados por el carrito de la compra, estuvimos charlando. No sobre Abe. Pero sí acerca de casi todo lo demás.

—Así que Defriese… —comentó mientras comparaba marcas de palomitas para el microondas—. Maggie también planea estudiar allí, ¿no?

—Creo que sí —respondí al tiempo que él tomaba una caja para examinarla.

—Pues debe de ser una universidad muy buena. Esa chica es brillante. —Guardé silencio y, al cabo de un instante, añadió—: De lo cual se puede deducir que tú también eres brillante.

—Sí —fue mi respuesta—. Podría decirse así.

Enarcando una ceja, depositó las palomitas en el carro.

—Aunque, si tan lista eres —prosiguió—, ¿cómo es posible que intentaras ligar con el novio de otra chica en su propia cocina?

—He aprendido en los libros —me justifiqué—. No en la calle.

Eli hizo una mueca.

—Yo no definiría a Belissa como una chica de barrio. Lleva los vaqueros a la tintorería.

—¿En serio?

Asintió.

—Hala.

—Lo sé.

Seguimos caminando un rato más. Por lo que parecía, Eli no llevaba una lista y, sin embargo, sabía muy bien lo que buscaba.

—Ahora en serio —empecé—. Tienes razón. Fue un tanto…

Dejé la frase en suspenso y él no intervino para empujarme a terminarla. Yo estaba empezando a descubrir que eso me gustaba.

—Supongo —seguí hablando— que me perdí muchas cosas en el instituto. O sea, en el aspecto social.

—Lo dudo —replicó él, mientras se detenía para depositar un rollo de papel de cocina en el carro—. Todo eso está sobrevalorado.

—Lo dices porque eras popular.

Me miró de reojo según doblábamos la esquina hacia el pasillo de las sopas. A medio camino, nos topamos con un tipo envuelto en un largo abrigo que murmuraba para sí. Ese era uno de los problemas de andar por ahí tan tarde, o tan temprano. Siempre te topabas con algún pirado. Mirando a Eli de reojo, advertí que adoptaba la misma actitud que yo, basada en tres principios: no mirar, dejarle espacio y actuar con naturalidad.

—¿Qué te hace pensar que yo era popular?

—Oh, venga ya —resoplé—. Eras un pro de las bicis. Eso suma muchos puntos.

—Por lo que tú sabes —objetó—, yo no era más que un friki de las bicis.

Me limité a mirarlo.

—Vale, tú ganas. No era precisamente un pardillo. —Echó mano de una lata de sopa de arroz con tomate, luego otra—. Pero ¿y qué? A la larga no hay tanta diferencia.

—Pues yo creo que sí. —Me incliné sobre el carro y bajé la vista—. O sea, yo participaba en todas las actividades académicas. Pero nunca tuve muchos amigos. Así que ignoro un montón de cosas.

—Como, por ejemplo…

—Como, por ejemplo, no hablar con el novio de una chica en su cocina.

Dejamos atrás el pasillo en el que estaba el hombre del abrigo, que seguía murmurando, y nos encaminamos a la sección de lácteos pasando junto a un empleado que reponía embutidos con expresión adormilada.

—Bueno —arguyó él—. Nada como que estén a punto de patearte el culo para escarmentar. Nunca lo olvidarás.

—Es verdad —asentí—. Pero ¿y todo lo demás?

—¿Como qué?

Me encogí de hombros y me apoyé en el carrito mientras él depositaba en el carro una botella de leche, no sin antes comprobar la fecha de caducidad. Mirándolo pensé, no por primera vez esa noche, que tal vez debería sentirme cohibida estando ahí con él, en ese momento. Pero no era así, en absoluto. Es uno de los efectos extraños que tiene la noche. Situaciones que resultarían raras a plena luz del día dejan de serlo a partir de cierta hora. La oscuridad, de algún modo, ejercía un efecto igualador. Reflexioné en voz alta:

—Pienso que quizás ya es demasiado tarde. Para vivir todas las experiencias que debería haber vivido los últimos dieciocho años, como ir a fiestas de pijama, llegar a casa a las tantas un viernes por la noche o…

—Montar en bici —terminó por mí.

Solté el carrito.

—¿Qué manía tienes —protesté— con el rollo ese de la bici?

—Bueno, será porque pertenezco al gremio. Además, es una parte importante de la infancia —respondió al mismo tiempo que avanzaba hacia el expositor de quesos—. Y no es demasiado tarde.

Guardé silencio mientras nos encaminábamos a las cajas. Plantada delante de la única que estaba en funcionamiento, una chica se inspeccionaba las puntas abiertas.

—Bueno… —prosiguió Eli, que ahora descargaba la compra en la cinta transportadora—. No es demasiado tarde para las fiestas de pijama y esas otras cosas. Pero ya puedes tachar de la lista lo de llegar a casa a deshoras.

—¿Por qué?

—Porque son las cuatro de la madrugada y estás en el Park Mart —replicó, conforme la cajera procedía a marcar los productos—. Eso cuenta, digo yo.

Mirando unas cuantas manzanas que rodaban por la cinta, lo medité.

—No sé —dije—. Puede que tengas razón y que todas esas cosas que me he perdido estén sobrevaloradas. ¿Por qué preocuparse? ¿Qué aportan, en realidad?

Él lo pensó un momento.

—¿Y por qué han de aportar algo? O responder a un motivo —preguntó—. A lo mejor solo son cosas que debes hacer, nada más.

Se desplazó hacia delante y empezó a guardar los artículos en bolsas. Yo me quedé en el sitio, asimilando sus palabras. «Cosas que debes hacer». Sin razón ni argumentos lógicos. La idea me seducía.

Desde el Park Mart pusimos rumbo a Piedra y Madera, los grandes almacenes para reformas del hogar que, según me informó Eli, abrían temprano para los contratistas. Nosotros no pertenecíamos al gremio, obviamente, pero tampoco pareció importarles y nos dejaron pasar. Me pegué a Eli como una lapa mientras él escogía un nuevo juego de llaves inglesas, una caja de clavos y un paquete de bombillas en oferta. Mientras él pagaba, me senté en un banco al otro lado de la puerta y observé la salida del sol, que ascendía sobre el aparcamiento. Para cuando nos marchamos, casi habían dado las seis. El resto del mundo se estaba despabilando por fin para reunirse con nosotros.

—Te he visto —dijo Eli cuando contuve un bostezo mientras me sentaba en el asiento delantero de la camioneta.

—Esta —declaré— es la hora a la que suelo quedarme frita.

—Una última parada —sugirió él.

Se refería, cómo no, al Súper/Gas, donde la misma señora mayor, que ahora leía el periódico, atendía el mostrador con un móvil pegado al oído.

—¿Necesitas algo? —me preguntó Eli, y yo negué con la cabeza al tiempo que me deslizaba levemente en el asiento para esperar su regreso. En el instante en que Eli alcanzaba la puerta del establecimiento, un pequeño Honda azul aparcó a pocas plazas de la nuestra. Alguien salió del interior y cerró la portezuela del conductor mientras su acompañante se quedaba asimismo a la espera. Era un tipo alto ataviado con unos chinos arrugados, una camisa lisa y unas gafas de montura negra. Me incliné hacia delante para observar su perfil conforme avanzaba. Acto seguido, me volví despacio hacia el Honda, donde, tal como esperaba, avisté a mi madre en el asiento del pasajero. Llevaba el pelo recogido en lo alto de la cabeza, su jersey negro favorito atado a los hombros y parecía cansada. En el interior del Súper/Gas, su alumno de posgrado se servía un café. Lo vi echar mano de un paquete de chicles y luego de un pastel de manzana antes de encaminarse a la caja, donde Eli charlaba con la empleada mientras esta le cobraba. «Vaya, vaya», pensé. El ligue de mi madre era un friki de las tiendas.

Cuando Eli salió, cargado con una botella de agua y un paquete de Doritos, mi madre lo siguió con la mirada. Entornó los ojos, según se fijaba en el cabello demasiado largo, la gastada camiseta, su manera de juguetear con las llaves que llevaba en la mano. Supe que acababa de etiquetarlo: estudios de secundaria, ni matriculado en la universidad ni interesado en ella, clase trabajadora. El mismo tipo de cosas, si soy sincera, que habría pensado yo en otro tiempo. Pero me separaban una noche y muchas horas de mi madre ahora mismo. Por más que nos encontráramos a cuatro pasos de distancia.

Tal vez siguiera mirando a Eli cuando él montó en la camioneta y cerró la portezuela. No lo sabía, porque yo ya me había vuelto hacia él y era irreconocible de espaldas. Solamente era una chica cualquiera, que asentía en respuesta a la pregunta de si estaba, por fin, lista para regresar a casa.

NUEVE

—¡Está terminado!

Abrí los ojos, parpadeé y volví a cerrarlos. Puede que estuviera soñando. Pasado un instante, sin embargo, escuché de nuevo la misma exclamación.

—¡Terminado! ¡Acabado! —Una puerta se abrió y se cerró, seguida de unos pasos que se acercaban—. ¿Hola? ¿Dónde se ha metido todo el mundo?

Me incorporé y eché un vistazo al reloj. Eran las cuatro y cuarto de la tarde. Había estado levantada hasta las seis de la madrugada del día anterior. O de ese mismo día, en realidad. Últimamente me costaba trazar la línea de separación.

Tras bajar de la cama, me acerqué a la puerta del dormitorio y me asomé al exterior. En ese momento mi padre se acercaba al cuarto de Tisbe, con la mano alargada hacia el pomo.

—¡Eh! —me dijo—. ¡Adivina! He…

Rápida como el rayo, intercepté sus dedos en el instante en que se cerraban sobre el tirador para impedir que abriera.

—Espera —susurré—. No.

—¿Qué pasa? —preguntó.

Le aferré la mano, lo arrastré hasta mi habitación y cerré la puerta con suavidad. A continuación le indiqué por gestos que me siguiera por la breve distancia que nos separaba de la ventana, el punto más alejado de la pared que había entre mi cuarto y el del bebé.

—Auden —se impacientó, todavía en un tono demasiado alto—. ¿Qué estás haciendo?

—Tisbe ha tenido unos cólicos horribles esta noche —susurré—. Y esta mañana. Pero por fin se ha dormido y apuesto a que Heidi está haciendo lo mismo.

Lanzó una ojeada al reloj, antes de mirar mi puerta cerrada.

—¿Cómo sabes que está durmiendo?

—¿Quién?

—La niña. O Heidi, de hecho —aclaró.

—¿Oyes algo? —pregunté.

Ambos escuchamos en silencio. Tan solo el ruido de la máquina de olas llegó a nuestros oídos.

—Vaya, esto es anticlimático —comentó al cabo de un momento—. Por fin he terminado el libro y a nadie le importa.

—¿Has terminado el libro? —exclamé—. Es genial.

Mi padre sonrió.

—Acabo de redactar el último párrafo. ¿Quieres que te lo lea?

—¿Lo dices en serio? —respondí—. Pues claro.

—Ven conmigo, pues.

Abrí la puerta y —de puntillas— lo seguí por el pasillo hasta su despacho, donde mi padre había vivido prácticamente recluido durante las dos últimas semanas. Resultaba evidente por la gran cantidad de tazas, botellas de agua vacías y corazones de manzana en dos piezas y distintos estados de descomposición que avisté en cuanto pisé la estancia.

—Vale —inspiró mi padre, a la vez que se sentaba delante del portátil y tocaba unas cuantas teclas. Cuando apareció el documento, se frotó las manos y se desplazó por la página hasta que tan solo un par de líneas quedaron a la vista—. ¿Preparada?

Asentí.

—Preparada.

Carraspeó.

—«El camino se había estrechado y las intrincadas ramas de los árboles se inclinaban hasta entrelazarse mientras yo lo recorría. En alguna parte, allí delante, estaba el mar».

Cuando terminó, nos miramos en silencio según las palabras se posaban a nuestro alrededor. Fue un instante sublime, aunque me distraje una pizca cuando creí oír un llanto a lo lejos.

—Caramba —dije, con la esperanza de haberme confundido—. Es genial.

—Ha sido un viaje muy largo, eso está claro —comentó según se recostaba contra el respaldo de la silla, que crujió bajo su peso—. Diez años de mi vida confluyen en estas veintiocho palabras. No me puedo creer que por fin esté acabado.

—Felicidades.

Ya no cabía duda de que Tisbe estaba llorando; sus protestas aumentaban de volumen al otro lado del pasillo. Mi padre se irguió en el asiento y dijo:

—¡Parece ser que ya están despiertas! Vamos a compartir la buena noticia, ¿te parece?

Sin aguardar respuesta, se levantó y se encaminó al cuarto de Tisbe con andares saltarines. Cuando abrió la puerta, el lloriqueo se transformó en un llanto desenfrenado.

—Cielo, ¿sabes qué? —estaba diciendo cuando lo alcancé—. ¡He terminado el libro!

Me bastó echar un vistazo a Heidi para saber que, sinceramente, la noticia no podía importarle menos. Todavía llevaba puesto el pijama de la noche anterior, unos pantalones de estar por casa y una camiseta arrugada con la mancha de algo húmedo en la parte delantera. Tenía el pelo aplastado y mustio, los ojos enrojecidos cuando nos miró como si le sonáramos de algo pero no pudiera ubicarnos.

—Oh, Robert —se las ingenió para articular al tiempo que Tisbe, también con la carita enrojecida y arrugada, se retorcía en sus brazos—, es maravilloso.

—Esto merece una celebración, ¿no crees? —preguntó. Al momento se volvió hacia mí como pidiendo confirmación. Todavía estaba dudando si asentir o no cuando mi padre añadió—: Estaba pensando que saliéramos a cenar a un buen restaurante. Los dos solos. ¿Qué te parece?

Resultaba difícil ignorar a la niña cuando se estaba desgañitando. Lo sabía porque llevaba intentándolo sin resultado desde, bueno, el día de mi llegada. Sin embargo, mi padre no tenía ningún problema para hacerlo. Por lo que parecía.

—No sé… —titubeó Heidi mirando a la pequeña, que parecía inconsolable—. No creo que hoy pueda llevarla a ninguna parte…

—Pues claro que no —sentenció mi padre—. Buscaremos una canguro. ¿No te dijo Isabel que le encantaría echarte una mano una noche de estas?

Heidi lo miró de hito en hito. Me recordaba mucho a las fotos de prisioneros afectados de neurosis de guerra que había visto en los libros.

—Lo dijo —confirmó—. Pero...

—Pues vamos a llamarla —propuso él—. Que se gane el título de madrina. Yo lo haré, si quieres. Dime su número.

—Está fuera de la ciudad —fue la respuesta de Heidi.

—Ah. —Mi padre lo meditó. A continuación, despacio, se volvió a mirarme—. Pues... ¿Auden? ¿Te parece que nos podrías echar una mano?

Heidi me miró; al instante negó con la cabeza.

—Oh, no, eso no es justo. No está bien que te pidamos eso.

—Estoy seguro de que a Auden no le importa —replicó mi padre. Volviéndose hacia mí, añadió—: ¿Verdad? Solo serán un par de horas.

Seguramente debería haberme enfadado con él por disponer de mi persona con tanta despreocupación, pero, sinceramente, viendo el aspecto que tenía Heidi, asentir se me antojó más un acto de conciencia que un favor. De manera que respondí:

—Claro. No hay problema.

—Pero tienes que trabajar —objetó Heidi al tiempo que se cambiaba a Tisbe de brazo. Aun así, el llanto no cesó, ni siquiera amainó—. Los libros..., mañana toca pagar las nóminas.

—Bueno —empezó mi padre, lanzándome una breve mirada—. Tal vez...

Me estaba empezando a percatar de que hacía eso mismo con mucha frecuencia, dejar las frases en suspenso para que el otro (yo, en este caso) terminara de formular la idea por él. Se parecía a los cadáveres exquisitos, pero en plan pasivo-agresivo.

—La llevaré a la tienda —le dije a Heidi—. Así puedes pasar a buscarla cuando termines.

—No sé —dudó ella, meciendo a Tisbe con energía—. No creo que esté para muchos paseos.

—¡La brisa del mar le sentará de maravilla! —decidió mi padre, que alargó los brazos para tomar a la pequeña. Dirigiendo una sonrisa a la enfurecida carita, se sentó en la mecedora y empezó a acunarla. Heidi siguió los movimientos de la niña con los ojos, sin mudar de expresión—. Y a ti también, cariño. Date una ducha, tómate el tiempo que necesites. Nosotros nos encargaremos de todo.

Heidi me lanzó una ojeada y yo asentí. Pasado un instante se encaminó hacia la puerta. En el pasillo, se volvió a mirar a mi padre, que seguía meciendo a Tisbe sin alterarse por los aspavientos de la niña, que se retorcía como si no tuviera muy claro quién era aquel tipo. A decir verdad, en ese momento, yo tampoco.

Casi esperaba que mi padre me pasara al bebé, ahora que Heidi se había marchado. Pero no lo hizo. Se quedó allí sentado, meciéndola y acariciándola con golpecitos suaves en la espalda. Ni siquiera estaba segura de que fuera consciente de mi presencia en el umbral cuando me quedé mirando y preguntándome si alguna vez nos habría acunado así a Hollis y a mí. De creer a mi madre, seguramente no. Y yo habría jurado lo mismo hasta diez minutos atrás. Pero puede que la gente cambie o, cuando menos, lo intente. Últimamente veía pruebas de ello por todas partes, aunque era lo bastante lista como para no dejarme convencer sin más, todavía no.

***

Hacía ya una semana de mi gran expedición nocturna y, desde entonces, mis conocimientos de la vida noctámbula en Colby no habían dejado de expandirse. Tantas noches a solas conmigo misma, tantas excursiones a La Timonera y luego paseando por los barrios y las calles, con alguna que otra parada en el Súper/Gas; todo aquello había sido un aburrimiento total. Solamente ahora, con Eli, estaba descubriendo la auténtica magia de la noche.

Íbamos a la lavandería, donde compartíamos con Clyde café y pastel mientras él nos contaba su última aventura culinaria. Esquivábamos a los pirados del Park Mart según buscábamos hilo dental, un carrillón o lo que sea que constara en la lista mental de Eli. Regresábamos al paseo a las tantas, cuando un tal Mohammed instalaba un carrito de pizza junto a los clubs más populares con las mejores porciones de queso —a un dólar cincuenta la ración— que he probado en mi vida. Pescábamos en el muelle y observábamos la fosforescencia que ascendía desde las profundidades. Me marchaba de Clementine después del cierre, pasaba un rato de palique con las chicas y luego inventaba cualquier excusa y me ponía en marcha a solas. Quince minutos, media hora, una hora más tarde, en el Súper/Gas o en el Beach Beans, coincidía con Eli y nuestras aventuras comenzaban.

—¿Cómo es posible que alguien cumpla dieciocho años —me había dicho la noche anterior— sin haber jugado nunca a los bolos?

Estábamos en el Ten Pin, una bolera abierta de madrugada a un par de pueblos de Colby. Las pistas eran estrechas, los bancos estaban pringosos y yo ni siquiera sabía a qué venía todo eso de alquilar los zapatos. Pero Eli insistió en llevarme tan pronto como supo que las partidas de bolos habían sido una de las muchas carencias de mi infancia.

—Ya te lo he dicho —insistí cuando se sentó delante de la pista y sujetó la hoja de puntuaciones con una pinza oxidada—, a mis padres no les iban los deportes.

—Pero a los bolos se juega en el interior —objetó—. Deberías ser, en plan, una experta.

Le hice una mueca.

—A ver, cuando te dije que me había perdido un montón de cosas, no me refería a que lamentara necesariamente todas esas pérdidas.

—Pues no haber jugado nunca a los bolos es algo lamentable —replicó, a la vez que me tendía la bola que había recogido para mí—. Toma.

La sujeté con las dos manos e introduje los dedos en los agujeros tal y como él me había enseñado. A continuación me indicó por gestos que lo siguiera al comienzo de la pista.

—Mira, cuando era pequeño —me explicó— nos agachábamos y empujábamos la bola hacia delante con las dos manos.

Miré los carriles que teníamos a ambos lados. Estaban vacíos, lógicamente, pues eran más de las dos de la madrugada.

Los únicos clientes presentes estaban sentados en el bar, detrás de nosotros, apenas visibles entre el humo de los cigarrillos.

—No me voy a agachar —le espeté con firmeza.

—Muy bien. Entonces tendrás que aprender a lanzar con propiedad.

Sosteniendo una bola imaginaria con las manos, la levantó, avanzó un paso, se agachó llevándose el objeto imaginario a un costado y lo lanzó hacia delante con los dedos abiertos.

—Así. ¿Vale?

—Vale.

Alcé la bola hacia mi pecho. Él, todavía plantado a mi lado, no se movió. Cuando lo fulminé con la mirada, se encogió de hombros y se retiró al banco pegajoso.

Desde nuestro primer encuentro, acaecido una semana atrás, las noches habían discurrido más o menos de ese modo. Un toma y daca constante, a veces en serio, con más frecuencia en plan de broma, extendido entre las horas que transcurrían desde que el resto del mundo se iba a dormir hasta la salida del sol. Yo sabía que si hubiera pasado la misma cantidad de horas con Eli durante el día, o durante las primeras horas de la noche, habría llegado a conocerlo también, pero no del mismo modo. La noche cambia las cosas, amplía tus miras. Lo que nos decíamos, lo que hacíamos, todo adquiría más trascendencia en la oscuridad. Igual que si el tiempo se acelerase y se ralentizase en un mismo gesto.

Así pues, tal vez por eso nuestras conversaciones siempre parecían girar en torno al tiempo según pululábamos bajo las luces fluorescentes de las tiendas, tomábamos café en una habitación oscura mientras su ropa se secaba o sencillamente circulábamos por calles casi desiertas, de camino a alguna parte. En torno al tiempo futuro, como la universidad, y al pasado, como la infancia. Pero ante todo hablábamos de compensar los días perdidos, como si fuera posible. Eli opinaba que sí, al menos en mi caso.

—Ya sabes lo que dicen —me había dicho unas noches atrás, mientras nos servíamos granizados en el Súper/Gas hacia las tres de la mañana—. Nunca es tarde para vivir una infancia feliz.

Eché mano de una pajita y la hundí en el hielo rosa de mi vaso.

—Yo no diría que tuve una infancia infeliz. Solamente que no fue…

Eli aguardó a la vez que encajaba la tapa en su vaso con un chasquido.

—… demasiado infantil —concluí. Tomé un sorbo de mi granizado y luego le añadí un poco del sabor azul, por variar, un truco que él me había enseñado unas noches atrás—. Mi hermano agotó todas las energías que tenían mis padres para dedicarse a cosas de niños. No tuvieron paciencia para volver a hacerlo.

—Pero tú eras una niña —señaló Eli.

—Lo era —asentí—. Pero, para ellos, se trataba de algo que yo podía superar, si me esforzaba lo suficiente.

Me lanzó una de esas miradas que yo había llegado a conocer bien, una mezcla de perplejidad y respeto. Había que verla para entenderla. Acto seguido, reveló:

—En nuestra casa sucedía todo lo contrario. Los niños eran el centro, las veinticuatro horas.

—¿En serio?

—Sí. ¿Sabes la típica casa del barrio a la que todo el mundo va para montar en bici, ver dibujos animados, hacer fiestas de pijama y construir casas en los árboles?

—Sí —dije, antes de añadir—: O sea, he oído hablar de ellas.

—Pues así era nuestra casa. Como éramos cuatro, siempre estábamos de camino a un partido de kikimbol o de balón prisionero. Además, mi madre estaba mucho en casa, así que nos preparaba las mejores meriendas. Sus burritos de pizza eran legendarios.

—Hala —exclamé de camino a la caja. La vendedora, la mujer mayor de todos los días, alzó la vista de su revista y le sonrió mientras nos cobraba—. Tu madre debía de ser la caña.

—Lo es. —Lo dijo con absoluta sencillez y convicción, mientras plantaba un par de billetes en el mostrador—. Es tan buena que le cuesta convencernos a todos de que nos marchemos de casa. Tardó siglos en deshacerse de mis hermanos mayores. Y como Jake es el pequeño, y la persona más mimada del mundo, seguramente lo tendrá pegado a las faldas hasta que alguna chica sea tan tonta como para casarse con él.

Al oír eso me puse colorada como un tomate, recordando mi torpe y apresurado encuentro con Jake entre las dunas. Tragué saliva y me concentré en Wanda mientras pagaba mi granizado.

Solamente cuando salimos me soltó de improviso:

—Mira, no te ofendas. O sea, por lo que he dicho. Sobre Jake. Ya sé que vosotros dos…

—No me ofendo —le aseguré, interrumpiéndolo antes de que intentase definir lo sucedido—. Me avergüenzo, nada más.

—No hace falta que hablemos de ello.

—Bien. —Tomé un largo trago a través de la pajita. Nos encaminamos al coche en silencio, pero entonces añadí—: En mi defensa, sin embargo, debo decir que no tengo mucha experiencia con, esto, chicos, así que eso fue…

—No tienes que dar explicaciones —dijo—. De verdad. Mi hermano es un impresentable. Dejémoslo ahí.

Yo sonreí, agradecida.

—Yo también tengo uno de esos. Un hermano impresentable. Solo que él está en Europa, donde lleva dos años viviendo a costa de mis padres.

—¿Se puede vivir a costa de los padres desde el extranjero?

—Hollis sí —afirmé—. Lo ha convertido prácticamente en un arte.

Eli lo meditó mientras recorríamos la noche cálida y ventosa.

—Por lo que dices, parece un egoísta —observó—. Teniendo en cuenta que él se quedó con toda la infancia.

Yo nunca lo había pensado así.

—Bueno, como tú has dicho, puede que no sea demasiado tarde. Para disfrutar de una infancia feliz y todo eso.

—No lo es —me aseguró.

—Pareces muy convencido —observé—. Tan convencido que empiezo a preguntarme si no tendrás experiencia en esto de reparar una infancia perdida.

Él negó con la cabeza a la vez que tomaba un sorbo de granizado.

—No. A mí me pasa lo contrario, en realidad.

—¿Y eso?

—Demasiada infancia. —Llegamos a la camioneta y él abrió su portezuela—. Llevo toda la vida haciendo el bobo por ahí. Incluso me las he arreglado para ganarme la vida divirtiéndome.

—Con las bicis.

Asintió.

—Y entonces te despiertas un día y te das cuenta de que todos esos años no te han aportado nada de valor. Solo un montón de historias estúpidas, que te parecen todavía más idiotas a medida que pasa el tiempo.

Lo miré por encima del coche.

—Si de verdad piensas así —objeté—, ¿por qué me animas a hacer todas esas cosas?

—Porque —arguyó— uno siempre está a tiempo de llegar a casa a las tantas o celebrar una fiesta de pijamas. Nunca es demasiado tarde. Y deberías hacerlo, porque...

Dejó la frase en suspenso. A esas alturas, yo ya sabía que no debía rellenar el hueco.

—... no sucede igual con todo —terminó—. O eso estoy aprendiendo.

***

Ahora, delante de mí, las luces parpadeaban sobre los bolos. La pista se extendía allí delante, con su madera pulida y gastada, y yo intenté mirarla con los ojos de un niño, que la vería todavía más larga, casi interminable.

—Te lo piensas demasiado —me gritó Eli por detrás—. Tírala sin más.

Retrocedí un paso, intentando recordar los movimientos, y lancé la bola. Salió despedida —no sabía mucho sobre bolos, pero estaba bastante segura de que eso no debía pasar— y aterrizó con un golpe pesado. En la pista contigua. Antes de rodar a paso de tortuga hasta el canal.

—¡Eh! —gritó una voz desde la zona de fumadores—. ¡Llevad cuidado!

Noté que me ardía la cara, avergonzada a más no poder, mientras la bola llegaba al final de la pista y desaparecía detrás de los bolos. Un momento después, sonó un golpe metálico y Eli reapareció a mi lado para devolvérmela.

—Será mejor que no —rehusé—. Está claro que no es lo mío.

—Ha sido tu primer tiro —alegó él—. ¿Qué pensabas, que te ibas a marcar un pleno o algo así?

Tragué saliva. De hecho, eso era exactamente lo que había pensado. O, como mínimo, albergaba esperanzas de conseguirlo.

—Es que… este tipo de cosas no se me dan bien.

—Porque nunca las has hecho.

Me obligó a abrir las manos y me plantó la bola encima.

—Vuelve a intentarlo. Y, esta vez, suéltala antes.

Regresó al banco y yo me forcé a respirar hondo. «Solo es un juego», me dije. «No es tan importante». Acto seguido, con esa idea en mente, di un paso y lancé la bola. No fue una maravilla —avanzó torcida y muy despacio— pero derribé dos bolos de la derecha. Lo que no estuvo…

—Nada mal —gritó Eli mientras la máquina se reiniciaba—. Eso no ha estado nada mal.

Jugamos dos partidas completas, durante las cuales él no paró de marcar plenos y semiplenos mientras que yo me conformaba con que la bola no fuera a parar al canal. A pesar de todo, conseguí un par de tiradas buenas y me sorprendí a mí misma celebrándolas con alegría. Tanto que cuando nos marchamos recogí la hoja de puntos de la papelera en la que Eli la había tirado y la doblé en varios pliegues. Cuando alcé la vista, me estaba observando.

—Documentación —le expliqué—. Es importante.

—Ya —fue su respuesta, sin despegar los ojos de mí. Me guardé la hoja en el bolsillo—. Claro que sí.

En el exterior, nos encaminamos por el aparcamiento, ahora mojado por una ligera llovizna, hacia mi coche. Atrás quedó la parpadeante palabra «bolera» en letras de neón.

—Bueno, y ahora que ya has jugado a bolos, has llegado a casa a deshoras y has estado a punto de recibir una patada en el trasero en una fiesta —recapituló—, ¿qué más consta en tu lista?

—No lo sé —fue mi respuesta—. ¿Qué más hiciste tú antes de los dieciocho?

—Como ya te he dicho —suspiró mientras yo desbloqueaba el vehículo—, no estoy muy seguro de que debas seguir mi ejemplo.

—¿Por qué no?

—Porque me arrepiento de muchas cosas —confesó—. Además, soy un chico. Y los chicos se divierten de otra manera.

—¿Saltando en bici? —sugerí.

—No. Haciendo guerras de comida. Y rompiendo cosas. Y disparando petardos en el porche de la gente. Y...

—¿Las chicas no pueden disparar petardos en un porche?

—Pueden —asintió él, al mismo tiempo que yo arrancaba el motor—. Pero son lo bastante listas como para no hacerlo. Esa es la diferencia.

—No sé —discrepé yo—. A mí me parece que hacer guerra de comida y romper cosas no son actividades propias de un solo sexo.

—Vale. Pero si te vas a poner a tirar petardos, hazlo tú sola. Yo solo te digo eso.

—¿Qué pasa? —lo desafié—. ¿Tienes miedo?

—No. —Se recostó en el asiento—. Pero ya me lo conozco y he pasado por eso. Y también me han llevado detenido por hacerlo. Apoyo tu misión y eso, pero todo tiene un límite.

—Un momento —dije, levantando una mano—. ¿Mi misión?

Se volvió a mirarme. Estábamos parados en un semáforo en rojo y no había más coches a la vista.

—Sí —respondió—. Ya sabes. Como en *El Señor de los Anillos* o *La guerra de las galaxias.* Estás buscando algo que has perdido o que necesitas. Es una misión.

Yo estaba boquiabierta.

—Puede que sea una cosa de chicos —continuó—. Vale, no lo llames «misión». Llámalo «ensalada de pollo», da igual. La cuestión es que me apunto, pero dentro de lo razonable. Yo solo digo eso.

Vaya… Y yo pensando que únicamente estábamos pasando el rato. Matando el tiempo. Pero tanto si era propio de mi género como si no, me hacía gracia la idea de emprender la búsqueda de algo perdido o necesario. O ambas cosas.

El semáforo cambió a verde por fin, pero yo no arranqué. En vez de eso, repetí:

—¿«Ensalada de pollo»?

—¿Qué pasa? ¿Tú no lo decías cuando eras niña?

—¿«Llámalo "ensalada de pollo"»? —cité. Eli asintió—. Pues… no.

—Guau. —Movió la cabeza con un ademán de incredulidad—. ¿Qué has estado haciendo toda la vida?

En cuanto lo dijo, un millón de respuestas estallaron en mi cabeza, todas ellas buenas y legítimas. Hay infinitos modos de ocupar los días, lo sabía, y ninguno es mejor que otro. Ahora bien, si te ofrecieran una segunda oportunidad, la ocasión de volver a empezar de cero, ¿quién la rechazaría? Yo no. No entonces. Llámalo locura o ensalada de pollo. Pero dentro de lo razonable, o fuera de ello, yo también me apuntaba.

***

—Vaya —observó Maggie—. Es un conjunto interesante.

Todas miramos a Tisbe, que estaba acostada en el cochecito y todavía sumida en el trance en el que había caído tan pronto como la había empujado por la entrada del jardín delantero, con los ojos abiertos pero en silencio.

—Interesante —repetí—. ¿A qué te refieres?

—¿Heidi la ha vestido así? —preguntó Leah, que se agachó hasta situarse al mismo nivel que la niña.

—No. La he vestido yo. —Leah miró a Maggie, que enarcó las cejas—. ¿Qué pasa? Está muy mona.

—Va de negro —señaló Maggie.

—¿Y?

—¿Cuándo has visto tú a algún niño pequeño vestido de negro?

Devolví la vista a Tisbe. Cuando mi padre había salido para arreglarse antes de la cena, yo había comprendido que la niña necesitaba un cambio también, así que busqué un pelele limpio en la cómoda. Como todo era rosa o llevaba algún detalle de ese color, decidí llevar la contraria y hurgué a fondo en el cajón hasta encontrar un sencillo mono negro y unos pantalones de un verde intenso. Personalmente, me parecía que le daba un aire roquero, pero a juzgar por las miradas que me lanzaban las chicas —por no hablar de la cara que se le había quedado a Heidi cuando nos despedimos— puede que estuviera equivocada.

—¿Sabéis qué? —objeté—. Solo porque sea una chica no significa que tenga que vestir de rosa.

—No —concedió Leah—, pero tampoco hace falta que vaya como un camionero.

—No parece un camionero —protesté—. Por Dios.

Leah miró a la niña ladeando la cabeza.

—Tienes razón. Parece un granjero. O quizás un trabajador de la construcción.

—¿Porque no va vestida de rosa?

—Es un bebé —arguyó Maggie—. A los bebés se les viste con colores pastel.

—¿Quién lo dice? —pregunté. Esther abrió la boca para responder, pero antes de que pudiera hacerlo continué—: La sociedad. La misma sociedad, permitid que os diga, que dicta que las niñas deberían ser dulces, buenas y calladitas y que las anima a no ser asertivas. Y eso, a su vez, conduce a la baja autoestima, que puede provocar trastornos alimentarios, excesiva tolerancia y aceptación del abuso doméstico, sexual y de sustancias.

Ahora todas me miraban de hito en hito.

—¿Y todo eso —dijo Leah pasado un ratito— por culpa de un mono rosa?

En ese preciso instante Tisbe, moviendo la cabeza de lado a lado, empezó a protestar.

—Oh, oh… —empujé el cochecito adelante y atrás—, esto no tiene buena pinta.

—¿Será que tiene hambre? —sugirió Esther.

—O un problema de baja autoestima —remató Leah.

Haciendo caso omiso del chiste, me incliné para desabrochar el arnés de la pequeña y tomarla en brazos. Estaba congestionada y sus gritos empezaban a aumentar de volumen cuando le di media vuelta y, sujetándola por la cintura, doblé las rodillas. Arriba, abajo. Arriba, abajo. Al tercer viaje se había callado.

—Caray —se sorprendió Maggie—. Tienes buena mano, ¿eh?

—Se llama «el ascensor» —la informé—. Nunca falla.

Todas me observaron durante un instante. Y entonces Esther dijo:

—¿Sabéis qué? Opino que Auden tiene razón. El negro no es tan raro. Le da un aire radical, en realidad.

—Viniendo de ti, no me extraña —observó Leah—. Mira lo que llevas puesto.

Esther bajó la vista hacia su camiseta oscura.

—Esto no es negro. Es azul marino.

Las otras dos resoplaron. Leah se volvió hacia mí para explicarme:

—Eso decía durante su época gótica, cuando no se ponía nada que no fuera negro. Ropa negra, zapatos negros…

—Delineador negro, pintalabios negro —añadió Maggie.

—¿Me lo vais a estar recordando toda la vida? —protestó Esther. Suspiró—. Fue una fase, ¿vale? Como si vosotras no hubierais hecho nada en el instituto de lo que después os arrepintierais.

—Dos palabras —replicó Maggie—. Jake Stock.

—Ya te digo —asintió Leah.

—Y tú —la señaló Esther— te teñiste de rubio por Joe Parker. Algo que...

—Ninguna pelirroja natural debería hacer jamás —terminó Leah—. Todavía me avergüenzo.

Mientras se producía aquel intercambio, yo seguía haciendo el ascensor con Tisbe en brazos. De nuevo había entrado en trance, seguía callada y, durante un momento, todas nos dedicamos a mirar cómo subía y bajaba. Por fin, Maggie comentó:

—¿No es raro pensar que todas fuimos un día así de pequeñas?

—Ya lo creo. —Leah tomó la manita de Tisbe y se la presionó—. Es como una pizarra en blanco. Todavía no ha cometido ningún error.

—Chica afortunada —suspiró Esther. Luego, inclinándose hacia ella, añadió—: Un consejo: no te hagas gótica o te lo recordarán toda la vida.

—Y no cambies por un chico, nunca —le recomendó Leah—. Si valen la pena, les gustarás tal como eres.

—Ponte siempre casco para saltar en tierra —sugirió Maggie.

—No comas cecina antes de montar en la montaña rusa —añadió Leah.

—El piercing en la nariz —intervino Esther de nuevo— no le queda bien a todo el mundo. Créeme.

Tisbe lo escuchaba todo con la misma expresión solemne. Yo la levanté de nuevo y me incliné hacia ella para aspirar su aroma, una mezcla de leche y champú de bebé.

—Venga, Auden —me animó Leah—. Seguro que tú también tienes sabiduría para compartir.

Lo medité un momento.

—No ligues con el novio de otra chica en la cocina de ella —dije—. Ni respondas a la pregunta: «¿Qué clase de nombre es ese?».

—Y sabes que alguien se lo preguntará —apostilló Leah—. Con un nombre como Tisbe, está garantizado.

—A ver qué os parece esto —prosiguió Maggie—. Aléjate de los chicos monos aficionados a las bicis. Te romperán el corazón. —Le lancé una ojeada y ella sonrió—. Aunque es más fácil decirlo que hacerlo. ¿Verdad?

Me limité a mirarla, mientras me preguntaba qué había querido decir con aquello. Yo no le había contado a nadie lo mío con Eli, porque habrían dado por supuesto que estábamos liados. ¿Por qué, si no, iba alguien a pasar toda la noche con otra persona a diario? El hecho de que hubiera tantas respuestas me indujo a dejar la pregunta, que Maggie había formulado de manera indirecta, sin responder.

—Por Dios, Maggie —se impacientó Leah—, pensaba que ya te habías olvidado de esa historia de Jake.

—Y así es —le aseguró esta.

—Y, entonces, ¿por qué vuelves a chinchar a Auden con eso? —Su amiga negó con la cabeza, exasperada.

—No era eso lo que yo…

La frase quedó interrumpida por el trompazo que se dejó oír al otro lado de la puerta. Todas alzamos la vista para ver cómo Adam se apartaba del cristal frotándose el codo.

—¡Tira para abrir, no empujes! —gritó Maggie. Mientras Leah ponía los ojos en blanco, observó—: Nunca se acuerda. Es muy raro.

—No diréis que mis entradas no son triunfales —dijo Adam, indiferente a lo que otros habrían considerado una gran humillación pública. Se acercó con una bolsa de la compra en la mano—. Bueno, señoras, tengo algo que comunicarles.

Leah miró la bolsa con desconfianza.

—¿No estarás recaudando fondos para el Club de Mates otra vez, vendiendo bastones de caramelo?

Adam la miró con aire digno.

—Eso fue en segundo —replicó—. Y ya no vamos al instituto, ¿recuerdas?

—No le hagas caso —le dijo Maggie. Leah se encogió de hombros y regresó a su puesto detrás del mostrador—. ¿Qué querías decirnos?

Adam sonrió al tiempo que hundía la mano en la bolsa.

—Fiesta de perritos calientes —anunció, a la vez que extraía un paquete de salchichas vienesas de oferta—. La primera del verano. Después del trabajo, invitamos Wallace y yo, en nuestra casa. Traed salsas.

—No contéis conmigo —fue la respuesta de Esther, que se sentó encima del mostrador—. Soy vegetariana.

Adam rebuscó de nuevo y sacó otro paquete.

—¡Bum! —exclamó, agitándolas ante ella—. ¡Salchichas de tofu! ¡Especiales para ti!

—¿Estará limpio el baño? –preguntó Leah.

—¿Alguna vez lo habéis visto sucio?

—Sí —replicaron las tres al unísono.

—Bueno, pues esta noche estará limpio. Usaré un bote entero de lejía.

Maggie sonrió mientras él devolvía las salchichas a su lugar y cerraba la bolsa con un nudo.

—Ha pasado mucho tiempo desde la última fiesta de perritos calientes —observó ella—. ¿Qué celebramos?

—La fiesta de inauguración que no organizamos hace dos meses, cuando nos mudamos —respondió él—. Además, ya tocaba. Nos ha parecido un buen momento.

—¿Irá Eli? —quiso saber Esther.

—Está invitado —dijo Adam—. Ya veremos.

Maggie se volvió hacia mí para informarme:

—La fiesta de perritos calientes era una de las grandes tradiciones de Abe. La celebrábamos cada sábado en la casa que compartía con Eli. Salchichas, alubias con tomate…

—Patatas de bolsa, por incluir algo de verdura —recordó Leah.

—Y polos de postre. Decía que era la cena perfecta de verano. —Maggie se enroscó un rizo en el dedo—. Eli y él lo compraban todo al por mayor en el Park Mart, para poder celebrarlas de improviso.

—FPCI —dijo Esther. Cuando enarqué las cejas, me lo tradujo—: Fiesta de Perritos Calientes Improvisada.

—Genial —asentí. Me empezaban a doler las rodillas, así que dejé de hacer el ascensor y me acomodé a Tisbe en el brazo derecho. Adam se acercó y le dedicó una mueca divertida.

—Me parece que eres demasiado joven para una FPC
—le soltó, haciéndole cosquillas en la barriga, antes de encaminarse hacia la puerta—. En cuanto a las demás, os espero
con toda clase de salsas en casa de Wallace después del cierre.
Sin excusas.

—¿Sabes qué te digo? —le espetó Leah—. Me caías mejor
cuando vendías bastones de caramelo.

—¡Nos vemos luego! —replicó él. Esta vez abrió la puerta a
la primera y salió a la acera entre el repique de la campanilla.

Leah miró a Maggie.

—Genial —musitó—. Como está colado por ti, todas tenemos que comer vienesas.

—No está colado por mí —le respondió Maggie, que se
acercó al expositor de pendientes para recolocar unos cuantos.

—Bueno, yo no voy —informó Leah al tiempo que pulsaba
un botón de la caja registradora. El cajón se abrió y ella extrajo
unos billetes para alisarlos—. Ya ha pasado medio verano y los
únicos tíos con los que he hablado han sido los que conocemos desde primaria. Esto empieza a ser ridículo.

—Puede que haya chicos nuevos en la fiesta —la consoló
Esther.

—Oh, por favor —resopló Leah.

—Eh, han comprado salchichas de tofu. Todo es posible.

Sin embargo, yo no pensaba en los chicos nuevos cuando
me senté en el despacho durante la hora siguiente, con el pie
enredado en las ruedas traseras del cochecito para mecer a Tisbe adelante y atrás mientras revisaba los recibos del día. A mí
solo me interesaba un chico, el mismo que ocupaba mi pensamiento cada vez más según pasaban las horas.

Por más que intentase distraerme, me costaba mucho no anticiparme, a medida que se acercaba el momento del cierre, a lo que la noche pudiera depararnos a Eli y a mí. Se trataba de algo que nunca antes había experimentado, la ilusión de saber que vas a ver a otra persona. De manera que, si bien la idea de la fiesta parecía divertida —incluso podía considerarla parte de mi misión, en realidad—, si Eli no iba a estar presente, a mí tampoco me apetecía asistir. Ni aunque hubiera salchichas de tofu.

Hacia las ocho y media, mi padre y Heidi pasaron a recoger a la niña. Su llegada provocó un estallido de gritos procedente de la tienda.

—¡Oh, qué buen aspecto tienes! —exclamó Maggie—. ¡Y estás superdelgada!

—Qué va —dijo Heidi—. Ahora mismo no podría ponerme ni una sola prenda de la tienda. Ni siquiera los ponchos.

—No digas eso —la regañó Esther—. Estás preciosa.

—Y también Tisbe —añadió Leah—. Nos encanta el nombre, por cierto.

—¿Lo ves? —oí decir a mi padre—. Te lo dije. Es un nombre poderoso. Tiene presencia.

—Si bien —objetó Maggie— la historia de Tisbe es un tanto trágica, en realidad. Eso de que muriera por amor y su alma floreciera en una morera...

Aun con la puerta cerrada de por medio y sin posibilidad de atisbar detalles de la interacción, noté, literalmente, hasta qué punto el comentario de Maggie había impresionado a mi padre cuando dijo:

—¿Conoces la historia de Tisbe?

—La leímos en clase de Literatura Clásica, cuando estudiamos los mitos femeninos —respondió ella.

—Pensaba que era de Shakespeare —apuntó Heidi.

—Shakespeare la retomó en clave de comedia —le explicó mi padre—. Pero esta señorita tiene razón. La historia original es muy triste.

—Esa es nuestra Maggie —intervino Leah—. Experta en historias trágicas.

—¿Auden está en la parte de atrás? —oí preguntar a Heidi. Instantes después, llamó a la puerta y asomó la cabeza. Cuando vio a Tisbe durmiendo en el carrito, sonrió—. Pero bueno. Y yo que tenía miedo de que se hubiera pasado toda la tarde desgañitándose.

—No toda la tarde —fue mi respuesta—. ¿Qué tal la cena?

—Maravillosa —dijo. A continuación bostezó, tapándose la boca con la mano—. Ha estado bien que saliéramos a celebrarlo. Hoy es un gran día para tu padre. Ha trabajado mucho estas últimas semanas.

Miré a la niña.

—Tú también —señalé.

—Ah, bueno. —Desdeñó el comentario con un gesto de la mano antes de empujar el carrito hacia la puerta—. No sé cómo darte las gracias, Auden, de verdad. Ni me acuerdo de la última vez que salimos los dos solos.

—No ha sido nada —le aseguré.

—De todos modos. Te lo agradezco. —Lanzó una ojeada en dirección a la tienda—. Será mejor que me lleve a tu padre ahora que todavía está animado. Siempre dice que este sitio le da dolor de cabeza. Demasiado rosa. ¿Te lo puedes creer?

Desde luego que sí. Pero me lo guardé para mí y me limité a asentir mientras ella conducía a Tisbe hacia el pasillo y se despedía por encima del hombro.

Durante las dos horas siguientes me concentré en el trabajo, reparando a duras penas en las clientas que entraban y salían (había una gran demanda de chanclas), el baile de las nueve en punto (Elvis en esta ocasión, de su época rockabilly) y el constante debate sobre la asistencia o no a la fiesta de perritos calientes (Maggie iba, Leah no, Esther estaba indecisa). A las diez en punto, aseguré la caja fuerte, cerré la puerta y me reuní con las chicas según salían al paseo, todavía en plena discusión. Todo ello formaba ahora parte de mi rutina, al igual que lo que venía después: ofrecer una excusa y partir en busca de Eli.

—Podríamos pasarnos un rato —proponía Maggie—. Hacer acto de presencia.

Leah se volvió a mirarme.

—¿Tú qué dices, Auden? ¿Te apuntas o pasas?

—Ah —respondí—. En realidad, me parece que voy a...

Estaba a punto de recurrir a uno de mis pretextos habituales, como «marcharme a casa» o «hacer unos recados» cuando, mirando por encima del hombro de Maggie hacia la tienda de bicis, vi a Eli sentado en el banco, delante del taller cerrado y a oscuras. Por una vez, no tenía que buscarlo, qué fácil. O lo habría sido, de no ser porque no estaba solo.

Belissa Norwood estaba plantada ante él, con las manos en los bolsillos y el cabello revoloteando alrededor de la cara. No iba vestida como el día de la fiesta. Ahora tan solo llevaba vaqueros y una sencilla camiseta azul, sin mangas. Se había atado un jersey a la cintura y me impactó descubrir que estaba infinitamente más guapa así. Menos es más, ya lo creo que sí.

Le estaba diciendo algo a Eli, que no la miraba. En vez de eso se había echado hacia delante en el banco y tenía la cabeza apoyada en las manos. Belissa añadió algo más y Eli, levantando la vista hacia ella, asintió. Yo todavía los estaba observando cuando Belissa se agachó para sentarse junto a Eli, tan cerca que tenían pegadas las rodillas. Al cabo de un momento le apoyó la cabeza en el hombro y cerró los ojos.

—¿Auden? —me despabiló Leah. Al darse cuenta de la cara que yo tenía, se volvió a comprobar qué estaba pasando a su espalda. En ese momento un grupo de tíos grandotes vestidos con chándal salió de la tienda contigua, el Jumbo Smoothie, y le tapó la escena—. ¿Qué pasa?

—Nada —respondí a toda prisa—. Que me apunto.

***

El apartamento de Wallace estaba en la planta baja de una casa verde, a dos calles de la playa. El jardín consistía principalmente en un suelo de tierra con cuatro matas de hierba. Había una lavadora en el porche y, sobre el garaje, alguien había colgado un cartel con el incongruente nombre de la casa: «Viaje sentimental».

—Un nombre interesante —observé mientras seguía a Maggie y a Esther por la zona de la entrada, cargada con la bolsa de los condimentos que habíamos comprado en el Súper/Gas: kétchup, mostaza, mayonesa y salsa de chocolate. Leah nos seguía algo rezagada, todavía con el teléfono pegado al oído; seguía moviendo hilos con la esperanza de encontrar un plan mejor.

—No lo eligieron los chicos —me explicó Maggie por encima del hombro—. Lo escogió el casero. Es típico de la playa, eso de ponerles nombre a las casas. La última en la que vivió Wallace se llamaba «El grito de la gaviota».

—Un nombre horrible, por cierto —apostilló Esther—. Oye, Mags, ¿te acuerdas de cuando Eli y Abe vivían en aquel cuchitril de la calle Cuarta? Se llamaba...

—«Romance de verano» —dijo su amiga cuando remontamos las escaleras de la entrada—. Y de romance no tenía nada, si te digo la verdad. Menudo basurero.

Según lo decía, Adam apareció en la puerta abierta con una manopla de cocina en la mano.

—Eh —protestó al tiempo que se llevaba la mano al corazón, como si se sintiera ofendido—. ¡Ni siquiera habéis entrado todavía!

—No hablaba de esta casa —le dijo Maggie. Él se apartó a un lado para dejarnos pasar—. Esto es... muy bonito.

Estaba siendo generosa. El salón era pequeño, atiborrado de muebles viejos y desparejados: sofá a cuadros, sillón a rayas y una mesita baja sumamente maltratada, manchada de cercos sobre cercos sobre cercos de vasos. Se notaba que alguien se había esforzado mucho por crear un ambiente agradable, como demostraban los cuencos de frutos secos que había sobre la mesa y lo que parecía ser una vela aromática recién comprada, que ardía en la barra de la cocina.

—La decoración —dijo Adam, cuando se dio cuenta de que me había fijado en el detalle— marca la diferencia, ¿no crees?

—Todavía apesta a cerveza —le soltó Leah cuando entró, dejando caer el teléfono en el bolso.

—Eso significa que no quieres una, ¿no? —gritó Wallace desde la cocina.

—Claro que sí —respondió Leah.

—Ya me parecía —replicó él, que ahora salía con un paquete de doce cervezas y nos las iba ofreciendo uno a uno. Yo estuve a punto de rehusar, pero acabé por aceptarla, aunque solo fuera por educación.

—Hay posavasos a tu izquierda —le dijo Adam a Leah cuando ella abrió su lata.

—¿Posavasos? —saltó ella—. ¿Para esta mesa? Pero si ya está llena de marcas.

Adam miró la mesa y luego otra vez a ella.

—Solo porque algo haya sido maltratado no significa que no merezca respeto.

—Ad —intervino Wallace—. Estás hablando de una mesa, no de un huérfano.

Esther soltó una risita, pero Maggie, siempre tan formal, colocó un posavasos sobre la mesa antes de depositar su cerveza. Mientras lo hacía, Adam alargó el cuerpo por encima de la barra de la cocina para coger una cámara de fotos.

—Nuestra primera fiesta de perritos calientes —dijo a la vez que se preparaba para tomar la fotografía—. Tengo que inmortalizarlo.

La reacción de los presentes fue instantánea y unánime: todos excepto yo se taparon la cara a toda prisa. En cambio, cada uno protestó a su manera. Oí de todo, desde «no, por favor» (Maggie), hasta «ay, la leche» (Wallace) o «para o te mato» (no hace falta decir quién fue).

Adam se rindió con un suspiro.

—¿Por qué no me dejáis haceros una foto de vez en cuando? —se quejó.

—Porque ese fue el trato —replicó Wallace. Su voz surgió amortiguada por detrás de los dedos, que todavía le tapaban la boca.

—¿El trato? —pregunté.

Maggie ahuecó un pelín las manos para explicar:

—Adam se encargó de editar el anuario escolar los últimos dos años. Se pasaba todo el día haciéndonos fotos.

—Solo tenía un ayudante —protestó él—. No me quedaba más remedio. Alguien tenía que hacerlas.

—Le dijimos —continuó Wallace, sin destaparse la cara del todo— que se lo permitiríamos hasta que el anuario estuviera terminado. Pero después...

—Se acabaron las fotos —intervino Maggie.

—Para siempre —añadió Leah.

Adam devolvió la cámara a la encimera con expresión abatida.

—Muy bien —dijo, y todo el mundo apartó las manos de la cara—. Pero, dentro de unos años, cuando penséis en este verano con nostalgia y no tengáis imágenes para rememorar los detalles, no me culpéis a mí.

—Tenemos documentación de sobra —observó Maggie—. En los retratos espontáneos del anuario solamente aparecíamos nosotros.

—Y es una suerte, porque así nunca olvidaréis nada —arguyó él—. Pero eso ya es historia. Yo hablo del presente.

—Un presente en el que pasamos de fotos. Nos lo hemos ganado. —Leah recogió su cerveza (sin posavasos) y dio un trago antes de preguntar—. Bueno, ¿y quién más va a venir a este fiestorro?

—Ya sabes, los de siempre —respondió Wallace. Se sentó en el sillón, que se hundió bajo su peso—. Los chavales de la tienda, gente del circuito de bicis, esa chica tan mona del Jumbo Smoothie y...

Lo interrumpieron los pisotones de alguien que subía las escaleras armando jaleo.

—¡Eh! —gritó una voz—. Será mejor que tengáis cerveza, porque vengo dispuesto a pillar...

Jake Stock, vestido con una camiseta negra entallada y más bronceado que nunca, dejó de hablar y de caminar en cuanto cruzó la puerta y nos vio a Maggie y a mí sentadas una al lado de la otra en el sofá. Vaya cortada de rollo.

—¿A pillar qué? —le preguntó Leah, antes de tomar otro trago de cerveza.

Jake la miró y luego volvió la vista hacia Wallace, que se encogió de hombros.

—Es un placer verte, como siempre —le dijo a Leah antes de encaminarse a la cocina. Yo miré a Maggie de reojo, pero ella tenía la vista clavada en su cerveza, sobre el posavasos, y una expresión indescifrable en el rostro.

—No es demasiado tarde para ir a un club —le recordó Leah—. Nuevos chicos, nuevas oportunidades.

—La parrilla ya está en marcha —vociferó Adam desde la puerta trasera—. ¿Quién quiere el primer perrito caliente?

Maggie se levantó y recogió su cerveza.

—Yo —gritó. Pasó junto a Jake, que estaba apoyado en la barra olisqueando la vela, y salió al jardín trasero—. Yo quiero.

Una hora más tarde, yo me había tomado una cerveza y dos perritos de tofu y, aunque me estaba esforzando por participar en la fiesta y en la conversación, había tenido tiempo de sobra para darle vueltas a la escena de Eli y Belissa en el paseo. Eché un vistazo al reloj: eran casi las doce. La noche anterior, a esa misma hora, Eli y yo estábamos saliendo del local de Clyde, donde habíamos compartido una porción de tarta de almendras y tofe mientras la ropa blanca de Eli daba vueltas en la secadora. Miré el cuenco de frutos secos que tenía delante, intacto, y bebí otro trago de cerveza.

Qué tonta había sido al dar nada por supuesto. Compartir unas cuantas noches no te compromete a nada y mucho menos a una relación.

En ese momento sonó mi móvil. Me apresuré a contestar, pero enseguida me sentí como una boba por pensar que pudiera ser Eli. Quien, por cierto (comprendí una milésima de segundo más tarde), no tenía mi teléfono. El número pertenecía a otro hombre que también me llevaba de cabeza: mi hermano.

—¡Aud! —exclamó tan pronto como respondí—. ¡Soy yo! ¡Adivina dónde estoy!

Ya habíamos jugado a ese juego otras veces y yo siempre perdía, así que le sugerí sin más:

—Dímelo tú.

—¡En casa!

Al principio entendí «Mombasa». Solamente cuando le pedí que lo repitiera, y lo hizo, entendí que estaba a cuatrocientos kilómetros de distancia y no a varios miles.

—¿En casa? —pregunté—. ¿Desde cuándo?

—Desde hace un par de horas —se rio con ganas—. Tengo un desfase horario horrible, te lo juro. No tengo ni puñetera idea de qué hora es. ¿Dónde estás tú?

—En una fiesta —respondí. Me levanté y me encaminé hacia la puerta delantera para salir.

—¿En una fiesta? ¿En serio?

Parecía tan sorprendido que debería haberme sentido ofendida. También es verdad que pocas semanas atrás yo tampoco me lo habría creído.

—Sí —le dije, y me senté en el último peldaño—. ¿Y qué? ¿Qué te ha animado a volver?

Guardó silencio. Con el fin de crear suspense, como descubriría enseguida.

—No preguntes «qué» —me dijo—. Mejor pregunta «quién».

—¿Quién?

—Aud. —Otro silencio. A continuación—: Estoy enamorado.

Mientras escuchaba a mi hermano, yo me dedicaba a mirar una farola de la calle que brillaba y zumbaba en lo alto. Unos cuantos insectos daban vueltas alrededor de ella como minúsculas motas de polvo.

—¿Ah, sí?

—Sí. —Soltó una carcajada—. Es de locos, ya lo sé. Pero estoy colado por ella. Tan colado que he acortado el viaje y he tomado un avión para seguirla.

El viaje había durado ya un par de años, de modo que «acortar» quizás no fuera la palabra más indicada. También es verdad que Hollis usaba unos marcos de referencia distintos.

—Bueno —le pregunté—, ¿y quién es?

—Se llama Laura —fue su respuesta—. ¡Es alucinante! La conocí en un albergue juvenil de Sevilla. Yo había ido al festival-barra-rave de tres días que se celebraba en la ciudad...

Miré con expresión de paciencia infinita a nadie en particular, allí sola en la oscuridad.

—... y ella estaba allí con motivo de un congreso de genética. ¡Es científica, Aud! Y está haciendo el posgrado en la Uni, precisamente. Estaba estudiando en la biblioteca donde yo me metí a dormir. Dijo que mis ronquidos le impedían concentrarse y me pidió que me largara de allí. Es de locos, ¿verdad? Les contaremos la historia a nuestros nietos.

—Hollis —lo interrumpí—, me estás tomando el pelo, ¿verdad? Estás en París o en alguna otra parte y...

—¿Qué? —dijo—. ¡No! No, en serio. Es la verdad. Mira, te lo voy a demostrar.

Un ruido ahogado llegó a mis oídos, seguido de unas interferencias. Al cabo de un momento, oí a mi madre recitar a lo lejos, en un tono robótico:

—Sí. Es verdad. Tu hermano está enamorado y ahora mismo está en la cocina de casa.

—¿Lo has oído? —preguntó Hollis. Yo seguía allí sentada, impresionada por haber oído la voz de mi madre—. ¡No es broma!

—Bueno... —conseguí decir, todavía flipando—, ¿y cuánto tiempo te vas a quedar?

—Todo el que Laura me aguante. Estamos buscando un piso y tengo pensado matricularme en la Uni en otoño. Puede que acabe en el Departamento de Filología, nunca se sabe. —Soltó una carcajada—. Pero, en serio, antes de eso me gustaría bajar a veros, haceros una visita a ti, a papá, a Heidi y a la chiquitina, presentaros a mi novia. Díselo, ¿vale?

—Muy bien —respondí despacio—. Me alegro de que hayas vuelto, Hollis.

—Yo también. ¡Nos vemos pronto!

Corté la llamada y volví la vista hacia la silenciosa calle y al océano que se extendía más adelante. Todavía era temprano, pero, entre la escena de Eli que había presenciado un rato atrás y el inesperado regreso de mi hermano, solo me apetecía, por primera vez en mucho tiempo, acurrucarme en la cama. Taparme hasta la cabeza, crear mi propia oscuridad y despertar cuando aquella noche hubiera terminado.

Con esa idea en la cabeza volví a entrar en la casa para despedirme de todos, pero el salón estaba vacío, aunque la música seguía sonando y había latas de cerveza —la mayoría sin posavasos— escampadas por la mesita. Recogí el bolso y me encaminé a la puerta trasera cruzando la cocina. A través del cristal, vi a todo el mundo reunido en la terraza: Adam y su parrilla, con Maggie al lado; Leah y Esther sentadas juntas en la barandilla; Wallace abriendo una lata de alubias con tomate y Jake contemplándolo todo desde una silla de jardín oxidada.

—Ya sabías que seguramente no vendría —le decía a Adam, que estaba ocupado dando vueltas a las salchichas sobre las brasas—. Desde aquello, vive como un ermitaño.

—Pero ya ha pasado un año —objetó este—. En algún momento tendrá que volver a socializar.

—Puede que ya esté socializando —dijo Maggie—, solo que no contigo.

—¿A qué te refieres? —preguntó Wallace. Yo me escondí detrás de la puerta abierta, esperando la respuesta de Maggie, pero ella guardó silencio—. ¿A Belissa? Pues te aseguro que eso no va a pasar.

—No me digas. Hace meses que rompieron, idiota —le espetó Jake.

—Sí, pero ella todavía seguía pillada por él —replicó Wallace—. Y esta noche, de golpe y porrazo, se ha plantado en la tienda para contarle que tiene novio. Un tío de la Uni que está trabajando de camarero en el Cadillac durante el verano. Ha dicho que se lo quería decir en persona, para que no se enterase por otra gente.

Se hizo un breve silencio. A continuación, Leah preguntó:

—¿Y cómo te has enterado de todo eso, si se puede saber?

—Puede que estuviera al otro lado de la puerta, comprobando el aire de las bicis del escaparate.

Alguien resopló una carcajada. Adam lo regañó:

—Eres la persona más cotilla del mundo, Wallace. Peor que una chica.

—¡Eh! —protestó Esther.

—Perdón. Solo es una forma de hablar —se disculpó Adam—. Pero, ahora en serio, puede que Maggie tenga razón. Es posible que tenga algo por ahí. Cuando lo invité a venir, dijo que lo intentaría, pero que había quedado con alguien para hacer unos recados.

—¿Recados? —repitió Leah—. ¿Quién hace recados en mitad de la noche?

—A mí también me pareció raro —reconoció Adam—. Pero eso fue lo que dijo.

Yo eché un vistazo a la cocina. Al momento me encaminé a un cajón cercano, lo abrí e hice lo propio con el de debajo. En el tercero encontré lo que estaba buscando: la guía telefónica de Colby. Era un pueblo tan pequeño que solamente había una lavandería.

—Lavandería, aquí Clyde.

Lancé una ojeada al exterior y me pegué a la nevera.

—Hola, Clyde. Soy Auden. ¿Está Eli?

—Ya lo creo que sí. Espera un momento.

Hubo unas interferencias y una breve conversación cuando el auricular cambió de manos. Acto seguido, Eli dijo:

—Te estás perdiendo un crocante de manzana de miedo ahora mismo.

—Me han arrastrado a una fiesta de perritos calientes —respondí.

Un silencio.

—No me digas.

—Sí. —Di media vuelta y cerré el listín—. Por lo visto, se trata de un ritual de paso muy importante. Así que he decidido dejarme caer por aquí, por el bien de la misión y tal.

—Ya —fue su respuesta.

Durante un momento, ninguno de los dos habló, y yo me di cuenta de que era la primera vez en mucho tiempo que estaba nerviosa o incómoda charlando con Eli. Tantas noches locas, tantos planes disparatados. Y, sin embargo, una sencilla conversación telefónica se me hacía cuesta arriba.

—A ver si lo advino —dijo—. Ahora mismo, Adam está todavía asando salchichas, aunque nadie puede comer más.

Eché un vistazo a la terraza. En efecto, Adam estaba en la parrilla, abriendo otro paquete de salchichas.

—Hum —asentí—. La verdad es que sí.

—Leah y Esther están discutiendo si se marchan o se quedan.

Otra mirada al exterior confirmó que, en efecto, las dos amigas se habían enzarzado en una conversación acalorada. Leah, por lo menos, hacía grandes aspavientos.

—Pues sí. Pero ¿cómo lo…?

—Y mi hermano —continuó él—, que ha llegado hablando de todas las tías que se iba a ligar, seguramente está borracho y durmiendo en alguna parte. Solo.

Me volví a mirar a Jake. Tenía los ojos cerrados, ya lo creo que sí.

—¿Sabes qué? —le dije—, con todo el tiempo que hemos pasado juntos, nunca habías mencionado que tuvieras poderes mentales.

—No los tengo —me aseguró—. ¿Voy a buscarte?

—Sí —respondí sin dudarlo.

—En diez minutos estoy ahí.

***

Diecisiete minutos más tarde, yo estaba con los demás en la terraza, escuchando la discusión que mantenían Leah y Maggie.

—Habíamos quedado —decía Leah con una voz un tanto pastosa— en que te acompañaría siempre y cuando nos marchásemos temprano e hiciésemos alguna otra cosa.

—¡Son más de las doce! —replicó Maggie—. Es demasiado tarde para ir a ninguna parte.

—Lo tenías planeado desde el principio. Traerme aquí, emborracharme…

—Te has emborrachado sola —señaló Adam.

—… y dejarme aquí encerrada. Como siempre —terminó Leah—. ¿Qué ha sido de ese verano por todo lo alto que íbamos a pasar juntas antes de empezar la universidad? ¿De las vacaciones que, en teoría, iban a estar repletas de nuevas experiencias y grandes recuerdos para llevar con nosotras cuando estuviéramos separadas? Se suponía que iba a ser…, a ser…

Dejó la frase en suspenso, como si no encontrara las palabras. Le soplé:

—El mejor de los tiempos.

—Exacto —hizo chasquear los dedos—. ¡El mejor de los tiempos! ¿Qué ha sido del mejor de los tiempos?

Se hizo un silencio general. Yo supuse que estaban meditando la respuesta a aquella pregunta. Y entonces me di cuenta de que el mutismo había sido provocado por la llegada de Eli, que se asomó por la puerta de la cocina, justo a mi espalda.

—A mí no me preguntéis —dijo. Ahora todos lo estábamos mirando—. Yo solo he venido por los perritos calientes.

—¡Perritos calientes! —reaccionó Adam, emocionado—. ¡Tenemos perritos calientes! ¡Montones de perritos calientes! ¡Toma! ¡Cómete uno!

Agarró un bollo, embutió dentro la salchicha y se lo tendió con entusiasmo. Enarcando las cejas, Eli lo aceptó.

—Gracias.

—¡De nada! —exclamó Adam—. Hay un montón más aquí mismo, en serio. Y patatas fritas, alubias con tomate y…

—Adam —lo interrumpió Wallace con gravedad—. Tranquilízate.

—Vale —asintió Adam, todavía a voz en grito. Luego, en un tono algo más quedo, añadió—: Y también tenemos polos.

El grupo al completo volvió la vista hacia Eli, una vez más. La situación era tan incómoda y tensa que parecía un entierro, en lugar de una barbacoa. Por otro lado, puede que en parte lo fuera.

—Bueno, Eli —dijo Maggie al cabo de un momento—, ¿qué tal va la tienda? ¿Ya se os ha ocurrido un nombre?

Eli la miró brevemente antes de devolver la vista a su perrito caliente.

—Seguimos en fase de discusión.

—Si me preguntáis a mí —intervino Adam—, voto por «La Banda Cadena».

—Ese parece el nombre de un grupo de música —opinó Wallace.

—Un grupo de música malo —apostilló Leah.

—Es mejor que «Bicicletas Mancha».

—¿Qué tiene de malo «Bicicletas Mancha»? —se indignó Wallace—. Es un nombre genial.

—Suena a menstruación —le dijo Adam. Esther le propinó una palmada en el brazo—. ¿Por qué me pegas? Es la verdad.

—Yo opino —expuso Jake, sorprendiéndonos a todos, por cuanto lo creíamos completamente dormido— que necesitamos un nombre potente. Algo oscuro, que sugiera peligro.

—¿Como qué? —quiso saber Eli.

—Como —siguió hablando Jake, con los ojos cerrados— «Bicicletas Alambrada». O «Bicis al Borde del Abismo».

Adam puso los ojos en blanco.

—No puedes llamar a una tienda de bicis para turistas «Al Borde del Abismo».

—¿Por qué no?

—Porque a la gente que está de vacaciones le gusta pensar en cosas alegres y relajantes. Cuando alquilan una bici, no quieren pensar que van a morir en un accidente.

Me di cuenta, por la actitud de Adam mientras hablaba —tranquila, concentrada en su argumento— y el cambio repentino en su semblante —sorprendido, luego avergonzado—, que no reparó en las connotaciones de sus palabras hasta que estas abandonaron sus labios. Y ahora acababa de caer en la cuenta.

Se hizo otro silencio. Adam se puso colorado como un tomate y advertí que Maggie y Esther intercambiaban una mirada medio desesperada. A mi lado, Eli se quedó plantado en el sitio mientras la incomodidad se tornaba tan palpable que era posible tocarla. Yo solo podía pensar en que tenía la culpa de que Eli estuviera allí, de que todo aquello estuviera pasando. Y no supe qué hacer hasta que vi el cuenco de alubias con tomate sobre la mesa, a mi lado.

Fue una decisión instantánea, una de esas que, según cuenta la gente, tomas en las situaciones más peligrosas o de extrema gravedad. Y, aunque no se diera ninguno de los dos casos, igualmente no me paré a pensar cuando alargué la mano hacia las alubias y tomé un buen puñado con los dedos. Y luego, sin reconsiderar la idea, di media vuelta y le tiré la pasta a Eli.

Las alubias le impactaron en la frente y le salpicaron el pelo; algunas cayeron al suelo de la terraza, a sus pies. Oí el grito contenido de todos los presentes, que observaban horrorizados lo que acababa de hacer. Pero yo solamente tenía ojos para Eli, que parpadeó y levantó una mano para enjugarse la salsa de la punta de la nariz.

—Vaya, vaya —me dijo—. Te vas a enterar.

Y así, sin más, se abalanzó sobre mí rápido como el rayo con el bote de alubias en la mano. Un movimiento raudo —demasiado veloz como para reaccionar y mucho menos para detenerlo— y volcó la pasta encima de mi cabeza. Noté calor en el pelo y el goteo de algo viscoso por encima de los ojos mientras buscaba un plato con restos y le tiraba un perrito caliente mordisqueado.

—¿Pero qué...? —exclamó Leah, pero el resto de la frase se perdió cuando Eli me bombardeó con los panecillos que había agarrado de la encimera. Yo agaché la cabeza —todavía cubierta de alubias— y corrí por la terraza echando mano al pasar de un paquete de ganchitos para usarlo de munición.

—¡Espera! —chilló Adam—. Eso es mi desayuno de esta semana.

—Oh, tranquilízate —dijo Maggie, que ahora agarraba un puñado de ensalada de col de su plato y se lo tiraba. Cuando Leah ahogó un grito, le lanzó otro puñado a ella.

Leah la miró escandalizada. Inspeccionó el desastre de su camiseta antes de devolver la vista a Maggie.

—Ahora verás —la amenazó al tiempo que tomaba una lata de cerveza y la agitaba con fuerza antes de abrirla—. Será mejor que corras.

Maggie chilló y bajó las escaleras a la carrera seguida de Leah y su espray de cerveza. Mientras tanto, Adam y Wallace intercambiaban una descarga de frutos secos al mismo tiempo que Esther, protegiéndose la cabeza con las manos, se refugiaba detrás de Jake, que dormía con varias briznas de col en la cara. Presencié todo aquello antes de meterme corriendo en la casa según intentaba esquivar los trozos de polo que Eli me lanzaba y que yo contraatacaba con patatas fritas. Estaba tan ocupada defendiéndome y manteniendo mi ofensiva que no me percaté de que me tenía atrapada en la cocina hasta que fue demasiado tarde.

—Espera —le dije entre resuellos, apoyada en la nevera. Levanté las manos—. Tiempo muerto.

—No hay tiempo muerto en las guerras de comida —replicó Eli, y me tiró un trozo de hielo pegajoso que me impactó en el hombro antes de caer al suelo junto con unas cuantas judías.

—¿Y entonces cuándo terminan?

—El que se queda antes sin munición tiene que rendirse formalmente —explicó.

Me miré las manos, sucias de restos de alubias y trozos de patatas fritas, pero vacías por lo demás.

—No me gusta rendirme.

—Ni a ti ni a nadie —respondió él—. Pero a todos nos toca perder, antes o después. No se puede hacer nada más que reconocerlo.

Estábamos cubiertos de porquería, con judías en el pelo y comida por toda la ropa. Era la situación menos trascendente del mundo y a pesar de todo, no sé por qué, estaba cargada de significado. Como si el caos hubiera propiciado el momento perfecto para decir lo único que llevaba todo ese tiempo queriendo expresarle.

—Siento muchísimo lo de tu amigo —le dije.

Eli asintió despacio. Sin despegar los ojos de los míos ni titubear lo más mínimo, respondió:

—Gracias.

En la terraza, alguien chillaba mientras otras batallas proseguían. Pero a la luz intensa de la cocina únicamente estábamos nosotros dos. Igual que todas esas noches y, sin embargo, de una manera distinta. No era que las cosas hubieran cambiado, sino que podían hacerlo. Y tal vez lo hicieran.

Sostuve la mirada de Eli mientras pensaba todo aquello y él sostenía la mía. De súbito, no me costó nada imaginar que alargaba la mano para apartarle el pelo de la cara. Estaba todo ahí: el tacto de su piel contra las yemas de mis dedos, los mechones contra mi palma, sus manos ascendiendo a mi cintura. Casi empezaba a pensar que estaba sucediendo y entonces, de sopetón, la puerta de la cocina se abrió de un trompazo a mi espalda.

—¡Eh! —gritó Adam, y cuando me di la vuelta allí estaba otra vez, sosteniendo la cámara y enfocándonos con el objetivo—. ¡Sonreíd!

Cuando oí el chasquido del obturador, supe que seguramente nunca vería aquella foto. Pero, si acaso lo hacía, la instantánea ni de lejos captaría todo lo que estaba sintiendo en ese momento. Y, si alguna vez una copia llegaba a mis manos, ya tenía el lugar perfecto para ella: un marco azul con unas palabras grabadas en la parte inferior. El mejor de los tiempos.

DIEZ

—¿Corte de bota o tipo *boyfriend*?

Se hizo un silencio. A continuación:

—¿Cuál dirías tú que sienta mejor?

—Bueno, no es una cuestión de A o B. Se trata de saber más bien cómo prefieres lucir el pompis.

Suspirando, guardé la cartilla del banco en la caja fuerte y cerré la puerta del despacho con el pie. Otro día más, otra jornada oyéndola recitar el evangelio de los vaqueros. Maggie me caía bien y eso —por sorprendente que fuera—, pero todavía me costaba aguantar sus rollos de chica mona. Como el que estaba soltando en ese momento.

—¿Lo ve? —la oí decir pasado un momento, cuando la clienta salió del probador—. El corte de bota fluye con un gesto chulo del muslo al tobillo. El corte más ancho a la altura de la bota atrae la mirada hacia ese punto, en lugar de hacia otras zonas.

—Las otras zonas —rezongó la mujer— son mi problema.

—El mío también —suspiró Maggie—. Pero el *boyfriend fit* también tiene sus ventajas. ¿Por qué no se los prueba y comparamos?

La mujer dijo algo, pero su voz quedó ahogada por la campanilla de la puerta. Al cabo de un momento, Esther entró en el despacho. Llevaba puestos unos pantalones militares y una camiseta de tirantes negra, y traía cara de funeral cuando se desplomó en una silla, a mi lado, sin pronunciar palabra.

—Eh —le dije—. ¿Te pasa…?

Maggie apareció de súbito en el umbral con los ojos abiertos como platos y el teléfono en la mano. Miró la pantalla un momento antes de posar los ojos en Esther.

—¡Acabo de recibir tu mensaje! ¿Va en serio? ¿Hildy ha… muerto?

Esther asintió, todavía en silencio.

—No me lo puedo creer. —Maggie negó con la cabeza—. Pero si casi era una de nosotras… Uf, después de tanto tiempo.

Abrí la boca para decir algo, para expresarles mis condolencias. Pero, antes de que pudiera hacerlo, Esther habló por fin.

—Ya lo sé —dijo con la voz estrangulada—. Era un coche alucinante.

En la tienda, la puerta del probador se abrió.

—¿Un coche? —pregunté.

Las dos me miraron.

—El mejor Jetta del mundo —asintió Maggie—. Hildy era nuestro único medio de transporte cuando íbamos al instituto. La considerábamos una más de las chicas.

—Un auténtico soldado —apostilló Esther—. La compré por tres mil pavos con ciento treinta mil kilómetros y nunca nos dejó tiradas.

—Bueno —objetó Maggie—. Tampoco exageremos. ¿Ya no te acuerdas de aquella vez en la autopista, de camino al Mundo de los Gofres?

Esther la asesinó con la mirada.

—¿De verdad me vas a echar eso en cara? ¿Ahora? ¿En este momento?

—Perdona —dijo Maggie. En la tienda, se escuchó la puerta del probador abrirse una vez más—. Ay, mierda. Ahora vuelvo.

Desapareció por el pasillo. Instantes después escuchamos la voz de la mujer.

—Estos no me acaban de gustar. Me hacen unos tobillos enormes.

—Porque está acostumbrada a los de campana —le aseguró Maggie—. ¡Pero mire qué muslos tan bonitos!

En el despacho, Esther echó la cabeza hacia atrás y miró al techo.

Le pregunté:

—Y, entonces, ¿ahora qué? ¿Tendrás que ir andando a todas partes?

—Imposible —respondió—. Dentro de nada empiezo la universidad y voy a necesitar el coche. Tengo algo de dinero ahorrado, pero no me llega ni de lejos.

—Podrías pedir un crédito.

—¿Y endeudarme todavía más? —Suspiró—. Con lo que he pedido, voy a estar pagando la universidad hasta que me muera.

—No lo sé —decía la clienta a lo lejos—. Ninguno me acaba de convencer, de momento.

—Es que encontrar los vaqueros perfectos es todo un proceso —respondió Maggie—. Ya se lo he dicho, tiene que encontrar unos que le digan algo.

De nuevo puse los ojos en blanco. Recuperé el boli y devolví la atención al balance general. Instantes después, oí cómo la clienta regresaba al probador y Maggie reapareció en el despacho.

—Vale, hablemos de alternativas —le dijo a Esther, que seguía mirando al techo—. ¿Y si pides un crédito?

—Ya voy a estar pagando la universidad hasta que me muera —repitió ella con voz robótica—. Supongo que tendré que vender los bonos de ahorro que me dieron mis abuelos.

—¡Pero, Esther! No sé si eso es buena idea.

Ya sabía que el asunto no me concernía, pero me sentía mal por Esther y supuse que alguien debía aclarar las cosas.

—No quiere endeudarse todavía más —le expliqué a Maggie, pensando que ojalá hubiera un modo de hacer un símil con pantalones vaqueros—. Si pide otro crédito, su deuda aumentará.

En la tienda, la clienta salía nuevamente del probador.

—Estos tampoco me convencen... —decía ahora—. ¿Es normal que mis muslos parezcan salchichas?

—No —le gritó Maggie, negando con la cabeza—. Pruébese los otros corte de bota, los que llevan adornos en los bolsillos, ¿de acuerdo?

La puerta se cerró. Esther suspiró. Le dije a Maggie:

—Pedir más dinero prestado equivale a deber más. Es de lógica.

—Es verdad —convino Maggie—. Pero un coche es un artículo fungible, no un activo. El dinero que pague por él no será una inversión, porque empezará a devaluarse al instante de comprarlo. Así pues, si bien es tentador vender los bonos para conseguir efectivo, me parece más sensato sacar partido a los bajos intereses que ofrece la cooperativa de crédito de la zona.

—¿Tú crees? —preguntó Esther.

—Sin duda. O sea —prosiguió—, ¿cuál es el tipo de interés ahora mismo, el 5,99 por ciento o algo así? Lo pides y conservas los bonos de ahorro, que no perderán valor de mercado. Es un uso del dinero más eficaz.

La miré patidifusa. ¿De dónde había salido esa chica?

—¿Qué me dices de estos? —gritó la clienta.

Maggie volvió la vista al pasillo esbozando una gran sonrisa.

—¡Oh, vaya! —exclamó, con un breve aplauso—. ¿Qué opina usted?

—Opino —respondió la mujer— que estos sí me dicen algo.

Maggie rio con ganas y, mientras la veía encaminarse de vuelta a los probadores, me quedé allí sentada, tratando de asimilar lo que acababa de presenciar. No fue fácil. De hecho, a última hora, cuando entró en el despacho antes del cierre, yo seguía pensando en ello.

—Todo ese asunto de las finanzas —le dije, mientras ella guardaba el dinero en la caja bajo el escritorio—. ¿Cómo sabes tanto?

Me miró brevemente.

—Ah, de mi época de acróbata, sobre todo. Mi madre no apoyaba mi afición precisamente, de manera que tenía que financiarme yo misma las bicis, el equipo y todo eso.

—Es admirable.

—Puede —respondió—. Lástima que mi madre no opine lo mismo.

—¿No? —Maggie negó con la cabeza—. ¿Y qué admira ella, entonces?

—Ah, no sé —meditó—. Quizás le habría gustado que hubiera accedido a celebrar mi puesta de largo, como ella quería. O que hubiera participado en concursos de belleza en lugar de montar en bici con un puñado de zarrapastrosos. Yo siempre le decía: ¿por qué no puedo hacer las dos cosas? ¿Quién dice que tienes que ser lista o guapa, hacer cosas de chicas o deporte? La vida no debería consistir en A o B. Tenemos muchas capacidades distintas, ¿sabes?

Obviamente, ella sí las tenía. Aunque yo no me hubiera dado cuenta hasta ahora.

—Sí —reconocí—. Tiene sentido.

Ella sonrió, extrajo las llaves del escritorio y se las guardó en el bolsillo.

—Voy a ordenar la sección de vaqueros mientras terminas. Encontrar los *slim* corte de bota para esa mujer ha costado lo suyo. Pero ha valido la pena. Ha salido de aquí presumiendo de tipazo.

—Seguro que sí —asentí y, tras decir eso, se marchó a doblar las prendas. Yo me quedé allí sentada un ratito, en aquella habitación rosa y naranja, pensando en lo que mi madre admiraba y en la mentalidad «A o B» en la que me había pasado tanto tiempo atascada. Tal vez Maggie tuviera razón y ser una chica abarcara tipos de interés y vaqueros pitillo, montar en bici y vestir de rosa. No una cosa o la otra, sino todo.

***

A lo largo de las dos semanas siguientes, encontré la rutina perfecta. Dormía por las mañanas y trabajaba por las tardes. Las noches estaban dedicadas a Eli.

Últimamente ya no me hacía falta fingir que nos cruzábamos por casualidad. En vez de eso, dábamos por sobreentendido que nos encontraríamos cada noche después del trabajo en el Súper/Gas, donde nos proveíamos tanto de gasolina (café) como de alimentos (nunca se sabe lo que puedes necesitar) y planeábamos las actividades de la noche, que consistían en hacer recados, comer pastel con Clyde y cumplir mi misión, paso a paso.

—¿En serio? —volví a preguntar una noche, alrededor de la una. Estábamos delante del Tallyho, el club favorito de Leah. Un cartel de neón en el escaparate anunciaba ¡HOLA, MARGARITAS!, y un tipo corpulento, sentado en un taburete junto a la puerta, leía mensajes en su teléfono con aire aburrido—. ¿De verdad tengo que hacerlo?

—Sí —afirmó Eli—. Entrar en un club es un rito de paso. Y ganas más puntos si el club es cutre.

—Pero no tengo la edad —le dije mientras nos acercábamos, adelantando a una chica que caminaba trastabillando, vestida de rojo y con los ojos hinchados.

—No lo necesitas.

—¿Seguro?

En lugar de responder, me aferró la mano, y yo noté una descarga eléctrica que me recorría de arriba abajo. Desde la noche

246

de los perritos calientes las distancias se habían acortado, pero ese era el primer contacto físico de verdad que manteníamos. Estaba tan ocupada pensando en el significado de aquello que tardé un ratito en advertir hasta qué punto se me antojaba natural y agradable el contacto de su palma contra la mía. Como si no fuera un gesto nuevo, sino algo que hubiera sucedido ayer mismo y que hiciéramos con frecuencia; así de cómoda me sentía.

—Eh —saludó Eli al portero mientras nos aproximábamos—. ¿Cuánto vale la entrada?

—¿Me enseñas la documentación?

Eli extrajo su cartera y le tendió el permiso de conducir.

El tipo le echó un vistazo y se lo devolvió, no sin mirarle brevemente a la cara.

—¿Y ella?

—La ha olvidado en casa —se disculpó Eli—. Pero no te preocupes, yo respondo por ella.

Él lo miró sin inmutarse.

—La palabra de honor no vale nada aquí, lo siento.

—Claro, lo entiendo —respondió Eli—. Pero a lo mejor puedes hacer una excepción.

Esperaba algún tipo de reacción por parte del otro pero, como mucho, adoptó una expresión todavía más hastiada si cabe.

—Si no hay documentación, no hay excepciones.

—No pasa nada —le dije a Eli—. De verdad.

Él levantó una mano para pedirme silencio. Siguió insistiendo:

—Mira. No vamos a beber. Ni siquiera pensamos quedarnos mucho rato. Cinco minutos a lo sumo.

El portero, ahora más irritado, replicó:

—¿Qué parte de «sin documentación no entras» no has entendido?

—¿Y si te dijera —lo presionó Eli mientras yo me revolvía inquieta, preocupada porque la mano me empezaba a sudar contra la suya— que esto es una misión?

El otro lo miró impertérrito. A través de la puerta se colaba el monótono retumbar de los graves. Por fin, preguntó:

—¿Qué clase de misión?

Ni de coña, pensé yo. No va a colar.

—Nunca ha hecho nada —le explicó Eli, al mismo tiempo que me señalaba con un gesto—. Ni fiestas en el instituto, ni bailes de fin de curso ni de bienvenida. No ha tenido vida social, nunca. —El portero me miró y yo traté de adoptar el aspecto de una marginada—. Así que estamos tratando de recuperar el tiempo perdido, ya sabes, una cosa y luego otra. Este sitio está en la lista.

—¿El Tallyho está en la lista?

—Visitar un club —aclaró Eli—. No beber en un club. Ni pasar la noche de fiesta. Solo entrar.

El portero volvió a mirarme. Dijo:

—Cinco minutos.

—Puede que incluso cuatro —apostilló Eli.

Yo me quedé allí plantada, notando los latidos del corazón, mientras el tipo me tomaba la mano y se extraía un sello de goma del bolsillo de la cazadora. Me lo estampó en la piel y le indicó a Eli que le tendiera la mano para repetir el gesto.

—No os acerquéis a la barra —nos advirtió—. Tenéis cinco minutos.

—Fantástico —asintió Eli y, tras decir eso, me arrastró al interior.

—Espera —le dije mientras recorríamos el pasillo angosto y oscuro que llevaba a la sala, donde brillaban infinidad de luces parpadeantes—, ¿cómo lo has hecho?

—Ya te lo he dicho —respondió por encima del hombro. Tuvo que gritar para hacerse oír, porque la música sonaba más alta conforme avanzábamos—. Todo el mundo entiende la importancia de una misión.

Yo no supe qué responder a eso. Y tampoco habría podido, porque en ese preciso instante llegamos a la sala, donde el estruendo era tal que ya no podía oír nada, ni siquiera mi propia voz. Consistía en una sola habitación, cuadrada, con reservados a lo largo de tres paredes y una barra en la cuarta. La pista, situada en el centro, estaba atestada de gente: chicas con faldas ajustadas y botellas de cerveza en la mano; chicos muy bronceados con falsa pinta de surfistas, que arrastraban los pies junto a ellas.

—Esto es de locos —le grité a Eli, que no me había soltado la mano. Pero no me oyó o tal vez optó por no responder mientras me arrastraba hacia la pista.

Yo intentaba no pisar pies y bolsos, con poco éxito, según notaba el suelo vibrar debajo de mí con cada latido. El aire, cargado y pegajoso, olía a perfume y a humo, y yo ya estaba sudando, aunque apenas si llevaba unos segundos allí dentro. Se parecía a estar en la casa de la risa de una feria, pero con grandes cantidades de gomina.

—¡Último baile! —gritó una voz por encima de nuestras cabezas, abriéndose paso entre el martilleo de la música—. ¡Buscad pareja y saltad a la pista, que mañana ya ha empezado!

De súbito, la música mudó en mitad de un compás a otra más lenta, con un ritmo más tranquilo y sensual. En la pista se alzaron unas cuantas protestas y el ambiente cambió. Algunos se marcharon, los que quedaban se emparejaron y nuevas parejas acudieron. Yo estaba tan absorta observándolo todo que cuando Eli torció bruscamente a la izquierda para que nos internáramos entre la gente que bailaba estuve a punto de tropezar y pegarme un trompazo.

—Espera —le pedí mientras pasábamos estrujados contra una pareja que se manoseaba con ganas y luego junto a un chico y una chica que bailaban perreando. Ella sostenía una botella de cerveza colgando de dos dedos—. No sé si…

Eli dejó de andar y yo frené en seco a su lado, todavía con mi mano unida a la suya, y me di cuenta de que estábamos en el centro de la pista, bajo un montón de luces giratorias. Alcé la vista para mirarlas y luego observé a la gente de alrededor antes de clavar los ojos en los suyos.

—Vamos —dijo. Avanzó un paso y, soltando mi mano, me pasó los brazos por la cintura—. Todavía tenemos dos minutos.

Le sonreí a mi pesar y noté cómo mis pies avanzaban hacia él. Le pasé los brazos por el cuello casi instintivamente, los dedos entrelazados a la altura de su nuca. Y así, sin más, estábamos bailando.

—Esto es una locura —dije, mirando a mi alrededor—. Es divertido…

—… para una vez —terminó por mí—. Pero solo una.

Sonreí y entonces, en mitad del Tallyho, en mitad de la noche, en mitad de todo, Eli me besó. No se parecía a la escena que yo había imaginado, y sin embargo fue perfecta en cualquier caso.

Cuando nos separamos, un ratito más tarde, la canción estaba llegando a su fin. La gente siguió bailando de todos modos, manteniendo el abrazo hasta la última nota. Yo recosté la cabeza contra el pecho de Eli para alargar el momento, consciente que el DJ había dicho la verdad. Mañana ya había empezado. Y yo tenía el presentimiento de que iba a ser un día estupendo.

***

Cuando desperté a mediodía, reinaba el silencio en la casa. Ni olas, ni llantos. Nada salvo…

—¿Hablas en serio? Pues claro que iré. ¡No me lo perdería por nada del mundo!

Parpadeé, di media vuelta en la cama y me levanté para ir al baño, donde acabé de despabilarme mientras me cepillaba los dientes con parsimonia. La voz de mi padre, ahora más alta, todavía se escuchaba en la otra punta del pasillo.

—No, no, hay un par de vuelos diarios… —Sonó el tintineo de unas llaves—. Claro. El momento es ideal. Llevaré conmigo el borrador. Sí. ¡Genial! Quedamos así, pues.

Para cuando bajé en busca de un café, diez minutos más tarde, mi padre estaba en la cocina, paseando arriba y abajo. Heidi, que sostenía a Isby entre los brazos, estaba sentada a la mesa con aire adormilado.

—… una gran oportunidad que hayan pensado en mí —decía mi padre—. Habrá un montón de gente de la industria, las personas con las que necesito contactar. Es perfecto.

—¿Esta noche? —preguntó Heidi—. ¿No te han avisado con muy poco margen de tiempo?

—¿Y eso qué importa? Compraré el billete ahora mismo, pasaré allí la noche y mañana volveré.

Mientras extraía una taza del armario, vi cómo Heidi asimilaba la información. Le costó un ratito procesarlo, pero todo le costaba un poco cuando Isby se había pasado la mayor parte de la noche anterior llorando, como era el caso. La falta de sueño limaba todas las aristas de Heidi, en particular las cognitivas.

—¿Cuándo? —preguntó por fin.

—¿Cuándo qué?

En brazos de Heidi, la niña se retorció, y ella, haciendo una mueca, se la acomodó contra el hombro.

—¿Cuándo volverás?

—A lo largo de mañana. Puede que por la noche —respondió mi padre. Estaba acelerado, todavía moviéndose de acá para allá—. Ya que estoy allí, intentaré concertar algunas reuniones. Comer con alguien, cuando menos.

Heidi tragó saliva y bajó la vista hacia Isby, que le estaba olisqueando el hombro.

—Es que… —empezó, pero al momento se interrumpió—. No estoy segura de que sea un buen momento para que te marches.

—¿Qué dices? —se sorprendió mi padre—. ¿Por qué?

Todavía de espaldas, tomé un sorbo de café, dejando muy claro que no quería saber nada de aquello.

—Bueno —prosiguió Heidi pasado un momento—, es que la nena está muy llorona últimamente. Llevo tanto tiempo sin dormir… No sé si podré…

Mi padre se detuvo en seco.

—Quieres que me quede.

No era una pregunta. Heidi insistió:

—Robert, yo solo te pido que esperes un par de semanas. Hasta que nos hayamos organizado mejor.

—La fiesta se celebra esta noche —dijo, despacio—. Esa es la cuestión.

—Ya lo sé. Pero a lo mejor...

—Muy bien.

Yo tomé la jarra para rellenarme el café, aunque apenas si había tomado un par de sorbos de mi taza llena.

—Robert...

—No. Llamaré a Peter y le diré que lo siento mucho pero que no puedo ir. Estoy seguro de que habrá otra cena benéfica del gremio de escritores dentro de pocas semanas.

No quería formar parte de aquello. Nunca, pero ese día en concreto todavía menos, un día que había empezado de un modo tan delicioso en la pista de baile del Tallyho, con Eli. Así que me aseguré de no mirar a Heidi ni a mi padre cuando abandoné a hurtadillas la cocina para subir a mi habitación, donde abrí la ventana y me senté en el alféizar para que el fragor del mar ahogase cualquier cosa que pudiera haber oído.

Pese a todo, no me sorprendió ver, cuando bajé un par de horas más tarde, una pequeña maleta de mano junto a la puerta. Puede que mi padre hubiera fingido que transigía. Pero, como hacía siempre, se había salido con la suya.

Para cuando me fui a trabajar, él ya se había marchado y Heidi estaba en la habitación rosa, columpiando a Isby en la mecedora. Me detuve junto a la puerta, pensando que debería entrar a preguntarle si necesitaba algo, pero me obligué a no hacerlo. Tampoco me había pedido ayuda. Y estaba cansada de ofrecerla siempre por iniciativa propia.

En Clementine, me distraje con el trabajo al tiempo que trataba de concentrarme en Eli y en la noche que teníamos por delante. Maggie, por su parte, atendía a un desfile constante de clientas, propiciado por un concierto al aire libre que se celebraba en el quiosco del muelle. Alrededor de las nueve y media, asomó la cabeza en el despacho.

—¿Por casualidad has visto algún documento sobre un encargo especial de Barefoot?

Alcé la vista, todavía con la cabeza inundada de números.

—¿Un qué?

—Chanclas Barefoot —aclaró—. Ha venido alguien preguntando por un encargo especial de veinte pares que le hizo a Heidi hace siglos. No encuentro ningún documento que lo mencione.

Negué con la cabeza.

—¿La has llamado?

—Me sabe mal molestarla. La nena podría estar durmiendo.

—Lo dudo mucho —fue mi respuesta. Le tendí el teléfono, no sin antes marcar el número.

Ella lanzó una ojeada en dirección a la tienda, con el auricular encajado entre la oreja y el hombro, mientras yo devolvía la atención a las nóminas.

—¿Heidi? Hola, soy Maggie. Mira, es que… ¿Te pasa algo?

Acerqué la calculadora y puse a cero la pantalla. En la tienda, unas chicas chillaban en la zona de los saldos.

—No, es que parecías… —Maggie se interrumpió—. ¿Qué? Sí, ya lo oigo. Está llorando mucho, ¿eh? Mira, me sabe fatal molestarte, pero preguntan por un encargo especial…

«Eli», pensé yo, mientras tecleaba un número. «Esta noche». Pulsé el signo de la suma. «No es mi problema», subtotal, total. Tardó tres operaciones pero, por fin, Maggie pudo colgar el teléfono.

—Dice que están en el almacén, en una de las cajas de vaqueros —me informó a la vez que me devolvía el teléfono—. Bueno, eso me ha parecido al menos. No la entendía bien entre tanto llanto.

—Sí —respondí, reiniciando la pantalla de nuevo—. Isby lo da todo cuando se pone a berrear.

—No hablo de Isby. Era Heidi la que lloraba. Parecía destrozada. ¿Se encuentra bien?

Me di la vuelta en la silla para mirarla.

—¿Heidi estaba llorando?

—Ha intentado fingir que no. Pero eso se nota, ¿sabes?

La campanilla volvió a sonar.

—Mierda. Tengo que volver ahí fuera. ¿Puedes buscar tú la caja, por favor?

Asentí. Me quedé un segundo sentada antes de levantarme para ir al almacén, donde encontré las chanclas en el lugar que Heidi había indicado. Recogí la caja y la llevé a la zona de la tienda. Cuando la dejé sobre el mostrador, Maggie me dedicó una mirada de agradecimiento. Acto seguido, empujé la puerta principal y puse rumbo a casa.

***

Me habría sentido mejor si hubiera oído el familiar llanto de Isby cuando entré en el vestíbulo. Pero en vez de eso reinaba el silencio. Recorrí el pasillo en penumbra hasta llegar a la cocina, donde una sola luz brillaba sobre el fregadero. En el salón reinaba la oscuridad, una negrura tan profunda que al principio ni siquiera vi a Heidi.

Estaba sentada en el sofá, con la niña en brazos, llorando. No sollozaba entre suspiros y lamentos, como hacía otras veces. Esta vez era un llanto constante y silencioso que me puso los pelos de punta. Emanaba un sentimiento tan primigenio, tan íntimo, que me entraron ganas de dar media vuelta y dejarla en paz. Pero no podía hacerlo.

—¿Heidi? —la llamé. No me respondió. Me acerqué y me agaché a su lado. Cuando le toqué la pierna sollozó con más fuerza y las lágrimas se estrellaron contra mi mano. Miré a Isby, que estaba despierta, observando a su madre con atención.

—Dame a la nena.

Negó con la cabeza. Sin dejar de llorar, estremeciéndose.

—Heidi. Por favor.

No me respondió. Me estaba asustando, así que alargué los brazos para sacar a Isby de allí. Tan pronto como lo hice, pegó las rodillas al pecho para acurrucarse sobre sí misma y giró la cara para no mirarme.

La observé a ella, a continuación a la niña. No tenía la menor idea de qué hacer. Y si bien sabía que debería llamar a mi padre, o quizás incluso a mi madre, me acerqué a la cocina y marqué el único número que me pondría en contacto con alguien capaz de ayudarme.

—Súper/Gas, al habla Wanda.

Visualicé a la cajera que siempre nos atendía a esa hora de la noche, con sus pendientes largos y su cabello rubio. Carraspeé.

—Hola, Wanda. —Mecí con suavidad a Isby, que empezaba a protestar—. Soy, esto… Soy Auden. Suelo pasar por allí a esta hora de la noche para comprar un café. Estoy buscando a Eli Stock. Es algo así como una emergencia, bueno, en realidad no, pero tiene unos veinte años y es moreno, conduce una camioneta…

—¿Hola?

Al oír la voz de Eli, una pequeña parte de mí empezó a tranquilizarse.

—Hola. Soy yo —me interrumpí antes de aclarar—: Auden.

—Me lo imaginaba —respondió—. No creo que a nadie más se le ocurriera llamarme al Súper/Gas.

—Sí —dije, lanzando una mirada en dirección a Heidi, que resultaba aún más invisible si cabe en la oscuridad del salón, ahora que estaba acurrucada en el sofá—. Perdona por llamarte ahí. Es que tengo un problema y no sé qué hacer.

—Un problema —repitió—. ¿Qué pasa?

Entré en el vestíbulo y, apoyándome a Isby en el hombro, se lo conté. Mientras lo hacía, todavía escuchaba los sollozos de Heidi, débiles y distantes.

—Espérame allí —dijo cuando terminé—. Sé exactamente lo que hay que hacer.

***

Pasados veinte minutos llamaron a la puerta. Cuando abrí, allí estaba Eli, cargado con varias tazas de café SuperTostado y una bolsa de magdalenas.

—¿Café? —pregunté—. ¿Ese es tu remedio?

—No —aclaró—. Es este.

En ese momento se apartó a un lado y una mujer menuda, de mediana edad, con el cabello corto y oscuro apareció tras él. Poseía una tez cetrina que yo conocía bien, los ojos verdes, y llevaba una chaqueta sencilla a conjunto con un pantalón suelto, un bolso cruzado sobre el pecho e impecables zapatillas de tenis blancas.

—Mamá, esta es Auden. Auden, mi madre, Karen Stock.

—Hola —la saludé—. Gracias por venir. Es que… no sabía qué hacer.

La mujer me sonrió antes de acercarse para mirar a la niña, que estaba cada vez más enfadada.

—¿Cuánto tiempo tiene?

—Seis semanas.

—¿Y dónde está la mamá?

—En el salón —indiqué, a la vez que me apartaba para cederles el paso—. No para de llorar, ni siquiera me contesta cuando le hablo.

La señora Stock entró. Se volvió a mirar a Eli y le dijo:

—Llévate a la nena arriba y fájala. Subo enseguida.

Él asintió y me miró.

—¿Quiere que…? —pregunté—. O sea…

—Todo irá bien —me aseguró la madre de Eli—. Confía en mí.

Y lo más raro fue que lo hice. Desde el minuto cero, en cuanto aquella desconocida pasó por delante de mí para encaminarse hacia el salón. Dejó el bolso en la mesa de la cocina antes de acercarse a Heidi para sentarse a su lado. Cuando empezó a hablar, no distinguí ni una palabra de lo que le estaba diciendo, pero Heidi la escuchaba. Lo supe porque, al cabo de un momento, dejó que la señora Stock la rodeara entre sus brazos, le acariciara la espalda con palmaditas suaves y aceptara, por fin, ser ella el objeto de consuelo.

***

Para cuando llegamos al cuarto rosa, Isby ya estaba protestando, a punto de entrar de pleno en uno de sus ataques de llanto. Eli entró, encendió la luz y preguntó:

—¿Tienes una manta?

—¿Una manta? —asintió—. En la cómoda. En el tercer cajón, creo.

Agitando a Isby con suavidad, observé cómo Eli se encaminaba a la cómoda y rebuscaba por aquí y por allá hasta encontrar una mantita rosa con lunares marrones. La examinó antes de cerrar el cajón.

—Necesitamos una cama —dijo—. Una superficie plana. ¿Dónde está tu habitación?

—En la puerta de al lado —respondí—. Pero no...

Él ya se estaba encaminando hacia allí, así que no tuve más remedio que seguirle. Una vez dentro, extendió sobre la cama la mantita orientada como un diamante y dobló hacia abajo la esquina superior.

—Vale —dijo, alargando las manos—. Tráela aquí.

Le lancé una mirada insegura.

—¿Qué haces?

—¿No has oído a mi madre? —se impacientó—. Se supone que debes confiar en mí.

—Ha dicho que confíe en ella —señalé.

—¿No confías en mí?

Lo miré, luego a la manta y por último a la niña, que había empezado a lloriquear, y me asaltó un recuerdo fugaz del momento en que Eli me había conducido hasta el centro de la pista en el Tallyho, hacía menos de un día. Se la tendí.

Isby ya estaba llorando, cada vez más congestionada, cuando Eli la acostó con cuidado sobre la mantita, con el borde superior a la altura de los hombros. Y entonces, mientras ella se retorcía, le pegó el brazo izquierdo al cuerpo, se lo cubrió con la manta y dobló la esquina por debajo de su hombro. Los chillidos de Isby aumentaban con cada movimiento.

—Eli —le dije, alzando la voz para que me oyera—. Lo estás empeorando.

Sin dar muestras de haberme oído procedió del mismo modo con la segunda esquina, que tensó alrededor del pequeño cuerpo. Ahora la niña berreaba a todo pulmón.

—Eli —repetí, prácticamente gritando, mientras él estiraba el último ángulo de la tela y procedía a encajarla en uno de los pliegues—, déjalo. No para de...

Y, de sopetón, se hizo el silencio. Sucedió tan repentinamente que por un momento tuve la seguridad de que Isby había muerto. Pero entonces la miré y descubrí que estaba tan tranquila, envuelta como un minúsculo burrito y mirándonos con sorpresa.

—... llorar —terminé. Él la levantó y me la tendió—. ¿Cómo lo has hecho?

—No he sido yo —dijo. Me senté en la cama con cuidado. Isby abrió la boca, pero solo para bostezar antes de acurrucarse contra mí—. Es la faja. Parece cosa de magia. Mi madre le profesa una gran fe.

—Es increíble —exclamé—. ¿Cómo sabe todo eso?

—Trabajaba de enfermera en una sala de maternidad —explicó Eli—. Se jubiló el año pasado. Además, mi hermano y mi hermana suman cuatro hijos entre los dos. Y eso sin contarnos a nosotros cuatro. En fin, que tiene experiencia para dar y tomar.

La señora Stock asomó la cabeza, no sin antes llamar con suavidad.

—Heidi va a descansar un rato —anunció—. Vamos abajo.

Eli y yo la seguimos por el pasillo, por delante de la habitación de mi madrastra, donde una rendija de luz asomaba por debajo de la puerta cerrada. Estábamos llegando al comienzo de las escaleras cuando se apagó.

En la cocina, la madre de Eli se acercó al fregadero, se lavó las manos y se las secó con papel de cocina.

—Muy bien —empezó, según se volvía a mirarme con una gran sonrisa—. Dame a esa chiquitina.

Se la tendí y ella la tomó en sus brazos antes de acomodarse en una silla. Le acarició la frente con los dedos bajo mi atenta mirada.

—La habéis envuelto muy bien —aprobó.

—Eli es todo un profesional —observé.

—He tenido una buena maestra —respondió él, y los dos nos quedamos mirando a su madre, que mecía a Isby despacio a la vez que le propinaba palmaditas suaves en la espalda.

—Gracias por venir —dije por fin—. Heidi lleva una temporada un poco baja de moral. Pero cuando he llegado a casa y la he visto así... no sabía qué hacer.

—Es una madre primeriza —me explicó la señora Stock, sin despegar los ojos de Isby—. Está agotada.

—Mi padre ha intentado convencerla de que contrate a alguien para que la ayude. Pero ella no quiere.

La madre de Eli ajustó la mantita una pizca.

—Cuando nació Steven, el mayor de mis hijos, mi madre se quedó un mes en casa conmigo. De no ser por ella, no sé qué habría hecho.

—La madre de Heidi murió hace un par de años.

—Me lo ha comentado —respondió ella, y yo recordé el rostro arrugado de Heidi cuando se había acurrucado en brazos de la señora Stock, en el salón a oscuras. Me pregunté qué más le habría dicho—. Lo cierto es que la maternidad es el trabajo más duro del mundo. Pero se recuperará. Solo necesita descansar un poco.

Los tres meditamos aquellas palabras mientras Isby, tomando la iniciativa, cerraba los ojos. La señora Stock miró a Eli.

—En cuanto a ti —le dijo— no sería mala idea que te fueras a dormir también. ¿No trabajas por la mañana?

—Sí —respondió él—. Pero…

—Pues vete a casa —le ordenó ella—. Déjame las llaves de la camioneta. Ya irás a buscarla por la mañana.

—Entonces, ¿me voy andando? —preguntó Eli.

Ella le lanzó una mirada impertérrita.

—Eli Joseph. Son cuatro manzanas. Sobrevivirás.

Él protestó por lo bajo, pero estaba sonriendo cuando dejó las llaves sobre la mesa.

—Gracias, mamá —dijo. Ella le ofreció la mejilla y Eli se la besó antes de encaminarse a la puerta. Lo acompañé al porche.

—Bueno —suspiré, lanzando una ojeada hacia la cocina, donde la señora Stock seguía meciendo a Isby—, supongo que hoy toca recogerse temprano.

—Supongo —asintió él—. Mi madre no está, lo que se dice, al corriente de mis hábitos noctámbulos.

—¿No le parecería bien?

Negó con la cabeza.

—No. Para ella, después de la medianoche nunca pasa nada bueno.

Alcé la vista hacia él y sonreí.

—Bueno, reconozco que tu madre es alucinante. Pero no estoy de acuerdo con eso.

—Es alucinante —convino—, y yo tampoco. —Se inclinó para besarme y yo le rodeé el cuello con los brazos porque quería arrimarme todavía más a su cuerpo. Me podría haber quedado allí toda la noche, pero él ya se estaba apartando al tiempo que lanzaba una ojeada hacia la cocina por encima de mi cabeza—. Será mejor que me vaya.

Asentí.

—Nos vemos mañana.

Él sonrió antes de bajar las escaleras del porche y enfilar por el camino. Le dije adiós con la mano una última vez y lo seguí con la mirada hasta que se lo tragó la oscuridad al otro lado de la luz de la farola. Arriba, en mi habitación, me asomé a la ventana y escudriñé la calle en la dirección que él había tomado. Era una carretera larga y plana y, según fueron pasando las horas, apenas si quedaron unas cuantas luces encendidas. Escogí una que me pareció situada a cuatro manzanas de distancia y me dediqué a mirarla como si fuera una estrella que brillara en el cielo, hasta la mañana.

ONCE

Había pasado una semana y estábamos esperando a mi hermano, que llegaría sobre las cinco de la tarde. A las cuatro y media, mi teléfono sonó.

—Solamente te llamo —dijo mi madre— para prevenirte.

No habíamos vuelto a hablar desde que su visita relámpago a Colby terminara de un modo tan desastroso, un percance que por lo visto ya habíamos superado, a juzgar por la llamada. A pesar de todo no me acababa de fiar cuando le pregunté:

—¿Prevenirme de qué?

Se hizo un silencio mientras ella tomaba un sorbo de algo que, supuse, debía de ser un vaso temprano de vino. Por fin me respondió:

—De esa Laura.

El demostrativo lo decía todo, pero yo la azucé de todos modos.

—¿Qué pasa? ¿No te cae bien?

—Auden —me dijo, y casi la oí estremecerse—. Es horrible. Horrible. No sé qué estuvo haciendo tu hermano por ahí, pero está claro que algo le provocó daños cerebrales. Esa chica es…, es…

Mi madre rara vez se quedaba sin palabras. Estaba empezando a preocuparme en serio.

—… una «científica» —terminó por fin—. Una de esas personalidades frías y calculadoras, toda hipótesis y grupos de control. ¿Y su ego al dar por supuesto que todo el mundo está interesado en ello? Sin parangón. Ayer por la noche se pasó toda la cena dándonos el tostón con las células mielinizadas.

—¿Las qué?

—Exacto —replicó—. Esa chica carece de corazón y de alma. Apenas le lleva unos pocos años a tu hermano, pero se comporta como una institutriz victoriana. Estoy convencida de que borrará de Hollis cualquier traza de originalidad. Es horripilante.

Me asomé por la puerta abierta hacia el pasillo y vi a Heidi barriendo el despacho de mi padre, que habían transformado en una segunda habitación de invitados. Tisbe la observaba desde la hamaca.

Desde aquella noche, las cosas habían mejorado un tanto. Al final la señora Stock se quedó a dormir para cuidar del bebé y cuando bajé al día siguiente acababa de marcharse. Encontré a Heidi en la cocina, con la niña fajada en brazos y mucho más descansada que cualquier otro día de las últimas semanas.

—Esa mujer —me dijo a modo de saludo— es prodigiosa.

—¿Sí?

Heidi asintió.

—Ha estado aquí tres horas esta mañana y ya sé mil cosas más que ayer. ¿Sabías que envolver a un bebé lo ayuda a sentirse seguro y a llorar menos?

—Pues no —respondí—, pero por lo que parece es verdad.

—Y me ha ayudado a elevar el colchón de la nena, para que tenga menos gases, y me ha aconsejado comprar una cuna con balancín para que duerma mejor. ¡Y por si fuera poco me ha solucionado el problema de las grietas en los pezones!

Hice una mueca de asco.

—Heidi. Por favor.

—Perdona, perdona. —Descartó el comentario con un gesto de la mano—. Pero, de verdad, no sabes cuánto te agradezco que la llamaras. O sea, se ha ofrecido a pasar otro día por aquí, si necesito ayuda, pero no sé. La noche de ayer fue muy rara. No sé qué me pasó. Estaba tan cansada...

—Tranquila —le aseguré, tan deseosa como siempre de evitar cualquier exhibición de emotividad—. Me alegro de que te encuentres mejor.

—Ya lo creo que sí —me aseguró, volviendo la vista hacia Isby nuevamente—. Mucho mejor.

Desde entonces, tenía la impresión de que Heidi estaba de mejor humor y también Isby dormía un poco más, lo que nos sentaba bien a todos. La señora Stock se había dejado caer en un par de ocasiones para saber cómo iba todo, aunque yo nunca coincidía con ella. Pero siempre sabía cuándo había estado allí, porque lo notaba. Heidi se mostraba más contenta.

A diferencia de mi madre, que seguía despotricando de Laura y de cómo le estaba arrebatando a mi hermano su alegría de vivir, célula mielinizada a célula mielinizada.

—No sé qué decirte —le respondía yo ahora—. Parece que a Hollis le gusta mucho.

—¡A tu hermano le gustan todas! Ese ha sido siempre su gran defecto. —Otro suspiro trágico—. Ya lo verás cuando la conozcas, Auden. Está...

Miré por la ventana y, en ese mismo instante, un Honda plateado entraba en el aparcamiento de mi casa.

—... aquí —terminé por ella—. Será mejor que me vaya.

—Que Dios te ayude —musitó—. Llámame luego.

Le prometí que lo haría, puse el teléfono en reposo y me encaminé al pasillo mientras mi padre le gritaba a Heidi que Hollis había llegado.

—¿Preparada para conocer a tu hermano? —le dijo ella a Tisbe, a la vez que le desabrochaba el arnés. Estábamos enfilando juntas hacia las escaleras cuando mi padre abrió la puerta de la calle.

Hollis bajó del coche y, aunque hacía más de dos años que se había marchado, parecía más o menos el mismo. Más delgado, más greñudo. Cuando Laura se apeó por el lado del pasajero, también me sonó de algo, aunque al principio no supe adivinar de qué. Hasta que Heidi ahogó un grito.

—¡Ay, Dios mío! —exclamó—. ¡Laura es clavada a tu madre!

Tenía razón. El mismo cabello largo, las mismas prendas oscuras e idéntica piel infinitamente pálida. Laura era más baja y exuberante pero, por lo demás, el parecido impresionaba. Cuanto más se acercaban, más miedo me entraba a mí.

—¡Aquí está! —dijo mi padre, que envolvió a Hollis en un abrazo en cuanto mi hermano cruzó el umbral—. ¡El viajero ha regresado!

—¡Estás hecho todo un papá orgulloso! ¿Dónde está esa chiquitina? —quiso saber Hollis, sonriendo.

—Aquí —anunció Heidi, que estaba bajando las escaleras. Yo me obligué a seguirla, aunque Laura ya se estaba acercando a la puerta. Cuando se quitó las gafas de sol y las plegó, comprobé que también tenía los ojos oscuros—. Esta es Tisbe.

Sin perder un instante, Hollis alargó los brazos hacia la pequeña y la sostuvo por encima de su cabeza. Ella lo miraba desde las alturas como si estuviera decidiendo si romper a llorar o no.

—Vaya, vaya —exclamó Hollis—. Tú vas a ser un peligro. ¡Te lo digo yo!

Mi padre y Heidi rieron con ganas, pero yo estaba pendiente de Laura, que se había quedado apartada a un lado, todavía con las gafas en la mano, y observaba la escena con una expresión un tanto cínica. Cuando Hollis llevaba un ratito haciéndole carantoñas a la pequeña, Laura, con delicadeza pero con un claro mensaje, carraspeó.

—¡Ay, nena, perdona! —Hollis devolvió a Tisbe a mi padre y rodeó con el brazo los hombros de Laura para atraerla hacia el grupo—. Os presento a Laura, mi prometida.

—¿Prometida? —se extrañó mi padre—. No lo mencionaste por teléfono. ¿Cuándo os…?

Laura sonrió sin despegar los labios.

—No lo hemos hecho —rectificó—. Es que Hollis tiene…

—Autoconfianza —declaró mi hermano—. Y estoy preparado. Aunque ella no lo esté.

—No dejo de repetirle a Hollis que el matrimonio es algo muy serio —dijo Laura. Hablaba con una voz alta y clara, como si estuviera acostumbrada a ser escuchada—. No te puedes embarcar en algo así como si fuera un avión.

Mi padre, Heidi y yo optamos por el silencio; no sabíamos cómo interpretar el comentario. Pero Hollis soltó una carcajada.

—¡Esa es mi chica! Está empeñada en acabar con esta vena impulsiva que tengo.

—Oh, no, no hagas eso —le dijo mi padre a Laura al mismo tiempo que le propinaba a mi hermano unas palmaditas en la espalda—. Es uno de sus encantos.

—La impulsividad puede ser encantadora —convino Laura—, pero la capacidad de reflexión también tiene su atractivo.

Mi padre enarcó las cejas.

—En realidad —empezó él en un tono más crispado—, no...

—¡Debéis de estar agotados por el viaje! —intervino Heidi, rescatando a Tisbe de los brazos de mi padre—. ¿Por qué no tomamos un refresco? Tenemos limonada, cerveza, vino...

Dio media vuelta para encaminarse a la cocina, seguida al momento por Hollis y mi padre, y a mí me dejaron allí con Laura, que examinó sus gafas de sol y usó la punta de su camisa negra para limpiar una mota en el cristal antes de volver a plegarlas. Solo entonces levantó la vista para mirarme, como si le sorprendiera que siguiera allí.

—Me alegro mucho de conocerte —le dije, a falta de algo mejor—. Hollis parece... muy feliz.

Asintió con la cabeza.

—Es una persona muy alegre —respondió, aunque su tono de voz no dejaba adivinar si lo consideraba una virtud o un defecto.

—¡Nena! —gritó mi hermano—. ¡Ven! ¡Tienes que ver estas vistas!

Laura me dedicó otra sonrisa tensa antes de dirigirse al salón. Conté hasta dos y la seguí, pero me quedé en la cocina, donde mi padre y Heidi, acurrucados delante del fregadero, servían la limonada en los vasos.

—… es la primera vez que nos ve —decía Heidi—. Debe de estar un poco nerviosa.

—¿Nerviosa? ¿A eso llamas tú estar nerviosa? —replicó mi padre.

Heidi comentó algo más, pero no la oí, porque ahora estaba pendiente de mi hermano y de Laura. Estaban delante de las puertas abiertas de la terraza, de cara a la inmensidad azul del océano. Hollis le había rodeado los hombros con un brazo y gesticulaba con la otra mano mientras le comentaba algo del horizonte, pero aun viéndolos de espaldas yo notaba que Laura no parecía demasiado impresionada. Lo dejaba entrever su postura, su manera de ladear la cabeza levemente. Era una desconocida, es verdad. Pero yo ya había visto todo eso antes.

***

—O sea, que no te cae bien.

Miré a Eli.

—Yo no he dicho eso.

—No hace falta.

Eligió un cartón de leche y lo dejó en el carro. Era la una y media de la madrugada y estábamos en el Park Mart, haciendo unas compras. Al ser lunes por la noche, teníamos el supermercado prácticamente para nosotros solos y el silencio era justo lo que necesitaba tras una cena familiar de dos horas que había mudado en una discusión entre mi padre y Laura sobre la pena de muerte. Había tenido lugar tras una apasionada conversación sobre financiación universitaria (humanidades frente a ciencias) durante los cócteles, que surgió después de un interminable debate sobre política medioambiental a la hora de la comida. Yo me había sentido igual que si estuviera viendo una adaptación de los dos últimos años del matrimonio de mis padres, solo que ahora otra persona hacía el papel de «mi madre».

—Yo solo digo —le expliqué a Eli mientras empujaba el carro para abandonar la sección de alimentación y acompañarlo a la de deportes— que no se parece en nada a las otras chicas con las que ha salido Hollis.

—¿Y cómo eran las demás?

Una imagen borrosa de caras bonitas y amistosas desfilaron por mi mente.

—Simpáticas —respondí por fin—. Monas. Más parecidas a Hollis.

Eli se detuvo a mirar un hornillo de acampada antes de seguir avanzando.

—Pero él nunca había hablado de casarse con ninguna de ellas, ¿verdad?

Lo medité según pasábamos por delante de una colección de guantes de cátcher.

—Durante cinco minutos, como mucho.

—En cambio, tiene muy claro que esta chica es su media naranja. —Estábamos llegando a la sección de bicis, que se alineaban en una larga fila, desde las infantiles hasta las de adulto. Extrajo una de tamaño medio y e hizo rebotar el neumático delantero contra el suelo—. Así que da igual lo que pienses tú o tu madre o tu padre, me parece a mí. Las relaciones no siempre son lógicas. Sobre todo vistas desde fuera.

—Pero estamos hablando de Hollis —insistí—. Él nunca se toma nada en serio.

Montó en la bici, se levantó sobre los pedales y avanzó despacio.

—Bueno. Puede que haya encontrado a la persona adecuada. La gente cambia.

Ahora daba vueltas alrededor del carrito y de mí, y mientras lo seguía con la mirada pensé en mi madre, que había formulado esas mismas palabras, en negativo, con idéntica convicción.

—¿Sabes qué? —le solté por fin—. Todo el mundo piensa que ya no montas en bici.

—Y no lo hago.

Puse los ojos en blanco, porque estaba pedaleando a mi lado mientras lo decía.

—¿Y entonces por qué te estoy viendo encima de una bici ahora mismo?

—No lo sé —replicó—. ¿Tú qué crees?

No estaba segura, la verdad. Pero deseaba seguir creyendo que la gente cambia, y eso resultaba más fácil cuando lo estabas experimentando en primera persona. Igual que creía estar cambiando yo en ese mismo instante, consciente de la brisa que se alzaba cada vez que él pasaba por mi lado, una sensación de movimiento parecida a una ola.

***

Llevaba más de una hora en Clementine, poniendo los libros al día, cuando tuve la sensación de que alguien me miraba. Y ese alguien era Maggie.

—Hola —dijo cuando alcé la vista para encontrarla asomada a la puerta entreabierta. Llevaba un vestido blanco calado y unas chanclas de color naranja, el pelo recogido a la altura de la nuca, y sostenía una etiquetadora—. ¿Tienes un momento?

Cuando asentí, volvió la vista hacia la tienda un instante antes de entrar. Apartó un montón de catálogos de una silla y se sentó.

No dijo nada y yo tampoco. Durante un momento nos limitamos a escuchar el tema pop que sonaba en la sección de rebajas. Algo sobre montañas rusas y besos agridulces.

—Mira —empezó—. Sobre lo tuyo con Eli.

No era una pregunta. Ni siquiera una afirmación. Era un fragmento y me aferré a eso para no responder. ¿Cómo se puede ofrecer una respuesta articulada a algo no formulado?

—Sé que pasáis todas las noches juntos, en plan, a diario —continuó—. Y ya sé que no es asunto mío, pero...

—¿Cómo? —pregunté.

Me miró de hito en hito.

—¿Cómo no es asunto mío?

—¿Cómo lo sabes?

—Lo sé y punto.

—¿Qué pasa, ahora eres omnisciente? —la desafié—. ¿Quién eres, el Gran Hermano?

—Este pueblo es muy pequeño, Auden. En muchos aspectos, minúsculo. Los rumores corren. —Suspiró y miró la etiquetadora—. Mira, la cuestión es que hace mucho tiempo que conozco a Eli. No quiero que le hagan daño.

Sinceramente, no tenía la menor idea de adónde pretendía ir a parar Maggie. Ni idea. Pero cuando oí esa última frase, me sentí una tonta por no haberlo visto venir.

—¿Piensas que le voy a hacer daño a Eli?

Se encogió de hombros.

—No lo sé. Después de lo que pasó con Jake...

—Eso fue totalmente distinto —protesté.

—Ya, pero es que yo eso no lo sé. —Se recostó contra el respaldo y cruzó las piernas—. Yo me baso en lo que he visto. Y, aunque es verdad que lo de Jake me molestó porque estaba celosa, también fue algo kármico. Se lo merecía. Eli, no.

—Nosotros solo... —dejé la frase en suspenso. No estaba segura de cuánto quería compartir con ella— somos amigos.

—Es posible. —Miró la pistola de precios otra vez y le dio la vuelta en su regazo—. Pero las dos sabemos que, si Eli apareció en la fiesta la otra noche, fue por ti. Te oí llamarlo.

Enarqué las cejas.

—Sí que eres el Gran Hermano.

—Estaba en el cuarto de baño. Las paredes son muy delgadas en esa casa. A veces ni siquiera hago pis si hay alguien en la cocina. —Desdeñó el comentario con un gesto de la mano—. En fin, y luego está la historia esa de la bici y el hecho de que le tiraras judías y no se pusiera como loco...

—Fue una guerra de comida, nada más.

—Es que tú no lo entiendes —dijo—. Eli no ha vuelto a hacer nada desde que Abe murió. Se acabaron las fiestas, las salidas con los amigos, incluso las conversaciones. Y, desde luego, las guerras de comida. Iba por ahí como envuelto en una nube gris. Y de repente apareces tú y todo cambia. Y conste que me parece genial.

—¿Pero? —apunté, porque siempre hay un «pero».

—Pero —continuó— si solo estás mareando la perdiz y jugando con él, es posible que no se recupere con tanta facilidad como Jake. En este caso hay más en juego y no estaba segura de que lo supieras. Así que quería decírtelo. Porque eso es lo que hacen las amigas.

Lo medité según la música cambiaba a algo más lento, de aire más soñador.

—Bueno —dije—, tiene suerte de tenerte. Como amiga, digo.

—No hablaba de Eli.

Levanté la vista.

—¿Qué?

—Somos amigas —afirmó, señalándonos a las dos con un movimiento de la mano—. Y las amigas se dicen la verdad. Aunque esa verdad duela. ¿No?

Le habría dado la razón, pero, desde mi verdad, no lo sabía en realidad. Todo aquello era nuevo para mí. Así que opté por responder:

—No te preocupes por nada. Nadie va a salir herido. Solamente… pasamos el rato juntos. Nada más.

Asintió despacio.

—Vale, muy bien. No me hace falta saber nada más.

Sonó una señal en la zona de las rebajas, indicando que había entrado un cliente. Maggie se levantó y asomó la cabeza por la puerta.

—Hola —gritó—. ¡Ahora mismo le atiendo!

—Tranqui —replicó una voz que conocía bien—. ¡Dile a Auden que asome el trasero!

Maggie se volvió a mirarme.

—Mi hermano —expliqué, arrastrando la silla hacia atrás.

—¿Tienes un hermano?

—Ven y compruébalo por ti misma.

Cuando salimos del despacho, Hollis estaba plantado delante de una caja de bañadores rebajados a mitad de precio, con un tanga lila en la mano.

—No es de tu talla —le dije mientras me acercaba—. Ni de tu color.

—Lástima —replicó—. Yo creo que me quedaría de lujo, ¿no te parece?

—Mejor sigue con los shorts —le aconsejé.

—En realidad —metió baza Maggie—, en Europa muchos hombres llevan bañadores parecidos a bikinis. Cada verano aparece un grupo de turistas alemanes, como poco, con ese tipo de prenda.

—Qué va —replicó Hollis—. Allí la gente se baña en playas nudistas. Pasan del bañador y punto.

—Esta es Maggie —la presenté—. Maggie, mi hermano, Hollis.

—¿Has ido a una playa nudista? —quiso saber ella—. ¿En serio?

—Claro, ¿por qué no? Ya sabes lo que dicen. Si a Italia fueres... O a España... —Devolvió el tanga a la caja—. Bueno,

Aud, ¿te apuntas a comer supertarde o a cenar hiperpronto? Papá dice que no me pierda los aros de cebolla de no sé qué sitio.

—El Last Chance —apuntó Maggie—. Al final del paseo a la izquierda. Te recomiendo el sándwich de atún con queso gratinado.

Hollis suspiró.

—Me encanta ese sándwich. Eso sí que no lo hay en España. Ni aunque vayas desnudo.

Volví la cabeza hacia el despacho.

—En realidad tengo un montón de trabajo.

—¡Venga! Hace dos años que no nos vemos. —Hollis miró a Maggie negando con la cabeza—. Así es mi hermana. Acapara toda la motivación de la familia, como es obvio.

—Ve —me animó Maggie—. Luego te puedes quedar hasta más tarde o algo.

—Hazle caso a Maggie —insistió Hollis. Pronunció su nombre con naturalidad, como si se conocieran desde hacía años—. Venga. Vamos a estrechar vínculos.

Fuera, en el paseo, acababa de llegar ese momento mágico de la tarde en que el calor del día queda atrás pero todavía no ha aparecido el fresco de la noche. Hollis y yo echamos a andar detrás de un grupo de mujeres que empujaban cochecitos, cuyas ruedas traqueteaban contra los tablones del suelo.

—Bueno, y… ¿dónde está Laura? —le pregunté—. ¿No le gustan los aros de cebolla?

—Le encantan —respondió a la vez que se ponía las gafas de sol—. Pero tenía trabajo. Va a solicitar una beca para la próxima primavera y tiene que redactar unos cuantos ensayos.

—Hala —observé—. Yo diría que la motivada es ella, no yo.

—Ya te digo. Es un fenómeno.

Echó la cabeza hacia atrás para observar la bandada de pelícanos que volaba hacia el agua, y yo los miré con él un momento. Por fin, dije:

—Parece muy maja, Hollis.

—Lo es. —Me sonrió—. No se parece a las otras chicas con las que he salido, ¿verdad?

No tenía muy claro qué responder a eso. Pero me estaba preguntando, así que fui sincera.

—No, la verdad es que no.

—Deberías haber oído a mamá —recordó, riendo—. Lleva años echándome la bronca por salir solamente con «niñatas de cabeza hueca»; son palabras suyas, claro…

—Claro.

—… y ahora que aparezco con una chica inteligente y alucinante, casi le da algo. No quieras saber cómo se puso durante la cena, cuando Laura estuvo hablando de su trabajo. Estaba tan celosa que prácticamente echaba chispas.

«Guau», pensé. En voz alta, dije:

—¿Celosa? ¿Tú crees?

—Venga ya, Aud. Ya sabes que mamá necesita ser la más lista de la reunión. Es su especialidad. —Se ajustó las gafas—. No paraba de llevarme aparte para decirme que estoy cometiendo un error, que voy demasiado en serio con Laura, demasiado pronto. Pues lo tiene claro si cree que voy a aceptar sus consejos sobre relaciones, y menos ahora que ese alumno suyo ronda por casa y se queda durmiendo en el coche, como una especie de acosador.

—¿Qué? —pregunté.

Me miró de reojo.

—Ah, ya sabes. Se acostaba con un alumno, él se coló por ella y le pidió algo más, y mamá lo mandó a paseo. Y ahora él va por ahí lamiéndose las heridas.

Una imagen del tipo de las gafas de pasta, sentado junto a la piscina con su libro, acudió a mi mente. Ni siquiera sabía su nombre.

—Me sabe mal por el pobre tío —decía Hollis ahora—. Aunque sabe Dios que debería haberlo visto venir. No es la primera vez que mamá hace algo así.

Me costó un minuto asimilar toda esa información, así que me concentré en la tienda de bicis, que ahora asomaba a lo lejos. Vi a Wallace y a Adam en el banco del exterior, compartiendo una bolsa de patatas fritas.

—¿Piensas que lo hace a menudo?

—Por favor, sí. Desde el divorcio, al menos. —Hundió las manos en los bolsillos y me lanzó una mirada rápida—. O sea, ya lo sabías, ¿no? Tenías que saberlo.

—Claro —asentí a toda prisa—. Desde luego.

Estudió mi cara un momento. A continuación, dijo:

—Y conste que no soy el más indicado para hablar. Teniendo en cuenta que antes era igual que ella.

De nuevo, me quedé sin habla. ¿Qué haces cuando alguien expresa de viva voz lo que siempre has pensado? Por suerte, esta vez me libré de responder, porque en ese momento Adam nos vio.

—¡Eh, Auden! ¡Ven a darnos tu opinión!

Hollis volvió la vista hacia ellos.

—¿Son amigos tuyos?

—Sí —dije, mientras Adam nos llamaba por gestos. Hollis parecía sorprendido y yo intenté no ofenderme—. Vamos.

Cuando llegamos a su altura, presenté a mi hermano al mismo tiempo que Adam bajaba del banco de un salto y aterrizaba frente a nosotros.

—Vale —empezó, levantando las manos—. Por fin estamos a punto de decidir el nuevo nombre de la tienda.

—Lo que significa —intervino Wallace desde atrás, con la boca llena de patatas fritas— que hemos reducido la lista de posibilidades a diez.

—¿Diez? —repetí.

—Pero solo cinco son buenas —añadió Adam—, así que estamos llevando a cabo una encuesta informal para saber cuáles son las favoritas.

Hollis, que se apuntaba a todo, levantó la vista hacia la marquesina sin nombre.

—¿Cómo se llama ahora?

—La Tienda de Bicis —respondió Wallace. Mi hermano enarcó las cejas—. Es temporal.

—Desde hace tres años —apostilló Adam—. Bueno, vale. La lista, ordenada aleatoriamente, es la siguiente: «Bicis Supersónicas», «La Banda Cadena», «Bicis de Colby»…

Desconecté un momento cuando Eli salió de la tienda empujando una pequeña bici rosa con ruedines traseros. Llevaba un casco en la mano libre y lo seguía una pareja con una niña.

—… «El Cigüeñal» y «Pedal al Metal» —concluyó Adam—. ¿Qué os parece?

Hollis se lo pensó un momento.

—«La Banda Cadena» o «Bicis Supersónicas» —decidió—. «El Cigüeñal» es aburrido, «Bicis Colby» demasiado corporativo…

—¡Eso mismo he dicho yo! —exclamó Wallace, señalando a mi hermano con un dedo.

—Y «Pedal al Metal»… Será mejor que me guarde mi opinión. Adam suspiró.

—A nadie le gusta. Solamente está en la lista porque es mi favorito. Auden, ¿qué piensas tú?

Yo seguía mirando a Eli, que ahora se inclinaba sobre la bici rosa para ajustar un pedal. La niña que estaba a punto de convertirse en propietaria de la bicicleta, una nena pelirroja vestida con pantalón corto azul y una camiseta decorada con una jirafa, lo observaba todo con inquietud sin soltar la mano de su madre.

—Como les decía —informaba Eli—, esta es una bici perfecta para principiantes.

—Tiene ganas de aprender —comentó la madre, acariciando la cabeza de su hija—, pero está un pelín nerviosa.

—No hay nada que temer. —Eli se levantó y miró a la pequeña—. Los ruedines impedirán que te caigas hasta que le pilles el tranquillo. Y entonces, cuando menos te lo esperes, ya no los necesitarás.

—¿Y cuánto tiempo se suele tardar? —preguntó el padre, que llevaba una gorra de béisbol y sandalias de cuero—. ¿Qué es lo habitual?

—Cada persona es distinta —le dijo Eli—. Cuando esté lista, lo sabrá.

—¿Qué dices, cariño? —la animó la madre—. ¿Quieres probar?

La niña asintió despacio antes de avanzar un paso. Vi a Eli sostenerle la mano para ayudarla a subir antes de abrocharle el casco. Ella aferró el manillar para luego extender los dedos, con tiento.

—Muy bien, cielo —le dijo el padre—. Ahora pedalea como haces con el triciclo.

La niña apoyó los pies en los pedales y probó a empujarlos. Se desplazó un centímetro. Volvió la vista hacia sus padres, que le sonrieron, y lo intentó de nuevo. Tras otro lento desplazamiento, vi a Eli apoyar la mano en la parte trasera de la bici y empujarla un pelín. Ella estaba pedaleando y ni siquiera se dio cuenta. Pero cuando empezó a avanzar de verdad, se volvió a mirarlo muy sonriente.

—¿Auden?

Giré la cabeza hacia Adam, que me observaba con expresión expectante.

—Hum —dije—. La verdad es que no me gusta ninguno. Si te soy sincera.

Se le desencajó la cara.

—¿Ni siquiera «El Cigüeñal»?

Negué con la cabeza.

—La verdad es que no.

—Ya te dije que todos eran un asco —le espetó Wallace a su amigo.

—¡A él le han gustado dos! —replicó Adam.

—No tanto —confesó Hollis.

Adam suspiró y regresó al banco cabizbajo. Yo me despedí al tiempo que mi hermano y yo enfilábamos de nuevo hacia el Last Chance. Habíamos avanzado unos pocos pasos cuando me volví a mirar a la niña. Tras el empujón inicial, se había puesto en marcha de verdad. Ahora había dejado atrás dos escaparates y estaba casi en Clementine. Su madre trotaba tras ella, cerca pero no demasiado, según la pequeña avanzaba por sus propios medios.

El Last Chance estaba vacío por una vez y conseguimos una mesa junto a la ventana sin tener que esperar. Mientras Hollis leía el menú con atención, yo me dediqué a contemplar a la gente que recorría el paseo.

—Oye, Aud —me dijo mi hermano al cabo de un momento—. Estoy muy contento de que hayas hecho esto.

Lo miré de hito en hito.

—¿De que haya hecho qué?

—Esto —repitió con un gesto que abarcaba todo el restaurante—. Animarte a venir aquí, salir, hacer amigos. Me preocupaba que pasaras este verano como todos los demás.

—Como todos los demás —repetí.

—Ya sabes —alargó la mano hacia el vaso para beber un trago—, en casa con mamá, rellenando copas de vino en sus tertulias para intelectuales, estudiando asignaturas que aún no has empezado.

Empecé a crisparme por dentro.

—Yo nunca he rellenado copas de vino.

—Bueno, tú ya me entiendes. —Me sonrió, sin darse ni cuenta de que me había ofendido. O como mínimo herido mis sentimientos—. Lo que intento decir es que pareces otra.

—Hollis, solamente llevo un mes aquí.

—En un mes pueden pasar muchas cosas —replicó—. Jo, en dos semanas conocí a mi futura esposa, cambió la trayectoria de mi vida y me compré mi primera corbata.

—¿Te has comprado una corbata? —pregunté. Porque eso fue lo que más me chocó, la verdad.

—Sí. —Soltó una carcajada—. Pero, ahora en serio, verte aquí con tus amigos… me hace muy feliz.

—Hollis —dije. De repente me sentía incómoda otra vez, aunque por distintas razones. Mi familia podía ser muchas cosas (y estas cambiaban cada día, o eso parecía) pero no pecaba de sentimental—. Venga ya.

—¡Lo digo en serio! —Bajó la vista al menú antes de volver a posarla en mí—. Mira, Aud. Sé que lo pasaste mal con el divorcio. Y tener que vivir con mamá después de aquello debió de ser todavía peor. No es apta para niños, que digamos.

—Yo no era una niña —le recordé—. Tenía dieciséis años.

—Siempre somos niños en presencia de los padres —respondió—. A menos que ellos se comporten como niños. En cuyo caso no te lo puedes permitir. ¿Sabes a lo que me refiero?

De súbito comprendí que sí. Y al mismo tiempo entendí por qué mi hermano llevaba tanto tiempo lejos de su familia, decidido a mantener un océano y una línea de teléfono de por medio. En nuestro caso, sucedía a la inversa que en la mayoría de las familias: para ser un niño, tenías que marcharte de casa. Era el regreso lo que te hacía crecer de una vez y para siempre.

Mientras meditaba la idea, vimos a Adam y Wallace con sus bicicletas, zigzagueando entre los paseantes. Hollis dijo:

—Y, por cierto, hablando del tema, no es demasiado tarde.

—¿Demasiado tarde para qué?

—Para aprender a montar en bici. —Señaló la tienda con un gesto de la cabeza—. Seguro que tus amigos te podrían enseñar.

—Sé montar en bici —afirmé.

—¿Sí? ¿Y cuándo has aprendido?

Lo asesiné con la mirada.

—A los seis años —respondí—. En el patio delantero de casa.

Él trató de recordar.

—¿Estás segura?

—Pues claro que sí.

—Porque yo solo me acuerdo —continuó— de que te compraron una bici, te caíste a la primera de cambio y la dejaste en el garaje, donde se estuvo oxidando hasta que papá la regaló.

—No pasó eso, para nada —repliqué—. Di unas vueltas por el patio.

—¿Ah, sí? —Frunció el entrecejo, como haciendo un esfuerzo de memoria—. Bueno, supongo que tienes razón. Está claro que he perdido unas cuantas neuronas en los últimos años.

Decía la verdad: de nosotros dos, estaba claro quién tenía una memoria más fiable. Además, ¿acaso no conocía yo mi propia historia mejor que cualquier otra persona? Sin embargo, mientras pedíamos la comida, no podía dejar de darle vueltas a lo que mi hermano acababa de decir. Él no paraba de hablar de Laura y de Europa, pero yo solamente le escuchaba a medias según retrocedía más y más en el tiempo, hasta aquel día en el jardín delantero de mi casa. Me acordaba perfectamente: había subido a la bici, empujado los pedales y rodado hacia delante. Tenía que ser verdad. ¿O no?

DOCE

—Me ha dicho un pajarito —comentó mi madre en su tono serio y desapegado— que has cambiado.

Retiré el cepillo de dientes de mi boca. Ya me estaba mosqueando.

—¿Cambiado?

Últimamente siempre me llamaba hacia las cinco, cuando yo acababa de levantarme y ella estaba dando por finalizada su jornada de trabajo. Quería atribuirlo a que me echaba de menos o a que había comprendido hasta qué punto le importaba nuestro vínculo. Pero sabía que, en verdad, lo hacía porque necesitaba a alguien con quien despotricar de Hollis, que de nuevo vivía bajo su techo, seguía locamente enamorado de Laura y ponía a mi madre de los nervios.

—Para bien, por si te lo estabas preguntando —prosiguió, aunque su tono sugería que no estaba del todo convencida—. Si mal no recuerdo, la palabra exacta que usó tu hermano fue «florecido».

Me miré en el espejo: estaba despeinada, tenía pasta de dientes en los labios y no me había cambiado la camiseta de cuello redondo que había llevado a la bolera la noche anterior y que apestaba a tabaco. No me parecía en nada a una flor.

—Bueno —fue mi respuesta—, es amable por su parte, supongo.

—Sobre todo le impresionó —siguió diciendo— tu nueva vida social. Por lo visto tienes un montón de amigos y ¿un novio formal?

El hecho de que formulara esas últimas palabras en tono de pregunta venía a resumir lo que pensaba al respecto.

—No tengo novio —dije.

—Solo un chico con el que pasas todas las noches.

Una afirmación esta vez.

Volví a mirarme en el espejo.

—Sí —le respondí—. Eso es verdad.

Entre los muchos cambios repentinos de mi hermano, estaba su nueva costumbre de levantarse temprano —Hollis, que nunca amanecía antes de mediodía— y salir a correr. Laura y él entrenaban cada día al alba, volvían a casa y hacían estiramientos de yoga y meditación. No obstante, por lo que parecía, mi hermano no se implicaba demasiado a fondo en el «om» y el «namasté». En cuanto me oyó llegar por la mañana, al día siguiente de su llegada a casa de mi padre, salió a investigar.

—Auden Penélope West —dijo, y agitó un dedo ante mí mientras yo cerraba la puerta de la calle con tiento—. Vaya, vaya, volviendo a casa de madrugada con aire avergonzado.

—No estoy avergonzada —repliqué, aunque medio prefería que no se fuera de la lengua.

—¿Y quién era ese jovencito que te ha traído a casa? —preguntó, abriendo una rendija en la persiana para espiar a Eli, que ahora daba marcha atrás por el camino de entrada—. ¿No debería entrar y pedir mi aprobación antes de seguir cortejándote?

Lo miré con aire impertérrito. Procedentes del comedor se escuchaban los mantras de Laura.

—Mi hermana pequeña —continuó, ahora con un gesto de incredulidad—. De juerga toda la noche con un chico. Si parece que fue ayer cuando aún jugabas con Barbies y saltabas a la cuerda…

—Hollis, por favor —señalé—. Mamá siempre ha considerado las Barbies armas del patriarcado y nadie salta a la cuerda desde 1950.

—No me puedo creer —insistió él, obviando mi respuesta— que hayas crecido tan deprisa. Antes de que me dé cuenta estarás casada y jugando al caballito con un bebé en las rodillas.

Hice caso omiso del comentario y me dirigí a las escaleras, pero eso no lo detuvo, ni esa mañana ni las siguientes. Siempre se las arreglaba para estar esperándome a mi llegada y me abría la puerta en cuanto yo enfilaba por el camino. Un día nos aguardó sentado en el porche y, cuando Eli me dejó en casa, tuve que presentárselo y dejar que mantuvieran una conversación.

—Parece majo —comentó cuando por fin arrastré a mi hermano de vuelta a casa—. Aunque ¿qué son esas cicatrices que tiene en el brazo?

—Un accidente de coche —dije.

—¿En serio? ¿Qué pasó?

—Pues no lo sé, la verdad.

Me miró con desconfianza al tiempo que mantenía abierta la puerta principal para cederme el paso.

—Me parece raro, teniendo en cuenta la cantidad de tiempo que pasáis juntos.

Me encogí de hombros.

—Pues no lo es. Simplemente no hemos hablado del tema.

Yo sabía que no me creía, pero me daba igual. Hacía tiempo que había renunciado a explicarle a nadie mi relación con Eli, ni siquiera a mí misma. No se basaba en algo concreto, sino en una secuencia de hechos entrelazados: las noches interminables, los viajes al Park Mart y a la Estación Construcción, el pastel compartido con Clyde, las partidas de bolos de madrugada y mi misión. No hablábamos de cicatrices, ni de esas que se ven ni de las que no se ven. En cambio, yo estaba experimentando en un solo verano, noche a noche, toda la diversión y frivolidad que me había perdido.

Al otro lado del teléfono, mi madre tomaba otro trago de vino mientras yo salía del baño al pasillo. La puerta de Tisbe estaba entornada y oí el ruido de las olas, regulares y estrepitosas, una y otra vez.

—Bueno —continuó—, pues me alegro de saber que no te has involucrado con nadie, sinceramente. Lo último que necesitas antes de ir a Defriese es un chico suplicándote que te quedes con él. Las mujeres inteligentes saben que una aventura siempre es preferible.

Hubo una época en que me agradaba que mi madre nos considerase parecidas. Incluso lo ansiaba. Pero oír eso me escoció ahora mismo, por cuanto no reflejaba la verdad. Mi relación con

Eli no se parecía en nada a la(s) suya(s) con su(s) alumno(s) de posgrado.

—Bueno —dije, para cambiar de tema—, ¿qué tal está Hollis?

Ella suspiró largo y tendido.

—Está ido. Completamente ido. Ayer llegué a casa, y ¿sabes cómo me lo encontré?

—No.

—Con una corbata puesta. —Esperó un ratito para que sus palabras calasen en mi conciencia antes de añadir—: Ella lo obligó a presentarse a una entrevista de trabajo. En un banco. ¡Tu hermano! ¡Que el año pasado, en esta misma época, vivía en una tienda de campaña en la ladera de una montaña, en Alemania!

Últimamente me costaba muy poco conseguir que mi madre me dejara en paz. Bastaba con mencionar a Hollis y se lanzaba de cabeza.

—Un banco —observé—. ¿Y de qué era la vacante, de cajero o algo así?

—Yo qué sé —respondió ella, irritada—. Ni siquiera pregunté. Así de horrorizada estaba. Me comentó, por propia iniciativa, que Laura lo ha convencido de que un empleo le vendrá bien para ser «más responsable» y estar «más preparado para su futuro en común». Como si eso fuera bueno. Es tan disfuncional lo que tienen esos dos que ni siquiera me parece una relación. No sé ni cómo llamarlo.

—Llámalo «ensalada de pollo».

—¿Cómo?

Demasiado tarde, me percaté de que la frase había surgido de mis labios por sí sola.

290

—Nada —respondí.

Oí unos pasos y volví la vista hacia el pasillo justo a tiempo de ver a mi padre y a Heidi remontando las escaleras. Por la cara que traían, ellos también estaban manteniendo una conversación particularmente intensa: mi padre hacía grandes aspavientos con los brazos y mostraba su mejor expresión contrariada, mientras que ella se limitaba a negar con la cabeza. Cerré la puerta y me cambié el teléfono de oído.

—… absurdo —decía mi madre ahora—. Dos años de cultura y viajes, y ¿para qué? ¿Para sentarse y pasarse el día introduciendo cifras en el ordenador? Te parte el corazón.

Parecía verdaderamente triste. Pese a todo, no pude evitar recordarle:

—Mamá, la mayoría de la gente trabaja a la edad de Hollis, ¿sabes? Sobre todo si no están estudiando.

—Yo no os eduqué para que fuerais como la mayoría —replicó—. Ya deberías saberlo a estas alturas.

Me vi a mí misma la noche anterior en el Park Mart, con Eli, plantados en la sección de juguetes. Él se detuvo junto a un gran expositor de pelotas de goma, escogió una y la botó contra el suelo.

—Oh, sí —dijo—. ¿Lo oyes?

—¿El bote de la pelota?

—Es mucho más —me respondió— que el bote de una pelota. Es el sonido del dolor inminente.

Miré el juguete, que seguía subiendo y bajando bajo su palma abierta.

—¿Dolor?

—Cuando juegas a balón prisionero —explicó—. O a kikimbol, si lo haces como solíamos hacerlo nosotros.

—¡Un momento! —lo interrumpí, levantando una mano—. He jugado a balón prisionero. Y a kikimbol.

—No me digas.

Asentí.

—Me dejas de piedra. Y ni siquiera son juegos de interior.

—Ah, en realidad, sí. Jugaba en el cole, en el gimnasio. —Enarcó las cejas—. ¿Qué pasa? El juego es el mismo.

—En realidad, no —dijo.

—Venga ya.

—En serio. Una cosa son las reglas del colegio, y otra, las reglas de la calle. Hay una gran diferencia.

—¿Quién lo dice?

—Cualquiera que haya jugado a los dos —afirmó, devolviendo la pelota a su sitio—. Créeme.

Mi madre, al teléfono, tomó otro sorbo de vino.

—Ah, casi se me olvida —dijo—. Ha llegado un paquete para ti. De Defriese. Información general, supongo. ¿Quieres que lo mire?

—Claro —asentí—. Gracias.

Al momento llegó a mis oídos el ruido del papel rasgado y arrugado. Suspiró.

—Lo que te decía. Información sobre la pensión completa, solicitud del expediente actualizado, un cuestionario sobre compañeros de cuarto... que tienes que enviar antes del fin de semana, por lo visto.

—Vaya.

—Por el amor de Dios —gimió—. ¡Es un cuestionario de compatibilidad! «¿Qué tipo de actividades te gusta hacer?».

«¿Dirías que eres adicta al trabajo o que te tomas los estudios con calma?». ¿Qué es esto, educación superior o una página de citas?

—Mándamelo —le dije—. Lo enviaré lo antes posible.

—Y si llegas tarde, acabarás con una alumna que se toma los estudios con calma, amante de las actividades. Será mejor que lo rellenemos ahora mismo —murmuró—. Ah, espera un momento. Hay otra página, por si quieres pedir algún alojamiento alternativo.

—¿Qué significa?

Guardó silencio un instante, mientras leía. A continuación:

—Hay pisos y residencias para alumnos centrados en estudios específicos, como lenguas extranjeras o deporte. A ver si…, ah. Perfecto.

Oí el susurro de un boli contra el papel.

—¿A qué te refieres con «perfecto»?

—El programa Pembleton —respondió—. Acabo de apuntarte.

—¿Que me has qué?

Carraspeó y leyó en voz alta:

—«Ubicado en una residencia que está separada del campus principal, el programa Pembleton ofrece a los alumnos de alto rendimiento un entorno dedicado exclusivamente al estudio. Con habitaciones individuales, materiales de investigación propios y fácil acceso a las dos bibliotecas, los miembros de Pembleton cuentan con el privilegio de centrarse en sus estudios sin las distracciones que acarrea la vida en una residencia.

—Y eso significa…

—Sin compañera de cuarto, sin fiestas, sin tonterías. Exactamente lo que quieres.

—Hum —dudé—. Es un poco limitado, ¿no crees?

—En absoluto. No tendrás que aguantar a los típicos borrachos de las fraternidades ni a chicas cotillas con las hormonas disparadas. Es ideal. Vale, anotaré aquí tu nombre y ya podemos…

—No —me apresuré a decir. Noté su sorpresa y casi pude verla al otro lado de la línea, con el boli en la mano, las cejas enarcadas—. O sea, no estoy segura de querer vivir ahí.

Silencio. A continuación:

—Auden. Me parece que no entiendes hasta qué punto puede desconcentrarte la vida en una residencia. Hay gente que acude a la universidad únicamente para socializar. ¿De verdad quieres estar atrapada en un dormitorio con alguien así?

—No —concedí—. Pero tampoco quiero dedicar hasta el último minuto del día a estudiar.

—Ah. —Ahora su tono era frío—. ¿Esto forma parte de tu «florecer», pues? ¿De repente ya no te importa la universidad, solo los chicos, las amigas y los trapitos?

—Pues claro que no. Pero…

Un suspiro, profundo, me saturó el oído.

—Debería haber sabido que pasar el verano con Heidi tendría ese efecto sobre ti —se lamentó—. Llevo dieciocho años enseñándote la importancia de tomarte en serio a ti misma y han bastado unas semanas para que te pasees con un bikini rosa y perdiendo la cabeza por los chicos.

—Mamá —objeté, levantando la voz—. Esto no tiene nada que ver con Heidi.

—No —rebatió—. Tiene que ver con tu súbita falta de enfoque y motivación. ¿Cómo has podido relajarte tanto?

Al oír aquello, acudió a mi mente la imagen de mi padre atribuyendo mis méritos al nombre que me había escogido. Todo lo bueno era obra de ellos; lo malo, obra mía. Me mordí el labio.

—No he cambiado —le dije—. Yo soy así.

Silencio. Y supe, en ese breve lapso, que el hecho de que pudiera ser verdad le dolía más que cualquier universitario baboso o bikini rosa.

—Bueno, pues te lo mandaré. —Inspiró con aire rígido, formal—. Eres dueña de tus decisiones.

Tragué saliva.

—Vale.

Durante un instante, las dos guardamos silencio, y yo me pregunté qué podíamos decir después de aquello. ¿Cómo podríamos reencontrarnos tras semejante punto muerto, en la inmensidad que acababa de abrirse entre nosotras? Había un millón de maneras distintas, estaba segura, pero mi madre me sorprendió al no optar por ninguna. En vez de eso, me colgó y me abandonó con un simple chasquido, la última palabra en mi boca y ni la menor idea de cómo proseguir a partir de ahí.

***

Por lo visto, el conflicto se contagia o, como mínimo, estaba en el aire. Cuando salí de mi habitación, cosa de veinte minutos más tarde, para dirigirme a la tienda, las olas de Tisbe habían cesado y otro ruido ininterrumpido surgía de su habitación: el de una disputa.

—Pues claro que mereces una noche libre —decía mi padre—, pero no estoy seguro de que esta sea la noche ideal. Solo estoy diciendo eso.

—¿Por qué no? —preguntó Heidi. Los balbuceos de Tisbe se dejaban oír de fondo—. Estaré de vuelta para la toma de las nueve, la nena acaba de dormir la siesta…

—¡Las nueve! ¡Pero si solo son las cinco y media!

—Robert, vamos a tomar algo y a cenar.

—¿A dónde? ¿A Estambul? —rugió mi padre—. ¿Quién necesita tres horas y media para eso?

Se hizo un prolongado silencio. No me hacía falta asomarme al interior para imaginar la expresión de Heidi ahora mismo. Por fin, mi padre rompió el mutismo:

—Cariño, quiero que te diviertas. Pero hace mucho tiempo que no paso tanto rato yo solo con un recién nacido y yo…

—No es un recién nacido. Es tu hija. —Tisbe gorjeó, como si le diera la razón—. Has criado dos hijos maravillosos. Puedes hacerlo. Ahora ocúpate de ella para que yo termine de arreglarme.

Mi padre empezó a decir algo, pero entonces la puerta se abrió y yo corrí a esconderme. Por desgracia, no fui suficientemente rápida.

—¿Auden? —gritó mi padre—. ¿Puedes…?

—No, no puede —dijo Heidi por encima del hombro. Me empujó con suavidad—. Sigue andando. Se las apañará.

Cuando llegamos a las escaleras, me volví a mirarla. En lugar de la Heidi que me había acostumbrado a ver, vestida con chándal, perpetuas ojeras alrededor de los ojos y una coleta desaliñada, me encontré con una mujer del todo distinta. Le brillaba el pelo, se había maquillado y se había enfundado vaqueros oscuros, tacones y un top negro ajustado. Alrededor del cuello llevaba un colgante, una llave con piedras rojas engastadas. Lo reconocí: los habíamos recibido la semana anterior en la tienda y ya se estaban vendiendo como rosquillas.

—Hala —le dije—. Estás muy guapa.

—¿Tú crees? —Bajó la vista para mirarse—. Hacía tanto tiempo que no tenía ocasión de ponerme esta ropa que no sabía si me cabría. Por lo visto, el estrés quema muchas calorías.

Al fondo del pasillo, Tisbe empezaba a protestar. Heidi giró el cuerpo al oírla, pero al momento dio media vuelta y enfiló hacia su dormitorio. La seguí hasta la puerta y me apoyé en la jamba mientras ella recogía el bolso de la cama.

—Si te digo la verdad —observé al mismo tiempo que ella rebuscaba por el interior y por fin extraía un brillo de labios—, de repente pareces distinta. Y no solo por el modelito.

Tisbe lloraba ahora a todo pulmón. Heidi se mordió el labio, pero al momento desenroscó la tapa del brillo y se lo aplicó.

—Tienes razón —dijo—. Es que…, desde hace un par de semanas, me he dado cuenta de que necesito un poco de tiempo para mí. Hemos hablado de ello largo y tendido, en realidad.

—¿Papá y tú?

—Karen y yo.

—No me digas.

Asintió a la vez que devolvía el brillo de labios al bolso.

—Desde que la nena nació, siempre he tenido reparos a la hora de pedirle ayuda a tu padre. Estoy acostumbrada a hacerlo todo sola y él tampoco se ha ofrecido demasiado a colaborar.

—Demasiado no, nada —señalé.

—Pero Karen insistió en que tú y tu hermano os habíais criado sin problemas, y él era vuestro padre también. Dijo que se necesitan dos para hacer un bebé, y como mínimo la misma cantidad para criarlo. Más, por lo general —sonrió—. Me hizo prometerle que organizaría la noche de chicas que mis amigas llevan siglos esperando. Pero yo me resistía, hasta que llegó Laura. Cuando me vino a decir más o menos lo mismo, comprendí que algo de razón debían de tener.

Ahora se retocaba el pelo en el espejo. Se ajustó un mechón de la zona del flequillo.

—No sabía que Laura y tú hubierais hablado mientras estuvo aquí.

—Bueno, al principio, no —respondió, a la vez que recogía el bolso—. Si te digo la verdad, me provocaba escalofríos. No es la persona más cálida del mundo, ¿verdad?

Asentí.

—Y que lo digas.

—Pero un día, la noche antes de marcharse, me quedé levantada con Tisbe y ella bajó a buscar un vaso de agua. Durante un momento se quedó allí sentada, mirándonos, y por fin le pregunté si quería tomar en brazos a la nena. Dijo que sí, se la cedí y empezamos a hablar. Tiene más corazón del que parece a simple vista.

—Díselo a mi madre —le espeté—. La odia.

—Pues claro —respondió ella—. Porque se parecen mucho. Las dos comparten el mismo talante de zorra sin sentimientos que desconfía de las otras mujeres. Son como dos imanes que se repelen.

Recordé la actitud que había adoptado mi madre al teléfono hacía solo un rato, su tono de voz brusco y desdeñoso. Si yo no era idéntica a ella, le traía sin cuidado quién fuera.

—¿Y crees que mi madre tiene más corazón también?

—Pues claro que sí. Estoy segura.

—Porque...

—Porque te crio a ti. Y a Hollis. Y estuvo enamorada de tu padre mucho tiempo. Las verdaderas zorras sin sentimientos no hacen eso.

—¿Y qué hacen?

—Acaban solas.

Arqueé las cejas.

—Pareces muy segura.

—Lo estoy —confesó—, porque yo fui una.

—¿Tú? —exclamé—. Ni de coña.

Sonrió.

—Algún día te lo contaré. Pero ahora tengo que darme prisa, despedirme de mi hija con un beso e intentar salir de aquí sin sufrir un ataque de nervios. ¿Vale?

Asentí con la cabeza y todavía seguía en el mismo sitio, tratando de asimilar lo que acababa de oír, cuando ella se encaminó al pasillo. Al pasar por mi lado se detuvo y se inclinó para plantarme un besito rápido en la frente antes de seguir andando, el olor de su perfume quedó como una estela a su paso. Puede que lo hiciera para dar más peso a su argumento. O tal vez fue un gesto automático. En cualquier caso, me sorprendió. Pero no tanto como el hecho de que no me molestó lo más mínimo.

***

Por la noche, estaba caminando hacia el Súper/Gas después del trabajo cuando oí el motor de un coche que se acercaba por detrás. Al cabo de un momento, un periódico doblado aterrizó plano a mis pies.

Lo miré y luego a Eli, que estaba frenando a mi altura.

—¿Ahora repartes periódicos?

—Hablando con propiedad —me explicó mientras yo recogía el diario y me fijaba en los montones que llevaba en el cajón de la camioneta—, es mi amigo Roger el que los reparte. Pero está enfermo de gripe, así que lo estoy ayudando. Además, he pensado que podíamos incluirlo en tu misión.

—¿Repartir periódicos?

—Claro. —Detuvo el coche y me indicó por gestos que abriera la portezuela del copiloto. Cuando lo hice, me dijo—: Es un rito de paso. Mi primer empleo fue repartir la cartilla de cupones de Colby en bici.

—Yo también he trabajado.

—¿Sí? ¿Dónde?

—Trabajé para un profesor del Departamento de Filología Inglesa un verano, ayudándole con la bibliografía de su libro —le dije al tiempo que montaba en la camioneta—. Y luego como auxiliar para el contable de mi madre. Y durante todo el curso pasado estuve dando clases particulares en Huntsinger.

Yo siempre había pensado que tenía un currículum digno de admiración. Eli, sin embargo, me miró impertérrito.

—No hay duda —declaró, pisando el acelerador—. Necesitas repartir periódicos. Como mínimo una noche.

Y fue así como, después de pasar por la lavandería y por el Park Mart para comprar unas cuantas cosas de última hora, nos internamos en un barrio situado más allá del muelle y empezamos a circular despacio con un montón de periódicos entre los dos y una lista de suscriptores en manos de Eli. Apenas si pasaban de las dos de la madrugada.

—Mil cien —dijo Eli, y señaló con un gesto de la cabeza una casa de varios niveles—. Todo tuyo.

Eché mano de un periódico, lo sujeté con fuerza y luego lo lancé hacia el camino. Golpeó el bordillo, rebotó en un montículo de recortes de césped y desapareció por completo.

—Ups —exclamé. Se detuvo para que pudiera bajar. Recuperé el diario y repetí el lanzamiento, ahora un poco más atinado, aunque de todas formas fue a parar al extremo derecho del camino, bastante lejos de la puerta—. Es más difícil de lo que parece —comenté cuando subí de nuevo al vehículo.

—Casi todas las cosas lo son —respondió Eli. A continuación, como cabía esperar, eligió un periódico y lo lanzó a una casa del otro lado de la calle con un arco perfecto. Aterrizó en el escalón de la entrada, la versión en reparto de un diez. Cuando lo miré boquiabierta, se encogió de hombros.

—Cartilla de cupones de Colby, ya te lo he dicho. Dos años.

—Igualmente —refunfuñé. Mi siguiente disparo fue un poco mejor, pero esta vez me desvié. Fue a parar al césped y una vez más tuve que bajarme del coche para desplazarlo a un lugar más seguro y seco—. Jo, se me da fatal.

—Solo es el segundo —me consoló antes de efectuar otro tiro impecable a una casita de una planta con un flamenco de plástico en el jardín delantero.

—Igualmente —repetí.

Noté su mirada atenta cuando lancé el siguiente, concentrándome a tope. Golpeó las escaleras (bien) pero luego cayó a unos arbustos cercanos (no tan bien). Cuando volví a la camioneta después de recuperarlo, con trocitos de plantas en el pelo, estaba tan enfadada que las chispas debían de ser visibles.

—¿Sabes qué? —dijo Eli, que disparó otro periódico directo a la puerta (¡plas!)—, es normal que no todo te salga a la perfección.

—Estamos repartiendo periódicos.

—¿Y?

—Pues… —empecé, mientras él ejecutaba otro lanzamiento perfecto, por Dios—. No me importa ser una negada en, no sé, física cuántica. O chino mandarín. Porque son cosas difíciles y requieren trabajo.

Él observó, en silencio, cómo yo erraba otro tiro. Con un margen de un kilómetro de distancia. Cuando regresé, me dijo:

—Y, obviamente, esto no lo es.

—Es distinto —alegué—. Mira, hacer méritos es mi especialidad. Siempre he destacado en lo que hago.

—Se te da bien ser la mejor —observó, para dejarlo claro.

—Se me da bien aprender —le corregí al tiempo que lanzaba otro periódico, esta vez con un poquitín más de puntería—. Nunca he tenido que involucrar a nadie más en eso. Solo éramos yo y el tema de estudio.

—Dentro de casa, dejándote la piel —añadió él.

Lo fulminé con la mirada, pero él, como de costumbre, no se dejó intimidar. Ni siquiera se dio por aludido. Se limitó a tenderme otro periódico, que lancé a la casa siguiente. Aterrizó en el camino, demasiado pegado al lado izquierdo, pero él siguió conduciendo de todos modos.

—En la vida, uno la pifia muchas veces —prosiguió, disparando otro diario a una casa multinivel antes de doblar la esquina—. Fracasar es normal. Constituye una parte necesaria de la existencia humana.

—Yo la he pifiado —objeté.

—¿Ah, sí? ¿En qué?

Me quedé en blanco un momento, algo nada conveniente para mi argumentación.

—Ya te lo dije —le espeté por fin—. Socialmente era un desastre.

Eli dobló otra esquina y lanzó un par de periódicos más mientras recorríamos una calle oscura.

—Pero no intentaste ser la reina del baile y te quedaste con las ganas, ¿no?

—Bueno —dije—, nunca quise ser la reina del baile. Ni nada parecido.

—Entonces no has fracasado. Te mantenías al margen. Es distinto.

Lo medité mientras circulábamos despacio por la vía siguiente. Ya ni siquiera me ofrecía diarios, se limitaba a lanzarlos él mismo.

—¿Y tú? —quise saber—. ¿En qué has fracasado tú?

—Mejor pregunta —replicó según reducía la marcha en una señal de parada—, en qué no he fracasado.

—¿En serio?

Asintió y, acto seguido, levantó una mano y procedió a contar con los dedos.

—Álgebra. Fútbol. Lacey McIntyre. Monopatín en el *halfpipe*…

—¿Lacey McIntyre?

—Segundo de secundaria. Me pasé meses intentando reunir el valor para preguntarle si quería acompañarme al baile y me mandó a paseo. Delante de todo el comedor.

—Ups…

—A mí me lo vas a decir. —Giró otra esquina, ahora para internarse en una calle estrecha que tan solo abarcaba unas cuantas casas. Plas. Plas—. Conquistar al padre de Belissa, que todavía me odia. Convencer a mi hermano pequeño de que no sea un melón. Aprender a arreglar mi coche.

—Uf. Es una lista muy larga.

—Ya te lo he dicho. Se me da muy bien hacer cosas mal.

Lo miré de reojo cuando nos detuvimos en el siguiente semáforo.

—Así que tú nunca te desanimas.

—Pues claro que sí —replicó—. Fracasar es una mierda. Pero es preferible a la alternativa.

—¿Que es…?

—No intentarlo siquiera. —Ahora me miró a los ojos—. La vida es corta, ¿sabes?

Yo no había conocido a Abe. Ni siquiera había oído hablar demasiado de él, aparte de los pocos detalles que Maggie y Leah me habían contado. Pero de repente, en ese momento, tuve la sensación de que estaba ahí. Sentado en el mismo asiento que yo ocupaba, viajando en el coche con nosotros. Puede que hubiera estado allí todo el tiempo.

Eli giró de nuevo y el paisaje se tornó familiar. Caí en la cuenta de que estábamos en el barrio de mi padre. La casa se aproximaba cada vez más y pertenecía a mi zona de lanzamiento. Lo consideré una señal. Agarré un periódico del montón que había entre los dos.

—Vale —dije—. De este me encargo yo.

Desplacé la mano hacia atrás y, procurando usar el codo como palanca, como le había visto hacer a él, apunté al porche en lugar de hacerlo al camino. Nos fuimos acercando y, en el momento exacto, lo solté. Voló trazando un gran arco por encima del césped… antes de aterrizar de pleno en el parabrisas del Prius de Heidi.

Eli detuvo la camioneta con suavidad.

—Ya sé que hay confianza —observó—, pero eso requiere un nuevo intento.

Me apeé del vehículo —otra vez—, me acerqué a recoger el diario y me lo encajé debajo del brazo. A continuación avancé a hurtadillas hacia el porche, tan despacio como pude, e intenté no hacer ruido cuando lo deposité en el centro exacto del felpudo. Mientras lo hacía, oí la voz de mi padre.

—¡… a eso voy! Quería darte lo que deseabas. Pero ¿qué pasa con lo que yo quiero?

Me encogí y retrocedí un paso al tiempo que miraba el reloj. Casi las tres de la madrugada. Una hora demasiado avanzada para que alguien estuviera levantado, a menos que hubiera problemas.

—¿Me estás diciendo que no quieres a la nena? —exclamó Heidi—. Su voz sonaba aguda, temblorosa—. Porque si eso es así…

—Esto no tiene nada que ver con la nena.

—Y, entonces, ¿con qué tiene que ver?

—Con nuestra vida —replicó él, con tono cansado— y cómo ha cambiado.

—Ya lo has hecho antes, Robert. Dos veces. Sabías lo que implicaba vivir con un niño pequeño.

—¡Yo mismo era un crío en aquel entonces! Ahora soy mayor. Es distinto. No es…

Silencio. Yo solamente oía la camioneta de Eli, el murmullo del motor a mi espalda.

—… lo que yo esperaba —concluyó mi padre—. Querías la verdad, pues ya la tienes. No estaba preparado para todo esto.

«Todo esto». Un término redondo, universal, tan inmenso como el océano, que también se dejaba oír a lo lejos; esta vez las olas de verdad. Sin embargo, por vasto que fuera el término, no dejaba entrever a qué, o a quién, se refería en realidad. La apuesta más segura consistía en incluirlo todo.

—«Esto», como tú lo llamas —dijo Heidi—, es tu familia. Tanto si estás preparado como si no, Robert.

De súbito me vinieron a la mente aquellos juegos de infancia, a los que nunca jugué, pero cuyas reglas conocía, en los que no había manera de salvarse. Te escondías, quien fuera llegaba al final de la cuenta y —«el que no se haya escondido, tiempo ha tenido»— iba en tu busca. Si se acercaba, no te quedaba más remedio que permanecer donde estabas, pidiendo a la suerte que no te encontrara. Ahora bien, si te veía, no tenías escapatoria. Habías perdido.

Mi padre se dispuso a replicar algo, pero yo ya no era una niña y no estaba obligada a quedarme a escuchar. Podía marcharme, desaparecer en la noche, que también era vasta, inmensa y universal, repleta de escondrijos por doquier. Y eso hice.

***

—Perdona el desorden —me dijo Eli, que se internó en una habitación a oscuras para encender la luz—. También soy un desastre para las tareas de la casa.

A decir verdad, su piso era sencillo a más no poder. Consistía en una habitación amplia con una cama a un lado y, al otro, tan solo una silla de madera y una tele. Contaba con una minúscula cocina, cuyas encimeras estaban vacías salvo por la cafetera y la caja de filtros que había al lado. Pese a todo, le agradecí el intento de fingir lo contrario, aunque solo fuera porque así no teníamos que comentar el numerito que había montado yo hacía un rato.

Pensaba que lo estaba llevando bien cuando, dejando atrás la casa, crucé el césped, ya húmedo de rocío, en dirección a la camioneta. De maravilla cuando me acomodé en el asiento y tomé otro periódico para lanzar. En ese momento, sin embargo, Eli me preguntó:

—Oye, ¿te pasa algo?

Y, antes de que me diera cuenta, supe que sí.

Siempre resulta embarazoso llorar delante de alguien. Pero romper en llanto delante de Eli fue lo más degradante del mundo. Tal vez por su manera de quedarse allí sentado, sin decir nada, mientras mis sollozos intercalados con hipidos y sonoros sorbidos restallaban contra el silencio. O porque, pasado un momento, se limitó a seguir conduciendo y lanzando los periódicos a las casas mientras yo miraba por la ventanilla e intentaba dejar de llorar. Para cuando aparcó en la oscura entrada de una casa verde de varios niveles, a una manzana del paseo marítimo, ya me había tranquilizado lo suficiente como para ponerme a discurrir alguna excusa con la que restar importancia a mi reacción. Pensaba atribuirla a un súbito ataque de síndrome premenstrual o quizás a la pena que me daba ser tan negada como repartidora de periódicos. Sin embargo, antes de que pudiera dar explicaciones, paró el motor y abrió su portezuela.

—Vamos —dijo. Cuando salió, yo me quedé un momento allí sentada, observando cómo remontaba un estrecho tramo de escaleras situadas junto al garaje. No se dio la vuelta para comprobar si lo seguía. Y seguramente por eso lo hice.

Ahora, después de cerrar la puerta tras de mí, se dirigió a la cocina y dejó las llaves sobre la encimera, de camino a la cafetera. Solamente cuando el café empezó a salir y el aroma llegó flotando hasta la zona donde yo estaba, me reuní con él.

—Siéntate —me invitó de espaldas, según se inclinaba para buscar algo en la nevera—. Hay una silla.

—Y solo una —señalé—. ¿Qué haces cuando tienes compañía?

—No tengo. —Se incorporó y cerró la nevera. Llevaba una barra de mantequilla en la mano—. O sea, casi nunca.

No respondí. En vez de eso, me dediqué a observar cómo extraía una sartén de un armario y le añadía mantequilla antes de depositarla sobre el fogón.

—Mira —le dije, mientras él prendía el fuego—, lo que ha pasado antes...

—Tranquila —me respondió—. No hace falta que hablemos de ello.

Guardé silencio durante un minuto. Entretanto, él derretía la mantequilla en la sartén, inclinándola hacia un lado y el otro. Fue uno más de sus gestos de cortesía el ofrecerme esa salida digna, la oportunidad de hablar de otra cosa, y yo creí aceptar su regalo agradecida. Hasta que me oí a mí misma diciendo:

—¿Te acuerdas de que antes me has preguntado en qué había fracasado?

Asintió al mismo tiempo que agitaba la sartén sobre el fuego.

—Sí. En eso de socializar, ¿no?

—En eso —concedí— y en conseguir que mis padres siguieran juntos.

Solamente al pronunciar las palabras en voz alta comprendí hasta qué punto eran ciertas. Y que antes, más que quedarme en blanco ante la pregunta, había tratado de borrar una respuesta que no quería expresar en voz alta. Al menos hasta que oí la discusión de mi padre con Heidi y todo se precipitó sobre mí: las cenas incómodas, con las hirientes pullas; la tensión que se apoderaba de la casa según pasaban las horas y se acercaba el momento de acostarse. La habilidad que había desarrollado para alargar la noche a mi alrededor, para permanecer despierta y alerta con el fin de mantener a raya las cosas que más me asustaban. Pero no había funcionado. No entonces. Y ahora tampoco.

Parpadeé y noté el calor de una lágrima que se deslizaba por mi mejilla. Tres años de estoicismo total habían saltado en pedazos en una sola noche. Humillación no, lo siguiente.

—Eh. Auden.

Alcé la vista. Eli me estaba mirando. En algún momento había extraído una caja de Krispies de arroz inflado y, en lugar de devolverle la mirada, me concentré en las caras de Snap, Crackle y Pop, que rodeaban risueños un gran cuenco de cereales.

—Perdona —le dije, porque, a pesar de la distracción que había buscado en aquellos tres personajes, no era capaz de dejar de llorar—. Es que... Ya ni siquiera pienso en eso casi nunca, pero cuando he ido a dejar el periódico se estaban peleando y ha sido tan...

Dejó la caja y se acercó a la encimera. No alargó la mano ni intentó tocarme. Solamente se quedó allí, enfrente de mí, cuando dijo:

—¿Quién se estaba peleando?

Tragué saliva.

—Mi padre y Heidi. Las cosas se han complicado entre ellos desde la llegada de Isby y esta noche todo ha estallado, o eso parecía.

Jo, todavía estaba llorando a lágrima viva. Mi voz, estrangulada, surgía entre pequeños sollozos entrecortados. Eli dijo:

—Solo porque dos personas discutan no significa que vayan a romper.

—Ya lo sé.

—O sea, mis padres se cantaban las cuarenta de vez en cuando. Servía para despejar el ambiente, ¿sabes? Después todo iba mejor.

—Pero yo conozco a mi padre —alegué—. Lo he visto en ese plan otras veces.

—La gente cambia.

—O no —repliqué. Por fin, me obligué a mirarlo. Sus ojos verdes, las largas pestañas. Su rostro atormentado, aunque cada vez menos—. Algunas personas no cambian.

Él se quedó allí de pie, mirándome, y yo nos vi desde fuera un instante, en aquel pequeño apartamento sobre un garaje, en mitad de la noche. Desde el cielo, si alguien nos hubiera sobrevolado a bordo de un avión, únicamente habría visto una lucecita entre una gran oscuridad, sin posibilidad de atisbar las vidas que se desplegaban dentro, ni en la casa de al lado, ni en la de más allá. Pasan tantas cosas en el mundo, noche y día, hora tras hora... No me extraña que tengamos que dormir, aunque solo sea para desconectar de todo durante un rato.

Algo estalló en la sartén y Eli miró por encima del hombro.

—Ups —exclamó a la vez que daba media vuelta para retirar el cacharro del fuego—. Espera un momento, deja que termine esto.

Me pasé las manos por debajo de los ojos, intentando recuperar la compostura.

—¿Qué estás haciendo, por cierto?

—Dulces de arroz inflado.

Me pareció tan extraño, tan incongruente, que casi tenía sentido. Encajaba con todo lo que había pasado esa noche. A pesar de todo, cedí al impulso de preguntar:

—¿Por qué?

—Porque era lo que hacía mi madre cuando mis hermanas lloraban. —Se volvió a mirarme—. No sé. Ya te lo he dicho, nunca recibo visitas. Estabas disgustada y me ha parecido...

Dejó la frase inacabada y yo miré a mi alrededor, la cama individual, la única silla. La luz aislada que brillaba al otro lado de la puerta, amarilla y brillante, como un faro en la oscuridad de la noche.

—... perfecto —terminé por él—. Es perfecto.

***

En realidad, nada es perfecto, claro. Pero los dulces de arroz inflado que Eli preparó se aproximaban mucho a la perfección. Nos zampamos media sartén y compartimos la cafetera usando la única silla como mesa, sentados en el suelo, uno a cada lado.

—A ver si lo adivino —dije, dejando mi taza en el suelo, a mis pies—. Eres minimalista.

Lanzó una ojeada a la habitación y luego a mí.

—¿Tú crees?

—Eli —respondí—. Solo tienes una silla.

—Ya. Pero únicamente porque todos los muebles de mi antigua casa pertenecían a Abe.

Al oír aquello tuve que hacer esfuerzos para no dar un respingo o pegar un salto de tan impactante que fue oír su nombre, después de tanto tiempo. En vez de eso tomé otro sorbo de café.

—¿Ah, sí?

—Sí. —Se echó hacia atrás y tomó una miga pegajosa de un lado de la sartén—. En cuanto ganaba un poco de dinero con la bici, lo gastaba en decorar la casa. Y compraba las cosas más estúpidas del mundo. Una tele enorme, un pescado cantarín…

—¿Un pescado cantarín?

—Sí, ya sabes, ¿esos pescados de plástico que se cuelgan en la pared y cuando pasas por delante cantan, no sé, un tema de la Motown? —Lo miré de hito en hito—. Vale, no los has visto. Pues mejor para ti. El nuestro era algo así como la estrella de la casa. Lo colgó junto a la puerta y se ponía a cantar cada dos por tres. Nadie se libraba de oírlo.

Sonreí.

—Parece interesante.

—Yo no escogería esa palabra. —Negó con la cabeza—. Además, se empeñó en comprar esas sillas de mimbre tipo colonial tan grandes. ¿Sabes cuáles? ¿Redondas con un almohadón mullido? Yo quería un sofá normal y corriente. Pero no. Teníamos que tener esos estúpidos sillones en los que todo el mundo se quedaba atrapado. Nadie pudo levantarse nunca por sí mismo. Siempre teníamos que ayudar a la gente a salir de ahí dentro, como si fuera una maldita misión de rescate.

—No te creo.

—Te lo digo en serio. Era absurdo. —Suspiró—. Y eso no fue nada comparado con el capricho de la cama de agua. Dijo que siempre había querido tener una. No quiso admitir su error ni cuando empezó a perder agua, ni siquiera cuando le provocó un horrible dolor de espalda. «Se me habrá caído algo en el colchón», decía, o «debí de hacer un mal gesto en la última competición». Renqueaba de acá para allá como un anciano y no paraba de quejarse. Lo oía dar vueltas noche tras noche, tratando de encontrar una postura cómoda. Dormía siempre como chapoteando en un río.

Reí con ganas y recogí la taza.

—¿Y qué pasó? ¿Al final se rindió?

—No —replicó—. Se murió.

Yo ya lo sabía, obviamente. Y, sin embargo, oírlo tan de sopetón fue como un cortocircuito, otra vez.

—Lo siento mucho —dije—. Yo…

—Pero, mira, esa es la cuestión. —Se incorporó y sacudió la cabeza—. La gente quiere contar esas historias, recordar esas anécdotas. No querían hacer nada más en el funeral ni después. «Oh, ¿te acuerdas de tal cosa y de esa y de tal otra?». Pero el final de todas esas historias siempre es el mismo. Se muere. Eso no va a cambiar. Entonces, ¿por qué molestarse?

Guardamos silencio un momento.

—Supongo —señalé por fin— que es la forma que tenemos algunos de mantener vivo un recuerdo. Ya sabes, contar anécdotas. Te ayuda a tener cerca a esa persona.

—Pero yo no tengo ese problema —señaló con voz queda—. Yo no necesito ayuda para recordar.

—Ya lo sé.

—¿Hablamos de fracasos? —Levantó la vista para mirarme a los ojos—. Pues a ver qué te parece ser la persona que iba al volante. El que sobrevivió.

—Eli —empecé. Procuraba hablar con un tono pausado, tranquilo, igual que el suyo cuando me había consolado—. No fue culpa tuya. Fue un accidente.

Negó con la cabeza.

—Puede. Pero el resultado es que yo sigo aquí y él no. Todo aquel que me ve, sus padres, su novia, sus amigos, lo sabe. Por más que duden de todo lo demás, eso lo tienen muy claro. Y es una mierda.

—Estoy segura de que no te culpan a ti —alegué.

—No hace falta. —Miró su taza y luego a mí—. Desde que sucedió no he parado de pensar en eso de volver a empezar de cero. ¿Y si hubiéramos abandonado la fiesta más temprano o más tarde? ¿Y si hubiera visto el coche que se precipitaba hacia nosotros una milésima de segundo antes? ¿Y si él hubiera estado al volante y no yo? Hay un millón de variables y, si solamente una hubiera sido distinta…, quizás todo hubiera cambiado.

De nuevo nos quedamos callados. Por fin, dije:

—No puedes pensar así. Es para volverse loco.

Me dedicó una sonrisa amarga.

—A mí me lo vas a decir.

Me dispuse a responder, pero él ya se estaba levantando y recogiendo la bandeja para llevarla a la cocina. Mientras lo hacía, oí un golpe procedente de la pared contra la que se apoyaba la cama, y luego otro. Me incorporé y me acerqué para escuchar.

—Son los McConner —dijo Eli desde la cocina.

—¿Quiénes?

Se acercó y se quedó parado a mi lado.

—Los McConner. Los dueños de la casa. Su hijo duerme al otro lado de esta pared.

—Ah.

—Suele despertarse un par de veces cada noche. Pide agua y todo eso, lo habitual. —Eli se sentó en la cama y los muelles chirriaron bajo su peso—. Cuando el silencio es total, oigo hasta la última palabra.

Yo me senté con él y agucé el oído. Pero únicamente fui capaz de distinguir dos voces que hablaban en murmullos: una aguda, otra más grave. Me recordaron a las olas de Heidi, un ruido distante.

—Yo también lo hacía —confesó Eli. Ahora hablábamos en susurros—. Eso de despertarme y pedir agua cuando era pequeño. Me acuerdo.

—Yo no —le dije—. A mis padres no les gustaba que los despertase en mitad de la noche.

315

Negó con la cabeza, se tendió en la cama y dobló los brazos contra el pecho. Las negociaciones proseguían al otro lado de la pared, la voz aguda más alta y urgente, la grave igual de tranquila que antes.

—Siempre estabas pensando en ellos, ¿eh?

—Casi siempre.

Reprimí un bostezo y miré el reloj. Eran las cuatro y media, más o menos la hora a la que yo solía emprender el regreso a casa. Al otro lado las voces seguían hablando y yo, todavía escuchando, me acosté junto a Eli y apoyé mi cabeza en su pecho. Notaba su camiseta suave bajo mi piel y percibía el olor del detergente que usaba siempre en la lavandería.

—Es tarde —observé en tono quedo—. Debería volverse a dormir.

—No siempre es tan fácil.

La voz de Eli también sonó grave, pesada, y noté el roce de sus labios, suave, en la parte alta de la cabeza.

La luz seguía encendida en la cocina de Eli, pero el resplandor quedó amortiguado en cuanto cerré los ojos, todavía escuchando los murmullos de fondo. «Chiss, chiss, todo va bien», juraría que oí decir a alguien. O quizás fuera la voz de mi cabeza, mi mantra. «Chiss, chiss».

—Tú no tienes la culpa —le dije a Eli. Hablé con una voz pastosa, incluso yo lo noté—. No debes reprocharte nada.

—Tú tampoco —respondió. «Chiss, chiss. Todo va bien».

Era muy tarde. Tarde para los niños, tarde para cualquiera. Sabía que debía ponerme de pie, bajar esas escaleras y poner rumbo a casa, pero algo estaba sucediendo. Una sensación plomiza se apoderó de mí. Hacía tanto tiempo que no me sucedía que, por un momento, una parte de mí se asustó, quiso evitarlo, seguir alerta. En vez de eso, justo antes de cerrar los ojos, me di la vuelta y me pegué más a Eli. Noté su mano ascender hasta mi cabeza y, después, me sumergí en el sueño.

***

Cuando desperté al día siguiente eran las siete y media y Eli seguía durmiendo. Me rodeaba la cintura con el brazo y su pecho se desplazaba arriba y abajo, arriba y abajo, pegado a mi mejilla. Cerré los ojos e intenté dejarme arrastrar por el sueño, pero los rayos del sol empezaban a filtrarse por las ventanas con la luz de un día ya comenzado.

Me separé de él y me puse de pie, pero permanecí un rato mirándole el semblante, relajado mientras soñaba. Sabía que debía despedirme y, sin embargo, no quería despertarlo. Además, no tenía ni idea de qué podía escribirle en una nota que fuera capaz de expresar hasta qué punto le agradecía todo lo que había hecho por mí la noche anterior. Al final, opté por lo más parecido que se me ocurrió: rellené la cafetera, puse granos molidos en un filtro nuevo y la conecté. Ya estaba empezando a hervir cuando crucé la puerta y descendí los peldaños que daban a la calle.

Hacía una radiante mañana de playa, ya luminosa y soleada, aún más brillante si cabe gracias a las ventajas de una noche de sueño realmente reparador. Recorriendo las cuatro manzanas que me separaban de mi casa, era más consciente que nunca del olor a salitre de la brisa, de la belleza de los rosales trepadores que adornaban una valla cualquiera, incluso de la simpatía que me inspiró la ciclista con la que me crucé, una mujer mayor con el cabello recogido en una larga trenza que vestía un disparatado chándal de color naranja y silbaba para sí. Me devolvió mi amplia sonrisa y levantó una mano para saludarme según yo me internaba en la entrada de casa.

Estaba tan inmersa en todo aquello —la noche, el sueño, la mañana— que ni siquiera vi a mi padre hasta que casi lo tuve encima. Pero allí estaba, en el vestíbulo, a esa hora temprana de la mañana, ya duchado y vestido.

—Hola —lo saludé—. Te has levantado temprano. ¿Te han visitado las musas de repente o algo así? ¿Ya estás listo para empezar otro libro?

Volvió la vista hacia las escaleras.

—Hum —dijo—. No exactamente. En realidad estaba... Me marcho.

—Ah. —Me detuve—. ¿A dónde vas? ¿A la universidad?

Un silencio. Fue entonces, en el transcurso de esa vacilación casi imperceptible, cuando intuí que algo no iba bien.

—No, voy a pasar un par de noches en un hotel. —Tragó saliva y se miró las manos. Su semblante reflejaba cansancio—. Heidi y yo... hemos tenido algunas diferencias y hemos decidido que será lo mejor. De momento.

—¿Te marchas?

Incluso la mera palabra me sonó fea al pronunciarla en voz alta.

—Solo es algo temporal. —Inspiró y luego suspiró—. Confía en mí, es lo mejor. Para la niña y para todos. Estaré en el Cóndor. Nos podemos seguir viendo casi a diario.

—¿Te vas? —pregunté de nuevo. Todavía no me lo podía creer.

Inclinó el cuerpo para recoger una maleta que yo no había visto hasta ahora, pegada al pie de las escaleras.

—Es complicado —se excusó—. Danos unos días, ¿vale?

Yo me quedé allí plantada, incapaz de pronunciar palabra, mientras él pasaba junto a mí para abrir la puerta. Ahora tenía por fin la oportunidad de decir todo lo que no le había dicho dos años atrás, era la madre de todas las segundas oportunidades. Podría haberle pedido que lo reconsiderara, que tuviera en cuenta otras posibilidades. Que se quedara. Sin embargo, nada surgió de mis labios. Nada. Le vi marcharse sin más, de nuevo.

Seguí en el mismo sitio durante mucho rato, todavía pensando que debía de ser una broma. Solamente cuando lo vi salir del garaje, bajar la visera parasol y alejarse, volví a entrar en casa y eché la llave.

Arriba, el cuarto de Heidi estaba cerrado pero, al pasar junto a la habitación de Isby, oí ruidos en el interior. Al principio pensé que estaba llorando, no es difícil imaginar por qué. Pero estuve escuchando un ratito y no oí nada parecido a un llanto. Con cuidado, abrí la puerta despacio y me asomé. Isby estaba acostada en el moisés, mirando su móvil y agitando los brazos. Sin llorar. Sin gritar. Aunque ambas cosas habrían sido totalmente aceptables y normales un día cualquiera, y más aquel día en particular. En vez de eso, balbuceaba para sí con sus ruiditos de bebé.

Me acerqué al borde de la cunita y la miré. Ella siguió pataleando con la mirada fija en el techo, pero súbitamente volvió los ojos hacia mí. Y su carita, ahora relajada, mudó en algo totalmente nuevo. Una sonrisa.

TRECE

—Ni siquiera quería llamarte —oí decir a Heidi—. Estaba segura de que me soltarías el típico «te lo dije».

Llevaba tres horas en mi habitación intentando volver a dormirme, sin suerte. En cambio, me había pasado el rato tumbada recordándolo todo una y otra vez: el feliz despertar junto a Eli, mi paseo a casa y el estupor ante la partida de mi padre, toma dos. Ahora bien, de todas aquellas imágenes, era la sonrisa de Isby, tan dulce e inesperada, la que más me costaba quitarme de la cabeza. Cada vez que cerraba los ojos para tratar de dormir, no veía nada más.

—No, la verdad es que no —prosiguió Heidi—. Pero no se me ocurriría culparte a ti. Es un follón tremendo. Todavía no me puedo creer que nada de esto esté ocurriendo.

Pasé junto a la mesa, frente a la cual estaba sentada Heidi con la niña en brazos, y enfilé hacia un armario para extraer una taza. En el exterior, hacía un día tan radiante y precioso como cualquier otro.

—Oye —dijo Heidi de súbito, mirándome de reojo—, te llamo en un rato. No, yo lo haré. Vale, pues llámame tú. Diez minutos. Vale. Adiós.

Colgó y noté su mirada pendiente de mí mientras yo me servía el café. Por fin, dijo:

—Esto…, Auden… ¿Te puedes sentar un momento? Tengo que… Tengo que contarte una cosa.

Hablaba en un tono tan triste y preocupado que yo apenas si podía soportarlo.

—Tranquila, ya lo sé —respondí, y me volví a mirarla—. He hablado con papá.

—Ah. —Tragó saliva y bajó la vista hacia Isby—. Bueno, mejor. ¿Qué te ha…?

De repente la niña soltó un gritito. Pero, en lugar de llorar, enterró la cara en el pecho de Heidi y cerró los ojos.

—Ha dicho que tenéis que resolver algunas cosas —expliqué—. Y que se quedará unos días en el Cóndor.

Ella asintió con expresión compungida.

—Y… —quiso saber— ¿cómo lo llevas tú?

—¿Yo? —me extrañé—. Bien. ¿Cómo quieres que lo lleve?

—Bueno, estarás descolocada, eso seguro —dijo—. Quería decirte que… puedes hablar conmigo siempre que quieras, ¿vale? Si algo te preocupa o quieres preguntarme cualquier cosa…

—Estoy muy bien —le aseguré—. De verdad.

En ese instante sonó un zumbido: el teléfono de Heidi. Lo miró, suspiró y se lo llevó al oído.

—Hola, Elaine. No, no, he recibido tus mensajes, es que… ¿Cómo estás? Ya. Claro. Bueno, si te digo la verdad, todavía no he podido dedicar un rato a pensar en el festival…

Se levantó con Isby en brazos y se acercó a las puertas de la terraza, todavía en plena conversación. Yo me quedé sentada, pensando en cómo había observado la partida de mi padre esa misma mañana sin hacer nada, la sensación que había experimentado de segunda oportunidad malograda. A lo mejor algunas cosas nunca cambiaban ni se podían arreglar, ni siquiera con el tiempo.

Al cabo de un rato, Heidi volvió a la cocina y dejó su teléfono sobre la encimera.

—Era Elaine, la presidenta del comité de turismo de Colby —me informó en un tono nada entusiasta—. Quiere que le proponga una temática para el festival de la playa y la quiere ya.

—¿El festival de la playa? —me interesé.

—Es un evento anual que organizamos cada año, al final del verano —explicó mientras volvía a sentarse—. Se celebra en la plaza del paseo. Vendemos entradas y todos los comerciantes participan. Es la última gran fiesta del verano. Y, no sé por qué, siempre me ofrezco voluntaria para supervisarlo.

—¿Ah, sí?

—Es masoquismo total. —Negó con la cabeza—. En fin, el año pasado escogí una temática pirata que no quedó del todo mal. El año anterior, organizamos una gran fiesta renacentista. Pero este año… O sea, ¿qué voy a hacer? No estoy de humor para festivales ahora mismo.

Bajo mi atenta mirada, acarició la mejilla de Isby y luego le ciñó la manta que usaba para fajarla.

—Algo se te ocurrirá.

En ese instante su teléfono volvió a sonar. Respondió y se lo sujetó entre el hombro y la oreja.

—Hola, Morgan. No, está bien. Ahora mismo acabo de hablar con Elaine. —Suspiró y sacudió la cabeza—. Lo sé. Y te lo agradezco. Pero es que… No me lo termino de creer, ¿sabes? El año pasado en esta época estaba deseando quedarme embarazada y ahora…

Tragó saliva y desplazó una mano para taparse la cara, mientras quienquiera que estuviese al otro lado procedía a hablarle con voz queda y dulce. Arrastrando la silla, me levanté, dejé la taza en el fregadero y de nuevo me sentí fuera de lugar, observando algo que en realidad no conocía y no entendía. Lo más extraño de todo, sin embargo, fue el ahogo que notaba en la garganta, así como el nudo repentino que se me había alojado allí. Devolviendo la silla a su sitio salí de la cocina al vestíbulo y recordé a mi padre cruzando esa misma puerta con la maleta en la mano. Es horrible y demoledor que alguien te deje. Sigues adelante, haces lo que puedes, pero, como Eli bien había dicho, un final es un final. Da igual cuántas páginas y párrafos de grandes historias lo precedan; siempre tiene la última palabra.

***

Para cuando salí de casa, dos horas más tarde, Heidi y la niña estaban durmiendo. La casa prácticamente inspiraba paz, si no sabías lo que se cocía dentro.

Yo, sin embargo, sentía una extraña desazón, y no tenía sentido porque, en primer lugar, Heidi no era mi madre y, en segundo, cuando eso mismo había sucedido en mi hogar, años atrás, no me había afectado. Experimenté decepción y cierta tristeza, como es natural, pero, por lo que yo recordaba, me había adaptado con relativa rapidez a la nueva situación. Es verdad que no dormía, pero esa costumbre venía de antes de la separación. Lo que no recordaba haber sentido era la extraña sensación de pánico, de la que no acababa de librarme, que se había apoderado de mí al ver alejarse a mi padre unas horas atrás. Era el mismo sentimiento que notaba casi siempre alrededor de la medianoche, consciente de que tenía un montón de horas por delante y debía encontrar la manera de llenarlas, sabiendo que el tiempo se arrastraría hasta la mañana.

Gracias a Dios tenía trabajo que hacer. En realidad, jamás en mi vida me había alegrado tanto de entrar en Clementine, que estaba atestada de clientes a esa hora punta tardía. Maggie estaba atendiendo a una madre y a una hija que buscaban vaqueros cortos. Me saludó con un gesto cuando eché mano de recibos y facturas de camino al despacho. Una vez dentro cerré la puerta, encendí la luz y me preparé para cuadrar los números hasta la hora del cierre. Acababa de sumergirme en los justificantes del talonario cuando sonó el teléfono.

«MAMÁ», indicaba el identificador de llamadas. Miré la pantalla mientras el icono del teléfono saltaba con cada señal. Estuve pensando un instante si responder y contárselo todo. Pero luego, con la misma rapidez, comprendí que sería la peor idea del mundo. Sería como ofrecerle Navidad y su cumpleaños en un solo paquete, tan satisfecha estaría, y en ese momento no me veía con fuerzas para soportar su petulancia. Además, el día anterior me había colgado como para dejar bien claro que no sentía el menor interés en conocerme. Tenía derecho a poner distancia todo el tiempo que quisiese.

Durante las dos horas siguientes me sumergí en los libros de Heidi, más agradecida que nunca de la fiabilidad y la naturaleza estática de los números y los cálculos. Cuando terminé con los justificantes y las nóminas, devolví mi atención al escritorio, que era un caos desde el día que llegué. Casi podía notar cómo descendía mi presión sanguínea, poco a poco, a medida que iba ordenando los bolígrafos de Heidi, tirando los que no funcionaban y asegurándome de que los demás tuvieran puesto el capuchón y descansaran boca arriba en la taza rosa que hacía las veces de portalápices. A continuación la emprendí con el cajón superior. Ordené los papeles sueltos, agrupé las tarjetas de visita en montones ordenados y guardé los clips en una caja vacía de tiritas que encontré por allí. Estaba a punto de embarcarme en el segundo cajón cuando alguien llamó a la puerta con los nudillos y Maggie asomó la cabeza.

—Hola —me dijo—. Esther va a ir un momento al Beach Beans. ¿Quieres algo?

Hundí la mano en el bolsillo para buscar la cartera.

—Un moca grande, extrafuerte.

Agrandó los ojos.

—Hala. ¿Te vas a quedar toda la noche trabajando?

—No —respondí—. Es que… estoy un poco cansada.

Ella asintió y se pasó una mano por el pelo.

—Te entiendo. Mi madre me ha despertado a primera hora con las propuestas de compañeras de cuarto. Quiere que me dé prisa en escoger porque le preocupa que, si espero demasiado, no podamos coordinar nuestra ropa de cama. Como si eso le importara a alguien que no sea ella.

Me asaltó un recuerdo de mi madre, su tono tenso cuando me atreví a cuestionar su decisión relativa al programa Pembleton.

—¿Eso es lo que más le preocupa?

—Se preocupa por todo —replicó Maggie, desdeñando el asunto con un gesto de la mano—. Piensa que si no vivo la experiencia universitaria perfecta será una tragedia inconmensurable.

—Pero eso no es tan malo —alegué—. ¿No?

Suspiró.

—No conoces a mi madre. Para ella, nunca soy bastante.

—¿Bastante?

—Bastante femenina —explicó—, porque me motivaban demasiado las bicis de trial. Bastante sociable, porque solamente tuve un novio durante toda la secundaria y no «jugaba a varias bandas». Y ahora piensa que no me estoy implicando lo suficiente en la universidad. ¡Y el curso ni siquiera ha empezado!

—No me hables —asentí—. Mi madre también me está atosigando con el asunto de la compañera de cuarto. Solo que ella me quiere apuntar a un programa especial que implica estudiar veinticuatro horas siete días a la semana y no divertirse bajo ningún concepto.

—¿Va en serio?

Asentí.

—Debería apuntarme a un programa como ese. A mi madre le daría un ataque.

Sonreí. En aquel momento sonó la campanilla de la puerta. Maggie miró el dinero que tenía en la mano.

—Un moca grande extrafuerte —recitó. Asentí—. Se lo diré a Esther.

—Gracias.

La puerta se cerró con un chasquido y yo abrí el segundo cajón. En el interior había viejas matrices de talonarios junto con un par de blocs de notas repletos de garabatos. Me fijé en la letra, que obviamente pertenecía a Heidi. Había listas de existencias, varios números de teléfono y, pasadas unas páginas, lo siguiente:

Caroline Isabel West
Isabel Caroline West
Emily Caroline West
Ainsley Isabel West

Había escrito cada uno de los nombres con esmero; casi podías notar el cariño con que los había ido añadiendo, uno a uno. Me acordé del día que admitió no estar de acuerdo con el nombre de Tisbe y cómo yo la había criticado —al igual que mi madre— por haberlo aceptado de todos modos. Mi padre era un egoísta. Se había salido con la suya y, a pesar de todo, no se daba por satisfecho.

Cerré el bloc, lo dejé a un lado y seguí hurgando en el cajón. Había varias facturas que separé para archivar, un folleto del último Festival Anual de la Playa de Colby —«¡Al barco, piratas!»— y, muy al fondo, un fajo de fotos. En una aparecía Heidi plantada delante de una pared blanca, empuñando un pincel empapado de pintura rosa y con una gran sonrisa en la cara. Otra era de Heidi posando ante la puerta principal, debajo del cartel arqueado de Clementine. Y por último, al fondo, una fotografía en la que se la veía junto a mi padre. Estaban en el paseo, Heidi con un vestido blanco y una barriga redonda e inmensa, él rodeándola con el brazo. La fecha era de principios de mayo, unas semanas antes del nacimiento de Isby.

—¿Auden?

Pegué un bote. De algún modo, Esther se las había arreglado para entrar sin que la oyera.

—Oh —dije. Miré el cajón, su contenido esparcido por la superficie del escritorio—. Estaba...

—Tu cafeína —me cortó. Me estaba tendiendo la taza cuando, de sopetón, algo pasó disparado a su espalda. Algo rojo, que se estampó contra el final del pasillo con un fuerte trompazo.

—¡Eh! —gritó Esther hacia fuera—. ¿Qué narices ha sido eso?

—¿Tú qué crees? —vociferó una voz masculina; la de Adam, me pareció.

Esther abrió la puerta de par en par. En ese mismo instante, una pelota de goma roja rodó despacio en dirección contraria, hacia la zona de las rebajas.

—Oh, tío. ¿En serio?

—Eso es —aulló Adam—. Kikimbol. Esta noche. Preparaos para el remojón.

—¿Y quién lo ha decidido? —oí decir a Maggie.

—¿Quién crees?

Esther salió al pasillo y recogió la pelota.

—¿Eli? No.

—Sí. —Oímos unos pasos y al momento apareció Adam con las manos extendidas. Esther le devolvió la pelota y él me saludó con un gesto de la cabeza—. Ha venido a última hora con esto debajo del brazo. La verdad es que parecía contento.

—No me digas.

—Sí. Hemos flipado. —Botó la pelota—. Pero hablaba en serio. Primer partido de la temporada, esta noche después del cierre. El sorteo de la segunda base se celebra a las diez cero cinco, sin falta.

—Ay, Dios —gimió Maggie, que se había reunido con ellos en el pasillo—. Si me toca la segunda base, paso de jugar.

—Esa es —dijo Adam, señalándola— una actitud de rajada.

—¡La última vez acabé empapada! —protestó.

—La última vez fue hace más de un año. ¡Venga! Eli por fin está asomando la cabeza. Lo menos que puedes hacer es remojarte un poco.

—Es todo un acontecimiento que le apetezca —le dijo Esther a Maggie—. Me pregunto qué ha cambiado.

Yo me giré hacia el escritorio y tomé otro sorbo de café. Pero no antes de que mis ojos se cruzaran con los de Maggie.

—Vete a saber —fue la respuesta de Adam—. Alegrémonos y pongamos manos a la obra. ¡Os veo a las diez!

Dicho eso, se marchó botando la pelota según avanzaba. Esther suspiró y lo siguió, pero yo notaba que Maggie aún me estaba mirando mientras yo devolvía las cosas al cajón, con las fotos en la parte superior.

—Oye —quiso saber—. ¿Va todo bien?

—Sí —respondí—. Todo bien.

Debería haber sido verdad. Al fin y al cabo, Eli y yo habíamos pasado la noche juntos y él se había levantado renovado. Y yo tendría que estar feliz y contenta, igual que él, debería haber sido la primera en apuntarme al partido de kikimbol, en especial si Eli iba a participar. Y, sin embargo, cuando el baile de las nueve quedó atrás y empezaron a caer los minutos que faltaban para la hora del cierre, el nudo que tenía en el estómago se fue tornando más denso por momentos.

Cuando estaban a punto de dar las diez, Maggie apareció en el umbral con las llaves en la mano.

—Venga —anunció—. El sorteo de la segunda base se celebra en cinco minutos y, créeme, no querrás que te lo endilguen. Estás prácticamente en el agua.

—Ah —dije—, me parece que me voy a quedar un ratito más esta noche. Tengo que preparar las nóminas y rellenar unos papeles...

Ella me miró antes de posar la vista en los bolígrafos que descansaban en perfecto orden en el interior de la taza, junto a mi codo.

—No me digas.

—Sí. Me paso dentro de un rato.

—Dentro de un rato —repitió. Yo asentí y me volví hacia el escritorio. Habló en un tono más frío cuando dijo:

—Muy bien. Te estaremos esperando.

Se marchó por fin y yo me entretuve etiquetando unas cuantas carpetas mientras ella y Esther cerraban la caja registradora y salían. Una vez que hubieron cerrado la puerta, me aparté del escritorio. Al cabo de quince minutos de estar allí sentada sin hacer nada, salí a la zona de la tienda, ahora sumida en la oscuridad, y me encaminé hacia el escaparate.

Todos se habían reunido en la pasarela, en la entrada principal de la playa. Vi a Maggie sentada en un banco junto a Adam, que tenía a Esther al otro lado. Wallace y otros chicos de la tienda de bicis que conocía de vista pero no de nombre pululaban de acá para allá bromeando unos con otros. Cuando apareció Leah le dijeron algo y ella puso los ojos en blanco y se los quitó de encima antes de que Maggie se deslizara a un lado para dejarle sitio. Cada vez llegaba más gente; algunas caras me sonaban, otras no. Y entonces, de repente, todo el mundo empezó a agruparse y comprendí que Eli había llegado.

Llevaba la misma sudadera azul que vestía el primer día que coincidimos, la pelota roja encajada debajo del brazo. Se había dejado el pelo suelto, que le revoloteaba por encima de los hombros. Botó la pelota una vez conforme se acercaba y la recogió al mismo tiempo que escudriñaba al grupo que lo aguardaba reunido. Cuando se volvió a mirar a su espalda, en dirección a Clementine, me aparté del ventanal para que no me viera.

Tras un ratito de discusión, se organizaron los equipos y se tomó alguna clase de decisión. Por lo visto, Adam se llevó la peor parte, a juzgar por los abucheos y los dedos que lo señalaban. Luego, todos a una, se encaminaron hacia la playa, donde un grupo se dispersó por las dunas mientras el otro ocupaba la arena. El puesto de Adam estaba directamente en la rompiente. Lo vi arremangarse los bajos de los pantalones mientras Eli se desplazaba al centro del juego, todavía con la pelota en las manos. Se disponía a realizar el primer lanzamiento cuando di media vuelta para regresar al despacho.

Una hora más tarde salí por la puerta trasera, crucé el aparcamiento y atravesé dos callejones antes de emerger a la altura del Súper/Gas. Tenía planeado volver directamente a casa, pensando que Heidi tal vez necesitase compañía, pero en vez de eso me sorprendí a mí misma regresando al paseo. Me senté en un banco delante del Last Chance, que todavía estaba lleno a reventar, para observar el partido de lejos. Justo cuando me acomodaba, le tocaba el turno a Leah: pateó la pelota con un tiro largo que la envió al agua y un chico que yo no conocía, ahora en la segunda base, se zambulló tras ella.

—¿Auden?

Di un respingo y me volví a mirar despacio, preparada para ver a Eli. Era lógico que se hubiera acercado sigilosamente, habida cuenta de que yo estaba haciendo lo posible por evitarlo. Cuando me giré, en cambio, vi a la última persona que esperaba encontrarme allí: mi antigua casi-pareja del baile de fin de curso, Jason Talbot. Vestido con un pantalón de verano y una camisa, las manos hundidas en los bolsillos, me miraba sonriente.

—¡Hola! —lo saludé—. ¿Qué haces aquí?

Señaló con un gesto el restaurante iluminado a su espalda.

—Estaba acabando de cenar. Llevo quince minutos preguntándome si serías tú, pero no estaba seguro. No me sonaba haber visto tu nombre en la lista del curso, pero…

—¿Curso?

—El CFLU. Acaba de empezar. ¿No estás aquí por eso?

—Pues… No —respondí—. Mi padre vive aquí cerca.

—Ah. Vaya. Bueno… Es genial.

Un repentino barullo de voces se escuchó en la zona de la pasarela. Los dos alzamos la vista a tiempo de ver a Maggie recorriendo las bases muerta de risa, mientras Adam se internaba en el agua.

—Hala —observó Jason—. Kikimbol. No veía un partido desde tercero de primaria.

—¿Y qué curso dices que es? —pregunté.

—El Curso de Futuros Líderes Universitarios —respondió—. Una serie de conferencias, talleres y simposios de un mes de duración. Participan estudiantes de primero de todo el país.

Está pensado para ofrecer a los asistentes las habilidades que necesitarán para ejercer impacto en sus universidades desde el minuto uno.

—Caray —me sorprendí. Se alzó otra ronda de aplausos a su espalda, pero esta vez no miré—. Tiene buena pinta.

—Bueno, eso parece. He conocido algo así como a veinte alumnos de Harvard que ya están implicados en el liderazgo universitario —explicó—. ¿Sabes qué? Deberías pasarte. Ya sé que no te interesaba demasiado la política estudiantil, pero es una gran oportunidad para hacer contactos. No es demasiado tarde para apuntarse y habrá un montón de gente de Defriese.

—No sé —dudé—. Estoy liada estos días.

—Uf, no me hables —suspiró Jason, a la vez que sacudía la cabeza—. He conseguido el programa de las asignaturas de otoño y ya he empezado con las lecturas. Hay trabajo para dar y tomar. Pero todo el mundo está haciendo lo mismo.

Asentí con la cabeza, aunque el corazón se me estaba acelerando.

—Seguro que sí —dije.

—La gente no para de repetirlo. Que no puedes esperar al primer día del semestre si quieres empezar rindiendo a tope.

—¿Ah, no?

—Para nada. Hay que empezar a hacer codos antes y muy en serio.

—Yo también he empezado con las lecturas —comenté—. Bueno, cuando tengo un rato libre entre el trabajo y todo lo demás…

—¿Trabajo? —Asentí—. ¿Qué estás haciendo? ¿Clases particulares? ¿Proyectos comunitarios?

Pensé en el despacho de Clementine, pintado de rosa.

—Es algo más enfocado en el mundo empresarial. Estoy trabajando en un pequeño negocio en proceso de expansión, echando una mano con la contabilidad y los estudios de mercado durante la transición. Me pareció una buena manera de conocer de cerca los procesos económicos en tiempo real y estudiar al mismo tiempo las tendencias a largo plazo.

—Hala —exclamó, asintiendo con la cabeza—. Pues parece muy interesante. De todas formas, deberías pensarte lo del CFLU. O sea, si vas a estar aquí de todos modos. Seguro que harías aportaciones muy valiosas al diálogo.

En la playa, se elevó una exclamación colectiva seguida de carcajadas y aplausos. Dije:

—Puede que lo haga.

—Bien. —Jason sonrió—. Mira, tengo que volver a la cena y eso. Estábamos en mitad de un acalorado debate sobre los pros y los contras de clasificar a la gente en función de sus notas y no me lo quiero perder.

—Claro —fue mi respuesta—. Ve.

Retrocedió un paso y se detuvo.

—¿Todavía tienes el mismo número? Porque, ya que estoy aquí, podríamos quedar algún día, ya sabes. Para intercambiar información, comparar notas…

Todo el mundo regresaba de la playa en ese instante. Vi a Maggie y a un empapado Adam en cabeza, seguidos de Leah y Esther.

—Sí —acepté—. Claro.

—¡Genial! —Volvió a sonreír—. Pues nos vemos pronto.

Asentí una vez más. Y en ese momento, antes de que me diera tiempo a reaccionar lo más mínimo, avanzó un paso y me rodeó con los brazos. Fue un abrazo torpe, con demasiados codos y olor a suavizante, pero al menos acabó en cuestión de segundos.

Aunque no con la rapidez suficiente. Porque, cuando se alejó, allí estaba Eli. Plantado con la pelota debajo del brazo, me contemplaba con expresión indescifrable. Durante un momento nos limitamos a sostener la mirada del otro y de súbito me vino a la mente la primera de aquellas largas noches, a dos pasos de donde estaba ahora mismo. «Todas lo son, ¿no?».

—Hola —le dije—. ¿Qué tal el partido?

—Bien. —Botó la pelota una vez—. Hemos ganado.

Dos parejas arregladas para salir pasaron entre nosotros. Los cuatro charlaban contentos y, durante un instante fugaz, quise unirme a ellos, acompañarlos a dondequiera que fuesen.

—¿Y qué? —preguntó, según se acercaba—. ¿Qué ha pasado?

—Tenía trabajo —expliqué—. Vamos atrasadas con las nóminas y tenía que rellenar...

—No. —Botó la pelota de nuevo—. Hablo de ti.

—¿De mí?

Asintió.

—Te comportas de manera distinta. ¿Qué pasa?

—Nada —dije. Eli clavó los ojos en los míos, con atención, escéptico.

—Ah, ¿te refieres a eso? —Señalé el Last Chance, cuya puerta Jason acababa de cruzar—. Es un amigo del instituto. Mi pareja del baile de graduación, en realidad, aunque me dejó colgada en el último momento. No digo que me molestara, nunca hubo nada, o sea, serio entre nosotros. Da igual, el caso es que está participando en un curso y me ha visto aquí sentada, así que...

335

—Auden —pronunció mi nombre como si pisara el freno, con fuerza. Me callé en seco—. En serio. ¿Qué te pasa?

—Nada —le aseguré—. ¿Por qué no paras de preguntarme lo mismo?

—Porque anoche todo iba bien —respondió—. Y hoy te has escaqueado, me has evitado y ahora ni siquiera eres capaz de mirarme a los ojos.

—No pasa nada —repetí—. Por Dios, tenía trabajo. ¿Tan raro es?

Esta vez no contestó. En realidad, no hacía falta. Era una mentira como una casa, sin ninguna consistencia. Y, sin embargo, seguí sosteniéndola como si me fuera la vida en ello.

—Mira —dijo por fin—, si esto tiene algo que ver con lo que pasó entre tu padre y Heidi…

—No tiene nada que ver —lo corté. A la defensiva. Hasta yo me di cuenta—. Ya te lo he dicho, tenía que trabajar. Estoy muy liada ahora mismo, ¿vale? No me puedo pasar el verano jugando a kikimbol. Tengo que ir preparando las asignaturas y adelantando lecturas si quiero empezar a tope en Defriese este otoño. Últimamente me he dedicado a hacer el vago y ahora…

—Hacer el vago —repitió.

—Sí. —Me miré las manos—. Ha sido divertido y tal. Pero voy superatrasada. Tengo que ponerme en serio.

Mientras decía eso, oía un griterío que conocía bien procedente del paseo, voces que reían, soltaban pullas, felices de estar en compañía. Lo reconocí al instante, por cuanto estaba mucho más familiarizada con ese sonido de lejos que participando de él.

—Vale —dijo Eli—. Bueno, pues buena suerte. Con lo de ponerte en serio y todo eso.

Lo dijo en un tono tan cortante —frío, distante, exactamente el que yo creía querer oír— que de súbito comprendí que quizás no fuera así.

—Eli —me apresuré a decir—. Mira. Es que…

Sin embargo, no añadí nada más. Dejé la frase en suspenso, abierta, con la esperanza de que él interviniera, la terminara, me sacara las castañas del fuego. Era la especialidad de mi padre y ahora entendía la razón. Es mucho más fácil refugiarte en el otro que verte obligado a decir eso que te cuesta verbalizar. Pero Eli no mordió el anzuelo, no hizo el trabajo duro por mí. Se alejó sin más. Y tampoco debería haberme sorprendido. ¿Por qué iba a importarle si yo terminaba o no la frase? Él ya había terminado conmigo.

CATORCE

13:05 Estoy haciendo un descanso de una mesa redonda. ¿Te apetece que compremos algo para comer?

15:30 ¿Quedamos para cenar esta noche? ¿Last Chance, sobre las 6?

22:30 Estoy volviendo a la residencia. Hablamos mañana.

Dejé el teléfono sobre la mesa del escritorio. Leah, que hojeaba unos recibos, echó un vistazo a la pantalla.

—Vaya, alguien está muy solicitada esta noche.

—Solo es un chico que conozco —respondí—. Del instituto.

—«Solo un chico» —repitió—. ¿Tú crees que realmente existe algo parecido?

Estábamos en el despacho, pasada la hora del cierre. Todo el mundo esperaba a que terminara cuatro cosas de última hora para salir.

—En este caso —le dije—, sí.

El teléfono emitió otra señal. Suspiré y le eché un vistazo.

22:45 Si tienes tiempo para charlar esta noche, llámame. Me gustaría comentar unas ideas contigo.

—Qué barbaridad. Cuánta persistencia —observó Esther.

—Me parece que solo intenta compensarme por haberme dejado plantada en el baile de graduación —lo disculpé—. O algo parecido. No sé.

En realidad, no se me había ocurrido hasta ese mismo instante. Pero, ahora que lo pensaba, tenía sentido.

—¿Te dejaron plantada en el baile de graduación? —preguntó Maggie. Parecía sinceramente consternada—. Qué horror.

—No fue para tanto —le aseguré—. Me llamó el día anterior y me dijo que lo habían invitado a un gran congreso sobre ecología en Washington D. C. Era una ocasión única en la vida.

—Igual que el último baile de graduación —señaló Leah—. Me alegro de que hayas pasado de él. Se lo merece.

—No es por eso por lo que… —Suspiré—. No me apetece revivir esa parte de mi pasado. Nada más.

Entró un nuevo mensaje. Esta vez ni siquiera lo miré. Más tarde, en cambio, cuando ya estaba de vuelta en casa, cogí el teléfono y volví a leer todos los mensajes de Jason de arriba abajo. Tal vez responder, encontrarme con él, hacer algo que me fue negado la primera vez pudiera considerarse una especie de segunda oportunidad. Sin embargo, a diferencia de jugar a los bolos, hacer guerras de comida o llegar a casa a deshoras, no tenía la sensación de haberme perdido nada con Jason. De hecho, lo que pasó —o no— con él tan solo fue un capricho del destino, un giro del azar. En realidad, nunca nos hizo falta una primera oportunidad y mucho menos una segunda.

***

Una semana antes, a las once y media de la noche, ya llevaría alrededor de una hora por ahí y me estaría preparando para las aventuras nocturnas. Últimamente, en cambio, solía estar encerrada en mi habitación, haciendo codos.

Aquella noche que Eli se alejó por el paseo, volví a casa alrededor de la medianoche y lo encontré todo a oscuras. Isby dormía en su habitación y Heidi estaba frita, aunque había dejado encendida la lamparita de la mesilla. Yo había entrado en mi cuarto con la intención de echar mano de unas cuantas cosas antes de salir cuando recordé el comentario de Jason sobre adelantar lecturas y empezar a toda mecha. Antes de que me diera cuenta estaba sacando la maleta de debajo de la cama.

Lo primero que vi al abrirla fue el marco de fotos que Hollis me había regalado. Lo empujé a un lado a toda prisa. Debajo encontré mis libros de Economía. Diez minutos más tarde estaba leyendo el primer capítulo y tenía una libreta repleta de notas al alcance de la mano.

Fue tan fácil... Los estudios, como un viejo amigo, me habían esperado pacientemente y volver a ellos se me antojó lo más natural del mundo. A diferencia de las aventuras que había vivido con Eli, todas nuevas, desafiantes y muy alejadas de mi zona de confort, estudiar era mi especialidad, lo único que hacía bien, por mal que me fuera todo lo demás.

De manera que aquella noche, en lugar de dedicarme a dar vueltas por ahí al volante de mi coche, me quedé en mi habitación, junto a la ventana abierta, leyendo capítulo tras capítulo mientras las olas rompían a lo lejos. A pesar de ello, cada vez que hacía un descanso para ponerme un café o ir al baño, me sorprendía a mí misma mirando el reloj y preguntándome por dónde andaría Eli. A medianoche, seguramente en la lavandería. A la una y media, en el Park Mart. Más tarde, ¿quién sabe? Ahora que ya no tenía que cargar conmigo y mi estúpida misión, podía estar en cualquier parte.

Lo más sorprendente de todo, sin embargo, fue el modo en que la noche llegó a su fin. A las siete de la mañana desperté sobresaltada y despegué la cabeza del cuaderno de notas, donde por lo visto la había apoyado cuando me quedé frita en algún momento de la madrugada anterior. Me dolía el cuello y tenía manchas de tinta en la mejilla, pero nada de eso me pareció tan raro como la sensación de haber dormido de un tirón por segunda noche consecutiva. No estaba segura de querer conocer el motivo.

Fueran cuales fuesen las razones, el súbito cambio en mis pautas de sueño —que se prolongó a lo largo de las tres noches siguientes— desbarató mi rutina por completo. Por primera vez desde hacía mucho tiempo, estaba despierta y lúcida por la mañana. Al principio intenté dedicar esas horas al estudio, pero al tercer día decidí pasarme por Clementine.

—Oh, Dios mío —oí decir a Maggie tan pronto como entré—. Es increíble.

Puse los ojos en blanco y me libré de las gafas de sol, preparada para someterme a las inevitables preguntas y a dar las consiguientes explicaciones de por qué estaba allí tan temprano. Y entonces me percaté de que ni siquiera me había visto. En vez de eso, Maggie, Leah y Adam estaban apiñados alrededor del portátil que descansaba sobre el mostrador, concentrados en la pantalla.

—Y que lo digas —fue la respuesta de Adam—. No teníamos ni idea. Ni siquiera Jake. Recibió un mensaje de alguien diciendo que lo habían visto en internet, así que lo buscó.

—¿Y de qué fecha dices que es? —preguntó Leah. Inclinándose hacia delante, Maggi pulsó una tecla.

—De ayer. Participó en la exhibición de Hopper Bikes, en Randallton.

Se concentraron en la pantalla de nuevo, al parecer sin reparar en mi presencia cuando me acerqué a recoger los recibos del día anterior. Eché un vistazo al ordenador: una bici ascendía por una rampa y luego bajaba por el otro lado.

—No lo hace nada mal —observó Maggie.

—Lo hace fenomenal—matizó Adam—. O sea, era su primera competición desde hacía más de un año y quedó segundo.

—Mira por dónde —murmuró Maggie.

—Ya te digo. Menuda vertical. —Adam negó con la cabeza—. No me lo puedo creer. Eli vuelve a montar después de tanto tiempo y todavía controla a tope. Es de locos.

Eché otro vistazo. La figura del acróbata estaba lejos, pero me fijé en el pelo largo que asomaba por debajo del casco.

—Bueno —dijo Maggie—, puede que no.

—¿A qué te refieres?

Tardó un momento en responder. Por fin, dijo:

—Que no lo hayamos visto montar en bici no significa que no lo haya hecho.

—Sí, pero —objetó Adam—, para saltar así de bien, tiene que haber practicado mucho. Alguien lo habría pescado. A menos que, o sea…

—… practicara en plena noche o algo así —apuntó Leah.

Alcé la vista. Tanto ella como Maggie me miraban sin disimulo. Adam, al reparar en el gesto, volvió la vista hacia mí y luego otra vez hacia ellas.

—¿Qué pasa? —dijo—. ¿Me he perdido algo?

—¿Tú lo sabías? —preguntó Leah—. ¿Que Eli había vuelto a las competiciones?

Negué con un movimiento de la cabeza.

—No.

—¿Seguro? —insistió Maggie—. A mí me parece que compartís un montón de secretos.

—Sí —respondí—. Estoy segura.

Todavía me miraban con atención cuando recogí los recibos, me encaminé al despacho y cerré la puerta a mi espalda. Oía sus voces según miraban el vídeo una y otra vez sin dejar de comentar la pinta tan alucinante que tenía Eli y la gran sorpresa que había supuesto para todos su regreso a la competición. En especial para mí. Ahora comprendía la suerte que había tenido de poder atisbar un pedacito de su mundo interior, como si hubiera empujado una puerta tan solo lo suficiente para que entrara una rendija de luz. Al mismo tiempo me daba cuenta de lo mucho que había aún por conocer, oculto a la vista.

Aparte de aquel vistazo fugaz al vídeo, no quería ver a Eli. La verdad era que me daba tanta vergüenza haberme comportado como lo hice que me esforzaba cuanto podía por evitar la tienda de bicis. Entraba y salía de Clementine por la puerta trasera casi todas las veces, con la excusa de que así acortaba el camino a casa. No estaba segura de si Maggie y las demás me creían y tampoco me importaba. Dentro de un par de semanas regresaría a mi hogar y, desde ahí, pondría rumbo a Defriese. Aquella parte de mi vida, extraña y transitoria, casi había terminado. Gracias a Dios.

Esa noche, cuando hice un descanso de mis lecturas, vi que Heidi había sacado la mecedora a la terraza y conversaba al teléfono allí fuera. Isby, bien envuelta en su fajita, dormía en sus brazos.

—No sé —decía—. Parece hundido siempre que hablamos. Como si estuviera convencido de que esto no va a funcionar, hagamos lo que hagamos. Lo sé, pero...

Guardó silencio un momento, durante el cual solamente el chirrido de la mecedora llegó a mis oídos, atrás y adelante, atrás y adelante.

—Me da miedo que sea demasiado tarde —respondió por fin—. Que tenga razón y esto sea irreparable. Ya lo sé, ya lo sé, tú dices que nunca es demasiado tarde. Pero yo no estoy tan segura.

Mi teléfono emitió una señal desde el bolsillo trasero. Eché un vistazo a la pantalla.

¿Te apetece tomar un café? Yo invito.

Leí las palabras una vez, dos, tres. «Nunca es demasiado tarde», pensé. Y entonces entró otro mensaje.

¡Propón un sitio, yo soy nuevo aquí! J.

—¿Quién te escribe tan tarde? —gritó Heidi. Entró cargada con Isby en un brazo y el teléfono en la mano libre.

—Mi expareja del baile de graduación —le contesté—. Es una historia muy larga.

—¿Sí? —dijo—. ¿Y qué…? ¡Ay, Dios mío!

Pegué un bote, asustada, y luego miré a mi espalda, pensando que vería algo desplomarse o en llamas.

—¿Qué pasa? —pregunté—. ¿Qué ha sido?

—¡El baile de graduación! —Heidi negó con la cabeza—. ¡No me puedo creer que no se me haya ocurrido antes! Como temática del festival de la playa. La noche del baile. ¡Es perfecto! —Activó el teléfono y buscó un número. Al cabo de un segundo, alguien respondió al otro lado—. El baile de graduación —informó Heidi. Dejó un silencio y añadió—: Como tema del festival. ¿No te parece perfecto? Bueno, piénsalo. La gente se puede arreglar, podemos votar al rey y la reina, poner música hortera y…

Siguió hablando, pero yo regresé a mi habitación, donde los libros y las notas me estaban esperando. Una vez instalada en la cama, sin embargo, descubrí que no podía concentrarme, así que me eché hacia atrás e inspiré la brisa marina. En ese instante vi mi portátil en la mesilla de noche. Sin pararme a pensarlo dos veces, lo encendí para buscar LiveVid, la página de vídeos.

«Exhibición hopper bikes», tecleé. «Randallton». Aparecieron diez vídeos. Los fui revisando hasta llegar a uno etiquetado como «stock y rampa», y lo pinché.

Era el mismo que habían estado viendo por la tarde en Clementine; reconocí el casco y el fondo. Recordaba los saltos que había presenciado en el circuito, y era evidente que lo que Eli hacía era distinto, incluso para una mirada inexperta como la mía.

La elegancia y soltura que emanaban sus movimientos dejaban patente la dificultad que el ejercicio entrañaba en realidad. Según se desplazaba por la pantalla, cada vez más arriba en el aire y luego todavía más, se me encogió el corazón. Era arriesgado y aterrador y, sin embargo, al mismo tiempo, profundamente hermoso. Tal vez ese fuera el secreto: ser increíble no debería resultar pan comido. Porque entonces todo sería coser y cantar. Son las cosas por las que luchas y te cuestan un esfuerzo las que tienen más valor. Cuando la conquista de algo entraña dificultad, haces todo lo posible por asegurarte de que sea difícil —si no imposible— perderlo.

***

Al día siguiente, tras una semana de llamadas incómodas, me decidí por fin a visitar a mi padre en el Cóndor. Lo encontré en su habitación con las cortinas echadas y exhibiendo una barba al más puro estilo náufrago. Después de abrirme la puerta, se desplomó en la cama deshecha, estiró los brazos por encima de la cabeza y cerró los ojos.

—Bueno —empezó, tras proferir el suspiro más largo del mundo—, dime. ¿Cómo va mi vida sin mí?

Contuve el impulso de responder a la pregunta y poner los ojos en blanco, todo a la vez. En vez de eso, dije:

—¿No has hablado con Heidi?

—Hablar —resopló, desdeñando la idea con un gesto de la mano—. Uf, ya lo creo que hablamos. Pero no decimos nada en realidad. Todo se reduce a que no nos ponemos de acuerdo. Me preocupa que nunca lo hagamos.

En verdad, yo no quería conocer los detalles turbios de sus problemas. Me bastaba con saber que los tenían, que eran importantes y seguían sin resolverse. Pero, ya que era la única persona presente, no tuve más remedio que internarme en el barro.

—¿Es a causa… de la nena?

Se incorporó levemente y me miró.

—Oh, Auden. ¿Te ha dicho eso?

—Ella no dice nada —le aseguré mientras descorría las pesadas cortinas—. Solo te lo pregunto porque quiero que resolváis vuestras diferencias, nada más.

Me observó con curiosidad mientras yo iba de un lado a otro por la habitación recogiendo tazas de café y bolsas de comida rápida.

—Tu preocupación me intriga —me soltó por fin—. Pensaba que Heidi no te caía bien.

—¿Qué? —Tiré un par de servilletas pegajosas, manchadas de kétchup, a la rebosante papelera—. Pues claro que me cae bien.

—Entonces ¿no la consideras una Barbie superficial y desalmada?

—No —repliqué, soslayando el hecho de que, vale, puede que hace tiempo hubiera pensado algo parecido—. ¿Por qué dices eso?

—Porque tu madre usó esas palabras —respondió levantando la voz—. Y vosotras dos tendéis a pensar lo mismo.

Yo estaba en el baño mientras mi padre hablaba, lavándome las manos. Al oír el comentario alcé la vista para mirarme al espejo, pero la desvié al instante. Puede que eso también hubiera sido verdad, en algún momento.

—No siempre —objeté.

—Ah, pero eso es lo bueno de tu madre —musitó mientras yo buscaba con la vista una toalla limpia para secarme las manos—. Uno siempre sabe lo que está pensando. No hace falta formular hipótesis, conjeturar e interpretar códigos y señales ocultos. Cuando se sentía desgraciada, yo lo sabía. Pero Heidi…

Entré en la habitación y me senté en la otra cama.

—¿Heidi qué?

Lanzó otro suspiro.

—Ella no expresa nada. Se lo guarda para sí y tú crees que todo va bien. Y un día, cuando menos te lo esperas, te lo echa todo en cara. No está bien, se siente desgraciada. No te estabas esforzando lo suficiente, al fin y al cabo. Ah, y eres el peor padre del mundo, por si fuera poco.

Esperé un momento antes de preguntar:

—Pero ¿ella te ha dicho algo de eso?

—¡Pues claro que no! —se impacientó—. En el matrimonio, todo gira en torno a los subtextos, Auden. La cuestión es que, desde su punto de vista, les he fallado a las dos: a ella y a Tisbe. Desde el primer día, por lo que parece.

—Pues vuelve a intentarlo —le espeté—. Y hazlo mejor.

Me miró con tristeza.

—No es tan fácil, cariño.

—¿Y qué vas a hacer, entonces? ¿Quedarte aquí, solo?

—Pues no lo sé. —Se levantó y se acercó a la ventana, al tiempo que hundía las manos en los bolsillos—. Desde luego no quiero empeorar más las cosas. Es posible que estén mejor sin mí. Incluso probable.

Se me revolvieron las tripas, de sopetón.

—Lo dudo mucho —le dije—. Heidi te quiere.

—Y yo la quiero a ella —respondió—. Pero a veces el amor no basta.

Por raro que parezca, lo que más me molestó de su comentario fue que usara una frase tan cutre y manida. Era un gran escritor; podía hacerlo mejor, yo lo sabía.

—Tengo que irme a trabajar —decidí. Recogí el bolso que yacía a mi lado, en la cama—. Yo solo... quería saber cómo estabas.

Enfiló hacia mí y me envolvió en un abrazo. Noté el contacto de su barba, crespa e inadecuada contra mi frente, cuando murmuró:

—Estoy bien. Estaré bien.

Cuando cerré la puerta, me encaminé al ascensor y pulsé el botón, que no se encendió. Volví a pulsar. Nada. Entonces me acerqué un paso más y lo golpeé con el puño.

Comprendí —cuando se encendió por fin, y al momento— que estaba enfadada. Más que eso: estaba tan rabiosa que tenía el corazón desbocado y ni siquiera podía pensar a derechas. Cuando entré en el ascensor, las puertas se cerraron y me mostraron mi propio reflejo. En esta ocasión, me miré directamente a los ojos.

Era rarísimo estar sintiendo esa rabia súbita e incontenible, como si algo de lo que mi padre había dicho, o hecho, hubiera abierto una válvula en mi interior cerrada desde hacía largo tiempo y, de repente, algo brotase de dentro como un géiser. Mientras cruzaba el vestíbulo para salir a la calle, solo podía pensar en que, a pesar del numerito que acababa de presenciar, huir de algo que no funciona no te honra, ni aunque tú seas la razón de ese mal funcionamiento. Especialmente si tú eres la razón. Te convierte en un cobarde. Porque si tú eres el problema, cabe suponer que tienes también la solución. El único modo de averiguarlo es volver a intentarlo.

Casi había llegado a Clementine cuando caí en la cuenta de que estaba caminando a toda mecha, sorteando gente aquí y allá. En el momento en que por fin abrí la puerta, resollaba tanto y estaba tan congestionada que Maggie dio un respingo, sobresaltada.

—¿Auden? —se extrañó—. ¿Qué pa…?

—Necesito que me hagas un favor —le pedí.

Me miró de hito en hito.

—Vale —dijo—. ¿Qué es?

Se lo expliqué, pensando que reaccionaría con desconcierto. O se reiría de mí, tal vez. Pero no hizo ninguna de las dos cosas. Lo meditó un momento y asintió con la cabeza.

—Sí. Puedo hacerlo.

QUINCE

Fue embarazoso, y eso siendo generosa.

—Mira —dijo Maggie cuando me levanté del suelo—, eso es precisamente lo que no debería pasar.

—No, si ya lo sé. —Bajé la vista para mirarme la rodilla, que exhibía un nuevo rasguño a juego con el anterior—. Es que... es tan raro.

—Me imagino —suspiró—. O sea, si se supone que debes aprender de niño, es por algo.

—¿Porque no da tanta vergüenza?

—Porque no caes de tan alto.

Se inclinó, recogió la bici y la sostuvo erguida. Monté una vez más, con los pies planos sobre el suelo.

—Vale —me animó—. Vuelve a probar.

Estábamos en el claro que había junto al circuito de saltos, por la mañana bien tempranito, y una cosa estaba clara: yo no sabía montar en bici.

De haber sabido, mi cuerpo habría recordado los movimientos de manera natural y yo habría sabido qué hacer en cuanto hubiera apoyado los pies en los pedales y comenzado a rodar. En vez de eso, cada vez que empezaba a moverme —aunque fuera a paso de tortuga— me entraba el pánico, me tambaleaba y caía de lado. En una de las intentonas me las arreglé para avanzar unos treinta metros, pero solo porque Maggie sujetaba la parte trasera del sillín. En cuanto me soltó, viré hacia unos arbustos y me estrellé otra vez.

Como es natural, quería abandonar. Tuve ganas desde la primera caída, que había sucedido una hora atrás. Era lo más humillante del mundo tener que levantarme del suelo una y otra vez, sacudirme la arena y la gravilla y, para colmo, soportar la expresión risueña de Maggie, su sonrisa de «tú puedes» acompañada casi siempre con un gesto de los pulgares hacia arriba, aunque me acabara de pegar un batacazo. Parecía tan fácil… Los niños pequeños lo hacían a diario. Y, sin embargo, yo fracasaba. Y volvía a fracasar.

—¿Sabes qué? —me dijo tras el siguiente trompazo, que implicó contacto directo contra un cubo de la basura, puaj—, creo que no lo estamos enfocando bien.

—No eres tú —le aseguré, mientras recogía la bicicleta una vez más—. Soy yo. Soy negada.

—No, no lo eres. —Me sonrió y yo me sentí todavía más patética si cabe—. Mira, montar en bici requiere mucha fe. O sea, en teoría, uno no debería ser capaz de desplazarse sobre dos ruedas de goma superfinas. Contradice toda lógica.

—Vale —observé, a la vez que me retiraba piedrecitas del codo—, ahora estás siendo condescendiente.

—Para nada. —Sostuvo la bici para que yo montase. Rodeé el manillar con las manos—. Pero creo que a lo mejor nos vendrían bien unos refuerzos.

La miré.

—Ah, no. Ni hablar.

—Auden. No pasa nada.

Extraje el teléfono que llevaba en el bolsillo trasero y lo desbloqueó.

—Por favor, no —le supliqué—. La risa de Leah se va a oír en todo el pueblo. Y Esther... Ella se limitará a compadecerme y eso será todavía peor.

—Es verdad —reconoció mientras escribía algo—. Pero voy a llamar a la única persona delante de la cual es imposible hacer el ridículo. Garantizado.

—Maggie.

—En serio. —Siguió toqueteando el teléfono—. Confía en mí.

En aquel momento no tenía la menor idea de quién podía ser esa persona. Pero diez minutos más tarde, cuando oí la portezuela de un coche cerrarse en el aparcamiento y giré la cabeza para mirar al recién llegado, lo entendí.

—¿Esto es una emergencia? —preguntó Adam según se acercaba—. Ya sabes que ese mensaje solo se debe enviar cuando alguien ha muerto o está agonizando. ¡Me has dado un susto de muerte!

—Perdona —le dijo Maggie—. Pero te necesitaba cuanto antes.

Adam suspiró, se pasó una mano por el cabello rizado que, ahora lo advertía, llevaba de punta por un lado. Además, las arrugas de la sábana se le marcaban en la cara.

—Vale. ¿Cuál es ese problema tan urgente?

—Pues... Auden no sabe montar en bici.

Adam me miró y yo noté un cosquilleo en la cara.

—Hala —exclamó él con seriedad—. Eso es grave.

—¿Lo ves? —señaló Maggie—. ¡Ya te he dicho que era la persona adecuada!

Adam se acercó, echó un vistazo a la bici y luego a mí montada en ella.

—Muy bien —dijo, pasado un momento—. ¿Y qué método de aprendizaje habéis usado hasta ahora?

Maggie parpadeó, desconcertada.

—Método de...

—¿Habéis empezado por el sistema del compañerismo para pasar después al pedaleo asistido? ¿O habéis optado directamente por el pedaleo asistido, para luego ir generando poco a poco un movimiento independiente?

Maggie y yo intercambiamos una mirada. A continuación, ella explicó:

—Yo solo he traído la bici y le he dicho que montara.

—Ay, tío. Es la manera ideal para conseguir que una persona odie las bicis. —Me indicó por gestos que bajara y empujara la bicicleta hacia él, cosa que hice. A continuación, se montó—. Vale, Auden. Siéntate en el manillar.

—¿Qué?

—El manillar. Sube. —Al ver que me quedaba plantada en el sitio, indecisa, insistió—: Mira, si quieres aprender a montar en bici, tienes que querer hacerlo. Y la única manera es que compruebes por ti misma hasta qué punto es divertido, una vez que controlas—. Sube.

Miré brevemente a Maggie. Cuando ella asintió para animarme, me encaramé al manillar, intentando adoptar una postura elegante.

—Vale —prosiguió Adam—. Ahora sujétate fuerte. Cuando vayamos a gran velocidad podrás soltarte, pero solo un momento y cuando te sientas segura.

—No me voy a soltar —le prometí—. Nunca.

—Genial también.

Y empezó a pedalear. Despacio al principio, luego más deprisa, tanto que el viento me empujaba el cabello hacia atrás y hacía revolotear mi camisa. Cuando llegamos al final del aparcamiento, torció a la derecha y siguió avanzando.

—Espera —le dije, volviendo la vista hacia Maggie, que nos miraba de lejos usando la mano como visera—. ¿Qué pasa con…?

—Tranquila —dijo Adam—. No tardaremos.

Ahora circulábamos por la calle principal, avanzando deprisa por el arcén. De vez en cuando, un coche nos adelantaba por la izquierda. El sol ya brillaba alto en el cielo y el aire emanaba un aroma dulce y salobre al mismo tiempo.

—Vale —gritó Adam mientras otro vehículo nos dejaba atrás—, dime qué estás sintiendo.

—Estoy cruzando los dedos para no caerme del manillar —fue mi respuesta.

—¿Qué más?

—Pues… —dije mientras abandonábamos la calle para subir al bordillo—. No sé.

—Seguro que estás sintiendo algo.

Lo medité según circulábamos por la acera, prácticamente desierta excepto por unos cuantos caminantes madrugadores y algunas gaviotas, que escapaban volando a nuestro paso.

—Se parece a volar —respondí, viendo a los pájaros remontar el vuelo—. Algo así.

—¡Exacto! —exclamó Adam, y aceleró aún más—. La velocidad, el viento... Y lo mejor de todo es que eres tú quien lo hace. O sea, ahora soy yo. Pero serás tú. Y te sentirás tan bien como ahora. O mejor, en realidad, porque será obra tuya y de nadie más.

Ahora avanzábamos a toda pastilla, con el traqueteo de los tablones bajo las ruedas, y yo me incliné hacia delante para que el viento azotase mi cara. A mi derecha, el océano rutilaba inmenso y, según pasábamos zumbando, se tornaba un borrón azul y constante. Y, a pesar del miedo a caer y de mis muchos escrúpulos, me invadió una extraña sensación de euforia y cerré los ojos.

—¿Lo ves? —La voz de Adam encontró de algún modo mis oídos—. Esto es una pasada.

Abrí los ojos con la intención de responder. De decirle que tenía razón, que lo entendía y que le agradecía que me hubiera dado aquella oportunidad y aquel paseo. Pero, tan pronto como el paisaje volvió a definirse, caí en la cuenta de que estábamos pasando por delante de la tienda de bicis y volví la cabeza para mirar. La puerta de la calle estaba abierta y en el instante en que pasamos por delante a toda velocidad advertí que la luz estaba encendida en la parte trasera y que había alguien detrás del mostrador. Alguien que sostenía una taza de café. Como corríamos tanto, puede que Eli no nos viera o, si lo hizo, no pudiera adivinar que era yo. De todos modos, por un instante, decidí dejarme llevar de verdad y levanté las manos.

***

A lo largo de la semana siguiente, practiqué con Maggie casi cada mañana. Se había convertido en un ritual: pillaba dos cafés en el Beach Beans y me reunía con ella en el claro del circuito. Al principio, por consejo de Adam, incorporamos lo que él llamaba «pedaleo asistido», es decir, yo pedaleaba y ella me sostenía por detrás. Luego empezó a soltarme durante breves instantes, todavía corriendo detrás para que no volcara. Ahora empezábamos a incrementar esos ratos, mientras yo seguía trabajando el equilibrio y el movimiento. No lo hacía de maravilla —me pegué un par de batacazos y todavía lucía costras en ambas rodillas— pero sí mucho mejor que el primer día.

Últimamente, cada vez más, me estaba dando cuenta de que mi vida había vuelto a cambiar, casi como si se estuviera invirtiendo. Ahora me quedaba en casa por las noches, estudiando y durmiendo, y salía a primera hora de la mañana y por la tarde, prácticamente como una persona normal. A diferencia de las personas normales, en cambio, todavía pasaba la mayor parte del tiempo a solas. Si no estaba trabajando o practicando con Maggie, me encerraba en casa y evitaba los mensajes de texto de Jason —que seguían llegando, aunque no con tanta regularidad, gracias a Dios— y las llamadas telefónicas de mis padres.

Sabía que se estaban preguntando qué diantre pasaba, o por qué llevaba siglos sin hablar con ellos e ignorando sus llamadas y subsiguientes mensajes. También era consciente de que se trataba de una actitud infantil y, por alguna razón, me sentía cómoda con ello. Igual que si formara parte de mi misión inacabada, como si me sirviera para compensar el tiempo perdido. Aunque, en realidad, a una parte de mí le preocupaba que, si hablaba con ellos —solo un momento, una palabra—, lo que sea que hubiera empezado a destaparse aquel día al salir del Cóndor se desbordaría como una ola y nos inundaría a todos.

El único miembro de la familia con el que hablaba era Hollis, e incluso con él mantenía un contacto esporádico, como mucho, tal vez porque estaba implicado a tope en su nueva vida con Laura. Si la relación de mi padre se hacía añicos y las de mi madre, como de costumbre, apenas si alzaban el vuelo, Hollis seguía desafiando la tendencia familiar y su propia historia. Ya era bastante raro que todavía estuviera locamente enamorado cuando, por lo general, a estas alturas ya habría perdido el interés y pasado página. Ahora, además, había hecho algo todavía más sorprendente.

—Hollis West.

Aunque había marcado su número y sabía que estaba hablando con mi hermano, su tono profesional me pilló desprevenida.

—¿Hollis?

—¡Aud! ¡Eh! Espera un momento, que salgo.

Oí unos cuantos ruidos ahogados, seguidos del sonido de una puerta al cerrarse. Por fin, volví a escuchar su voz.

—Perdona —dijo—. Estamos en un descanso de una reunión.

—¿Laura y tú?

—No. Los demás expertos en finanzas personales y yo.

—¿Quiénes?

Carraspeó.

—Mis compañeros. Ahora trabajo en Mutua Principal, ¿no te lo ha dicho mamá?

Recordé vagamente haber oído a mi madre decir algo sobre un banco.

—Sí, creo que sí —respondí—. ¿Cuánto hace que estás allí?

—Tres semanas, más o menos —calculó—. Pero las cosas han ido a toda velocidad. Me he integrado de maravilla.

—Ya —dije, despacio—. ¿Y te gusta?

—¡Muchísimo! —Oí un claxon—. Resulta que soy un crac en las relaciones con los clientes. Parece ser que aprendí algo haciendo el bobo por Europa, al fin y al cabo.

—¿Te relacionas con los clientes?

—Eso parece. —Soltó una carcajada—. Me contrataron como cajero, pero pasada una semana me trasladaron al servicio de atención al cliente. Así que me encargo de los cambios de cuenta, las peticiones de cajas de seguridad, cosas así.

Intenté imaginar a Hollis detrás de un escritorio en un banco, o en cualquier parte. Pero tan solo me venía a la mente esa foto en la que aparecía sonriendo con la mochila al hombro, delante del Taj Mahal. ¿Era este el mejor de los tiempos?

—Oye, Aud —continuó—. Tendré que volver a entrar enseguida. ¿Qué tal va todo por allí? ¿Cómo están papá, Heidi y mi otra hermana?

Dudé. Debería haberle contado que nuestro padre se había marchado, lo sabía. Hollis tenía derecho a estar informado. Sin embargo, no quería ser yo la que le diera la noticia, no sé por qué. Tal vez porque sería como si mi padre dejara una vez más la frase en suspenso para que yo le hiciera el trabajo sucio. Así que, en vez de eso, le dije:

—Todo va bien. ¿Cómo está mamá?

Suspiró.

—Uf, imagínate. Tan gruñona como siempre. Por lo visto la he decepcionado hasta extremos inimaginables al renunciar a mi espíritu independiente para unirme a la burguesía.

—Me imagino.

—Y te echa de menos.

A decir verdad, oír eso me sorprendió casi tanto como enterarme de su nuevo cargo profesional.

—Mamá no echa de menos a nadie —sentencié—. Es del todo autosuficiente.

—No es verdad. —Guardó silencio un momento—. Mira, Aud. Ya sé que habéis tenido problemas este verano, pero deberías hablar con ella. Sigue enzarzada en ese melodrama con Finn y...

—¿Finn?

—El alumno de posgrado. ¿El que dormía en el coche? Te hablé de él, ¿no?

Recordé las gafas negras de pasta.

—Sí, creo que sí.

—Ya conoces la cantinela. Está enamorado de ella, mamá no se compromete y bla, bla, bla. Por lo general se desaniman fácilmente, pero este es más persistente. No se da por vencido. La está volviendo loca.

—Jo —dije—. Parece una situación intensa.

—Todas lo son cuando ella anda por medio —replicó—. Mira, Aud, tengo que seguir con la sesión de lluvia de ideas. Pero, en serio, dale otra oportunidad.

—Hollis, no creo...

—Piénsatelo, como mínimo. Hazlo por mí.

No tenía la sensación de deberle nada a Hollis, para ser sincera. Así que alguna capacidad de convicción sí debía tener mi hermano, supongo, porque me sorprendí a mí misma diciendo:

—Vale. Lo pensaré.

—Gracias. Y, oye, llámame más tarde, ¿vale? Quiero saber qué más se cuece por allí.

Le prometí que lo haría y regresó a su reunión. Y yo cumplí mi palabra: me planteé hablar con mi madre. Y decidí no hacerlo. Pero me lo planteé.

Volví a instalarme en la misma rutina de siempre. Procuraba mantenerme alejada de Heidi, que estaba dedicada en cuerpo y alma a la organización del festival de la playa. Hacía caso omiso de los mensajes de mis padres. Leía otro capítulo más, respondía otra serie de preguntas de estudio. Apagaba la luz cuando empezaban a pesarme los párpados, sin acabar de creerme que fuera a conciliar el sueño hasta el momento exacto en que lo hacía. Tan solo permitía a mi mente rumiar sobre algo que no fueran los estudios y el trabajo cuando montaba en bici. Y entonces pensaba en Eli.

Desde aquel día que habíamos pasado a toda velocidad ante él en el paseo, lo había visto unas cuantas veces. Caminando ante el escaparate de Clementine mientras yo extraía papeles de la caja registradora o delante del taller, enseñándole una bici a un posible cliente. No me resultaba difícil decirme a mí misma que no hablábamos porque andábamos ocupados con otras cosas, y casi llegaba a creerlo. Pero entonces me acordaba de lo que le había espetado sobre hacer el vago y la expresión de su rostro justo antes de alejarse de mí, y sabía que me engañaba. Había sido mi elección, mi decisión. Él era lo más parecido a algo importante, o a alguien, que había tenido nunca. Pero, al final, algo parecido a una relación no significaba nada. O te implicas con todas las consecuencias o no existe.

Ahora bien, el asunto que más ocupaba mi mente cuando pedaleaba sobre la bici era mi misión. En su momento parecía un juego bobo, un mero pasatiempo, pero últimamente empezaba a entender que se trataba de algo mucho más trascendente. Noche tras noche, una tarea detrás de otra, Eli me había ayudado a regresar al pasado y a remediar —si no todos— unos cuantos errores. Me había ofrecido todas esas segundas oportunidades como quien hace un regalo. Al final, por desgracia, me había quedado a un paso de la última. A pesar de todo, mientras paseaba sobre dos ruedas por el claro del circuito con la ayuda de Maggie, que me sostenía por el sillín o corría detrás de mí, soñaba con poder mostrarle a Eli esta hazaña en particular. Yo sabía que no arreglaría las cosas, pero, no sé por qué, quería que estuviera enterado de mi logro.

Así pues, por las mañanas montaba en bici, cada vez más veloz y segura. Y por las noches me sentaba delante del portátil a buscar en LiveVid vídeos de Eli, que participaba en una competición tras otra. Viéndolo desplazarse por la pantalla a toda velocidad, tan cómodo sobre la bici, apenas me parecía posible que mis pequeños logros guardaran la menor relación con su increíble destreza y dominio. Sin embargo, en el fondo, eran una misma cosa. Ambos consistían en darte impulso hacia delante, hacia lo que sea que te aguardase allí, con cada giro de rueda.

***

En primer lugar oí un gritito. A continuación, risas. Pero solo cuando empezó a sonar la música dejé el boli en la mesa y me acerqué a investigar.

Eran las diez y cuarto y yo hacía lo mismo que solía hacer siempre a esa hora de la noche: prepararme para estudiar. Tras terminar los libros en Clementine, compraba un bocadillo en

Beach Beans y me lo comía a solas en la cocina, encantada de contar con toda la casa para mí. Por desgracia, ese día, una vez instalada y después de diez minutos inmersa en *Teoría y práctica de la Economía mundial*, descubrí que tenía compañía. Y escandalosa.

Bajé la mitad de las escaleras y me asomé a la cocina, que había sido tomada por una multitud. Heidi, vestida con pantalón corto y camiseta de tirantes, amontonaba bolsas de la compra sobre la mesa, mientras Isby, sujeta en su cochecito, observaba la escena. Una rubia de la edad de Heidi estaba abriendo una cerveza y otra chica, una morena, vertía nachos en un cuenco. Maggie, Leah y Esther estaban sentadas alrededor de la mesa, delante de más bolsas.

Existe un sonido que tan solo puede emanar de un grupo de mujeres. No es únicamente una charla, ni siquiera una conversación, sino más bien una melodía compuesta de palabras y exclamaciones. Yo había pasado buena parte de mi vida oyéndola más o menos a esa misma distancia y, sin embargo, nunca dejé de tener una clarísima consciencia de cada centímetro que me separaba de su fuente. Al mismo tiempo, estaba donde prefería estar y por eso me resultó tan perturbador que Heidi alzara la vista y me viera.

—Auden —gritó. Al mismo tiempo, alguien subió el volumen de la música, que sonaba como salsa pero más rápida, con mucho viento—. Hola. ¡Ven a reunirte con nosotras!

Antes de que pudiera reaccionar, todo el mundo se había vuelto a mirarme, así que escabullirme con cualquier excusa pasó de ser incómodo a imposible.

—Esto… —dije—. Yo…

—Esta es Isabel —continuó ella, al mismo tiempo que señalaba a la mujer rubia, que me saludó con una inclinación de cabeza. Y luego hizo un gesto en dirección a la morena—. Y esta es Morgan. Mis mejores amigas en Colby. Chicas, esta es Auden, la hija de Robert.

—¡Encantada de conocerte por fin! —exclamó Morgan—. Heidi te pone por las nubes. ¡Por las nubes!

—¿Has recibido mis mensajes? —me preguntó Heidi al mismo tiempo que extraía a Isby del cochecito—. He intentado avisarte de que veníamos, pero tenías el buzón lleno.

—Vaya —observó Leah, enarcando las cejas—. Parece que alguien tiene mucho éxito por aquí.

—En realidad —dije mientras Esther volcaba sobre la mesa el contenido de una bolsa, que consistía en un montón de pequeños marcos de fotos—, ahora mismo tenía que hacer unas llamadas.

—Oh. Bueno, cuando termines entonces. —Heidi alargó la mano para tomar la cerveza que Isabel le ofrecía a la vez que Morgan colocaba los nachos sobre la mesa—. Seguro que seguiremos aquí. Tenemos al menos trescientos recuerdos que confeccionar.

—¿Trescientos? —preguntó Leah. Miró a Maggie entornando los ojos—. Has dicho que…

—He dicho que sería divertido y lo será —replicó ella—. Tampoco teníais nada mejor que hacer esta noche.

—¡Pues claro que sí! Es noche de chicas en el Tallyho.

—No, no, nunca más al Tallyho —intervino Esther a la vez que echaba mano de un marco.

—Así se habla —asintió Isabel—. Ese sitio me da yuyu.

De nuevo en mi habitación, recogí el boli e intenté sumergirme en el mundo del sistema monetario internacional. Después de oírlas estallar en carcajadas varias veces, me levanté y cerré la puerta. Por desgracia, la música todavía llegaba a mis oídos, un ritmo machacón que me distraía. Por fin, busqué el teléfono, lo desbloqueé y marqué el número del contestador.

Heidi tenía razón: estaba lleno, principalmente con un montón de mensajes antiguos de mis padres que nunca me había decidido a escuchar. Los fui reproduciendo, uno a uno, con los ojos fijos en el océano oscuro del exterior.

«Auden, hola, soy tu madre. Intentaré contactar contigo más tarde».

Borrar.

«Hola, cielo, soy papá. Estaba haciendo un descanso en las revisiones y se me ha ocurrido llamarte. Estaré en mi habitación todo el día si te apetece devolverme la llamada o pasarte. Te estaré esperando».

Borrar.

«Auden, soy tu madre. Tu hermano está trabajando en un banco. Espero que estés tan horrorizada como sería de esperar. Adiós».

Borrar.

«Hola, Auden, soy papá otra vez. Estaba pensando que a lo mejor te apetecía que fuéramos a cenar al Last Chance. Estoy un poco harto del servicio de habitaciones. Llámame, ¿vale?».

Borrar.

«Auden, me estoy hartando de tu contestador. No volveré a llamarte hasta que sepa algo de ti».

Borrar.

«Cariño, soy papá otra vez. Llamaré al fijo, por si has dejado de responder a este».

Borrar.

Los mensajes continuaban hasta el infinito y yo no sentía nada según iba pulsando la tecla de borrar una y otra vez. Hasta que llegué a uno en particular.

«Ah, Auden. Bueno, está claro que no quieres hablar conmigo. —Sonó un suspiro que conocía tan bien como mi propio rostro. Lo siguiente, sin embargo, me pilló por sorpresa—. Supongo que me lo merezco. Como siempre, tengo una facilidad especial para distanciarme de las pocas personas con las que me gusta hablar. No sé por qué me pasa. A lo mejor tú lo has descubierto, a lo largo de tu transformación estival. Me pregunto…».

Me despegué el teléfono de la oreja para mirar la pantalla. Mi madre había dejado el mensaje dos días atrás, sobre las cinco de la tarde. ¿Dónde estaba yo a esa hora? Seguramente sola también, en el despacho de Clementine, aquí en mi habitación o de camino a cualquiera de los dos sitios.

Pensé en mi madre, sentada a la mesa de la cocina, mientras Hollis trabajaba en un banco y yo, por lo que ella sabía, montaba en un coche lleno de chicos con un bikini rosa. Qué distintos debíamos de ser de las personas que ella imaginó, o planeó, en aquellos días en los que, igual que Heidi ahora, nos acunaba, nos llevaba en brazos y cuidaba de nosotros. Es tan fácil renegar de lo que ya no reconoces, mantenerte al margen de todo aquello que te resulta ajeno y perturbador. La única persona sobre la que posees control, siempre, eres tú misma. Que puede parecer mucho, pero, al mismo tiempo, no lo suficiente.

Ahora, mientras otra ronda de carcajadas estallaba en el piso inferior, pulsé el uno en marcación rápida y esperé.

—¿Sí?

—Mamá, soy yo.

Un silencio. A continuación:

—Auden. ¿Cómo estás?

—Estoy bien —dije. Me sentí rara hablando con ella después de tanto tiempo—. ¿Y tú?

—Bien —respondió—. Supongo que yo también estoy bien.

Mi madre no era muy dada a los cariñitos. Nunca lo había sido. Sin embargo, algo en su tono de voz, en el mensaje que me había dejado, me prestó el valor que necesitaba para decir lo que dije a continuación.

—Mamá, ¿te puedo preguntar una cosa?

Noté que vacilaba antes de responder:

—Sí. Claro.

—Cuando papá y tu decidisteis separaros, ¿lo hicisteis de inmediato? ¿O, en plan, seguisteis mucho tiempo juntos, tratando de arreglar las cosas?

No sé qué pregunta se esperaba ella. Pero, a juzgar por el largo silencio que siguió, no era esa. Por fin, dijo:

—Nos esforzamos mucho en seguir juntos. El divorcio no fue una decisión que tomáramos a la ligera, si te refieres a eso. ¿Te refieres a eso?

—No lo sé. —Miré mi libro, el bloc alineado al lado—. Supongo que… Da igual. Perdona.

—No, no, no pasa nada. —Ahora su voz sonaba más cerca del aparato, tanto que me saturaba el oído—. Auden, ¿qué pasa? ¿Por qué le estás dando vueltas a eso?

Me avergonzó darme cuenta, de sopetón, de que tenía un nudo en la garganta. Por Dios, ¿qué me pasaba? Tragué saliva y dije:

—Es que… papá y Heidi tienen problemas.

—Problemas —repitió ella—. ¿Qué clase de problemas?

Otra explosión de carcajadas ascendió desde la planta baja. Le confesé:

—Él se marchó hace un par de semanas.

Mi madre exhaló aire despacio, la clase de suspiro que alguien lanzaría al ver cómo la bola de béisbol sale volando por encima de la verja hacia una zona muy muy alejada.

—Oh, vaya. Cuánto lo siento.

—¿De verdad?

Lo solté sin darme cuenta, y al momento me supo mal haberme mostrado tan sorprendida. Usó un tono un poco más brusco para replicar:

—Pues claro. A nadie le gusta que un matrimonio tenga problemas, en especial cuando hay un niño de por medio.

Y así, sin más, me eché a llorar. Las lágrimas llegaron sin avisar, inundaron mis ojos y empezaron a caer, y yo inspiré con fuerza para tratar de mantener la compostura.

—¿Auden? ¿Te pasa algo?

Miré por la ventana al océano, tan estable y tan vasto, siempre igual en apariencia y al mismo tiempo en cambio constante.

—Es que me gustaría —respondí con voz temblorosa— haber hecho las cosas de otro modo.

—Ah —dijo. Como si me hubiera entendido a la perfección, pese a las pocas pistas que le había dado. El subtexto, una vez más—. A ti y a todos.

Puede que, entre las madres y las hijas normales, las conversaciones fueran más directas. Tal vez mantuvieran la clase de intercambios que no dejan espacio a la ambigüedad o a la duda y dijeran exactamente lo que pretendían en el momento preciso.

Pero mi madre y yo no éramos normales, así que aquello —por forzado y vago que fuera— era la mayor intimidad que habíamos compartido en siglos. Fue igual que alargar la mano hacia alguien y, en lugar de asirle los dedos o incluso el brazo, toparse con el hombro. Pero da igual. Te agarras con fuerza en cualquier caso.

Durante un momento seguimos al teléfono sin más y ninguna de las dos habló. Por fin, decidí:

—Tengo que irme. Mis amigas están abajo.

—Claro. —Tosió—. ¿Me llamas mañana?

—Sí. Desde luego que sí.

—Muy bien. Buenas noches, Auden.

—Buenas noches.

Dejé el teléfono en reposo, lo deposité en la cama, sobre el libro de texto, y enfilé hacia la puerta. Mientras recorría el pasillo y luego las escaleras, escuché esa melodía que tan bien conocía, más sonora que nunca.

—… es que no entiendo por qué de repente todas actuamos como si el baile de graduación fuera la octava maravilla —decía Isabel.

—Porque lo es —replicó Morgan.

—Para algunas.

—Exacto —intervino Esther—. Otras nos quedamos atrapadas con tíos borrachos que no pudieron ni salir del aparcamiento.

Morgan resopló una risa. Isabel dijo:

—Cállate.

—En mi opinión —exponía ahora Heidi—, el baile de graduación es una de esas cosas del instituto que no tiene término medio. O bien te encanta o lo odias con toda tu alma. Como el propio instituto.

—A mí me encantaba el instituto —confesó Maggie.

—Pues claro —le soltó Leah—. Salías con el tío más bueno, sacabas las mejores notas y todo el mundo te adoraba.

—Tú nunca has querido que todo el mundo te adore —puntualizó Esther.

—Pero no me habría importado que alguien lo hiciese —replicó ella.

—Mi novio del instituto me rompió el corazón, ¿recuerdas? —le señaló Maggie.

—¡A mí también! —suspiró Morgan—. Jo, aquello sí que fue una mierda.

—Era un idiota —le recordó Isabel—. Usaba un montón de gomina.

Ahora Esther resopló una carcajada y Leah le dijo:

—Cállate.

—¿Lo veis? —concluyó Heidi—. ¡Por eso es un tema tan bueno! Las personas que se divirtieron en el baile de graduación pueden revivir la experiencia. Y aquellos que lo pasaron mal tendrán una segunda oportunidad. Todo el mundo sale ganando.

—Menos las panolis que están encerradas confeccionando trescientos recuerdos —gruñó Leah. En ese momento levantó la vista y me vio—. Eh. ¿Has decidido ser una panoli, tú también?

Tragué saliva, consciente de que Heidi me estaba mirando. Adoptó una expresión preocupada al reparar en mis ojos congestionados.

—Ya ves —repliqué.

Maggie desplazó la silla para dejarme un sitio y yo me senté a su lado.

—Bueno —dijo Isabel—, Auden. ¿Estás a favor o en contra del baile de graduación?

—En contra —fue mi respuesta—. Me dejaron plantada.

Todas las presentes ahogaron exclamaciones.

—¿Lo dices en serio? —se escandalizó Morgan—. ¡Eso es horrible!

—Y —añadió Leah— el tío está aquí ahora mismo y no para de enviarle mensajes.

—¿Sabes lo que deberías hacer? —propuso la otra—. Deberías invitarlo al festival de la playa y dejarlo a él plantado.

—Morgan. —Isabel enarcó las cejas—. Vaya, vaya, no conocía esa faceta tuya tan justiciera.

—Pues yo creo —opinó Heidi— que deberías buscar a una persona con la que de verdad te apetezca ir y hacerlo bien. Esa es mi opinión.

—No sé —respondí—. Me parece que es un poco tarde para eso.

—No necesariamente —me advirtió Leah—. Es noche de chicas en el Tallyho.

Sonreí.

—No, no, nunca más al Tallyho.

—¡Esa es mi chica! —sonrió Maggie, y me propinó un golpecito con el hombro.

Todo el mundo rio con ganas y así, sin más, la conversación despegó y pasamos a otro tema. La charla, la emoción, las réplicas y contrarréplicas avanzaban a velocidad de vértigo. Comprendí que si me concentraba demasiado en ello me sentiría abrumada. Así que decidí dejarme llevar, por accidentado y disparatado que fuera el paseo, e intentar, por una vez, limitarme a disfrutar del viaje.

DIECISÉIS

—Hala. Bonita quemadura por fricción.

Cuando levanté la vista, vi a Adam plantado en el umbral del despacho de Heidi, con una caja debajo del brazo.

—Bueno —dije, y dejé sobre la mesa el tubo de pomada antibiótica que me estaba aplicando con regularidad en el último raspón de mi espinilla, consecuencia del trompazo que había protagonizado esa misma mañana—. Supongo que es una manera de verlo.

—Es la única manera. —Dejó la caja en el mueble archivador y se levantó la camisa para enseñarme la cicatriz que le recorría la barriga—. ¿Ves esto? Primero de secundaria, una caída en una rampa. Y esto de aquí. —Ahora se arremangó para mostrarme otra zona de piel fina y blanca—. Me estrellé en un circuito de bici de montaña al saltar un tronco.

—Ay.

—Pero el no va más —prosiguió, propinándose unos toques en el pecho— está aquí. Titanio puro, nena.

Lo miré de hito en hito.

—¿A qué te refieres?

—A la placa que usaron para repararme el esternón —respondió en tono alegre—. Hace dos años. Me lo rompí en un salto. Menos mal que llevaba el casco integral.

—¿Sabes qué? —dije, mientras volvía a observar mi arañazo—, me estás dejando como una llorica.

—¡Para nada! —sonrió—. Todas las heridas cuentan. Si no te haces daño, significa que no estás pedaleando lo suficiente.

—En ese caso —concluí—, estoy pedaleando mucho.

—Eso me han dicho —comentó al tiempo que recogía la caja de nuevo—. Según Maggie, eres una bestia sobre la bici.

Lo miré horrorizada.

—¿Eso ha dicho?

—La estoy parafraseando —replicó con desenfado, desdeñando la frase con un gesto—. Dice que te estás esforzando mucho, que lo estás haciendo muy bien.

Me encogí de hombros y cerré el tubo de pomada.

—No sé. Si se me diera bien, no acabaría tan machacada.

—No es verdad.

Levanté los ojos.

—¿No?

Negó con un movimiento de la cabeza.

—Pues claro que no. Mírame a mí. Soy un acróbata excelente y he mordido el polvo en más ocasiones de las que puedo contar. ¿Y los profesionales? Se han caído tantas veces que son, en plan, biónicos. Mira Eli. Se ha roto el codo y la clavícula mogollón de veces, y lo del brazo…

—Espera —lo interrumpí—. ¿Lo del brazo? ¿Te refieres a la cicatriz?

—Sí.

—Pensaba que era una marca del accidente.

Adam hizo un gesto de negación.

—No. Estaba haciendo trucos en el muelle y cayó mal. Se lo abrió contra el borde de un banco. Había sangre por todas partes.

Una vez más, posé los ojos en el arañazo de mi rodilla, pequeño y casi un círculo perfecto, ahora brillante por la pomada.

—Todas las heridas cuentan —repitió Adam—. Y la moraleja de la historia es que no importa el número de caídas, sino las veces que te levantas para volver a montar. Siempre y cuando puedas sumar una más, todo va de maravilla.

Sonreí, ahora mirándolo a los ojos.

—¿Sabes? —observé—, deberías ser orador motivacional o algo así.

—Qué va. Soy demasiado bobo —respondió con tranquilidad—. Oye, ¿está Heidi por aquí?

—No. Ha salido a comer. —No añadí que había quedado con mi padre, su primer encuentro formal desde que él se había marchado. Heidi había estado tan nerviosa toda la mañana, dando vueltas por la tienda, ordenando expositores y rondando por el despacho, que, cuando por fin abrochó a Isby en la mochila para marcharse, yo respiré aliviada. En cuanto la puerta se cerró a su espalda, sin embargo, fui yo la que se puso frenética, sin dejar de preguntarme qué diría cuando regresara—. Volverá en cosa de una hora, seguramente.

—Ah. Bueno, dejaré esto aquí. —Depositó la caja sobre la mesa, a mi izquierda. Al ver que la miraba, añadió—: Son fotos de los bailes de graduación, de cuando me encargaba yo del anuario. Me dijo que las quería para decorar el festival de la playa o algo así.

—¿En serio? —pregunté—. ¿Puedo echar un vistazo?

—Claro.

Retiré la tapa. En el interior había un montón de fotografías, casi todas de trece por dieciocho y en blanco y negro. En la primera aparecía Maggie, posando junto a Jake ante el maletero de un coche. Ella lucía un vestido corto, oscuro y acampanado, con sandalias de tacón, el cabello suelto sobre los hombros. Llevaba un ramillete en la muñeca y se reía mientras le ofrecía una bolsa de Doritos a Jake, que iba enfundado en camisa y pantalones de esmoquin, descalzo sobre la arena. Pasé a la siguiente foto: también Maggie, ahora a solas, la misma noche, de puntillas para observar su imagen en un espejo que llevaba impresa la marca Coca-Cola en el centro. En la siguiente estaba Leah en una pose más formal, acompañada de un chico vestido con uniforme militar, ambos mirando a la cámara; la seguía una de Wallace en la pista de baile, con el fajín suelto, destrozando algún paso. Luego Maggie de nuevo, algún otro año, con un vestido distinto, ahora blanco y largo. En una instantánea caminaba por el paseo marítimo de la mano de su acompañante, cuya aparición en la foto se limitaba a un hombro. En la siguiente, alargaba la mano hacia la cámara, los dedos emborronados, la boca entreabierta en plena carcajada.

—Caray —dije mientras las hojeaba. De nuevo Leah. Esther. Maggie. Wallace y Leah. Jake y Esther. Maggie. Wallace y Esther. Maggie. Maggie. Maggie. Lo miré—. Tú no apareces.

—No. Yo siempre estaba detrás de la cámara.

Encontré otro retrato de Maggie, esta vez montada en su bici. Se recogía el vestido blanco con una mano mientras con la otra sujetaba el casco.

—Hay muchas de ella.

Él clavó la vista en la foto cuando respondió, en tono indiferente:

—Sí, eso parece.

—¿Qué estáis mirando?

Adam y yo dimos un respingo cuando la propia Maggie —en carne y hueso, chanclas y vaqueros— asomó por la puerta, a nuestras espaldas.

—Fotografías de los bailes de graduación —le dije con desenfado. Disimuladamente, escondí la última detrás de una en la que aparecía Leah con Wallace—. Heidi las ha pedido para el festival de la playa.

—Oh, no —suspiró antes de avanzar para echar un vistazo por encima de mi hombro—. No soporto… ¡Mira! ¡Eso fue el penúltimo año! La pareja de Leah era un marine, ¿te acuerdas?

Adam asintió.

—Me acuerdo.

—Y yo llevaba el vestido blanco. Me encantaba ese vestido. —Suspiró de nuevo, ahora con expresión de felicidad, según alargaba la mano para mirar la foto siguiente—. ¡Ahí está! Jo. Ese vestido me lo hizo pasar tan mal que no os lo creeríais. Me las arreglé para mantenerlo limpio toda la noche, incluso cuando monté en bici para cumplir un reto. Y luego Jake me vomitó encima de camino a casa. No hubo manera de quitar…

—La mancha —terminó Adam en su lugar—. Tengo una foto en alguna parte.

—Espero que no en esta caja. —Extrajo la instantánea que la mostraba a ella en bici—. Pero fue una noche genial. O sea, hasta la parte final. ¿Qué más hay por ahí dentro? ¿Salgo en alguna otra?

Noté que Adam me miraba de reojo cuando cerré la caja diciendo:

—La verdad es que no.

—Ah —dijo Maggie—. Bueno, casi mejor. No sé si quiero exhibir delante de todo el pueblo mis historias de los bailes de graduación.

—¿No? —me extrañé—. Pues, por lo que dices, siempre lo pasaste muy bien.

Se encogió de hombros.

—Supongo que sí. Pero estaba con Jake en aquel entonces. Lo último que me apetece ahora mismo es tener que acordarme de hasta qué punto perdí el tiempo con él.

—Aunque en ese momento estabas feliz —señalé—. También tienes que valorar eso.

—No lo sé —replicó Maggie—. Últimamente pienso que habría sido mejor estar sola. De ese modo, mis recuerdos del instituto no estarían, no sé, matizados por su memoria.

—¿Matizados? —repitió Adam—. ¿Existe esa palabra siquiera?

—Ya sabes a qué me refiero —resopló Maggie al tiempo que le propinaba un codazo—. Da igual, quiero decir que, de haber sabido antes cómo es él en realidad, toda mi experiencia habría sido distinta, tal vez.

—Sí —le espeté—. Podrías haberte pasado toda la secundaria sola y no haber asistido a ningún baile.

—Exacto —respondió—. Y puede que eso también hubiera estado bien. O aún mejor, si cabe.

Devolví la vista a la caja y recordé las fotos que contenía según trataba de imaginarme a mí misma en alguna de ellas. ¿Y si hubiera tenido novio? ¿Y si hubiera participado en los bailes de graduación? ¿Qué clase de «matiz» tendrían mis recuerdos, si pudiera volver a vivir esa etapa?

—Puede —admití—. O puede que no.

Me miró con una expresión extraña y abrió la boca para decir algo, pero en ese momento sonó la campanilla de la entrada.

—El deber me llama —declaró y, dando media vuelta, echó a andar por el pasillo entre el restallido de sus chanclas y el tono alegre de su voz conforme daba la bienvenida a un grupo de clientas.

Adam observó su partida y se recostó contra la jamba.

—¿Sabes? —me dijo—, podrías ponerle remedio, si quisieras.

Levanté la vista hacia él.

—¿Poner remedio a qué?

—A la historia esa de que nunca has ido a ningún baile —aclaró—. Eli está en la tienda ahora mismo, haciendo inventario.

—¿De qué hablas? —le solté.

—Entra ahí, acércate al despacho y dile: «Eh, sé mi pareja en el baile» —prosiguió—. Es así de sencillo.

Quise explicarle que nada de lo relacionado con Eli y conmigo era sencillo, sobre todo últimamente. En cambio, pregunté:

—¿Y por qué das por supuesto que quiero ir con él?

—Porque —empezó— llevas un rato aquí sentada hablando de que pasaste la secundaria sola y te perdiste todos los bailes. Era obvio en quién estabas pensando.

—En Maggie. Estaba pensando en Maggie.

Cruzó los brazos sobre el pecho.

—Ya, claro.

Lo miré con atención un momento. A continuación le espeté:

—Bueno, ¿y qué pasa contigo?

—¿Conmigo?

Asentí con la cabeza.

—¿Cuándo tienes pensado pedírselo?

—¿Pedirle qué?

Puse los ojos en blanco.

—Ah, no. Solo somos amigos.

—Ya. —Abrí la caja y empecé a hojear las fotografías hasta encontrar la que mostraba a Maggie en bici y luego esas en las que aparecía caminando, riendo y delante del espejo. Las extendí sobre la mesa, en fila—. Porque, claro, a todos tus amigos les haces tantas fotos.

Echó un vistazo a las instantáneas y tragó saliva.

—En realidad —replicó con ademán rígido—, tengo un montón de fotos de Wallace.

—Adam. Por favor.

Derrotado, se desplomó en la silla y dobló los brazos por detrás de la cabeza. Durante un momento nos quedamos allí sentados y ninguno de los dos rompió el silencio. Procedente de la tienda nos llegaba la voz de Maggie, que explicaba los pros y los contras del bañador de una pieza.

—La cuestión es —confesó Adam por fin— que he esperado demasiado, ¿sabes? Dentro de pocas semanas nos marcharemos a la universidad.

—¿Y?

—Pues —continuó— no sé si quiero que eso matice el verano. Por no hablar de nuestra amistad. Un matiz incómodo que teñirá todo lo demás.

—Estás dando por supuesto que su respuesta será «no».

—No —me corrigió—, estoy dando por supuesto que su respuesta será «sí», porque le parecerá divertido. Y yo me emplearé a fondo para que el baile sea una pasada, como si fuera una cita de verdad, una idea que ella no compartirá, como resultará más que evidente durante la fiesta, cuando pase de mí para ponerse a bailar con las chicas, y luego se marchará y algún día se casará con otro.

Fuera, Maggie lanzó una carcajada, un sonido liviano y festivo, como musical.

—Bueno —dije—, al menos no has dedicado horas y horas a pensar en ello.

Esbozó una sonrisa amarga.

—Igual que tú no has estado pensando en pedírselo a Eli, ¿verdad?

—Pues no.

Puso los ojos en blanco.

—No, en serio. Tuvimos una pelea… Ni siquiera nos hablamos ahora mismo.

—Bueno. Pues ya sabes lo que toca.

—¿Ah, sí? —pregunté.

—Sí. —Se puso de pie—. Volver a subirte a la bici.

Lo miré sin cambiar de expresión.

—No es tan sencillo.

—Pues claro que sí —replicó—. Basta con montar una vez más. ¿Te acuerdas?

Lo medité mientras él se encaminaba hacia la puerta hundiendo las manos en los bolsillos.

—Pues del mismo modo —señalé— hay algo peor que un matiz incómodo.

—¿Sí?

Asentí.

—¿Y qué es?

—Preguntarse si las cosas habrían podido ser de otro modo. —Señalé con un gesto las instantáneas de Maggie en los bailes, todavía desplegadas sobre la mesa—. Hay muchas fotos ahí, ¿sabes?

Les lanzó una ojeada antes volver a posar los ojos en mí.

—Sí —reconoció—. Supongo que sí.

Mi teléfono emitió una señal en ese momento. Bajé la vista para echar un vistazo. Jason.

¿Estás libre para comer? Voy de camino al Last Chance, tengo una hora.

—He de marcharme —se despidió Adam. Señaló el rasguño de mi rodilla—. Recuerda. ¡Vuelve a montar!

—Claro —respondí—. Lo haré.

Me dedicó una señal de ánimo con los pulgares hacia arriba y se alejó silbando —siempre tan contento, maldita sea, ¿cómo lo hacía?— en dirección a la parte delantera de la tienda. Miré una vez más las fotos de Maggie, de la primera a la última, y luego el teléfono, con el mensaje de Jason todavía en la pantalla. Sabía que la había fastidiado con Eli al desdeñarlo de aquel modo, pero quizás no fuera demasiado tarde para conseguir mi propio matiz. Tal vez positivo o quizás negativo, pero al menos añadiría un poco de color en alguna parte. Así que eché mano del teléfono y contesté a Jason.

Vale. Voy para allá.

***

Cuando llegué a casa por la noche, Heidi estaba en la terraza trasera, de cara al mar. Aun de lejos y a través de las puertas correderas, me fijé en que tenía los hombros tensos y la cabeza inclinada hacia un lado con tristeza, así que no me sorprendió descubrir, cuando se dio media vuelta, que tenía los ojos enrojecidos e hinchados.

—Auden —dijo. Se apartó el pelo de la cara e inspiró—. Pensaba que llegarías más tarde.

—He terminado pronto. —Guardé las llaves en el bolso—. ¿Te encuentras bien?

—Sí. —Entró y cerró la puerta a su espalda—. Estaba pensando un poco.

Nos quedamos allí paradas un momento, sin decir nada. Arriba, las olas de Tisbe restallaban en su habitación.

—Bueno… ¿Y cómo ha ido?

—Bien. —Tragó saliva, se mordió el labio—. Hemos hablado mucho.

—¿Y?

—Y —respondió— estamos de acuerdo en que, de momento, es preferible dejar las cosas como están.

—Con papá viviendo en el Cóndor —dije, para tenerlo claro. Ella asintió—. Así pues, no quiere volver.

Caminó hacia mí y me posó las manos en los hombros.

—Tu padre… piensa que sería un estorbo más que una ayuda ahora mismo. Que quizás, hasta que el festival de la playa y el verano hayan terminado, sea preferible que me concentre en Tisbe y en mí.

—¿Cómo va a ser preferible? —pregunté—. Sois su familia.

Ella se mordió el labio nuevamente y a continuación se miró las manos.

—Ya sé que dicho así no parece que tenga mucho sentido.

—Porque no lo tiene.

—Pero yo entiendo a qué se refiere —prosiguió—. Tu padre y yo… tuvimos un noviazgo relámpago, nos casamos deprisa y corriendo y al momento yo me quedé embarazada. Necesitamos reducir un poco la marcha.

Dejé el bolso sobre la mesa.

—Entonces solamente estáis reduciendo la marcha. El viaje no ha terminado.

Heidi asintió.

—Absolutamente.

Si soy sincera, yo no estaba muy convencida. Conocía a mi padre y sus maniobras: si las cosas se complicaban, se largaba, pero se las arreglaba para presentarlo como el gesto más generoso del mundo en lugar de todo lo contrario. No estaba abandonando a Heidi y a Tisbe; les estaba simplificando la vida. No dejó a mi madre por envidia profesional; se apartó para ofrecerle todo el protagonismo que merecía. Y, por supuesto, no había ignorado conscientemente el hecho de que yo fuera una niña todos esos años; me estaba enseñando a ser independiente y madura en un mundo en el que la mayoría de la gente pecaba de infantilismo. Mi padre nunca volvió a montar en la bici. Ni siquiera llegó a caerse. Un tambaleo, o la posibilidad siquiera, y abandonaba para siempre.

—En fin —dijo Heidi, que separó una silla y se sentó a la mesa—, ya está bien de hablar de mí. ¿Cómo te van las cosas a ti?

Me acomodé delante de ella y entrelacé las manos sobre el bolso.

—Bueno —respondí—, parece ser que ya tengo pareja para el baile.

—¿De verdad? —Aplaudió brevemente—. ¡Eso es genial!

—Sí. Jason me acaba de pedir que le acompañe.

Parpadeó.

—Jason…

—Mi amigo del instituto —aclaré. Ella parecía perpleja, así que extraje el teléfono y se lo enseñé—. El de los mensajes.

—¡Ah! ¡El que te dejó plantada!

Asentí.

—Bueno. Es muy…

—¿Cutre? —apunté.

—Iba a decir que es como cerrar un círculo o algo por el estilo —respondió despacio—. ¿Qué pasa? ¿No te apetece?

—No, sí que me apetece. —Me miré las manos otra vez—. O sea, es una segunda oportunidad. Sería de tontos no aprovecharla.

—Es verdad. —Se recostó contra el respaldo y se pasó la mano por el pelo—. No se presentan muy a menudo.

Asentí mientras rememoraba mi encuentro con Jason en el Last Chance. Me estaba esperando en una mesa tipo reservado y había sonreído de oreja a oreja al verme entrar por la puerta.

Habló largo y tendido del congreso de líderes, mientras dábamos cuenta de las hamburguesas y los aros de cebolla, y oyéndolo tuve la sensación de que no había pasado el tiempo, pero no en el mal sentido. Fue como volver hacia atrás, a la primavera en la que compartíamos el almuerzo y charlábamos del instituto y de las clases. Y cuando me dijo, con un carraspeo, que tenía algo que preguntarme, eso también me resultó familiar, y le dije que sí sin pensármelo. Así de sencillo.

Ahora volví la vista hacia Heidi, que miraba por la ventana situada sobre el fregadero y recordé cómo la había juzgado una vez basándome en sus efervescentes emails y sus ropas femeninas, pura fachada sin nada detrás. Creía saberlo todo cuando llegué, la más lista de la reunión. Pero me equivocaba.

—Oye —le dije—. ¿Te puedo preguntar una cosa?

Se volvió a mirarme.

—Claro.

—Hace unas semanas —empecé— me dijiste algo así como que mi madre no es en realidad una zorra sin sentimientos. Que no podía serlo, porque esas siempre acaban solas. ¿Te acuerdas?

Heidi frunció el ceño, tratando de recordar.

—Vagamente.

—Y entonces añadiste que lo sabías todo sobre las zorras sin sentimientos, porque tú habías sido una.

—Sí —me confirmó—. ¿Y cuál es tu pregunta?

—Pues… —me interrumpí para tomar aire—. ¿De verdad lo eras?

—¿Una zorra sin sentimientos? —preguntó.

Asentí.

—Uy, sí. Ya lo creo.

—No me lo puedo imaginar —confesé—. O sea, a ti en ese plan.

Heidi sonrió.

—Bueno, tú no me conocías antes de que viniera a vivir aquí y me enamorara de tu padre. Acababa de salir de la escuela de negocios y era más estirada que un palo. Despiadada, en realidad. Me estaba matando para ahorrar dinero con la idea de abrir una tienda de ropa en Nueva York. Tenía un plan de negocio, un montón de inversores ya contactados, un crédito, todo lo necesario. No me importaba nada más.

—No sabía que hubieras vivido en Nueva York.

—Ese era mi plan, una vez que me graduara —asintió—. Pero entonces mi madre se puso enferma y tuve que desplazarme aquí, a Colby, durante el verano para cuidar de ella. Isabel y Morgan eran mis amigas del instituto, así que me puse a trabajar con ellas sirviendo mesas, con la idea de ahorrar un poco más para el traslado.

—¿Trabajabas en el Last Chance?

—Allí conocí a tu padre —dijo—. Él acababa de asistir a la entrevista de trabajo en la Facultad de Weymar y entró a comer. Tuvo que esperar mucho rato y empezamos a charlar. A partir de ahí, todo lo demás vino rodado. Al final del verano mi madre se encontraba un poco mejor, de modo que me despedí de tu padre y me marché. Pero, una vez en Nueva York, no me sentía bien. La aventura ya no me motivaba.

—¿En serio?

Inspiró largo y tendido.

—Llegué a Colby pensando en marcharme lo antes posible. Era una parada técnica, no un destino. Tenía toda mi vida planificada.

—¿Y qué pasó?

—Supongo que ese plan ya no era el ideal para mí, al fin y al cabo —prosiguió—. Así que abandoné Nueva York, me casé con tu padre y empleé el dinero en abrir Clementine. Y, por raro que parezca, me sentía de maravilla. Todo era distinto, pero estaba en mi elemento.

Pensé en su rostro cuando había llegado a casa un rato atrás, la tristeza que emanaba mientras me contaba la charla con mi padre.

—¿Y todavía es así? Si aún estás en tu elemento, quiero decir.

Me miró un momento. A continuación afirmó:

—Pues la verdad es que sí. Me gustaría que las cosas funcionaran con tu padre ahora mismo, claro. Pero tengo a Tisbe y mi trabajo… Tengo lo que quería, aunque no sea perfecto. Si me hubiera quedado en Nueva York, siempre me habría preguntado cómo habría sido mi vida si hubiera apostado por la relación.

—Te faltaría el matiz —observé.

—¿Cómo?

Negué con la cabeza.

—Nada.

Heidi arrastró la silla hacia atrás y se levantó.

—En resumidas cuentas, pasé un verano fuera, me enamoré y todo cambió. Es la historia más antigua del mundo.

Su manera de mirarme cuando dijo aquello me hizo sentir súbitamente incómoda y yo devolví la atención al bolso de mi regazo.

—Sí —respondí al tiempo que extraía el teléfono—. Supongo que ya la he oído otras veces.

No me respondió. En vez de eso, me acarició la cabeza al pasar por mi lado.

—Buenas noches, Auden —me deseó, conteniendo un bostezo—. Que duermas bien.

—Tú también.

Y es curioso, pero sabía que lo haría. O sea, dormir, incluso puede que bien. Eso era algo que mi estancia en Colby había transformado por completo. En cuanto al tema del amor y demás…, no se aplicaba en mi caso. Pero nunca se sabe. Tenía una cita para el baile de graduación y otra oportunidad de diseñar mi propio plan. El verano todavía no había terminado, así que tal vez la historia tampoco hubiera llegado a su fin.

***

—Vale —dijo Leah, levantándose el vestido para examinar el dobladillo. Estoy en pleno *déjà vu* ahora mismo. ¿Esto no lo hemos vivido ya?

—Sí —fue la respuesta de Esther—. En mayo.

—¿Y por qué lo estamos repitiendo?

—Porque se celebra el festival de la playa —dijo Maggie.

—Eso es una constatación, no una explicación —replicó Leah—. Y desde luego no representa una razón suficiente para pasar por todo esto otra vez.

Estábamos en el dormitorio de Heidi, al que nos había enviado después de que nos quejáramos, en masa, de no haber encontrado nada decente para ponernos en el baile del festival. Mi madrastra no dejaba de sorprenderme. No solo era una antigua zorra sin sentimientos, sino también una compradora compulsiva. Tenía montañas de vestidos, de todas las tallas posibles, que había ido adquiriendo a lo largo de los años. Vintage, clásicos, ochenteros; cualquier estilo que se te ocurriera estaba en su armario.

—También necesitamos parejas, no lo olvidéis —observó Leah—. A menos que Heidi guarde unos cuantos tíos buenos detrás de esas cajas.

—Nunca se sabe —repliqué yo, al tiempo que me asomaba a las profundidades del vestidor—. A mí ya nada me sorprende.

—La pareja no es obligatoria esta vez —dijo Maggie—. Vayamos en plan grupo. Será más fácil no tener que estar pendientes de los chicos, de todas formas.

Leah la asesinó con la mirada.

—Ni hablar. Si me va a tocar acicalarme y ponerme un vestido bonito, quiero un chico mono a juego. Eso no es negociable.

—Bueno —propuse, mientras abría el otro lado del armario—. Hoy es noche de chicas en el Tallyho.

—¡Por fin! —Leah me señaló—. Alguien que me comprende.

—Para ella es fácil decirlo —arguyó Esther—. Es la única que tiene pareja.

—Pero no tengo vestido —repliqué al tiempo que extraía uno negro y escotado, ajustado al cuerpo. Lo devolví a su sitio de inmediato. Era un detalle sin importancia, ya lo sabía. Y ni siquiera se trataba de un baile de graduación de verdad. Pero sí el único al que asistiría en toda mi vida, seguramente, así que estaba decidida a sacarle el máximo partido. De momento, por desgracia, todo lo que había encontrado era demasiado algo:

demasiado brillante, demasiado corto, demasiado largo…, excesivo.

—¡Qué pasada! —Esther dio media vuelta sosteniendo contra su cuerpo un vestido rosa de estilo años cincuenta con enaguas rígidas—. ¿Qué os apostáis a que me lo pongo en plan serio, sin tener que recurrir a la ironía?

—Debes hacerlo —dijo Maggie, que alargó la mano para tocar la falda—. Dios mío. Es ideal para ti.

—Solo si tú te pones el negro que te has probado antes, el de estilo Audrey Hepburn —la desafió Esther.

—¿Tú crees? Es tan formal…

—Pues llévalo con chanclas. Son tu seña de identidad.

Maggie se acercó y recogió el vestido negro de la cama.

—Podría funcionar. ¿Qué piensas tú, Leah?

—Pienso —dijo Leah, que se estaba enfundando un modelito ajustado, rojo brillante, sobre la camiseta de tirantes— que si voy a acudir a esa fiesta sin pareja, podría ponerme una bolsa de basura y daría igual.

—¿Y por qué necesitas a un chico para arreglarte? —le preguntó Maggie—. ¿Acaso no nos consideras a nosotras, tus mejores amigas de siempre, una compañía lo suficientemente interesante?

—Maggie. —Leah estiró la tela para bajarse el vestido—. Es un baile de graduación. No un retiro de sororidad.

—Y puede que sea la última fiesta por todo lo alto que celebremos antes de la universidad. Casi estamos en agosto, el verano prácticamente ha llegado a su fin.

—No —le advirtió Esther, apuntándola con un dedo—. Recuerda las reglas. Nada de dejarse llevar por la nostalgia antes del veinte. Lo acordamos así.

—Ya lo sé, ya lo sé —dijo Maggie, agitando las manos ante sí. Se acercó a la cama y se sentó con el vestido negro cruzado sobre el regazo—. Es que… no me puedo creer que todo vaya a terminar tan pronto. El año que viene por estas mismas fechas todo será diferente.

—Por Dios, eso espero.

—¡Leah!

Leah nos miró a través del espejo en el que se estaba mirando.

—¿Qué? Dentro de un año, espero tener un novio fantástico y estar satisfecha con mi vida. No está prohibido soñar, ¿no?

—Pero esto no está tan mal —insistió Maggie—. Lo que tenemos y hemos tenido, no lo está.

—No —le aseguré a la vez que separaba otro par de vestidos—. No está nada mal.

Lo dije por decir, sin pensar. Solo cuando se hizo un silencio me percaté de que todas me estaban mirando.

—¿Lo veis? —aprobó Maggie, asintiendo en mi dirección—. Auden sí que me entiende.

—Y también entiende lo del Tallyho —refunfuñó Leah—. Aunque a nadie más le importe un comino.

—Ahora en serio. —Maggie me miró—. Ella no pudo hacer esto en su momento. Si necesitáis una razón para ir al baile, para poneros guapas y repetirlo todo de nuevo, hacedlo por Auden. Se lo perdió la primera vez.

Leah me miró de reojo antes de devolver la vista a su reflejo.

—No sé —dijo—. Es mucho pedir.

—Y qué —le espetó Esther, dando saltitos para oír el frufrú de las enaguas—. Así tendrás una excusa para ir al Tallyho.

—Eso es verdad —convino Leah.

—No tenéis que hacerlo, ¿sabéis? —le dije a Maggie, que me miraba mientras me probaba otro vestido—. Puedo ir con Jason. Estaré acompañada.

—Ni hablar —replicó—. Un baile de graduación no es lo mismo si tus amigas no están allí.

—Porque ¿quién sino tus amigas —prosiguió Esther— estarían dispuestas a ayudarte a recrear tu pasado para reparar una injusticia que te persigue desde entonces?

—Nadie —afirmó Leah.

—Nadie —repitió Maggie.

Todas me miraban ahora.

—Nadie —dije, si bien se me ocurría otra respuesta, aunque no pudiera expresarla en voz alta.

Y por más que les hubiera dado la razón, seguían mirándome con atención, tan fijamente que empecé a preguntarme si no me habría manchado de tinta la cara o si estaría enseñando la ropa interior. Estaba a punto de mirarme al espejo aterrada cuando Maggie observó:

—Hala, Auden, es este.

—¿Este qué? —pregunté.

—El vestido —aclaró Esther, señalándome con un gesto—. Te queda de maravilla.

Bajé la vista hacia el vestido lila que había elegido hacía un momento y al que no había prestado demasiada atención cuando lo había rescatado del armario solamente porque no era rojo, ni negro, ni blanco como todos los demás que me había probado. Ahora, sin embargo, cuando me planté delante del espejo, advertí que me sentaba muy bien. El escote me favorecía, llevaba una bonita falda de vuelo y me gustaba cómo resaltaba mis ojos. No era una prenda capaz de provocar un revuelo a mi paso, pero puede que tampoco hiciera falta.

—¿De verdad? —pregunté.

—Ya lo creo. —Maggie se acercó para ponerse a mi lado y tocó la falda—. ¿No te gusta?

Observé mi imagen en el espejo. Nunca me habían atraído los vestidos ni los colores llamativos y jamás en toda mi vida había tenido ninguna prenda en ese tono morado. Parecía una chica distinta. Pero quizás esa fuera la gracia. Y para una verdadera aventura, además de un buen tentempié, hace falta un atuendo adecuado.

—Sí —decidí, agarrando la falda con la mano para apartarla a un lado. Cuando la dejé caer, volvió a su sitio con un movimiento fluido, como si ya supiera cuál era su lugar—. Es perfecto.

DIECISIETE

La mañana del festival, el lloriqueo de Isby al otro lado de la pared me despertó a las ocho en punto. Di media vuelta en la cama, enterré la cabeza en la almohada y aguardé a que Heidi entrara en el cuarto de la niña y la tranquilizara. Unos minutos más tarde, las protestas se convirtieron en un llanto en toda regla y empecé a preguntarme por qué su madre no acudía. Cuando Isby empezó a aullar, salí a investigar.

La encontré acostada de espaldas en su cuna, con la cara congestionada y el pelo apelmazado de sudor. Al ver que me inclinaba sobre ella gritó con más furia si cabe, agitando los brazos con desesperación. Cuando la cogí y la acuné contra mi pecho se calmó, y su lloro mudó en respiraciones entrecortadas parecidas a hipidos.

—No pasa nada —le dije, meciéndola con suavidad según me asomaba al pasillo. Heidi seguía sin dar señales de vida, una ausencia que empezaba a preocuparme. Volví a entrar y le cambié el pañal a Isby, con lo que se animó considerablemente. A continuación la envolví con su mantita y bajé al piso inferior. Allí estaba Heidi, sentada a la mesa de la cocina, con cajas de recuerdos para el baile amontonadas a su alrededor y el teléfono pegado a la oreja.

—Sí, Robert, entiendo tu problema —decía al mismo tiempo que jugueteaba con la taza de café que tenía delante—, pero la verdad es que contaba contigo y no sé si podré encontrar a alguien con tan poco margen de tiempo.

Oí la voz de mi padre a lo lejos, que respondía al argumento de Heidi a través del auricular. En ese momento caí en la cuenta de que llevaba bastantes días sin hablar con él: una semana, tal vez dos. Por lo visto, por fin había captado el mensaje que implicaba mi silencio; mi buzón de voz llevaba un tiempo vacío.

—¿Sabes qué? —le espetó Heidi por fin—, no te preocupes. Ya encontraré a alguien. No, no, no pasa nada. De verdad. Pero ahora tengo que irme. Hoy he de hacer un montón de cosas y…

Dejó de hablar y escuché nuevamente la voz de mi padre. No pude descifrar qué le decía, pero no provocó ninguna reacción en Heidi aparte de un suspiro y un gesto de negación con la cabeza.

Titubeé mientras me preguntaba si sería mejor que volviera al piso de arriba. Pero entonces Isby soltó un gritito y Heidi se giró y nos vio.

—Tengo que dejarte —dijo, y colgó sin despedirse. Empujó la silla para levantarse—. ¡Ay, Auden, siento mucho que te haya despertado! Me ha parecido oírla, pero estaba hablando por teléfono y…

—No pasa nada —le aseguré al tiempo que le tendía a la niña. Heidi la cogió con una sonrisa—. Ya estaba medio despabilada.

—Tú y yo, las dos. —Se apoyó a Isby en el hombro y le propinó palmaditas en la espalda mientras se encaminaba a la cafetera. Se sirvió una nueva taza para ella y otra para mí. Mientras me la traía, explicó—: Me he despertado sobresaltada a las cuatro de la mañana pensando en todo lo que tenía que hacer durante las próximas quince horas. Y, como no podía ser de otro modo, cuando empezaba a pensar que tenía las cosas un poquitín controladas, tu padre me llama para decirme que no puede cuidar a la niña esta noche porque tiene una reunión con su agente el lunes a primera hora en Nueva York para hablar de su libro.

Consideré su problema mientras ella volvía a la mesa y se acomodaba a Tisbe en el regazo.

—Bueno —propuse—. Yo me puedo quedar con ella, si quieres.

—¿Tú? —Negó con la cabeza—. ¡Ni hablar! Tú tienes que ir al festival de la playa.

—No hace falta.

—¡Pues claro que sí! Pero si ya tienes pareja y todo.

Me encogí de hombros, con los ojos clavados en mi café.

—¿Qué pasa? Pensaba que te hacía ilusión.

No sabía muy bien cómo explicarle las dudas que me habían entrado desde que había encontrado el vestido. Era una extraña sensación de tristeza, como si el baile de graduación no hubiera cumplido mis expectativas antes incluso de haberse celebrado.

—No sé —dije—. Supongo que me entristece la idea de que no sea un baile de graduación de verdad, ya sabes. Lo pasaré bien y eso, claro que sí. Pero no será lo mismo que si hubiera ido la primera vez, al del instituto.

Heidi lo meditó, sin dejar de acariciar suavemente a Isby.

—Bueno, lo puedes mirar así —dijo—. O también podrías pensar que tienes suerte de contar con una segunda oportunidad. Depende de ti que sea memorable.

—Sí —reconocí—. Tienes razón.

—Mira —empezó, dejando la taza sobre la mesa—. Lo cierto es que no, no es el baile ideal. Muy pocas cosas lo son. A veces una tiene que fabricarse su propia historia. Darle un empujón al destino, por así decirlo. ¿Me entiendes?

Al instante pensé en Eli y en mí, trabajando juntos en mi misión. Cada una de las actividades —jugar a los bolos, la guerra de comida, repartir periódicos— se había producido de manera desordenada y a destiempo, seguramente de forma distinta a como suelen suceder en su momento. Pero los recuerdos y las experiencias no eran menos reales por ello. Si acaso, el hecho de ser extemporáneas las hacía más especiales si cabe, porque no se trataba de algo que me había pasado sin más, sino algo que yo había propiciado. Junto con él.

—¿Sabes qué? —le dije a Heidi—. Tienes toda la razón.

—¿Sí? —Sonrió—. Bueno, pues me alegro de oírlo. Sobre todo teniendo en cuenta el día que me espera.

—Todo irá bien —le prometí. Apuré los restos del café y me acerqué a la cafetera para rellenar la taza. De camino, recogí la suya para hacer lo propio—. Estoy levantada y dispuesta a ayudar. ¿Qué quieres que haga?

Gimió y sacó un bloc de notas de una de las cajas de recuerdos. Pasó una página.

—Bueno, hay que llevar los obsequios al quiosco. Y hay que recoger el bol para el ponche. Y tendría que reunirme a las diez

397

con el DJ para la prueba de sonido. Ah, y la gente de los globos quiere cobrar por adelantado, antes de hacer nada, y ahora tengo que encontrar a una canguro.

Le dejé delante la taza llena de café y volví a sentarme. Isby me miró desde sus brazos y yo alargué la mano para acariciarle la cabeza. Su piel era cálida y suave al tacto y ella me sostuvo la mirada un momento antes de acurrucarse contra el pecho de su madre y cerrar los ojos, encantada de dormirse en mitad del ajetreo.

***

A mediodía había solucionado el tema de los globos, había realizado dos viajes a la plaza donde se celebraba el baile y tenía un tirón en el hombro por ayudar a Heidi a transportar el decorado para las fotos; una gran ola de madera salpicada de pececillos que había confeccionado la clase de artes plásticas de la residencia de ancianos. Estaba sudando, me dolía todo y justamente regresaba a casa para recoger una caja de vasos para el ponche cuando me tropecé con Jason.

Estaba bajándose del coche, que había aparcado sobre la acera. Cuando dio media vuelta y me vio, se crispó un instante antes de levantar una mano para saludarme.

—Auden —gritó según corría hacia mí—. Estaba intentando llamarte.

Visualicé mi teléfono, que con toda seguridad yacía olvidado sobre la mesa de la cocina.

—Lo siento —le dije—. Es que llevo toda la mañana corriendo de acá para allá.

—Tu madrastra me lo ha dicho —respondió él—. Al final he buscado el número de tu padre. Por suerte solamente hay un par de West en este pueblo.

Detrás de Jason, Adam salió de la tienda de bicis empujando una bicicleta roja con un cartel colgado del manillar que anunciaba: ¡LISTA PARA USAR! La dejó aparcada junto al banco, volvió a entrar y cerró a su espalda de un portazo.

—Mira —empezó Jason—, tengo que hablar contigo sobre lo de esta noche.

—Vale.

—No voy a… —se interrumpió para tomar aliento—. No voy a poder ir al baile.

Me sorprendió la reacción que tuve al oír aquellas palabras. Me puse roja como un tomate y se me aceleró el corazón. Se parecía a la sensación que experimentaba cada vez que montaba en la bici, una mezcla de miedo y absoluta aceptación, todo al mismo tiempo.

—¿Me estás dejando colgada? —pregunté—. ¿Va en serio? ¿Otra vez?

—Ya lo sé. —Hizo una mueca compungida—. Es una gran desconsideración por mi parte. Si no me volvieras a hablar nunca, lo entendería.

Era el momento de proclamar lo contrario, como manda la educación. No lo hice. Me limité a aguardar la excusa, porque siempre había una.

—Es que, verás, esta noche viene una conferenciante muy especial al congreso —explicó a toda prisa—. Es una líder del activismo estudiantil que ha promovido grandes cambios en Harvard, donde se graduó, y ahora en Yale, donde se está licenciando en Derecho. O sea, cambios alucinantes en el reglamento universitario. Así que sería un contacto muy interesante para mí.

Yo no respondí. En la tienda, Adam salió una vez más, ahora con una bici más pequeña de color verde. Los neumáticos de esta eran más gruesos, tenía un sillín negro, acharolado, y estaba tan pulida que rutilaba al sol. ¡DISFRUTA DEL VIAJE!, decía el cartel, que se mecía con la brisa.

—En fin —continuó Jason—, que su charla es esta tarde, pero luego va a celebrar una cena con un grupo muy exclusivo de participantes con los que compartirá sus experiencias de tú a tú. En principio no se invita a los alumnos de primero, pero por lo visto ha oído hablar de la iniciativa de reciclaje que protagonicé en el penúltimo año de instituto y…

Al mismo tiempo que le escuchaba, veía a Adam sacar otra bici, esta con dos asientos. «¡CAUSARÁS SENSACIÓN!», rezaba su cartel, y las palabras estaban rodeadas con un corazón.

—Mira —terminó Jason por fin—, es algo que tengo que hacer. Lo siento mucho.

En ese momento caí en la cuenta de una cosa. No me molestaba que Jason me diera plantón otra vez. El ritmo acelerado de mi corazón, el enrojecimiento que notaba en la cara; eran reacciones que aparecían cuando te sentías herida, es verdad, pero también cuando te levantabas y seguías avanzando. Puede que Jason no estuviera destinado a formar parte de mi segunda oportunidad, al fin y al cabo, y que aquel tan solo fuese el empujón que mi destino y yo necesitábamos.

—¿Sabes qué? —le dije—. No pasa nada.

Él me miró de hito en hito.

—¿De verdad?

—De verdad. —Inspiré hondo para asegurarme de que fuera verdad. Por raro que pareciera, lo era—. Me parece bien.

—¿Sí? —asentí—. Ay, Dios mío, Auden, gracias por entenderlo. ¡Pensaba que te pondrías furiosa! Pero tú, más que nadie, comprendes los matices del mundo académico, ¿verdad? O sea, es una oportunidad única en la vida y...

Jason seguía hablando cuando lo esquivé y eché a andar hacia la tienda de bicis. De lejos le oía decir algo sobre visión y obligación, compromiso y proyectos, toda esa jerga y conceptos que yo entendía y conocía bien. A diferencia del territorio al que ahora me dirigía. Sin embargo, en aquel momento comprendí, mejor que en todo el verano, que no se trata tan solo de llegar al destino, sino del camino que tomas para alcanzarlo. De manera que arranqué el cartel de la bicicleta verde —¡DISFRUTA DEL VIAJE!— y entré decidida a dar el primer paso para hacer exactamente lo que este sugería.

***

—¡Adivina! —exclamó Maggie tan pronto como llegué a Clementine.

—¿Qué ha pasado?

Aplaudió con suavidad.

—¡Ya tengo pareja para el baile!

—¡Pues adivina tú! —respondí.

—¿Qué?

—Yo no. —Abrió la boca de par en par—. Ah, y además —añadí— me he comprado una bici.

—¿Qué? —repitió, pero yo ya me encaminaba al pasillo.

La oí salir disparada y gritarles a unas clientas que en un momento las ayudaría a buscar vaqueros. Cuando abrí la puerta del despacho, ya la tenía detrás.

—Vale, para el carro. —Levantó las manos mostrándome las palmas—. Lo primero es lo primero. ¿Qué significa eso de que no tienes pareja?

—Lo que oyes —le dije, y me senté al escritorio—. Jason me ha plantado.

—¿Otra vez?

Asentí.

—¿Cuándo?

—Hace cosa de veinte minutos.

—Ay, Dios mío. —Se llevó una mano a la boca, tan horrorizada como si alguien acabara de morir—. Es lo peor que te podía pasar.

—No —repliqué, tragando saliva—. La verdad es que no.

—¿No?

Negué con la cabeza.

—Lo peor es que, justo después, he ido directa a la tienda de bicis para pedirle a Eli que me acompañara al baile y ha dicho que no.

Ahora levantó la segunda mano y la plantó encima de la primera.

—Ay, la leche —exclamó con la voz amortiguada por las dos manos—. ¿Y qué pinta la bici en todo eso?

—No lo sé —reconocí, quitándole importancia al asunto con un gesto—. Esa parte está confusa en mi mente.

Agrandó los ojos, dejó caer las manos y asomó la cabeza hacia el pasillo. Tras echar un vistazo a las clientas, extrajo el teléfono a toda prisa.

—No te muevas —me ordenó. Sus dedos ya volaban sobre la pantalla—. Estoy pidiendo refuerzos.

—Maggie —gemí—. Por favor, no.

—Demasiado tarde. —Pulsó un último botón—. Está hecho.

De ahí que, veinte minutos más tarde, me encontrase en el mismo lugar, ahora acompañada no solamente de Maggie, sino también de Leah y Esther, además de una taza de café y dos paquetes de magdalenas de chocolate que dejaron sobre el escritorio, delante de mí.

—¿Magdalenas? —le preguntó Maggie a Esther—. ¿En serio?

—He entrado en pánico —explicó esta—. ¿Qué clase de tentempié requiere una situación como esta?

Leah lo pensó un momento.

—Uno de tipo farmacéutico.

—Bueno, pues de eso no tienen en el Súper/Gas. Así que tendrán que ser magdalenas. —Esther me miró—. Vale. Ya estamos todas aquí. ¿Qué ha pasado?

Eché mano del café, tomé un sorbo y, de inmediato, quise enterrar la historia en lo más profundo de mi pensamiento. En vez de eso, la compartí con ellas.

***

No tenía un plan en mente cuando empujé la puerta de la tienda de bicis. Solo podía pensar que ahí estaba mi segunda oportunidad y que, esta vez, estaba decidida a aprovecharla.

Me pareció una buena señal, quizás excelente, ver a Eli en el instante en que crucé la puerta. Estaba detrás del mostrador, de espaldas a mí, guardando algo en una bolsa de deportes y, al avistarlo, tuve la misma sensación que llevaba experimentando hacía ya varias semanas, una mezcla de vergüenza por no haberme portado bien con él y ganas de salir corriendo en la dirección opuesta tan deprisa como me fuera posible. Pero aguanté. Agarré el cartel todavía con más fuerza y seguí adelante.

—Hola —dije cuando llegué al mostrador. Hablé con una voz chillona y medio estrangulada, con precipitación, y me ordené a mí misma tomar aliento. Lo cual resultó ser todavía más difícil cuando se volvió a mirarme.

—Eh. —Me contemplaba con recelo—. ¿Qué pasa?

En un mundo perfecto, le habría explicado lo que pretendía decirle gradualmente. Lo habría ensayado y lo habría articulado de manera clara y ordenada, con cada adjetivo en su sitio. En la realidad, me limité a soltarle:

—¿Te acuerdas de la primera vez que fuimos a jugar a los bolos?

Eli enarcó las cejas. A continuación volvió la vista hacia el fondo del taller, donde estaban Adam y Wallace de espaldas a nosotros, de pie junto a la puerta que daba al callejón trasero.

—Sí —dijo, pasado un momento—. ¿Por qué?

Tragué saliva con dificultad y el ruido se me antojó ensordecedor.

—Estaba enfadada porque no se me daba bien. Y tú dijiste que no podía ser de otra manera, porque era la primera vez que jugaba y que lo importante es seguir intentándolo.

—Así es —asintió despacio—. Me acuerdo.

Sabía que estaba a punto de tirar la toalla. Notaba cómo la determinación me abandonaba, segundo a segundo, igual que una ola que vuelve despacio hacia el mar. Pero seguí adelante de todos modos.

—Eso fue lo que nos pasó —le expliqué—. Lo que me pasó a mí. Lo que hacíamos…, lo que teníamos… Era mi primera vez. Ya sabes, la primera importante. Y no se me daba bien. Se me daba fatal, en realidad.

Entornó los ojos. «Ay, Dios», pensé. No podría haberlo expresado peor.

—Era una negada para estar contigo —añadí a toda prisa—. Negada para, ya sabes, estar juntos. Todo era nuevo para mí. La fastidié porque no sabía lo que estaba haciendo y eso me asustaba, así que ni siquiera quería intentarlo. Igual que montar en bici. Respecto a lo cual también tenías razón, por cierto.

En la tienda reinaba un silencio absoluto, así que mi discurso sonó todavía más gritón si cabe. De hecho, si me hubiera parado a pensar lo que estaba diciendo, me habría muerto de vergüenza. Razón de más para seguir hablando.

—Lo que intento decir —proseguí, porque me estaba explicando fatal— es que lo siento. Llámalo locura o ensalada de pollo o como quieras. Pero me gustaría hacer lo que tú dijiste: seguir intentándolo. Y por eso he venido aquí a pedirte que seas mi pareja en el baile de graduación de esta noche.

—¡Eh, Eli! —gritó Wallace, desde el fondo—. El tren sale dentro de nada. ¡Es hora de irse!

Eli no le respondió. Todavía me estaba observando con una expresión seria en el semblante. Mientras le devolvía la mirada, traté de recordar todas las horas que habíamos pasado juntos y cómo habían empezado y terminado en ese mismo espacio, prácticamente. Por eso me parecía más adecuado que nunca estar

ahí, donde podíamos retomar lo nuestro o terminar para siempre. Y era consciente de que existían esas dos posibilidades.
Pero, no sé por qué, supuse que escogería la otra.

—Lo siento —dijo. Y el caso es que parecía sincero cuando
recogió su bolsa y se la colgó al hombro—. Pero no puedo.

Asentí como una boba. Y entonces, tras lanzarme una última mirada —intensa, casi triste—, se marchó. Me dio la espalda
y, atravesando el taller, dejando atrás a Adam y a Wallace, se
perdió de vista. Pasado un momento, oí el portazo a su espalda.
Se acabó.

—¡Auden! —Volví la cabeza, todavía anonadada, y vi que
Adam se acercaba—. ¿Estás buscando a Eli? Porque acaba de…

—No —respondí a toda prisa—. No lo estoy buscando.

—Ah. Vale. —Se volvió a mirar a Wallace, que se encogió
de hombros—. Bueno, ¿necesitas algo entonces?

Solo buscaba un modo de salvar las apariencias, en realidad, de salir de allí con la cabeza alta. Y entonces devolví la
vista al cartel que tenía en la mano —¡DISFRUTA DEL VIAJE!— y
me pareció una señal.

—La verdad es que sí —fue mi respuesta—. Necesito una
cosa.

***

—¿Llámalo ensalada de pollo? —rio Esther, aplaudiendo—. Es
retro total. No lo escuchaba desde primaria.

—Yo, la verdad —confesó Leah—, nunca he entendido qué
significa.

—Y eso explica lo de la bici —adivinó Maggie.

—¿Bici? —preguntó Leah—. ¿Qué tiene que ver una bici con todo esto?

—Acabo de comprar una —aclaré—. Por lo visto.

—Porque también acaba de aprender a montar —explicó Maggie—. Le he estado dando clases por las mañanas, en secreto. No sabía.

—¿De verdad? —Esther me miró—. Hala. Qué fuerte.

—¿Que no supiera montar o que haya aprendido? —pregunté.

Esther lo meditó.

—Las dos cosas —respondió por fin.

—¡Chicas! Centrémonos. —Leah se volvió a mirarme—. Vale, así que Eli te ha dado calabazas. No es el fin del mundo.

—No —dije—, solo es la situación más humillante en la que nadie se puede encontrar y ahora nunca podré volver a mirarle a la cara.

—Me pregunto por qué habrá dicho que no —musitó Maggie.

—Porque es Eli —le recordé.

Leah puso los ojos en blanco.

—Eso es una constatación, no una explicación.

—Quiero decir —proseguí— que sé cómo es. Me dio una oportunidad y la dejé escapar. Así que ya no quiere saber nada.

—Un momento. —Esther levantó la mano—. Retrocede. ¿Cuándo habéis sido pareja, Eli y tú?

De nuevo, toda la atención estaba centrada en mí cuando expliqué:

—Pues… pasamos mucho tiempo juntos, hace unas semanas.

—¿Haciendo qué? —quiso saber Leah.

Recordé nuestros ratos en el coche, dando vueltas por las calles oscuras de Colby, solos y juntos, todas esas noches. Comprando, comiendo, charlando, cumpliendo con la misión. Habíamos vivido tantas cosas que parecía imposible resumirlo en una sola palabra. Así que, en lugar de tratar de explicar todo lo que habíamos hecho, decidí hablarles de lo único que no habíamos hecho, al menos hasta nuestra última noche juntos.

—No podíamos dormir —fue mi respuesta—. Así que permanecíamos despiertos, juntos.

—Hasta que la fastidiaste —aclaró Esther.

Asentí.

—¿Y qué hiciste?

Miré mi café frío.

—No sé —dudé—. Pasó una cosa, me asusté y me aparté.

—Vale, ahora sí que me ha quedado claro —resopló Leah con ironía.

—¡Leah! —la regañó Esther.

—¿Qué? ¿«Pasó una cosa»? ¿Qué significa eso?

Una vez más, todos los ojos se posaron en mí y, bajo sus atentas miradas, comprendí que ese también era el momento en el que yo solía retroceder. Replegarme sobre mí misma, esconderme. Sin embargo, teniendo en cuenta las cosas que había vivido aquel día, me pareció adecuado lanzarme a la piscina una vez más.

—Mi padre y Heidi se han separado —confesé—. Eso… me provocó muchos sentimientos confusos. Y lo gestioné igual que hice cuando se separaron mis padres.

—¿Que fue…? —me animó Esther.

Me encogí de hombros.

—Sumergirme en los libros y en los estudios y, en esencia, no querer saber nada de nadie. En especial de nadie que me pudiera pedir cuentas de mis sentimientos.

—Como Eli —apuntó Maggie.

—Sobre todo Eli —asentí—. Hubo una noche en que conectamos a tope... y, al día siguiente, lo mandé a paseo. Fue una tontería por mi parte.

—Pero ¿se lo has dicho? —quiso saber Maggie—. ¿Hoy?

—Sí —respondí—. Pero, como ya te he dicho, era demasiado tarde. No quiere saber nada de mí.

Hubo un momento de silencio mientras todas asimilaban y meditaban la información. Tomé el paquete de magdalenas y volví a dejarlo.

—Bueno —concluyó Leah por fin—. Pues que le den.

—Leah —suspiró Esther—. Por favor.

—No, lo digo en serio. Te sientes fatal. Son cosas que pasan. ¿Y quién necesita a los chicos, de todos modos? Iremos todas juntas al baile de graduación y lo pasaremos bien.

—Pensaba —observó Esther— que no querías ir si no tenías pareja.

—Eso era antes de agotar todas mis posibilidades —explicó Leah—. Ahora he decidido lucir mi soltería con orgullo y salir con las chicas. Igual que todas. ¿Vale?

—Vale —dijo Esther. Se volvieron a mirarme. Me excusé:

—Mirad, después de haber sido rechazada dos veces, me parece que me voy a quedar en casa.

—¿Cómo? —Leah negó con la cabeza—. Esa es una actitud de rajada integral.

—Dos veces —repetí, al tiempo que le mostraba dos dedos—. En quince minutos, en un espacio de treinta metros. ¿Qué será lo próximo? ¿Una pedrada en un ojo?

—Por eso precisamente —me dijo Esther— necesitas una noche de chicas. Es una situación de manual. Sales con nosotras, bailamos juntas y te sientes mejor. ¿Verdad, Mags?

No había notado hasta ese momento que Maggie se había escabullido hacia la puerta. De hecho, ya tenía un pie en el pasillo. Cuando todas nos volvimos a mirarla, se sonrojó.

—Bueno —titubeó—. La verdad es que…

Silencio. A continuación, Leah le espetó:

—¿La verdad es que… qué?

—He medio quedado con un chico.

—¿Qué? —exclamó Esther—. ¿Qué ha sido de la sororidad?

—¡Vosotras os la habíais pasado por el forro hasta este mismo segundo! —protestó Maggie—. ¿Cómo iba a saber que al final vendríais todas sin pareja?

—Si me dices que vas a ir con Jake Stock —le advirtió Leah—, me va a explotar la cabeza.

—No. —Maggie se puso otra vez colorada como un tomate y luego se miró las manos—. Adam me ha pedido que vaya con él.

Leah y Esther se miraron. Luego a Maggie. Y de nuevo entre ellas.

—Aleluya —exclamó Esther, resoplando con alivio—. ¡Ya era hora!

—No me digas —añadió Leah—. ¡Por fin ha reunido el valor!

Maggie sonrió de oreja a oreja y volvió a entrar en el despacho.

—Entonces, ¿no estáis enfadadas?

—Pues claro que lo estamos —replicó Leah.

—Pero —añadió Esther— también nos alegramos de que esa tensión sexual que viene existiendo desde hace años…

—Años —recalcó la primera.

—… se disipe por fin, de un modo u otro —concluyó la segunda.

—Ah, no, no es eso —aseguró Maggie, descartando el asunto con un gesto de la mano—. Solo vamos como amigos.

—No —intervine yo—. No es verdad.

Me miró.

—¿Qué?

—Le gustas —le revelé—. Él me lo dijo. Y te lo cuento porque, si fastidias esta oportunidad, luego te arrepentirás. Créeme.

—¿Hola? —oímos gritar a alguien desde la tienda—. ¿Hay alguien que me pueda atender?

—Ups —exclamó Maggie, dando media vuelta.

—Yo voy —le dijo Esther antes de adelantarla por el pasillo. Leah la siguió, tirando la taza a la papelera al pasar. Instantes más tarde las oí salir en tropel, ya parloteando con la clienta, como para compensar por la ausencia.

Maggie se apoyó contra la jamba y me miró. Yo me acomodé de nuevo en la silla del despacho.

—Me gustaría que volvieras a pensarte lo de esta noche —dijo al cabo de un momento—. Es un recuerdo que vale la pena tener, aunque no salga exactamente como te habías imaginado.

—Ya lo sé —convine—. Pero, si te soy sincera, no me siento con fuerzas.

—Bueno, si cambias de idea, estaremos allí. ¿Vale?

—Vale.

Maggie asintió y empujó la puerta para volver al trabajo. Al momento regresó.

—Ah, antes de que se me olvide —añadió—. ¿Tu bici? Es alucinante.

—¿Tú crees?

—¿Una Gossie con bielas Whiplash, horquilla Tweedle y esos neumáticos anchos Russel? Es una apuesta segura.

Suspiré.

—Bueno, como mínimo tendré algo que llevarme al final del verano.

—A mí me parece —replicó— que tendrás muchas cosas.

Y propinando dos palmadas al marco de la puerta, se marchó nuevamente. Yo volví a mirar mis magdalenas. Esther, no sé cómo, había recordado que fueron mi única compra impulsiva a comienzos del verano. Rasgué la bolsa, saqué una y le propiné un mordisco. Era demasiado dulce, con un glaseado empalagoso. Sin embargo, por raro que fuera, combinaba de maravilla con el café.

DIECIOCHO

—¿Estás segura? —me preguntó Heidi por enésima vez, plantada en el umbral de la puerta—. Porque todavía podría…

—Heidi. —Me cambié a Isby de cadera—. Ve.

—¡Es que no me parece bien! Si alguien tiene que perderse
esto, debería ser yo. Nadie me puede acusar de no haber…

—Ve —repetí.

—Mira, si encuentro a alguien que te pueda sustituir, te lo
mandaré.

Entorné los ojos y le dediqué la mejor expresión de zorra
sin sentimientos que pude adoptar. Ella retrocedió levemente y,
por fin, salió al porche.

—Vale, muy bien —decidió—. Me voy.

Yo me quedé allí, observando cómo bajaba los peldaños.
Después de pensárselo mucho, había elegido un vestido largo
en tono coral con tirantes espagueti. En la percha tenía un aspecto extraño —excesivamente sencillo, de un color raro—, pero
puesto era alucinante. Razón de más para no llevar a la nena en

la mochila, lo que constituía su plan original, dado que no había encontrado canguro.

—No me importa —le había asegurado horas atrás, cuando me ofrecí voluntaria—. No quiero ir al baile de graduación. Ya te lo he dicho.

—¡Pero será tu última oportunidad! —suspiró mirando a Isby. Tumbada en el suelo de su cuarto en su pequeño gimnasio, entre las dos, la niña intentaba alcanzar con los pies la mariquita que le colgaba justo encima—. Me sabe fatal que esta historia del baile haya acabado tan mal para ti.

—De verdad que estoy bien —insistí. Ella me observó con atención, recelosa. Repetí—: Que sí.

Aunque parezca extraño, decía la verdad. A pesar de las dobles calabazas de aquella mañana. Aunque hubiera regresado a casa empujando la bici nueva, en lugar de montada en ella, puesto que no me sentía con fuerzas para soportar otra magulladura más en las espinillas, el codo o el ego. Ni siquiera después de sacar de mi habitación el vestido morado para dejarlo extendido sobre la cama de Heidi, ni después de ponerme un pantalón de chándal y una camiseta de tirantes y darme cuenta de que me estaba desvistiendo mientras todos los demás empezaban a vestirse. En cierto sentido, se parecía a lo que había hecho en un principio al llegar allí, a finales de mayo. Pero ahora representaba algo totalmente distinto.

De súbito comprendía por qué Maggie estaba tan segura de que me marcharía con algo más que una bici al final del verano. Porque yo me había convertido en una persona distinta: había vivido un montón de experiencias, nuevas historias, me había involucrado más en la vida. Y puede que no fuera un cuento de hadas. Aunque, de todos modos, esos relatos no son reales. El mío sí lo era.

Después de que Heidi se marchara, llevé a Isby a la terraza trasera y la sostuve de pie para que pudiera ver el agua. Todavía quedaban algunas personas en la playa, decididas a aprovechar hasta el último rayo de sol, mientras que otras ya estaban vestidas para el paseo del atardecer y caminaban en parejas o en grupo, los niños y los perros corriendo por delante o demorándose. Estuvimos mirando a la gente un rato y luego volvimos a entrar. En ese momento, alguien llamó a la puerta.

Al pasar junto a la mesa de la cocina, vi el teléfono de Heidi olvidado junto al salero. Se había perdido dos llamadas —ups— antes de reparar en el descuido y dar media vuelta. Cuando abrí la puerta, ya con el teléfono preparado, descubrí que no era Heidi la que estaba al otro lado. Era mi madre.

—Hola, Auden —me saludó—. ¿Puedo entrar?

Isby respondió lanzando un gritito. Mi madre miró al bebé y luego a mí.

—Claro —respondí, antes de darme cuenta de que tenía que apartarme para que ella pudiera pasar—. Desde luego.

Me retiré para cederle el paso y luego, como pude, cerré la puerta y me guardé el teléfono en el bolsillo antes de seguirla por el vestíbulo, que recorrió despacio en dirección a la cocina. Yo no tenía muy claro qué era lo que me chirriaba en ella, teniendo en cuenta que su aspecto era el mismo de siempre: el cabello oscuro recogido en un moño alto, falda negra y camiseta sin mangas del mismo color, el collar de ónice que lucía justo a la altura de la clavícula, como para realzar los marcados contornos. Y, a pesar de todo, algo había cambiado.

—Bueno —empecé despacio, al tiempo que me cambiaba a Isby de cadera—. ¿A qué se debe tu visita?

Mi madre se dio la vuelta para mirarme. Bajo las luces intensas de la cocina, la vi cansada, algo así como triste.

—Estaba preocupada por ti. Desde la última vez que hablamos. No paraba de decirme que serían imaginaciones mías, pero al final...

Dejó la frase inacabada y caí en la cuenta de no era nada habitual en ella eso de usar el viejo truco de mi padre. A mi madre nunca le había gustado que otra persona interpretara sus significados.

—Pero al final... —repetí yo.

—Decidí acercarme de todos modos —terminó—. Llámalo prerrogativa materna. ¿Crees que a tu padre y a Heidi les importará invitarme a una taza de café?

—Claro que no —respondí, y me acerqué al armario para coger una taza. Mientras intentaba alcanzarla haciendo equilibrios con Isby, que de súbito había empezado a retorcerse, me volví hacia mi madre, que me observaba con una expresión rara—. ¿Podrías...?

—Ah. —Se irguió en el asiento, como si se dispusiera a recibir una calificación o algo así, y extendió las manos—. Claro.

Le tendí a Isby y los dedos de mi madre rozaron los míos cuando la niña cambió de brazos. Antes de darme la vuelta para servirle el café, me chocó hasta qué punto me resultaba raro verla con un bebé en el regazo. Parecía incómoda allí sentada con los brazos doblados a la altura del codo, observando la carita de Isby con curiosidad clínica, como si fuera un rompecabezas. La pequeña miraba a mi madre a su vez con los ojos muy abiertos, moviendo las manos en círculos, una y otra vez. Sin embargo, cuando deposité el café delante de ella instantes después y me planté a su lado para relevarla, mantuvo los ojos fijos en la niña, así que me senté.

—Es muy mona —declaró por fin—. Se parece un poco a ti cuando tenías su edad.

—¿De verdad?

Mi madre asintió con la cabeza.

—Por los ojos. Son idénticos a los de tu padre.

Miré a Isby, que no parecía en absoluto preocupada por estar en brazos de una extraña, aunque fuera una que mostraba signos evidentes de incomodidad. Por lo que ella sabía, todas las personas velaban por su bienestar.

—Me sabe mal que te hayas preocupado por mí —le dije a mi madre—. Es que… han pasado muchas cosas.

—Me di cuenta. —Sentó a Isby en su regazo y tomó el café con la otra mano—. Pero igualmente me quedé preocupada cuando, la última vez que hablamos por teléfono, empezaste a preguntarme por el divorcio. Estabas tan distinta…

—¿En qué sentido? —quise saber.

Lo meditó un ratito. A continuación, dijo:

—La expresión que me viene a la cabeza es «más niña», la verdad. Pero ni aunque me fuera la vida sabría explicar el motivo.

Para mí, tenía sentido, pero decidí no compartirlo. En vez de eso, rodeé con la mano uno de los gordezuelos deditos de Isby y se lo apreté. Ella me miró, luego a mi madre de nuevo.

—Si te digo la verdad, pensé que te estaba perdiendo —prosiguió, mirando más a Isby que a mí—. Cuando decidiste pasar aquí el verano, en casa de tu padre y de Heidi, e hiciste tantos amigos. Y luego, con la discusión sobre la residencia… Supongo que me había acostumbrado a pensar que estábamos en la misma onda. Pero entonces, de sopetón, ya no era así. Fue una sensación muy rara. Casi me sentí sola.

«Casi», pensé. En voz alta dije:

—Solo porque no estemos de acuerdo en todo no significa que no podamos estar unidas.

—Es verdad —asintió—. Pero supongo que me rompió los esquemas. Verte cambiar tan deprisa. Me sentía como si vivieras en un mundo cuyas tradiciones y lengua yo no entendía y en el que ni siquiera tenía cabida.

Sus ojos seguían pendientes de Isby mientras hablaba —sentada de cara a la niña, las manos alrededor de su cintura—, igual que si sus palabras estuvieran dirigidas a ella y a nadie más.

—Conozco la sensación —confesé.

—¿Sí?

Asentí con la cabeza.

—Sí. La conozco bien.

Ahora sí se volvió a mirarme.

—No soportaría pensar —empezó despacio, para asegurarse de imprimir claridad a cada una de sus palabras— que alguna de las decisiones que he tomado en mi vida ha arruinado la tuya en algún sentido. Jamás me lo podría perdonar.

Pensé en la conversación que habíamos mantenido la otra noche, la súbita dulzura de su voz cuando saqué a colación el tema del divorcio. Mi madre siempre se había protegido tras un caparazón de frialdad, una frágil armadura que colocaba entre sí misma y el resto del mundo. Pero es posible que, todo este tiempo, ella lo hubiera visto de otro modo. Tal vez para ella yo no estuviera fuera, pugnando por entrar, sino dentro, protegida y a salvo, una razón más para mantener la coraza en su sitio.

—No arruinaste mi vida —le dije—. Solo me gustaría que hubiéramos hablado más.

—¿Acerca del divorcio?

—Acerca de todo.

Asintió y, por un instante, nos quedamos allí sentadas, las dos mirando a Isby, que ahora se examinaba los pies. Luego dijo:

—Nunca ha sido mi fuerte. Eso de hablar de sentimientos.

—Ya lo sé —afirmé. Volvió los ojos hacia mí—. El mío tampoco. Pero este verano he hecho algo así como un curso intensivo.

—No me digas.

—Sí. —Inspiré hondo—. No es tan difícil, cuando te lo propones.

—Bueno. —Tragó saliva con dificultad—. A lo mejor me puedes enseñar alguna vez.

Le sonreí. Acababa de posar la mano sobre la suya y estaba notando su calor bajo la piel cuando el teléfono de Heidi vibró en mi bolsillo trasero.

—¡Porras! —exclamé, al tiempo que lo extraía—. Será mejor que conteste.

—Tranquila —respondió. Se recostó hacia atrás y se acomodó a Isby en el regazo—. Ve.

Me levanté y respondí sin mirar el identificador de llamada.

—¿Hola?

—¿Heidi?

El hecho de que mi padre no reconociera mi voz tenía algún significado, si bien no estaba muy segura de querer averiguar cuál. Me planteé si colgar directamente, optando por la solución del cobarde. En vez de eso, le informé:

—No, soy Auden.

—Ah. —Un silencio—. Hola.

—Hola —saludé. Miré a mi madre, que me estaba observando. Le di la espalda para salir al recibidor. Todavía sentía que estaba demasiado cerca, así que subí a la primera planta—. Esto, Heidi no está. Se ha olvidado el teléfono cuando se ha marchado al festival de la playa.

Se hizo un silencio al otro lado, una quietud tan intensa que me pregunté por qué solo hay interferencias cuando necesitas oír lo que el otro está diciendo.

—Bueno —habló finalmente—. ¿Cómo estás?

—Bien —dije—. Ocupada.

—Lo suponía. Te he dejado un montón de mensajes. —Carraspeó—. Supongo que estás enfadada conmigo.

—No —fue mi respuesta. Entré en el dormitorio de Heidi, donde mi vestido lila seguía extendido sobre la cama. Lo recogí para guardarlo en el armario—. Es que tenía que reflexionar.

—Igual que yo. —Volvió a toser—. Mira, ya sé que estás allí con Heidi y que ella te ha contado su versión de los hechos…

—Heidi quiere que vuelvas a casa.

—Eso quiero yo también —afirmó—, pero no es tan sencillo.

Empujé los vestidos por la barra del armario, cuyas perchas resonaron unas contra otras, y devolví el vestido lila a su sitio. En lugar de cerrarlo, sin embargo, empecé a pasar los modelitos para echarles un vistazo. Pregunté:

—¿Y entonces cómo es?

—¿Qué?

Examiné otro vestido negro, este con la falda plisada, y lo devolví a su sitio.

—No paras de decir eso, que no es tan sencillo. Así que dime cómo es.

Noté que se había quedado sorprendido, una reacción que no debería haberme extrañado. Estaba acostumbrado a que yo secundara cualquier decisión que él tomara sobre la base de esa lógica suya tan peculiar. Le servía para justificar muchas cosas: para justificarlo todo. Era escritor, era temperamental, era egoísta. Necesitaba dormir sus horas, necesitaba que le dieran espacio, necesitaba tomarse su tiempo. Si se mantuviera alejado del resto del mundo, esas manías no serían nada más que molestas excentricidades. Pero ese era el quid de la cuestión. Él sí involucraba a otras personas. Las buscaba, las atraía hacia sí. Tenía hijos con ellas, que estarían siempre unidos a él, ya fueran recién nacidos o casi adultos. Uno no puede coger y dejar a voluntad cuando alguien depende de ti o te quiere. El amor no es un interruptor que se enciende y se apaga. Si estás dentro, tienes que estar con todas las consecuencias. Si estás fuera, no hay más que hablar. A mí no me parecía nada complicado. De hecho, era lo más sencillo del mundo.

—¿Lo ves? —decía ahora mi padre—. A eso me refería al decir que estabas enfadada. Has oído las historias de Heidi y solo conoces una versión de los hechos.

—No estoy disgustada contigo por eso —le corregí, empujando más vestidos a un lado. Por alguna razón, resultaba increíblemente agradable oír el repiqueteo de las perchas, el desfile de todos esos colores. Rosa, azul, rojo, naranja, amarillo. Cada uno igual que una concha, una piel, una manera distinta de ser, aunque solo fuera por un día.

—¿Y entonces por qué? —preguntó.

Negro, verde, negro, de lunares.

—Porque —dije— tienes una segunda oportunidad aquí.

—Una segunda oportunidad —repitió.

—Sí —proseguí. De manga corta, de manga larga, falda estrecha y de vuelo—. Pero no quieres aprovecharla. Prefieres abandonar.

Él guardaba silencio. Tan solo el ruido de las perchas al deslizarse se escuchaba ahora. Yo casi había llegado al final y las posibilidades se habían ido reduciendo más y más.

—¿Eso es lo que crees? —preguntó despacio—. ¿Que te estoy abandonando?

—A mí, no —repliqué.

—¿Entonces a quién?

Y entonces, de súbito, lo encontré. Un sencillo vestido negro con minúsculas cuentas que colgaban de la falda, a juego con las del escote. Un vestido de baile, estilo charlestón. El modelo perfecto, el que había estado buscando todo ese tiempo. Y mientras lo miraba descubrí algo más también. La respuesta a su pregunta y la razón, comprendía ahora, de que aquel verano hubiera sacado tantas cosas a relucir.

—A Isby —le dije.

Al pronunciar su nombre, visualicé su cara. Gorjeando, balbuceando, lloriqueando, echando babitas. Durmiendo, despierta, inquieta, contenta. El primer día que la vi, dormida en los brazos de Heidi y hacía unos segundos apenas, cuando me había seguido con la mirada mientras yo abandonaba la cocina. Todas esas facetas suyas, todavía incipientes, tan solo el comienzo de lo que sería y podía ser. Aún era pronto. Lo tenía todo por delante y, por encima de cualquier otra cosa, yo deseaba que no tuviera que andar buscando segundas oportunidades. Que tal vez, a diferencia de tantos de nosotros, lo hiciera bien a la primera.

—¿Isby? —repitió mi padre—. ¿Te refieres a la nena?

—Es así como la llamo —le revelé—. Esa es ella para mí.

Se quedó callado. A continuación, dijo:

—Auden, quiero a Tisbe. Haría cualquier cosa por ella, o por ti. Tienes que saberlo.

Mi madre había afirmado eso mismo un rato antes y yo había optado por creerla. Entonces, ¿por qué me costaba mucho más creerlo a él? Porque mi madre había acudido a mí. Había emprendido un largo viaje, se había arriesgado y desandado algunos pasos, si no todos, para llevarnos a las dos a un punto en el que poder, con un poco de suerte, trazar un nuevo camino juntas. Mi padre seguía en el mismo sitio y, como de costumbre, quería que fuera yo la que avanzara hacia él. Igual que había hecho al comienzo del verano, en esta casa, y también antes, en mi hogar. Siempre salvando distancias, cruzando la ciudad, adaptándome, excusándolo.

—Si eso es verdad —lo desafié—, demuéstralo.

Otro silencio.

—¿Y cómo quieres que lo haga?

En ocasiones las cosas salen bien a la primera. Otras, a la segunda. Pero a la tercera va la vencida, dicen. Parada frente al armario, consciente de mi propia cobardía, comprendí que nunca lo sabría si no me subía a la bici una última vez. Por eso, en lugar de responder, eché mano del vestido negro y lo extendí sobre la cama.

—Ya se te ocurrirá algo —repliqué—. Ahora tengo que hacer una cosa.

***

Tenía pensado ir en coche. De hecho, llevaba las llaves en la mano cuando corrí hacia la puerta enfundada en el vestido negro, que oscilaba alrededor de mis rodillas. Y entonces atisbé la bici descansando contra las escaleras, tal como la había dejado, y antes de que me diera cuenta me había montado. Apoyé los pies en los pedales, traté de recordar todo lo que Maggie me había enseñado a lo largo de las últimas semanas y me puse en marcha antes de que me diera tiempo a cambiar de idea.

Fue raro, pero, según avanzaba hacia el paseo, bamboleándome un poco pero en equilibrio sobre las dos ruedas, tan solo podía pensar en mi madre. Después de haber colgado el teléfono, hacía escasos minutos, me puse el vestido y busqué las chanclas y el bolso. Pensaba montar a Isby en el cochecito y llevarla conmigo. Sin embargo, mientras le estaba abrochando el arnés y, deprisa y corriendo, le explicaba a mi madre mis planes, la niña empezó a protestar. Luego a lloriquear. Y por fin a berrear.

—Oh, no —dije cuando empezó a congestionarse. Conocía las señales de un berrinche cuando lo veía—. Esto no tiene buena pinta.

—¿No le gusta el cochecito? —preguntó mi madre, que estaba de pie detrás de mí.

—Normalmente le encanta. No sé qué le pasa. —Me incliné y le ajusté el arnés, pero Isby empezó a llorar con más sentimiento y ahora encima pataleaba, como para dejar aún más clara su postura. Miré a mi madre de reojo—. Será mejor que me quede. Está muy enfadada.

—Tonterías. —Me indicó por gestos que me apartara y se agachó para tomarla en brazos, no sin antes desatar el arnés—. Yo cuidaré de ella. Ve y diviértete.

No pretendía mirarla con tanto recelo. Ni sorpresa. Pero, por lo visto, lo hice, porque me dijo:

—Auden, he criado a dos hijos. No le pasará nada por quedarse conmigo una hora.

—Claro que sí —convine a toda prisa—. Es que… me sabe fatal dejártela en este estado.

—No le pasa nada —replicó mi madre, que apoyó a la pequeña contra su pecho y le propinó unas palmaditas en la espalda. Por extraño que fuera, ese aire de incomodidad que mi madre había exhibido antes, cuando Isby estaba espabilada y contenta, se desvaneció entre los gritos. Ahora parecía en su elemento—. Solamente está expresando su opinión.

—¿Estás segura de querer hacerlo? —insistí, levantando la voz para hacerme oír entre la algarabía.

—Pues claro que sí. Ve. —Se apoyó a la pequeña en el hombro, sin dejar de acariciarla—. Todo va bien. Todo va bien —le dijo por encima de los aullidos—. Cuéntame lo que te pasa.

Me quedé allí parada, observando cómo mi madre recorría la cocina meciendo a Isby entre sus brazos. Mientras caminaba, encontró un ritmo: paso, palmada, paso, palmada. La niña me miró por encima de su hombro, la carita todavía enrojecida, la boca abierta. Pero, según la distancia se incrementaba entre ellas y yo, empezó a tranquilizarse. Y el llanto amainó. Y siguió amainando, hasta que únicamente los pasos de mi madre llegaron a mis oídos. Y luego algo más.

—Chiss, chiss —decía—. Todo va bien.

Hablaba con tono quedo. Suave. Y, de súbito, esas últimas palabras resonaron en mi memoria. La voz que creí imaginar o inventar había sido la suya todo el tiempo. No era un sueño ni un mantra, sino un recuerdo. Uno real.

«Todo va bien», pensaba ahora mientras bajaba de la acera a la calzada. No había tráfico en el vecindario y recordé todas esas mañanas con Maggie, su mano sosteniendo el sillín, sus pasos azotando la calle mientras corría para mantenerse a mi altura antes de propinarme un último empujón —«¡tira!»— y dejarme a mi suerte.

Seguí pedaleando, zumbando bajo las farolas y junto a los buzones de las casas, los neumáticos girando contra el asfalto. Cuando dejé atrás el barrio, tenía toda la calle despejada para mí hasta el único semáforo que pendía allí donde comenzaba la playa.

Me concentré en la luz, que brillaba en verde más adelante, al tiempo que pedaleaba todavía más rápidamente, y luego un poco más, con el pelo volando a mi espalda y los radios de las ruedas silbando. Era la primera vez que corría tanto y supuse que debería estar asustada, pero no lo estaba. Al otro lado del semáforo se extendía el océano, inmenso, oscuro e inabarcable, y me imaginé a mí misma entrando en la arena y todavía pedaleando, por encima de las dunas y hacia las olas, detenida tan solo por la corriente. Estaba tan inmersa en aquella imagen que no reparé en dos cosas hasta que las tuve encima: la camioneta Toyota, muy machacada, que estaba parada en el semáforo y el bordillo que había justo delante.

Vi la camioneta en primer lugar. Había aparecido de improviso, aunque estaba segura de no haber visto ningún vehículo cuando había mirado apenas unos segundos antes. Y quizás fuera una suerte no tener tiempo de procesar que se trataba, de hecho, de la camioneta de Eli. Porque, al segundo siguiente, el bordillo apareció ante mí y tuve que concentrarme a tope.

Ya pasaba como una flecha junto a Eli cuando comprendí que debía tomar una decisión: tratar de frenar y girar con la esperanza de que el tortazo no fuera monumental o seguir avanzando y saltar. De haber sido otro el conductor del vehículo, seguramente habría optado por la primera alternativa. Pero no era otro y yo sabía —aun en esos breves segundos, según notaba hasta la última gota de mi sangre zumbando en los oídos— que aquel sería el modo ideal de demostrarle lo mismo que había tratado de explicar por la mañana en la tienda. Así que salté.

No tuvo nada que ver con las acrobacias que había hecho Maggie aquella noche en el parque. Ni con los tropecientos vídeos que había visto a lo largo de las últimas semanas. Pero no importó. Para mí, la sensación de elevarme súbitamente, de planear por un instante —las ruedas girando en la nada—, fue alucinante. Igual que un sueño. O igual que un despertar, quizás.

Tan solo duró unos pocos segundos antes de que aterrizara con fuerza. La bici golpeó la acera con un golpe seco a mis pies, mientras yo seguía avanzando. La sacudida me recorrió los brazos, de la yema de los dedos a los codos, e intenté controlar el manillar, que aferraba como si me fuera la vida en ello, al tiempo que los neumáticos patinaban inclinados. Ese era el momento exacto en que siempre me rendía al trompazo y cerraba los ojos con fuerza según el cubo de basura o los arbustos se acercaban más y más y más. Pero ahora los dejé bien abiertos, sujeté la bici con fuerza y, levantando un chorro de arena, continué en movimiento.

Me temblaban las manos cuando, con extremo cuidado y notando el latido del pulso en las sienes, apreté el freno. Veía la imagen con suma claridad en mi mente —el rápido avance, la proximidad del bordillo, el despegue, arriba, más arriba— y, al mismo tiempo, no me podía creer que de verdad hubiera sucedido. De hecho, no sentí que fuera real hasta que giré la bici, todavía temblando, y vi a Eli, que en algún momento había acercado la camioneta al bordillo, se había apeado y ahora estaba allí plantado, mirándome con atención.

—¡La leche! —exclamó por fin—. Ha sido increíble.

—¿Sí?

Asintió.

—Y yo que pensaba que no sabías montar en bici…

Sonriendo, pedaleé hacia él. Solamente cuando estuve más cerca me percaté de que no vestía los vaqueros y la camiseta o la sudadera de costumbre, sino unos bonitos pantalones negros, zapatos brillantes de estilo vintage y una camisa de manga larga blanca, por fuera.

—Y no sabía —confesé al tiempo que me detenía a su lado—. Maggie me enseñó.

—¿También a saltar?

—Esto…, no —dije, ruborizada—. Eso ha sido medio improvisado, la verdad.

—No me digas.

—¿No lo has notado?

Me miró a los ojos un momento.

—La verdad —reconoció— es que sí.

—¿Y qué me ha traicionado? ¿La expresión de puro terror?

—No. —Se inclinó hacia atrás sobre los talones—. En realidad, no parecías nada asustada.

—¿Y qué parecía?

—Preparada —respondió.

Posando la mirada en la bici, lo medité.

—Sí —dije—. Me parece que lo estaba.

Puede que la situación fuera rara, teniendo en cuenta todo lo que había pasado. Pero yo me sentía cómoda. Quizás porque era de noche, cuando las cosas que se nos antojarían extrañas durante el día sucedían con absoluta naturalidad. Igual que montar en bici vestida para un baile, coincidir con una sola persona y que esa persona sea la única que deseas ver.

De haber sucedido a la luz del día, habría empezado a rumiar, a buscar sentidos ocultos, a pensar demasiado. Pero ahora, como si fuera lo más normal del mundo, me volví hacia Eli para decir:

—Tenías razón, ¿sabes?

—¿Acerca de qué?

—De mí —aclaré—. De mi facilidad para rendirme si algo no me sale bien a la primera. Es un gran error.

—Entonces, ahora crees en las segundas oportunidades —señaló, por dejarlo claro.

—Creo —respondí— en todas las que haga falta para conseguir algo.

Eli hundió las manos en los bolsillos.

—Yo también empiezo a creer en eso. Hoy más que nunca.

—No me digas.

Asintió con la cabeza y señaló la camioneta con un gesto.

—Verás… ¿Te acuerdas de que antes he rechazado tu invitación? Cuando me has pedido que te acompañara al baile.

Se me encendieron las mejillas.

—Lo recuerdo más o menos, sí.

—Tenía que ir a una exhibición, en Roardale. He estado compitiendo otra vez desde hace unas pocas semanas.

—Lo sé.

Me miró con expresión de sorpresa y reconozco que me gustó, pues rara vez sucedía.

—¿Y eso?

—He estado pendiente de las clasificaciones —le confesé—. En internet. ¿Cómo has quedado?

—He ganado.

Sonreí.

—Eso es fantástico. Así pues, ¿estás saltando en serio otra vez?

—No. Lo he dejado.

—¿Vas a descansar un tiempo?

—Me retiro —aclaró—. A partir de hoy.

—¿Por qué?

De nuevo se inclinó sobre los talones y volvió la vista hacia la calle a oscuras.

—Tenía pensado hacerlo el año pasado. Ya sabes, cuando me admitieron en la Uni. Pero entonces…

Esperé. Porque Eli nunca pretendía que terminaras las frases por él. Siempre sabía adónde iba, aunque tardara un rato en llegar.

—… Abe murió —acabó—. Y todo se paralizó. Pero yo no quería dejarlo así, desaparecer del mapa sin más.

—Querías marcharte cuando estuvieras en lo más alto —observé.

—O, por lo menos, intentarlo. —Se pasó una mano por el pelo—. Así que perdona por lo de hoy. Ojalá me hubiera explicado mejor cuando te he dicho que no.

—Lo entiendo —le aseguré—. Era algo que tenías que hacer. Me miró, sus ojos infinitamente oscuros.

—Sí —dijo—. Exacto.

Un coche se detuvo en el semáforo y nos iluminó con los faros. Aguardó, con el intermitente puesto, antes de proseguir su camino. En ese momento Eli me miró de arriba abajo, reparando por primera vez en el vestido y las chanclas.

—Y bien —quiso saber—. ¿Adónde ibas?

—Al baile de graduación —respondí—. ¿Tú?

—También. Mejor tarde que nunca, ¿no? —observó—. ¿Te llevo?

Negué con la cabeza. Él enarcó las cejas y despegó los labios para responder, pero antes de que pudiera hacerlo le tomé la mano y lo atraje hacia mí. Al momento me puse de puntillas para acercar mi boca a la suya. El beso fue pausado y tierno y, mientras se desplegaba, nos visualicé de nuevo a los dos como dos seres minúsculos en mitad de Colby, debajo del semáforo, mientras el pueblo y el mundo entero giraban a nuestro alrededor. Y en ese momento, aunque solo fuera por un instante, estábamos allí donde debíamos estar.

Le sonreí cuando me aparté para devolver los pies a los pedales. Él se dio la vuelta despacio, sin dejar de mirarme mientras yo pedaleaba a su alrededor, una, dos, tres veces, como si pretendiera hechizarlo.

—Entonces no quieres que te lleve —dijo.

—No —repliqué—. Pero nos vemos allí.

DIECINUEVE

El café de la cafetería de Defriese no estaba mal, pero no era nada del otro mundo. Venía incluido en la pensión completa, eso sí, y podías tomar todo el que quisieras. De manera que acabó por gustarme.

Encajé una tapa de viaje en mi taza extragrande y, echándome la mochila al hombro con la mano libre, salí al patio. Estábamos en octubre y empezaba a hacer frío, un helor que hacía mucho más necesaria la bebida caliente. Monté en la bici y, llevando el vaso en equilibrio con una mano, circulé despacio por el campus vacío hacia mi residencia. Una fina llovizna empezó a caer mientras ataba la bici en el aparcamiento del exterior. Para cuando llegué a mi cuarto, la lluvia ya repicaba contra los cristales.

—Hola —dijo Maggie, que se había asomado desde el altillo del estudio que compartíamos al oírme entrar, ya despojándome del anorak—. Pensaba que te habrías marchado.

—Aún no —respondí—. Tenía un par de cosillas que hacer.

Bostezó y se recostó en la cama.

—Ah, tu teléfono ha estado sonando —me informó—. Un par de veces, de hecho.

Yo me senté en mi cama y dejé el café sobre el cajón de plástico que utilizaba como mesilla. Además del despertador, albergaba un montón de libros y las últimas provisiones que me había enviado Heidi: dos bombas de baño, un brillo de labios y unos flamantes vaqueros Pink Slingback. Todavía no había usado ninguna de aquellas cosas, pero le agradecía el gesto de todos modos.

En mi mesilla se encontraba también el marco que me había regalado Hollis tantos meses atrás, el mejor de los tiempos. Había olvidado su existencia hasta el día que hice el equipaje para marcharme a la universidad, cuando comprendí que por fin tenía las fotos adecuadas. Sin embargo, no sabía si poner una instantánea del baile o una de las muchas en las que aparecía con Maggie, Esther y Leah, de nuestros días en Colby. Tal vez, pensé, debería usarlo para enmarcar la fotografía en la que posaba con Hollis y Laura el día que anunciaron su compromiso de manera oficial. Tenía tantas alternativas que, al final, decidí dejarlo vacío hasta estar segura. Porque quizás el mejor de los tiempos estaba todavía por llegar. Nunca se sabe.

Había una foto que me gustaba tener cerca, pero en esa no aparecía yo. Prefería que fuera la cara de Isby la primera que viera cuando me daba la vuelta en la cama por las mañanas. Me sorprendió descubrir hasta qué punto me dolía separarme de ella cuando me marché al final del verano. El último día, me senté con mi hermana más de una hora, y se durmió apoyada en mi hombro mientras nos columpiábamos en la mecedora de su habitación. Su piel cálida, su peso blando, ese aroma a leche y a bebé; lo recordaba aún con absoluta claridad, así como todas las cosas que le susurré al oído sobre ella y sobre mí, sobre este mundo de chicos y chicas del que las dos formábamos una pequeña parte. Algún día, ella me contaría también todo lo que sabía. Lo estaba deseando.

Mientras tanto, tenía otra cosa que me ayudaba a recordarla. Lo encontré en el Park Mart de la zona, en una de las primeras salidas que hice después de mi llegada a la universidad, y lo dejé caer en el carro del supermercado nada más verlo. Compartir cuarto con Maggie era una suerte por innumerables razones. Pero el hecho de que pudiera tolerar el rumor de las olas de vez en cuando —en particular de las olas falsas— era la número uno.

Eché mano del teléfono para revisar las llamadas perdidas. Y, en efecto, había dos. Una de mi madre, que me llamaba con regularidad, en teoría para hablar de mis estudios, aunque últimamente enseguida nos poníamos a charlar de otras cosas. Como de la boda de Laura y Hollis, que la llevaba por el camino de la amargura —hacía lo posible por adoptar una mentalidad abierta, juraba— o de su relación con Finn, el alumno de posgrado con las gafas de pasta, que progresaba muy lentamente. Él era tierno y divertido, y adoraba a mi madre. Los sentimientos de ella, en cambio, eran más difíciles de descifrar. Pese a todo, yo procuraba allanarle el camino, para que cuando estuviera lista para hablar pudiera hacerlo.

El segundo mensaje era de mi padre. Había regresado a casa con Heidi para darle otra oportunidad al matrimonio, una decisión que tomó la noche del baile, cuando optó por volver y cuidar de Isby en lugar de subir al avión. Por alguna razón, encontrar a mi madre paseando de un lado a otro, consolando a la pequeña, le tocó la fibra sensible; la mera imagen bastó para transmitirle todo aquello que yo no había sido capaz de expresar. Envió a mi madre de vuelta al hotel y se quedó con Isby hasta altas horas de la noche, cuando Heidi llegó a casa del festival de la playa con los zapatos en la mano y vibrando de la emoción. Mientras el bebé dormía, hablaron. Y siguieron hablando.

No regresó de inmediato. Fue un proceso muy lento que requirió largas negociaciones, y muchas cosas cambiaron. Heidi volvió a ocuparse de la tienda a media jornada y mi padre pasó a impartir una sola asignatura. De ese modo, ambos podían seguir trabajando y, al mismo tiempo, pasar unas horas al día con la niña. Si alguna vez los dos tenían que marcharse, dejaban a Isby con Karen, la madre de Eli —siempre encantada de disfrutar un ratito del bebé— o con alguna de las pocas alumnas de Weymar que estaban felices con la propina de ropa gratis de Clementine. Mi padre todavía intentaba vender su novela. Mientras tanto, había empezado un nuevo libro, que trataba «del lado oscuro de ser padre y vivir en las afueras». Únicamente tenía tiempo para escribir a última hora de la noche y, si bien las nueve horas de sueño se habían reducido, se las arreglaba bien. Además, siempre estaba a punto para una charla si yo me quedaba estudiando hasta las tantas, también.

Me guardé el teléfono en el bolsillo antes de recoger la bolsa y el café.

—Me marcho —le dije a Maggie.

—Nos vemos mañana —respondió—. Ay, espera, no. Mañana me voy a Colby.

—¿Ah, sí?

—Sí. Es la gran reapertura, ¿recuerdas? Ah, quería decírtelo. Adam te ha enviado una camiseta. Está encima de tu cómoda.

No me podía creer que se me hubiera olvidado. En particular porque cada vez que Adam venía de visita —cada quince días, como poco— no hablaba de otra cosa. Se había quedado como encargado de la tienda —haciendo malabarismos con su horario a tiempo parcial en Weymar— y estaba emocionado a más no poder con el hecho de que Clyde le permitiera hacer cambios, comprar otros modelos y renovar el local de arriba abajo. Nuevos carteles, nuevas promociones, todo nuevo. Quedaba un vestigio del antiguo encargado, sin embargo, una última cosa que necesitaba hacer y que apareció ante mis ojos cuando desplegué la camiseta.

—«Bicis Abe» —leí en la parte delantera—. Me gusta cómo suena.

—¿Verdad? —asintió ella, de nuevo asomando la cabeza para mirarme—. Jo, pero Adam está hecho un manojo de nervios. Está empeñado en que todo tiene que salir a la perfección y, claro, las cosas no paran de torcerse. Como algo más se fastidie, al final le va a dar un ataque.

—Qué va —dije—. Pero si algo va mal, dile de mi parte que vuelva a montar en la bici.

—¿Qué?

—Él lo entenderá.

Me despedí de ella con un gesto y acto seguido, colgándome la bolsa al hombro, recorrí el pasillo y bajé las escaleras de camino a mi coche. Pasaban unos minutos de las cinco y el sol empezaba a descender. Para cuando abandoné la autopista, dos horas más tarde, y me interné en el aparcamiento del Ray, hacía un rato que había anochecido.

Paré el motor y me quedé allí sentada unos instantes, oteando desde fuera las fuertes luces y las mesas brillantes. Ray no se podía comparar con la lavandería, pero las camareras eran simpáticas y te podías quedar allí todo el rato que quisieras. Algo de agradecer si era tarde y no tenías más alternativas, como me pasaba a mí cuando había descubierto el local. Ahora contaba con infinidad de opciones, pero una razón inmensa para estar allí de todos modos.

Lo encontré sentado a la mesa cuatro, nuestra favorita, situada en una esquina junto a la ventana. Taza en mano, ración de pastel inacabada, olvidada junto al codo, totalmente inmerso en el manual que tenía delante. Ese semestre estaba cursando en la Uni una cantidad de créditos disparatada, decidido a recuperar el año que había perdido, y al principio le había costado mucho volver a estudiar. Algo casi casi nuevo, sin duda aterrador. Por suerte, yo conocía todos los secretos al respecto y estaba más que feliz de ayudarle en su misión, trabajo a trabajo y examen a examen.

Me incliné para besarle en la frente. Él levantó la vista y sonrió. Acto seguido, me senté en el banco de enfrente mientras la camarera ya se acercaba a llenar la taza que me aguardaba. Cuando la cogí, la noté caliente al tacto y él desplazó la mano hacia mi rodilla. La mañana llegaría antes de que nos diésemos cuenta. Siempre lo hacía. Pero todavía nos quedaba la noche y, de momento, estábamos juntos, así que cerré los ojos y me la bebí de un trago.

DÉJATE LLEVAR

Déjate llevar por Sarah Dessen y sigue
leyendo más sobre su libro... y sobre ella.

VERANO

Siempre me ha encantado el verano. Desde que escribí mi primer libro hasta este último, el noveno, la época estival ha sido siempre uno de mis motivos favoritos y una estación del año que ha enmarcado mis historias una y otra vez. Para mí, el verano sugiere posibilidad. Me sucedía especialmente cuando iba al instituto. Los tres meses aproximados que transcurrían entre un curso escolar y el siguiente implicaban cambios. La gente crecía, se ensanchaba o adelgazaba. Rompían o se emparejaban, perdían amigos o los ganaban, vivían experiencias que los transformaban a ojos vista, aun si no sabías qué vivencias eran esas. En verano, los días son largos y se funden unos con otros. Lejos del colegio, todo entraba en pausa y estaba en movimiento al mismo tiempo, y en esas semanas que se sucedían cualquier cosa parecía posible. Durante la adolescencia, la idea de cambiar, de convertirme en una persona distinta de la que era, me hacía especial ilusión y tenía la sensación de que el verano me brindaba esa oportunidad. Solo tenía que esperar a ver qué pasaba.

El verano significaba asimismo viajes a la playa. Mi familia tiene una casa en Cape Cod, en el estado de Massachusetts, donde he pasado parte de todos los veranos de mi vida, prácticamente. La vivienda está en una franja de tierra atestada de casas, todas pertenecientes a parientes nuestros, y yo me crie corriendo descalza de acá para allá junto con mis primos por el camino de tierra, navegando en la bahía y pescando cangrejos a primera hora de la mañana en el río que discurría por detrás de nuestra propiedad, cuando las aguas estaban calmadas. Por las noches, jugábamos al escondite en los bosques de alrededor de la casa que construyó mi bisabuelo hace setenta años, y nos llamábamos por señas en la oscuridad igual que hicieran nuestros padres antes que nosotros.

La costa de Carolina del Norte estaba más cerca de nuestro hogar invernal. Mis padres, junto con varios amigos, alquilaban una casa en Emerald Isle, donde nos hinchábamos a caramelos masticables, nos entreteníamos con juegos de mesa y pasábamos horas y horas sin hacer nada más que mecernos con las olas. Y si bien nuestra bahía de Cape Cod estaba siempre demasiado fría y hacía falta mucha mentalización para bañarse, las aguas eran más cálidas al sur, en Emerald Isle, donde las playas se extendían llanas e inacabables durante kilómetros y kilómetros. En el pueblo abundaban las tienduchas para turistas, en las que podías comprar toda clase de objetos forrados de conchas marinas —ceniceros, cajas de cosméticos, imanes—, así como los restaurantes que servían albóndigas de pan de maíz y gambas fritas, tan melosas que se deshacían en la boca. Pasábamos los días al sol y las noches alrededor de la mesa, cenando por todo lo alto, charlando y riendo. Yo me dormía arrullada por la charla de los adultos en el porche, sus voces entremezcladas con el sonido de las olas que se estrellaban en la playa. Según me iba durmiendo, notaba cómo el ritmo del agua me arrastraba hacia los sueños.

Cuando fui creciendo, sin embargo, los viajes a la playa de Carolina del Norte empezaron a espaciarse. Todavía íbamos a Cape Cod de vez en cuando a visitar a la familia, pero andábamos siempre demasiado ocupados como para hacer el equipaje y emprender un viaje de unas cuantas horas solamente por el gusto de ver el océano. Yo tenía mil cosas que hacer: las clases de la universidad, la enseñanza, la escritura. La distancia era muy breve, pero los ratos que había pasado en Emerald Isle, tan alegres y relajados, parecían encontrarse a millones de kilómetros de mi existencia adulta. La vida se complica y luego ya nunca vuelve a simplificarse. Es así como caemos en la cuenta de que nos hemos hecho mayores, supongo.

Adelantemos hasta principios del verano de 2009, cuando faltaba poco para que *Déjate llevar* se lanzase al mercado. La publicación estaba prevista para el 16 de junio, diez días después de mi cumpleaños y seis de mi aniversario de bodas. (Como ya he dicho, me gusta el verano. Cuantos más motivos de celebración haya durante el estío, mejor). Mi hija, Sasha, tenía casi dos años a la sazón y, de algún modo (todavía no me lo explico), me las ingenié para escribir y corregir el libro haciendo malabarismos con todas las tareas que entraña ser una mamá primeriza. Al volver la vista atrás me parece de locos, pero también es verdad que casi todo lo relacionado con la escritura y la maternidad tiene algo de locura. Al final, no te queda otra que tirar adelante y cruzar los dedos para que todo salga bien.

Tras la publicación de *Déjate llevar*, mi vida se convirtió en un frenesí de viajes. Para empezar me desplacé a California, donde visité cuatro ciudades en tres días, y luego a Nueva York y a Miami. Asistí a dos congresos, en los que hablé delante de montones de fans y firmé lo que me parecieron miles de ejemplares. Lo mejor de todo fue conocer a mis lectores. En Huntington Beach, California, conocí a una chica que llevaba una cita de *Just Listen* tatuada en el cuello. En La Jolla, una lectora de diez años llamada Nicole llegó cargada con una montaña de libros y literalmente se puso a saltar de la emoción al conocerme. Me regalaron álbumes de recortes, selecciones de canciones grabadas en CD y cupcakes. Alguien le tejió a mi hija un precioso gorrito, que usa habitualmente; otros lectores confeccionaron crucigramas para que me entretuviera durante las tediosas esperas en el aeropuerto. Por no hablar de las cartas y las notas o de las decenas de fotografías que la gente subió a mi página de Facebook, y de los ejemplares que firmé con las esquinas dobladas y manchados de café, leídos y releídos hasta la saciedad.

Allá donde iba, acababa conmovida y sobrecogida al descubrir hasta qué punto la gente conectaba con mis historias y mis personajes. Escribir es un trabajo solitario. Sin duda paso demasiado tiempo a solas con mi portátil, igual que ahora, redactando en una habitación desierta. Son gajes del oficio. Cuando escribo un libro, tengo que hacerlo yo sola. Pero la promoción y los viajes me ofrecen la oportunidad de salir ahí fuera y conocer a las personas a las que va destinado mi trabajo, estrecharles la mano, sonreír delante de sus cámaras, escuchar sus historias. Me encanta y aguardo el momento con ilusión. Y cuando termino, regreso a casa, a esta habitación, y todo vuelve a empezar.

Ese era mi plan para julio, después de haber pasado un mes entero promocionando *Déjate llevar*. Las cosas habían ido de maravilla. La novela se coló en el primer puesto de los más vendidos del *New York Times* (era la primera vez que me pasaba) y fue comentada en *Entertainment Weekly* y en el programa de televisión *Today*. De algún modo conseguí escaparme unos días a Cape Cod, donde me senté con mis padres y mis primos mientras hablaban de mi libro en *Good Morning America*. Cuando la sección terminó, todos aplaudieron, y ese fue seguramente uno de los mejores momentos de mi vida.

La novela funcionaba tan bien que yo, tan ambiciosa y motivada como Auden, pensé en darle aún otro empujón. A ver, ¿por qué no? Solamente tenía que trabajar con más ahínco, hacer algún otro viaje, esforzarme un poco más. Me puse a discurrir cómo vender todavía más ejemplares, desarrollar la experiencia, mejorarla. Tan grande era mi ilusión por alcanzar algo que ya rozaba con la punta de los dedos que ni siquiera podía conciliar el sueño. Ya tenía un montón de planes para hacer que sucediera…, tan pronto como me quitara de encima un problemilla que debía solucionar.

Resulta que el mismo día que *Déjate llevar* salió al mercado, me enteré de que debía operarme para remediar cierta complicación que una citología había revelado en primavera. Tenía miedo y mi manera de gestionar el asunto seguramente no fue la más saludable: me zambullí todavía más en la promoción del libro. La intervención estaba programada para después de un mes exacto del lanzamiento y yo dediqué las cuatro semanas a trabajar sin descanso. Ni siquiera pensaba en ello. Por lo que a mí concernía, se trataba de algo sin importancia, una incidencia pasajera antes de volver a sumirme en el ajetreo.

En teoría tenía que ser una intervención ambulatoria de cuarenta y cinco minutos, visto y no visto. Cuando desperté, estaba entrando en la ambulancia. Algo salió mal durante la operación y tuvieron que trasladarme al hospital, donde estuve ingresada dos días. Fue aterrador y frustrante y, con toda probabilidad, exactamente lo que necesitaba. Como es obvio, yo sola no habría sido capaz de echar el freno. Ni para hacer vacaciones, ni para descansar un minuto siquiera. Así que el universo me detuvo.

Tuve mucho tiempo para pensar mientras yacía en la cama del hospital. Ni recordaba la última vez que había pasado tanto tiempo quieta, sin mirar el email, Facebook o Twitter (o, seamos sinceros, la clasificación de Amazon). No podía levantarme ni aunque quisiera. Fue algo así como llevar viajando en un tren de alta velocidad tanto tiempo que te has acostumbrado al movimiento y, de repente, apearte en una estación tranquila y silenciosa. La calma era total. Y empecé a comprender hasta qué punto echaba de menos esa paz.

Por fin me dieron el alta, pero tuve que hacer reposo. Me habían prohibido levantar nada que sobrepasara los seis kilos de peso, así que ni siquiera podía coger en brazos a mi hija. Además, estaba agotada. Pasé mucho tiempo durmiendo y meditando mientras recuperaba las fuerzas. Y poco a poco me fui sintiendo mejor, pero todavía me faltaba algo.

No dejaba de pensar en el verano y en el torbellino que había sido hasta ese momento. Tantos viajes y lecturas no eran nada más que un gran borrón en mi cabeza. Cuando miraba las fotografías, me costaba recordar en qué lugar había sido tomada cada una. Había recorrido los días a tal velocidad que no había tenido tiempo para disfrutarlos. Ni siquiera durante las vacaciones en Cape Cod, que solían ser uno de los momentos álgidos del verano, había desconectado. En vez de eso, pasé buena parte de los días pegada al email y al móvil, pendiente de las llamadas y preocupada por los eventos y las oportunidades de promoción. Sentada con mi hija, a la que le encanta mirar fotos, observaba el pase de diapositivas de nuestro viaje a la playa y, si bien reconocía las imágenes, no tenía la sensación de haber estado «allí» realmente. Súbitamente sentí un gran anhelo por regresar, por recuperar ese tiempo perdido.

No podía volver atrás y revivir aquella semana. Ya lo sabía. Pero empecé a pensar que quizás, igual que Auden, no era demasiado tarde para concederme una segunda oportunidad. Una tarde abrí el navegador y tecleé, por puro impulso, «Emerald Isle, Carolina del Norte». Una de las primeras entradas pertenecía a una agencia de alquiler de casas en la zona. Cuatro días más tarde, acompañada de mi hija y de la niñera, pusimos rumbo a la costa.

Fue un acto del todo impulsivo, algo nada propio de mí. Soy de esas personas que planean los viajes con meses de antelación, aficionada a confeccionar montones de listas. Ni siquiera salgo una tarde sin haber preparado un itinerario detallado. Y, pese a todo, allí estaba, viajando hacia el este, sin otro plan en mente que…, bueno, no hacer planes. Llevaba meses diciéndome a mí misma y a los demás que estaba muy ocupada, que tenía cosas que hacer. Y todavía era así. Ahora, sin embargo, esas cosas eran distintas, si bien igual de importantes. Fue en Auden en quien pensé cuando cruzamos el puente que salvaba la inmensidad azul. Ella también aprovechó una oportunidad llevada por un impulso del momento, igual que hacía yo ahora. Cuando vi a una chica paseando en bici por la carretera de la playa al poco de llegar, lo consideré una buena señal.

Pasé una semana maravillosa. Me levantaba con mi hija —la persona más madrugadora del universo— y salía a contemplar el amanecer en la playa, recogiendo conchas por el camino. Construíamos castillos de arena y paseábamos por la orilla mientras oteábamos los delfines y los barcos de pescadores en el horizonte. Le enseñé todas las cosas que me encantaban de la playa cuando era niña, la llevé a las tiendas de surf y a comer las típicas hamburguesas de gambas de Carolina del Norte. Nos bronceamos y no me maquillé ni un solo día. Volví a dormir bien, por primera vez en una buena temporada. Por la noche, mientras la pequeña dormía, la niñera y yo veíamos películas y comíamos palomitas, o nos sentábamos en la terraza a charlar, escuchando el rumor de las olas a lo lejos.

Y a última hora, antes de acostarme, me sentaba a solas en la terraza a mirar las estrellas. Los días eran largos y cálidos, las noches frías y hermosas, y yo notaba cómo algo en mi interior se iba aflojando, se deshacía, después de tanto tiempo enquistado. A diferencia de Auden, yo tuve la suerte de disfrutar de una infancia rica y plena, pero por alguna razón lo había olvidado. A lo largo de aquella semana, rehaciendo los pasos de mis estancias a orillas del mar con mi familia, volví a recordar las sensaciones de la niñez, ahora con mi propia hija, y el gesto me aportó una paz que ni siquiera sabía que echaba en falta.

Cuando las vacaciones concluyeron, regresé a casa. Coloqué unas cuantas conchas en el escritorio, guardé el protector solar y, poco a poco, volví a sumergirme en la vida real. Pero me aseguré de reservar un par de viajes más a la playa. Había comprendido que la costa me ofrecía algo que necesitaba, no solo en ese preciso momento, sino en todos. Igual que Auden siempre llevaría consigo una parte de aquel verano en Colby, yo también guardo un trocito de mi tiempo en Emerald Isle, muy adentro. Y cuando mi hija y yo miramos las fotos de aquella semana en la playa, soy capaz de recordar hasta el último detalle: el tacto frío de la arena bajo los pies, la espuma de la rompiente, su mano cálida en la mía. Esos recuerdos, al igual que las fotos, me ayudan a estar presente y a disfrutar el momento, cada instante. A probar suerte de vez en cuando, porque la recompensa puede ser mayor de lo que alcanzo a imaginar.

El otoño ha llegado mientras escribo esto. Casi estamos en noviembre. Los árboles al otro lado de la ventana destellan rojos y dorados, sopla un aire frío y las bellotas caen de vez en cuando sobre el tejado de zinc. En esta época del año empezamos a hacer fogatas por las noches y yo me arrebujo enfundada en un jersey grueso y unas botas Ugg. En los días más grises, sin embargo, cuando la luz escasea y mi ánimo se ensombrece, me siento a la mesa de la cocina, donde guardo un tarro lleno de las conchas marinas que mi hija y yo recogimos durante los paseos al alba. Las extraigo, una a una, y me digo que el verano pronto llegará, rebosante de nuevas posibilidades. Hasta entonces, cuando menos, hay montones de buenas historias que contar. Espero que hayáis disfrutado con esta.

Chapel Hill, Carolina del Norte
Otoño de 2009

Lista de canciones para *Déjate llevar*

CUANDO ESCRIBO nunca escucho música, porque me distraigo con suma facilidad. Si quiero sacar adelante la tarea, tengo que trabajar poco menos que de cara a la pared. Cuando salgo del despacho, en cambio, la música me ayuda a motivarme, en especial los días en los que el proceso de escritura se me hace cuesta arriba. Al terminar un libro, siempre elaboro una lista de canciones que me han servido de inspiración, me han ayudado a conectar mejor con los personajes y, en esencia, me han permitido sobrellevar los malos días que, si soy sincera, abundan. He aquí las canciones que me permitieron seguir adelante mientras me dejaba llevar con Auden.

1. *Love Me Like the World Is Ending*, Ben Lee. Esta canción se convirtió prácticamente en mi himno particular mientras escribía esta novela. De hecho, el álbum *Ripe* de Ben Lee se podría considerar la banda sonora del libro, tan a menudo lo escuché. Pero este tema en concreto me sirvió para evocar las promesas que alberga el verano. Tantas cosas por delante, tanto potencial.

Cada vez que la oigo, me invade esa misma sensación. Es una buena canción donde las haya.

2. *As Cool as I Am*, Dar Williams. Buena parte de este libro habla de la sensación de no encajar y de la búsqueda de conexión. Esta canción siempre me ha transmitido esa idea, en especial la frase: «Y entonces salgo y me reúno con los demás, soy los demás». Qué bien expresado.

3. *Stolen*, Dashboard Confessional. Un tema sobre el final del verano y el precio que pagamos cuando todo termina. Tristona y pesimista, es perfecta para esos días en que el libro no avanza y te sientes emo.

4. *I See Monsters*, Ryan Adams. Cuando estaba escribiendo *Déjate llevar* no dormía lo suficiente (a quién quiero engañar, sigo sin dormir lo suficiente, pero ahora ya me he acostumbrado), así que siento un cariño especial por las canciones de hablan de dormir o de no hacerlo. Además, me encanta la música de Ryan Adams.

5. *Let It Rain*, Tracy Chapman. He descubierto que, en el proceso de escribir un libro, llega un punto en que estás agotada y no puedes continuar. Suele suceder sobre la página 200, más o menos. Yo estaba lidiando también con toda una serie de problemas y me sentía totalmente sobrepasada. En ese momento, oí esta canción en la radio. El verso «Dame esperanza, dime que la ayuda aparecerá cuando más la necesite» fue un regalo del cielo. Tuve la sensación de que el universo me estaba mirando, o algo, y me decía que todo iría bien.

6. *Breakable*, Ingrid Michaelson. Mi marido nunca se acuerda de quién es Ingrid Michaelson cuando le pongo sus canciones: dice que suena igual que cualquier otra cantante cuyos temas se hayan usado en *Anatomía de Grey*. Pero a mí me encanta su música y esta canción me resuena dentro. Como quien dice.

7. *No One*, Alicia Keys. De nuevo, una canción que te acompaña en los momentos difíciles. Me encantan los temas que repiten una y otra vez que todo irá bien, en especial cuando necesitas oírlo. Además, esta me recuerda a mi hija. «Tú y yo juntas a lo largo de los días y las noches…». Pues sí.

8. *People Who Died*, The Jim Carroll Band. En ocasiones relaciono una canción con un personaje sin saber por qué. Me pasó *con Angel from Montgomery* y la madre de Ruby en *Lock and Key*; sencillamente la vi cuando escuché el tema. Y esta canción me recuerda a Eli.

9. *No Sunlight*, Death Cab for Cutie. Otra canción sobre la noche o, cuando menos, sobre la ausencia del día. Death Cab siempre lo clava, en mi opinión.

10. *Whatever It Is*, Ben Lee. He empezado la lista con Ben Lee y la terminaré con él. En realidad escuché esta canción hace pocas semanas, y creo que resume mucho de lo que este libro significa para mí. «La vigilia es el nuevo sueño». Sí. Yo no lo habría expresado mejor.

TAMBIÉN EN

V<small>INTAGE</small> E<small>SPAÑOL</small>

LA EDUCACIÓN DE MARGOT SÁNCHEZ
de Lilliam Rivera

Después de "tomar prestada" la tarjeta de crédito de su padre para renovar su vestuario con más estilo, Margot Sánchez se encuentra de repente castigada. Eso significa pasar el verano trabajando en el supermercado de su familia para pagar sus deudas. Cada vez que rebana una orden de fiambres Margot siente cómo la reputación que ha ido cultivando cuidadosamente en su escuela privada se le va de las manos, y está dispuesta a hacer cualquier cosa para escapar de esa tortura. Pero Margot está invitada a la mega fiesta en la playa de uno de los chicos de la escuela, y no tiene intenciones de permitir que el drama de su familia, ni Moisés, el apuesto y sincero chico del vecindario, le impidan alcanzar su objetivo.

Ficción

JULIET RESPIRA PROFUNDO
de Gabby Rivera

Juliet Milagros Palante es una adolescente lesbiana puertorriqueña, nacida en el Bronx. Aún está "en el clóset", aunque no tanto como ella cree. Una noche antes de viajar a Portland, Oregón, donde consiguió un trabajo de verano con su escritora feminista favorita, Juliet le confiesa la verdad a su familia. Pero como su anuncio oficial no sale de la manera que esperaba, queda convencida de que su madre no le volverá a hablar. Sin embargo, Juliet tiene un plan. En un verano rebosante de fiestas queer, rematado por una aventurilla romántica con una bibliotecaria motociclista y mezclado con intensas exploraciones de raza e identidad, Juliet aprende lo que significa salir del clóset y encajar en el mundo, en su familia y dentro de sí misma.

Ficción

LAS FUENTES DEL SILENCIO
de Ruta Sepetys

Madrid, 1957. Bajo la dictadura fascista del general Francisco Franco, España esconde un oscuro secreto. Daniel Matheson, hijo de un magnate petrolero de Texas llega a Madrid con sus padres a los dieciocho años con la esperanza de conocer la patria de su madre a través del lente de su cámara fotográfica. La fotografía y el destino lo llevan a conocer a Ana, cuya familia enfrenta obstáculos que revelan las consecuencias de la reciente Guerra Civil Española y las escalofriantes repercusiones de la fortuna y el miedo. Las fotografías de Daniel lo dejan con preguntas incómodas entre acechantes peligros y se ve acorralado, teniendo que tomar decisiones difíciles para proteger a los que ama.

Ficción

LOS FALCÓN
de Melissa Rivero

Ana Falcón, junto a su esposo Lucho y sus dos hijos pequeños, huyó de la lucha económica y política del Perú en busca de una nueva vida en la ciudad de Nueva York en la década de los 90. En poco tiempo, Ana se encuentra endeudada con una prestamista que se hace llamar Mama, y sus largos turnos de trabajo en la fábrica son cada vez más extenuantes. Por si fuera poco, Ana también debe soportar las incesantes críticas de Valeria, la prima de Lucho, quien ha dejado en claro que la familia de Ana no es bienvenida mucho tiempo más en su pequeña habitación de huéspedes. Mientras Lucho sueña con regresar a Perú, Ana se encuentra profundamente atormentada por los demonios que dejó atrás en su país natal, y está decidida a perseverar en su nuevo hogar. Pero ¿cuántos sacrificios estará dispuesta a hacer antes de admitir la derrota y regresar a Perú? Y ¿qué líneas estará dispuesta a cruzar para proteger a su familia?

Ficción

YO NO SOY TU PERFECTA HIJA MEXICANA
de Erika L. Sánchez

Julia no es la hija mexicana perfecta. Ese era el rol de su hermana Olga, quien no fue a la universidad y se quedó cuidando de los padres, de la casa y trabajando a medio tiempo. Julia tiene grandes sueños y no quiere seguir los pasos de su hermana mayor. Pero un trágico accidente, que ocurre mientras enviaba un mensaje de texto al mismo tiempo que cruzaba la calle más concurrida de Chicago, causa la muerte de Olga, dejando atrás a Julia para ocuparse de las secuelas. Sus padres, quienes inmigraron ilegalmente a Chicago desde México en busca de una vida mejor, están inconsolables. La madre de Julia parece canalizar su dolor señalando de todas las maneras posibles que Julia no es la hija mexicana perfecta que Olga era. Pero Julia pronto descubre que Olga pudo no haber sido tan perfecta como todos pensaban. ¿Era Olga realmente lo que parecía? ¿O había algo más en la historia de su hermana? Y en cualquier caso, ¿cómo puede Julia incluso intentar vivir a la altura de un ideal aparentemente imposible?

Ficción

VINTAGE ESPAÑOL
Disponibles en su librería favorita
www.vintageespanol.com